생각을 조립하는

김우필 지음

글쓰기 수업

앨피

“처음으로 글쓰기의 설렘을 가르쳐 주신

아버지께 이 책을 바칩니다.”

인문학은 무용無用하다. 그런데 인문학은 쓸모가 없어서 지난 수천 년 동안 문화와 지식 창출의 원동력이 되어 왔다. 쓸모 있는 것들은 사회와 시대의 요구에 따라 부침浮沈을 겪었다. 점성술과 주술이 그랬고, 필사筆寫와 연금술이 그랬다. 밥도 돈도 되지 못하는 인문학은 어쨌든 글자가 발명된 이후로 지금까지 계속 그 명맥을 이어 오고 있다. 그렇다면 대체 인문학은 무엇이란 말인가?

세인트존스 칼리지에서 인문학을 가르치는 제나 히츠Zena Hitz 교수는 인문학을 "배움을 위한 배움"이라고 말한다. 그에 따르면 배움은 깊이 생각하는 관조觀照 행위다.[1]

관조란, 관찰과 달리 '생각을 생각하는' 행위다. 그런데 생각을 다시 생각의 대상으로 삼으려면 생각을 내 앞에 어떤 물건처럼 펼쳐 놓아야 한다. 이렇게 생각에 물성物性을 부여하여 그걸 응시하면서 사색하는 법, 그걸 가능하게 하는 유일한 방법이 바로 '글쓰기'다. 말하기는 생각을 표현할 뿐 생각을 생각하지 않는다. 말할 때는 생각을 생각할 틈이 없다. 말하기는 관조할 틈을 주지 않기 때문이다. 관조할 때, 우린 비로소 뭔가를 깨닫고 배운다.

최초로 깨달은 자, 석가모니는 출가 후 깨달음을 얻고 성스러운 네 가지 진리(사성제)를 사람들에게 가르쳤다. 고苦, 집集, 멸滅, 도道 사성제는 삶의 고통을 파악하고 그걸 극복하는 일련의 과정이자 원리다. 그런데 사성제는 우리가 직면한 어떤 문제를 인식하고 해결하는 데에 활용할 수 있는 사유 체계이기도 하다. 고제苦諦는 문제를 진단하고, 집제集諦는 문제의 원인을 파악하고, 멸제滅諦는 문제 해결의 목표를 설정하고, 도제道諦는 문제 해결 방법을 모색한다.[2] 석가모니는 인생을 이해하는 진리로 제시했지만, 나는 이게 논리를 이해하는 사유 체계라고 생각한다. 논리는 사성제처럼 문제를 발견하고 해결하는 수행 원리다. 글쓰기는 그런 수행 원리를 실천하는 도구이자 기술이다. 특히 학술적 글쓰기는 논리가 구현되는 관조 행위의 놀이터다.

학술적 글쓰기를 정의하는 건 쉽지 않다. 대중적 글쓰기와 엘리트 글쓰기처럼 글쓰기 주체로 규정할 수 있지만, 대중도 어떤 분야에 전문가적 소양과 식견을 가지고 글을 쓸 수 있어서 주체적 관점의 정의는 제한적일 수밖에 없다. 또한 '학술적'이란 표현도 글쓰기와 연관해서 그 개념을 정의하기 어렵다. 고등교육 혹은 연구기관의 학문 행위 전반을 학술적이라 본다면, 대학이나 대학원에서 이루어지는 모든 글쓰기를 '학술적 글쓰기'로 볼 수 있다. 그러나 대학에서 한두 학기 글쓰기 수업을 수강한다고 학술적 글쓰기를 온전히 습득할 것으로 기대하기는 어렵다. 결국 주체, 대상, 내용을 구체적으로 제한하지 않으면 학술적 글쓰기를 가르치고 배우는 일이 애매모호한 행위가 될 수 있다. 그래서 대학 글쓰기 교육의 조건에서 학술적 글쓰기 개념은 비판적, 분석적 글쓰기라는 다른 개념을 끌어들여 규정할 필요가 있다.[3]

비판적이고 분석적인 글쓰기는 학술적 글쓰기의 현실적 대안이자 실제다. 비판적이고 분석적인 글쓰기란 어떤 관점의 옳고 그름을 객관적으로 따져 정당화하거나 해명하는 논증적 글쓰기다. 비평적 산문essay, 학술논문article, 평론review, 대학의 보고서term paper 등이 대표적이다. 이러한 글들은 대부분 어떤 자료를 근거로 자신의 주장을 피력하고, 다른 견해를 반박하거나 새롭게 해석한다. 특히 기존 정보나 텍스트를 읽어 분석하고 해석하는 걸 전제한다. 그래서 학술적 글쓰기 강좌는 텍스트 읽기를 분리하지 않고, 읽기와 쓰기를 동시에 학습할 수 있는 실습 과정, 즉 단계별 글쓰기 프로그램으로 이루어진다.[4] 결국 학술의 의미를 논증적 사고로 제한하고, 그러한 논증적 사고를 구체화하고 실현하기 위해 일련의 과정을 단계적으로 보여 주는 글쓰기를 학술적 글쓰기라 할 수 있다. 일련의 과정에는 반드시 어떤 자료, 텍스트를 분석하고 비판하는 행위가 있어야 하고, 그것에 대응한 결과로 자기 관점과 주장을 제기해야 한다. 비판적 분석과 자기주장은 학술적 글쓰기, 논리적 글쓰기의 핵심이자 본질이다. 이러한 목표를 이루기 위해서는 먼저 이 책이 대상으로 삼은 글쓰기의 **주체, 대상, 내용**부터 명확히 해야겠다.

주체는 스무 살 정도의 대학 학부생이다. 고등학교 때까지 교육받은 학문의 기초 소양을 바탕으로 특정 분야에 대한 전문적 기예를 습득하고자 하는 이들이 이 책의 대상이다. 대학원생과 고등학생, 그 외 사회 일반인으로 범위를 넓히면 학술적 글쓰기의 깊이와 폭을 규정하고 제한하기가 어렵다. 대학 글쓰기 수업이 1~2학기 정도의 교양교육 과정에 배치되는 상황에서 교육 대상을 명확히 설정하는 건 교육 목표와 효과를 위해서도 중요하다. 글쓰기는 국어나 수학 같은 학문이 아니라, 학문하기를 실현하는 도구다. 그런 의미에서 글쓰기 관련 책을 선택할 때 주의할 점이 있다. 글쓰기에 관심 있는 모두를 위한 책은 불가능하다는 것이다. 대상과 목적을 분명히 밝힌 책을 선택해야 한다. 그렇지 않은 책은 글쓰기 책이 아니라, 글을 잘 쓰고 싶은 욕망을 이용하는 책이다. 글쓰기 책을 읽어서 글이 잘 써진다면, 그렇게 많은 글쓰기 책이 계속 출간되지 않을 것이다. 모든 사람의 모든 병을 한 방에 치료하는 약은 없듯, 그런 글쓰기 책도 세상에 없다.

대상은 텍스트 읽기와 쓰기다. 대학생의 학술적 글쓰기는 여러 텍스트를 기반으로 내용을 구상하고 조직하여 새로운 텍스트를 구성하고 작성하는 일이다. 이 과정에서 자료 읽기가 필수적으로 선행되어야 한다. 어떤 텍스트를 선정하여 읽고 쓸 것인지는 교수자의 몫이다. 텍스트는 인간이 소통하는 단위다. 흔히 단어나 문장, 나아가 한 편의 글과 같은 문자화된 소통 방식만 텍스트로 여기지만, 텍스트는 문자 형식뿐만 아니라 이미지, 물리적 대상, 사회적 현상이나 사건처럼 다양한 형식을 띤다. 인간이 소통하는 단위로서 텍스트는 발화 상황과 맥락, 발화자의 의도, 상태와 정보, 다른 텍스트와의 연결성이라는 요소를 갖춘다.[5] 텍스트를 읽는다는 건 이러한 요소를 발견하고 해석하는 일이다. 쓰기는 텍스트를 어떻게 읽었는지 확인하는 과정일 뿐이다. 쓰기는 읽기의 흔적이자 증거다. 읽지 않고는 쓸 수 없고, 한 문장이라도 쓸 수 있어야 제대로 읽은 것이다. 천 권의 책을 읽고도 한 문장도 못 쓴다면, 그건 그저 본 것일 뿐 읽은 게 아니다. 그렇게 써진 한 문장을 어떻게 두 문장, 세 문장으로 이어 갈 수 있는지 배우는 것이 이 책의 목표다.

내용은 읽고 쓰기를 위한 도구와 그 도구들을 사용하는 법이다. 읽고 쓰는 도구는 기본적으로 언어적 형식을 띤다. 문자, 숫자, 도표, 그림 등이 대표적이다. 이들 언어는 각각 특징이 있고, 어디에 쓰면 효과적인지 규범화되어 있다. 문자는 설명과 서술에 주로 쓰이고, 숫자 · 도표 · 그림은 증명과 강조에 주로 사용된다. 이러한 도구는 다시 세부적으로 정밀하게 쓰인다. 그래서 학술적/논리적 글쓰기를 배울 때 문자언어에만 치중해선 안 된다. 문장 표현 기술은 논리적 글쓰기의 일부에 불과하다. 바르고 좋은 문장을 구사하는 건 쓰기 도구를 세련되게 사용하는 것일 뿐, 그 도구를 잘 구사한다고 읽을 만한 학술적 글쓰기가 보장되지 않는다. 학술적 글쓰기에서 문장이 논리나 구성보다 작은 비중을 차지하는 건 자연스러운 일이다. 문학적 글쓰기라면 문장이 중요하겠지만, 학술적/논리적 글쓰기에선 발상과 구상 방법이 문장보다 더 중요하다. 물론 비문학적 글쓰기도 최소한의 문장력은 요구된다. 비문학적 글쓰기에 요구되는 문장력은 거짓과 애매모호함 없이 쓸 줄 아는 능력이다. 거짓과 애매모호함이 없는 문장은 언어의 밀도가 높다. 언어의 밀도는 진정성과 정확성 여부로 판가름 난다. 진정성은 프랑스 시인 폴 발레리Paul Valery의 말처럼, 우리가 자기 자신과 함께할 때의 모습 그대로 타인들과 함께하는 것이다.[6] 정확성은 상투적이지 않으면서 구체적으로 입증하는 글쓰기다. 이탈리아의 소설가 이탈로 칼비노Italo Calvino는 예리하지 않고, 그저 무의식적으로 쓰는 건 의미를 희석시키고 무디게 만든다고 했다.[7] 생각과 언어가 최대한 일치하지 않으면 그건 병든 언어다. 비문학적 글쓰기에서 요구되는 최소한의 문장력은 진정성과 정확성이란 언어 윤리를 추구하는 데에 있다.

정리하자면, 학술적 글쓰기 교육은 대학생 수준의 학습 역량을 갖춘 사람이 텍스트를 읽고 쓰는 데 필요한 도구를 알고 익히도록 하는 일이다. 이것을 제대로 수행하려면 학술적 글쓰기 개념을 단계적으로 익히고 연습해야 한다. 발상, 자료 수집과 검토, 구상, 작성과 수정이라는 일련의 과정을 이해하고 실제로 적용해서 한 편의 글을 완성해 보아야 한다. 학술적 글쓰기는 과학자의 실험과 유사하다. 보통 과학 실험 과정은 이렇다. 문제를 정의하고 가설을 설정한다. 가설을 입증하기 위한 실험을 설계하고 시행한다. 실험 결과를 수집하고 분석한 후 결론을 도출한다. 과학 실험 과정은 그 자체가 하나의 논리적 추론이다. 학술적 글쓰기는 어떤 신비로운 영감이나 열정적 의지로 써지지 않는다. 과학 실험처럼 일련의 논리적 추론 과정을 거쳐야 한다. 이 책은 그런 논리적 추론 과정에 대한 글이기도 하다. 그래서 글쓰기 책이면서 글쓰기로 무언가를 깨닫는 과정을 소개하는 책이기도 하다.

차례

──────────── 3장 **구상** ────────────

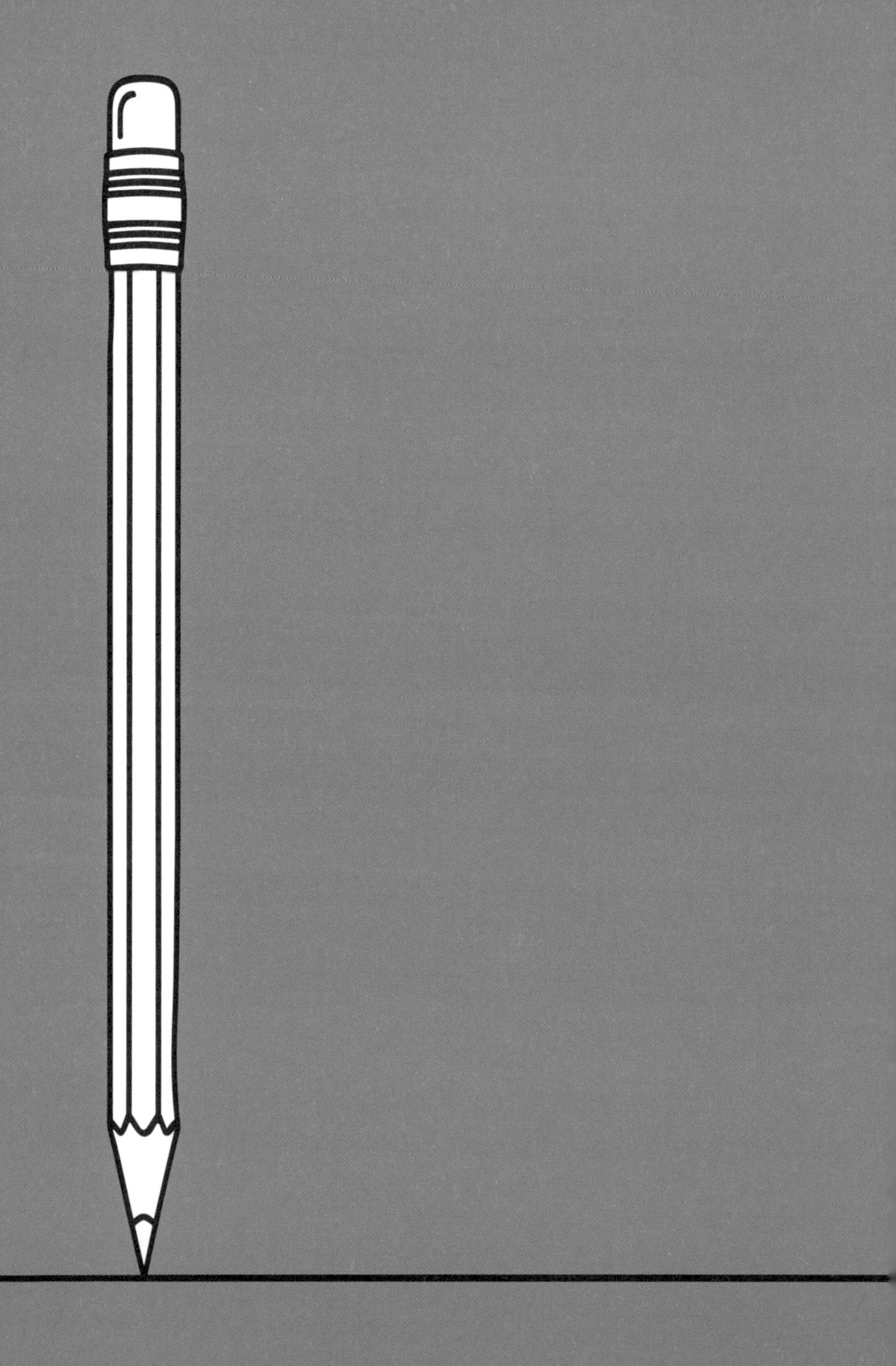

글쓰기의 윤리

글쓰기는 경험과 지식을 어떤 형식에 맞게 내용으로 구성하는 사유 행위다. 글쓰기는 '글＋쓰기'가 아니라, '생각＋글＋쓰기＋구성'하는 행위다. 그런데 경험이나 지식 같은 생각의 대상을 글로 구성하기 전에, 필자와 독자 사이에는 어떤 암묵적 약속이 필요하다. 그 약속은 필자와 독자 사이에 신뢰를 형성한다. 독자는 그러한 신뢰를 기반으로 글을 진지하게 대한다. 만약 그 약속이 지켜지지 않는다면, 글을 읽고 책을 구매하는 모든 행위가 무가치해질 수 있다.

책의 시대는 끝났다?

요즘은 독서 자체가 점점 등한시되고 있다. 한국 사회의 독서율이 낮은 것은 사람들이 책을 싫어해서가 아니라, 책을 굳이 읽을 필요가 없어졌기 때문이다. 책을 읽어야 한다는 의무감이 약해진 건 독서의 효능감이 약해진 측면이 크다. 과거에 비해 책에 대한 신뢰성이 낮아졌거나, 책보다 신뢰할 만한 다른 매체가 더 많아진 게 현실이다. 독서가 '절대 선'인 시대, '독서만능주의' 시대는 끝나고 있다. 대중은 저술가의 글보다 유튜버의 말을 더 신뢰한다. 책을 출간한 저자도 유튜브에 나가 자기 책을 소개해야 대중이 그 책과 저자를 알아본다. 책이 유튜브 제작의 원천 소스처럼 변하고 있다. 이는 책에 대한 신뢰가 약해졌을 뿐, 매체의 영향력은 여전히 유지되고 더욱 강해지고 있음을 보여 준다. 달라진 것은 매체의 종류지, 매체 그 자체가 아니다. 사람들은 여전히 지식과 정보를 원한다. 다만, 지식과 정보를 독점하던 책의 시대가 저물고 있을 뿐이다. 그리고 조만간에 이 모든 지적 산물을 인공지능이 대신하게 될 것이다.

글은 이제 굳이 책의 형태로만 향유되지 않는다. 인터넷과 유튜브, 인공지능도 글을 통해 지식과 경험을 전달하고 공유한다. 심지어 책도 전자책, 오디오북처럼 다양한 형식으로 변하고 있다. 문제는 책을 통한 글쓰기와 읽기가 아니라, 매체를 통한 글쓰기와 읽기다. 종이책이 정서와 인지 발달에 더 도움이 된다는 주장도 있지만, 어떤 매체를 이용해 지적 산물을 향유하는 게 좋을지는 연구자들에게 맡기면 된다. 대중은 어떤 매체이든, 신뢰할 만한 글을 찾아 읽는 것을 더 중요한 문제로 여긴다. 지적 사기꾼의 글을 읽고 싶지 않기 때문이다. 어떤 매체로 글을 읽든 우리가 궁금한 건 오직 한

가지다. 과연 이 글은 믿을 만한 글인가?

물론 믿을 만한 글이라고 모두 훌륭한 글은 아니다. 그러나 글을 읽고 시간 낭비라고 후회하지 않으려면 믿을 만한 글을 읽어야 한다. 믿을 만한 글은 윤리적이다. 글쓰기와 읽기에서 말하는 윤리는 난해하고 복잡한 도덕철학의 그것이 아니다. 옳고 그름이 아니라 그저 어떤 약속의 문제다. 그 약속은 글의 내용 및 형식과 관련이 있다. 독자들에게 글을 어떻게 작성할 것인지 약속하는 게 내용적 측면의 윤리라면, 다른 저자들에게 당신들의 글을 어떻게 참고할 것인지 약속하는 것이 형식적 측면의 윤리다.

이처럼 글(쓰기)의 윤리는 독자 그리고 다른 저자들과의 약속이다. 약속을 지킬 거라는 기대가 있어야 누군가의 글을 돈과 시간을 들여서 읽고, 나의 글을 세상에 공개할 수 있다. 이 약속이 지켜지지 않으면 독자도 저자도 모두 사라지게 된다. 여기서는 글(쓰기)의 윤리성 문제를 크게 내용적 측면과 형식적 측면으로 나누어 살피고자 한다. 내용적 측면은 윤리적 사유의 문제로만 다루겠다. 형식적 측면은 표절, 정치적 올바름, 인공지능의 세 가지 측면으로 나누어 세부적으로 살핀다.

내용적 윤리성

내용적 측면의 윤리성은 그 글이 주장하는 욕망과 이념

　　　　　　　　　　　　　　　　　　　　　　　프롤로그 글쓰기의 윤리

을 독자가 받아들일 수 있도록 만드는 힘이다. 다시 말해, 무엇을 어떻게 써야 독자가 나의 글을 신뢰할 것이냐의 문제다. 사람들은 이성적으로 글의 논리성에 설득당하거나 감동하지 않는다. 사람들의 영혼을 훔치는 건 어쩌면 머리보다는 마음의 일이다. 그런 의미에서 논리적 사유보다 윤리적 사유가 더 직관적으로 감화력이 있다. 그렇다면 글의 내용적 윤리성을 어떻게 확보할 수 있을까?

글을 쓰는 사람이라면 누구나 윤리성을 점검할 때 다음과 같은 점을 고려할 필요가 있다.

포용성 극단적이고 과격한 생각과 표현은 다수의 동의를 얻기 힘들다. 극단적이고 과격한 글은 오히려 반발심만 산다. 포용성은 기계적 중립이 아니다. 거칠고 투박한 부분을 부드럽게 만들라는 뜻이다.

공정성 자유주의와 자본주의사회 체제에서 이익 배분 문제는 늘 민감하고 중요하다. 자유, 평등, 정의를 최대한 고려하면서도 이익을 합리적으로 추구하고 공정하게 배분하도록 유도하는 관점을 드러내야 한다.

공익성 개인의 이익과 가치가 보호되려면 사회적 이익과 가치가 먼저 전제되어야 한다. 공동체의 가치와 이익을 개인의 그것보다 좀 더 상위에 두고 고려하는 태도가 필요하다. 개인을 억압하는 공동체가 존재한 적은 있지만, 공동체 없는 개인은 역사상 존재한 적이 없다.

책임성 책임은 신뢰의 핵심이다. 신뢰할 만한 내용과 태도가 글에서 보이지 않으면 독자는 글쓴이를 허풍쟁이, 사기꾼이라고 여길 것이다. 가짜 뉴스나 음모론을 검증 없이 퍼뜨려서는 안 된다. 주장은 반드시 근거와 이유가 있어야 한다.

실천성 세상을 바꾸는 건 아이디어가 아니라 행동이다. 몇 가지 기발한 아이디어만으로 글은 완성되지 않는다. 아이디어만 가득한 글은 독자를 설득하고 독자에게 감동을 주지 못한다. 작은 행동이라도 독자를 움직이도록 해야 한다. 좋은 글은 동사적이다. 거창한 아이디어는 세상을 바꾸지 못한다. 누구나 할 수 있는 작은 행동 하나가 세상을 바꾼다.

진정성 일관된 태도와 관점, 지적이고 진지한 말투와 표현, 대안을 모색하고 문제를 해결하려는 의지를 보이는 글은 사랑스럽고 매력적이다. 글쓴이의 진정성은 전문성보다 더 강한 호소력을 발휘한다. 작가 앤드류 포터Andrew Potter는 진정성이란 세상을 논하고 관계 맺는 하나의 방식일 뿐 허구적이고 입증할 수 없는 조작된 개념이라고 비판했지만, 그런 조작이 사회적 일원이 되도록 만든다. 진정성이 오히려 위선을 조장한다고 비판할 수 있다. 진정성을 강조하면 위선의 올가미에 빠질 수 있다.[1] 그러나 그런 위선조차 없다면 관계는 파탄 나고 사회는 붕괴한다. 진실하고 진심 어린 척이라도 하지 않으면 사람들과 만나는 일은 지옥이 될 것이다. 글을 쓰고 읽는 건 타인과의 관계 맺기를 전제한다. 글의 진정성은 그러한 관계를 유지하겠다는 최소한의 의지다.

표절

표절剽竊plagiarism은 저작물의 출처를 명확히 밝히지 않고, 마치 자기가 생각해 낸 것처럼 쓰거나 사용하는 행위, 한 마디로 숨기는 행위다. 독자에게 신뢰를 얻기 위한 사기다.[2]

표절은 표절 대상물에 따라, 자기 표절(자기 복제)과 타인 표절(도용)로 구분한다. 타인의 글을 표절하지 않으면서 활용하는 걸 '인용'이라 한다. 정상적으로 인용하지 않았다면, 모두 표절이다. 자기 표절은 어떤 매체에 발표한 자신이 쓴 글을 다른 매체에 다시 발표할 때 이미 발표한 자기 글의 출처를 명확히 밝히지 않는 경우이다.[3] 자기 표절은 독창성 없는 창의성이다. 아무리 자신의 생각이라도 원본이 있다. 이미 발표한 생각이라면 재탕하면 안 된다. 자기 표절로 얻은 평가와 명성은 사기 효과이다.

많은 사람이 타인 표절은 문제가 되는 것을 알고 있으나 자기 표절의 문제점은 간과하는 경향이 있다. '내가 쓴 글을 내가 다시 쓰겠다는데 뭐가 문제지?' 그러나 자기 표절은 중복 발표로 매체 간 저작권 문제를 일으키고, 자신의 성과를 부풀려 부당한 이익을 얻는다는 점에서 윤리적 문제뿐만 아니라 법률적 문제를 일으킬 수 있다. 대학생이 한 편의 보고서를 다른 수업의 과제로 제출하여 점수를 받았다면, 자기 표절에 해당한다. 적발되면 학점이 취소될 수 있다. 자기 표절이 누군가에게 피해를 주는 위법행위가 될 수도 있다. 자기 표절을 피하는 방법은 간단하다. 자신이 다른 곳에 발표한 글이라는 점을 분명히 밝히면 된다. 한편, 글과 관련된 표절은 크게 내용, 문장, 단어, 구성 표절로 나누어 볼 수 있다.

내용 표절은 말 그대로 내용을 베낀 것으로 전체, 부분, 요약, 편집 표절로 나뉜다. 전체 표절은 타인의 글 전부를 그대로 옮겨 사용한 경우, 부분 표절은 타인의 글 일부를 그대로 옮겨 사용한 경우, 요약 표절은 타인의 글을 요약해 사용한 경우, 편집 표절은 여러 곳에서 다양한 방식으로 옮겨 사용한 경우(일명 짜깁기)이다.

문장 표절은 다른 사람의 문장을 그대로 옮기거나 문장성분 중 일부를 바꾸는 경우이다. 문장성분(주어 · 서술어 · 목적어 등), 즉 어절 6개 이상이 그 순서와 단어가 그대로 일치하는 경우이다.

단어 표절은 독창적으로 사용된 개념이나 용어를 출처 없이 사용한 경우이다. 단, 널리 쓰이고 일반명사처럼 인식된다면 단어 표절로 보지 않는다. 제러미 리프킨의 '제3차 산업혁명', 클라우스 슈바프의 '제4차 산업혁명', 앨빈 토플러의 '프로슈머Prosumer', '제3의 물결', 이어령의 '디지로그Digilog', 애플의 '아이패드', '아이폰', IBM의 'PCPersonal Computer' 등이 그러한 예이다. 반면, 프랑스의 문학비평가 피에르 바야르Pierre Bayard가 쓴 '예상 표절'이란 단어는 독창적 개념이므로 출처를 밝혀야 한다.[*]

---

[*] 예상 표절이란 후대 작가의 작품들에서 영감을 받고 이를 밝히지 않는 행위를 뜻한

구성 표절은 내용을 배치하거나 배열하는 방식이 동일한 경우이다. 특히 타인의 글 목차(차례)를 그대로 사용하는 경우가 대표적이다. 생성형 인공지능이 만들어 준 목차를 그대로 사용하는 것도 표절로 볼 수 있다. 목차와 같은 구성도 중요한 저작 행위 결과로 보기 때문이다. 그런데 구성 표절은 내용이 다르면 표절이 아니라는 견해도 있다.[4] 구성은 비슷한 경우가 많아서 표절로 보기 힘들다는 주장이다. 예컨대 한국사를 다룬 책의 경우, 대개 '고조선-삼국시대-통일신라-고려-조선-일제강점기-대한민국' 이렇게 구성되어 있는데, 이를 표절로 보기는 어렵다.

결국, 표절 논란에 빠지지 않으려면 참고한 글의 출처를 구체적이고 정확하게 밝혀 인용해야 한다. 대학에서 글쓰기를 오랫동안 가르쳐 온 김기란 교수는 학술적 글쓰기, 논문의 본질은 윤리성에 있다고 했다. 논문 자체가 타인이 써 놓은 글을 읽고, 분석하고, 비판하여, 자기 관점을 제시하는 글쓰기이므로 인용 출처를 정확히 밝히는 게 논문 쓰기의 핵심이라는 것이다.[5] 출처를 밝히는 인용 방식은 직접인용과 간접인용이 있다. 상황에 따라 두 가지 인용법을 정확하게 준수한다면 표절 시비에서 벗어날 수 있다(인용 방법은 11장 참조). 결국 형식적 측면의 윤리성을 준수하면 최소한 표절 의혹에

다. 피에르 바야르, 백선희 옮김, 《예상 표절》, 여름언덕, 2010, 35~48쪽.

서는 벗어날 수 있다.

한 가지 짚고 넘어 갈 점은, 표절과 저작권 침해는 다른 개념이라는 것이다. 표절은 다른 저자의 글이나 지식, 창작품을 훔치는 윤리적 차원의 문제이지만, 저작권 침해와 달리 법적 책임이 없다. 저작권 침해는 법률적 조건을 만족해야 발생하는 사건이며 사법적 판단의 대상이 된다.[6] 저작권은 지식재산권의 한 종류이다. 지식재산권은 지식재산권 소유자가 관련 예술 작품, 상표 또는 특허 발명에 대해 갖는 권리다. 저자가 저작권 보유자라면 일반적으로 그 저작물을 사용하는 사람과 방법을 통제할 수 있다. 저작물이 식별되는 형태로 생성되면 저작권은 자동으로 부여된다. 저작물이 대중에게 공개되거나 발표된 경우, 등록 절차를 걸쳐 공식적으로 판매되거나 공시된 경우면 저작권은 자동으로 발생한다.[7] 유튜브 · 페이스북 · 인스타그램 같은 인터넷 매체를 활용하여 영상, 글, 사진 등을 공개하였다면, 그것도 저작권으로 인정된다.

저작권이 있는 저작물의 대표적 예로 책, 웹사이트 콘텐츠, 음악 작품, 안무, 영화 등이 있다. 저작권은 저작물의 복제와 공유 권한을 제한하는 법률적 개념이다. 저작권 소유자만이 저작물을 복제할 수 있고, 이를 통해 사본을 만들어 다른 사람과 작업을 공유할 수 있으며, 다른 사람이 같은 작업을 수행할 수 있는지 통제할 수 있는 배타적이고 제한적인 권리를 갖는다.[8] 또한 저작권 소유자만이 파생 상품, 번역 또는 각색과 같은 이차적 저작물을 만들 수 있고, 저자의 작

업 사본을 임대, 판매, 리스 또는 대여할 수 있는 배포권을 갖는다.[9]

따라서 표절 중에서 자기 표절은 저작권 침해가 아니다. 또한 어떤 작품에 저작권이 없다면 해당 저작물을 도용하여 표절했다고 의심받을 수 있어도 저작권을 침해했다고 보지 않는다. 만약 고전 문학작품의 줄거리를 표절했더라도, 해당 작품에 저작권이 없다면 저작권 침해가 아니다. 참고로 저작권은 저작자가 사망한 후 70년까지만 유지된다. 70년이 지나면 저작권은 자동으로 소멸한다.[10] 결론적으로 표절은 해당 작업에 합당한 지적 공로를 제공하는 문제로 발생하는 사건이고, 저작권 침해는 저작물에 대한 저작권 소유자의 이익을 침해하거나 방해하여 발생하는 사건이다.

앞서 말했듯 표절은 저작권 침해와 달리 법적 문제가 아닌 윤리적 문제이며, 표절 중에서 저작권을 침해한 경우에만 법적으로 범죄가 성립된다. 하지만 법적 처벌을 받지 않는다 해도 직장에서 해고되고, 대학에서 제명되고, 대학 학위가 박탈되는 등 심각한 결과를 초래할 수 있다. 보고서에 참고문헌 인용 표기를 안 했다고 범죄자가 되지는 않는다. 다만 표절 의심을 받아 학점이 깎일 수 있다.

정치적 올바름(PC)

표현의 자유를 100퍼센트 보장해야 한다고 주장하는 사람은 많지 않다. 다수 시민은 상식적 수준에서 표현의 자유가 허용되어야 한다고 본다. 문제는 상식적 수준을 어느 정도로 볼 것이냐다. 차별적이고 혐오적인 표현은 피해야 한다는 정치적 올바름 Political Correctness(이하 PC)을 강조하는 사람들은 상식적 수준의 자기검열이 필요하다고 본다. PC를 강조하는 사람들은 차별적이고 혐오적인 표현이 공론장에서 사라지면 차별과 혐오를 대하는 공동체 의식도 개선될 것이라 믿는다. 언어가 의식을 지배한다는 언어결정론에 따른 관점이다.

반면에 이러한 자기검열이 자유로운 토론과 논쟁을 무력하게 만들고, 정작 중요한 쟁점을 깊이 있게 논의하지 못하게 막는다고 보는 견해도 있다. 기자이자 교수로서 글쓰기를 오랫동안 직업으로 삼은 윌리엄 진서William Zinsser는 PC가 지나치면 진실을 감추고 왜곡하는 이상한 표현을 쓰게 된다고 지적하기도 한다.[11] PC를 고려한 자기검열이 표현은 물론이고 내용까지 제한하는 게 과연 적절한지는 여전히 논쟁 중이다.

철학자 리처드 로티Richard Rorty는 '올바름'이란 어떤 사람의 편을 대변하거나 그런 입장을 지지하는 것이 아니라, 진정한 본질을 파악하는 데 있다고 말했다.[12] 그러면서 자유주의 사회에서 연대성을 강조할 때 도덕성이 아닌 우월성에 기반해서는 안 된다고 지적했다.[13] 로티의 생각을 참고한다면, PC는 특정 입장을 지지하는 논리가 되어서는 안 되며, PC가 궁극적으로 목표로 하는 도덕적 가치를 실현하는 데 초점을 맞춰야 한다. PC는 자유주의 사회를 구성하는 사람들끼리 연대하기 위한 의식이지 도덕적 우월성을 드러내는 수단이 되어서는 곤란하다.

　민주주의 사회에서 공론장公論場은 중요하다. 공론장은 자유롭고 평등한 토론을 바탕으로 합리적 의사소통이 이루어지는 사회적 공간이자 장치다.[14] 그런데 이런 공론장은 시장경제와 자본주의체제 하에서 여러 위험에 노출되어 있다. 자유롭고 평등한 의사소통이 현실에서는 쉽지 않다. 공론장 본연의 기능이 제대로 작동하려면 소통의 양만큼 질적 측면도 중요하다. PC를 고려하되, PC 본연의 문제의식을 회피해서는 안 된다. 그래서 글쓰기를 본격적으로 수행하기 전에, 질적이고 합리적인 소통을 위한 성찰이 필요하다. 그리고 PC와 표현의 자유가 어떻게 조화와 균형을 이룰지 살펴야 한다. 다음 질문들은 그런 성찰에 기준을 제공하는 단서들이다.

증오 발언은 표현의 자유인가?　증오 발언은 특정 인종, 성별, 성적 지향, 종교, 지역 등에 대한 적대적이거나 차별적인 표현을 의미한다. 특히 사회적 약자, 소수자를 향한 차별과 증오 표현을 법적으로 규제하자는 주장이 있다. 포괄적차별금지법이 대표적 예이다.

명예훼손 및 허위 정보는 표현의 자유인가?　명예훼손은 타인의 명성을 해치는 허위 정보를 퍼뜨리는 행위다. 명백히 거짓된 정보나 허위 사실을 유포하여 타인의 명예를 훼손하면 문제가 된다. 현재 명예훼손죄는 7년 이하의 징역, 10년 이하의 자격정지, 1천만 원 이하의 벌금으로 처벌한다.

사회질서와 안보를 해치는 유언비어는 표현의 자유인가? 공공의 안녕과 평화를 해치고 폭동이나 소요 사태를 유발하는 유언비어는 사회적 혼란을 초래할 수 있다. 기득권 세력은 이를 권력을 유지하거나 강화하기 위한 억압의 논리로 사용하기도 한다. 음모론은 양날의 칼이다. 5·18 민주화운동은 한때 유언비어로 취급됐다. 미국산 쇠고기가 광우병에 걸린 소를 도축한 것이라는 유언비어는 거짓으로 드러났다. 유언비어 여부를 판단하려면 정치적 안목이 요구된다. 정치적 안목은 사실관계와 그 너머 이해관계까지 살필 줄 아는 능력이다. 유언비어를 퍼뜨리는 세력이 있으면 그 목소리뿐만 아니라 목소리를 내는 주체와 배경까지 파악해야 한다.

선정적이고 폭력적인 저작물은 표현의 자유인가? 음란물과 폭력성 짙은 저작물의 경우, 사회윤리와 도덕을 해치고 사람들의 의식에 부정적 영향을 미칠 수 있다. 최근에 논란이 된 딥페이크 음란물은 유포할 시 처벌받는다. 선정성과 폭력성이 표현의 수단일 때와 목적일 때를 구분하기는 쉽지 않다. 어느 정도의 표현 수준을 우리 사회가 용인하고 수용할지도 논란이다. 미성년자만 아니라면 아예 수용자에게 수용 여부를 전적으로 맡겨야 한다고 주장하기도 한다.

예술 작품의 모든 내용은 표현의 자유인가? 정치적·종교적·윤리적 측면에서 예술 작품의 내용이 사회에 미칠 영향 때문에 검열을 받기도 한다. 국가권력과 위계에 의한 강압으로 예술가의 표현의 자유가 억압당하는 걸 막고자 2021년 9월에 「예술인의 지위와 권리의 보장에 관한 법률」이 제정되었다. 이 법률 2장 7조에서 예술인은 자유롭게 예술 활동에 종사할 권리와 예술 활동의 성과를 널리 전파할 권리를 가진다고 명시하였다.

미디어 플랫폼에 게시하는 자기 의견은 표현의 자유인가? 인터넷 네트워크에서 개인정보를 침해하거나 가짜 뉴스, 허위 정보 유포, 욕설, 혐오 표현 등을 관리하고 규제해야 한다는 주장이 있다. 온라인에 악성 댓글을 게시할 경우, 「정보통신망 이용촉진 및 정보보호 등에 관한 법률」에 따라 처벌할 수 있다. 해당 법률 제70조에 따르면, ① 사람을 비방할 목적으로 정보통신망을 통하여 공공연하게 사실을 드러내어 다른 사람의 명예를 훼손한 자는 3년 이하의 징역 또는 3천만 원 이하의 벌금에 처한다. ② 사람을 비방할 목적으로 정보통신망을 통하여 공공연하게 거짓의 사실을 드러내어 다른 사람의 명예를 훼손한 자는 7년 이하의 징역, 10년 이하의 자격정지 또는 5천만 원 이하의 벌금에 처한다. 온라인에 게시한 내용이 사실이든 거짓이든 타인의 명예를 훼손하면 처벌을 받을 수 있다.

인공지능 활용

2022년 11월 30일 Open AI가 챗GPT ChatGPT를 공개하면서, 인공지능의 효능감을 대중이 확연히 느끼게 되었다. 챗GPT로 대표되는 생성형 인공지능은 기존의 인공지능과 다른 차별점이 있다. 기존의 인공지능이 특정 분야의 문제를 자동으로 해결하는 도구였다면, 생성형 인공지능은 전 분야의 문제를 통합적으로 해결하는 도구다. 특히 챗GPT 경우, 텍스트 기반으로 창의적이고 자율적인 콘텐츠를 이용자의 요구에 맞춰 생성해 낸다. 기존 인공지능이 인간의 지능을 보조하는 기술이라면, 생성형 인공지능은 인간의 지능을 견인하고 인간과 협력하여 문제를 함께 해결해 나가는 기술이다. 기존 인공지능과 생성형 인공지능의 차이를 도표로 정리하면 〈표 1〉과 같다.

| 표 1 | "생성형 인공지능과 기존 인공지능 기술의 차이를 설명해 줘", 챗GPT 답변

구분	기존 인공지능	생성형 인공지능
목적	문제 해결, 예측, 분류 등의 작업 수행	새로운 콘텐츠 (텍스트, 이미지, 음악 등) 생성
목표	특정한 문제에 대한 최적의 답을 찾는 것에 중점	새로운 데이터를 창작하여 다양한 형태의 콘텐츠를 만들어 냄
작동 방식	미리 정의된 규칙이나 패턴을 학습하고 이를 바탕으로 결과 도출	데이터를 학습한 후 새로운 데이터를 창의적으로 생성
데이터 처리 방식	입력 데이터를 기반으로 패턴 분석 및 분류 작업 수행	기존 데이터를 학습한 후 새로운 데이터를 생성
학습 방식	지도 학습Supervised Learning	강화 학습Reinforcement Learning
응용 사례	스팸 필터링, 자율주행, 의료 진단, 음성인식	텍스트 생성(ChatGPT), 이미지 생성(DALL-E)
창의성과 자율성	규칙에 기반한 문제 해결, 창의성 제한, 데이터를 분석하여 기존 정보를 바탕으로 결과를 예측	창의적이고 자율적으로 콘텐츠를 생성, 새로운 패턴을 만들어 내며 창의적인 결과를 도출
기술적 기반	회귀 분석, 결정 트리, 신경망 등 전통적인 통계적 모델들로 최적의 패턴을 찾는 데 초점	딥러닝 기술을 기반으로 거대 언어 모델(LLM)이나 이미지 생성 모델을 활용하여 연관성을 학습하는 데 초점

   프롤로그 글쓰기의 윤리

생성형 인공지능이 기존 인공지능보다 업그레이드된 부분은 이용자가 기대하는 결과를 신속하게 도출해 내는데, 그 결과의 적합성과 적절성까지 보장된다는 점이다. 때로는 엉뚱한 답을 내놓기도 하고, 거짓된 정보를 마치 사실인 양 환각을 보이기도 하지만 생성형 인공지능의 적합성과 적절성은 기존 인공지능에 비해 확실히 향상되었다. 다만, 정확성 부분은 이용자의 판단과 평가에 따라 수정되거나 선택적으로 수용되어야 한다. 바로 이 정확성 문제가 생성형 인공지능에 전적으로 의존해서 문제를 해결해서는 안 되는 이유이기도 하다.

지능은 단순히 정보를 학습하고 문제를 해결하는 의식 능력만을 뜻하지 않는다. 지능의 중요한 특징은 지향성이다. 지향성은 무엇을 하고자 하는 의지나 믿음, 욕구와 같은 의식이다. 인간과 같은 동물의 의식은 '학습, 문제 해결, 지향성'을 모두 갖추고 있다. 이 중에서 지향성은 인공지능이 아직 기술적으로 수행하지 못한다. 챗GPT와의 대화는 지향성이 아니라 알고리즘에 따른 예측과 반응이다. 인간의 대화는 상대방의 상태, 관계, 상황을 모두 고려한다. 예를 들어, 상대방이 나에게 "벌써 시간이 이렇게 됐네요"라고 말하면 보통 "그래요, 어서 집에 들어가 쉬세요"라고 반응하거나, 아니면 "미안해요, 제가 눈치가 없었네요. 너무 늦었죠?", 혹은 "내일은 쉬는 날이잖아요. 조금 더 이야기해요" 등 다양한 반응을 보일 수 있다. 그런데 챗GPT는 "늦은 시간까지 대화해서 고마워. 오늘은

푹 쉬고 다음에 또 이야기해"라고 답한다. 챗GPT의 반응은 맥락적으로 가장 일반적인 답변을 추론한 결과다. 이러한 반응은 적절하지만, 정확하지는 않다.

정확성은 목적에 부합할 때 획득되는 성질이다. 목적은 지향성의 결과다. 시험에서 100점을 받고자 하는 목적이 없다면 굳이 시험 문제를 정확히 풀 이유가 없다. 적합성은 상황이나 기준에 부합하는 성질이고, 적절성은 타당하고 합리적인 성질이다. 앞선 예시에서 챗GPT의 답변은 적합하고 적절하다. 그러나 정확한 답변이라 할 수는 없다. 정확성 여부는 지향성을 전제한다. 결국 의지, 믿음, 욕구와 같은 지향적 목적의식은 아직 인간의 몫이다.

알고리즘은 학습된 패턴으로 맥락을 형성시킨다. 인공지능은 패턴과 맥락을 파악하는 기술이다. 길을 찾아갈 때 최적화된 길이 어디인지 인공지능은 알려 주고, 그중 어떤 길을 선택하고 어떤 곳에 들를지는 인간이 판단할 몫이다. 그런 점에서 생성형 인공지능을 활용하여 효율성을 극대화할 수 있는 분야가 바로 글쓰기다. 챗GPT의 등장은 특정 작업을 수행하기 위해 이용자와 상호작용하며 함께 작업을 수행할 수 있는 독립적인 도구tool를 대중화한 사건이다. 챗GPT는 인간의 글쓰기에 필요한 온갖 도구들을 갖춘 연장통 같은 것이다. 문제는, 그 연장통을 어떻게 활용한 것인가다.

인간의 글쓰기는 크게 두 가지로 나뉜다. 저술著述과 편집編輯이 그것이다. 저술은 직접 경험하거나 관찰한 것을 고찰하여 그것의 의미나 현상을 분석하고 해석한 결과를 쓴 글이다. 논문, 소설, 평론이 저술의 대표적 예다. 편집은 어떤 목적과 관련된 여러 자료를 모아서 기준에 따라 분류하고 자료들의 순서를 부여해 정리한 글이다. 정보성 기사, 백과사전, 매뉴얼이 편집의 대표적 예다. 편집은 인간보다 챗GPT가 더 수월하게 해낸다.

생성형 인공지능은 자료 수집과 분류, 순서 정리 같은 정보 위주의 정형화된 글쓰기에 특화되어 있다. 특히 텍스트 기반인 챗GPT는 이런 분야에서는 숙련된 기술을 구사한다.[15] 그러나 저술은 챗GPT가 아직은 인간의 기술에 미치지 못한다. 물론 여기서 비교 대상은 일반인이 아니라 교육받은 전문가다. 교육 수준이 낮거나 비전문가와 비교하면 챗GPT의 저술 능력이 더 나을 수도 있다.

생성형 인공지능이 보급되면서 두 가지 인간 유형이 등장하고 있다. 단답식 답변을 기대하며 즉흥적으로 묻는 사람과, 생각의 흐름을 펼치기 위해 체계적으로 묻는 사람이다. 전자의 경우에는 인공지능을 활용하여 바로 답을 찾는 데 급급하다. 마치 숏폼Short-form 영상을 초 단위로 빠르게 넘겨 보는 것처럼, 직관적인 결과만 보려 하는 도파민 중독 상태다. 한 개의 결과만 검색되어 나오는 포털처럼 인공지능을 납작하게 사용하는 경우다. 이때 인공지능은 입담 좋은 이야기꾼이다. 다만, 이 이야기꾼이 사기 전과와 조현병 증상이 있다는 걸 알아야 한다. 후자의 경우, 인공지능은 일머리 좋은 조교이자 만능 연장통이다. 백과사전을 통째로 기억하고, 온갖 뉴스와 정보를 일목요연하게 브리핑까지 해 준다. 생성형 인공지능이 대중화되면서 이 기술을 활용하지 않고 글쓰기를 한다는 건 이제 비현실적인 일이다.

인공지능 기술은 글쓰기를 위협하고, 인간의 지능을 위협하는 도구가 아니다. 지금까지 인류 역사에서 기술이 인간을 대체한 적이 없다. 대체된 건, 인간이 아니라 특정 기술을 사용하지 않는 인간이다. 필사하던 인간은 타자하는 인간으로 대체되었고, 타자하는 인간은 코딩하는 인간으로 대체될 뿐이다. 기술이 인간과 대결하고, 심지어 적대적 관계를 형성한다고 주장하는 건 늘 어떤 기술에 의존했던 사람들이다. 현재 진행 중인 인공지능 기술의 급격한 발달을 감시하고 성찰하는 건 중요하고 필요하지만, 그러한 감시와 성찰이 거부와 공포를 조장해서는 안 된다. 인터넷을 이용하지 않고 정보를 습득하는 게 이젠 얼마나 비현실적인가? 유튜브와 카카오톡 없는 일상이 가능할까? 현재 생성형 인공지능은 유튜브와 카카오톡만큼의 위상을 차지하고 있다. 조만간에 그냥 인터넷 그 자체가 될 것이다. 컴퓨터나 휴대폰의 초기 화면에 인공지능 아이콘 하나만 있는 시대가 도래할 수도 있다. 인공지능으로 우리의 지능을 대체하는 게 아니다. 우리의 지능에 인공지능을 보태는 것이다.

대학 글쓰기도 이제 변해야 한다. 인공지능은 표절 검색 프로그램의 적이 아니라, 맞춤형 보조 프로그램이어야 한다. 보고서를 쓸 때 한컴 워드나 MS 워드를 사용하는 것처럼, 생성형 인공지능은 워드 프로세서의 확장판이 될 것이다. 다만, 그렇다고 해서 인공지능에 100퍼센트 의존하여 스스로 인간 지능을 포기해서는 안 된다. 교수자도 학생의 보고서에서 인공지능의 흔적 찾기에만 몰두한다면 다음 단계로 나아갈 수 없다. 이런 소모적인 술래잡기를 끝내고 생산적인 협업을 고민해야 한다.

기술적 표절 논란은 당분간 지속되겠지만, 우리는 이미 그 해법을 알고 있다. 글을 쓸 때 참고하거나 인용한 자료의 출처를 명확히 밝히듯, 인공지능의 도움을 받아 알게 된 자료의 출처를 직접 확인하고 밝히면 표절 논란에 휘말릴 일이 없다. 만약 인공지능이 내놓은 답변을 그대로 활용하고 싶다면, 해당 내용의 스크립트를 인용했음을 정직하게 밝히면 된다. 인공지능 답변을 인용하는 게 학문적으로 타당한지는 현재 논의 중이다. 지식의 본질에 관한 학문적 고찰이 필요해 보인다. 이와 별개로 우리는 현재의 통념을 따르면 된다. 최소한, 인공지능의 답변을 인용한 사실을 밝힌다면 윤리적 비판에서는 자유로워질 것이다.

챗GPT의 등장과 생성형 인공지능의 대중화는 분명 글쓰기에 충격적 사건이다. 글쓰기와 읽기의 역사에서 중요한 사건이었던 표의문자와 표음문자의 등장, 코덱스와 인쇄술의 등장만큼이나 결정적 사건이다. 그런데 이전 사건과 중요한 차이점이 있다. 쓰기와 읽기의 역사에서 과거의 기술들은 모두 어떤 형식의 변화를 일으킨 사건들이다. 그림문자를 추상화한 사건, 의미를 음성으로 기호화한 사건, 보관과 기록을 효율화한 사건. 반면에, 생성형 인공지능은 우리의 사고에 변화를 일으킨 사건이다. 물론 과거의 사건들도 우리의 사고와 관점에 영향을 주었지만, 생성형 인공지능처럼 사고 변화를 직접적으로 유도하지는 않았다.

생성형 인공지능은 대화를 통해 작동한다. 쓰기와 읽기에서 상호작용은 지금까지 인간끼리만 경험할 수 있는 것이었다. 그런데 챗GPT, 코파일럿Copilot, 제미나이Gemini, 클로드Claude 등은 쓰기와 읽기에서 인간과 상호작용을 수행한다. 책을 읽고 작가와 소통한다는 상징적 의미가 아니라, 즉각적이고 가시적이고 실제적인 소통을 한다. 이건 문자나 책의 등장과는 차원이 다른 사건이다. 나의 의식과 분리된 다른 의식을 글쓰기 과정에서 만나게 된 것이다. 다른 의식이 나의 의식에 실시간으로 영향을 미친다는 건, 글을 쓰는 주체가 하나 더 있다는 뜻이다. 이러한 변화를 어떻게 우리의 글쓰기에 끌어안아야 할까? 바로 '대화'이다. 의견을 나누고 함께 문제를 해결하는 것이다. 그러려면 다른 인간과 대화할 때처럼, 적절하고 적합한 질문을 던질 줄 알아야 한다.[*]

대화의 기술은 좋은 질문에서 시작한다. 묻고 답하는 과정에서

---

[*] 챗봇과의 대화는 프롬프트prompt 작업이다. 인공지능은 글쓰기를 대필하는 '유령 작가'가 아니라, 글쓰기를 보조하는 '튜터'가 되어야 한다. 챗봇 프롬프트 작업 방법과 기술은 이 책의 부록 참고.

상대의 말에 집중하고 적절한 질문이 이어질 때 대화는 충실해지고 즐거워진다. 질문에는 세 가지 종류가 있다. 옳고 그름을 묻는 질문, 선택을 묻는 질문, 정보를 묻는 질문. 인공지능은 세 번째 질문에 특화되어 있다. 첫 번째와 두 번째 질문은 인간이 정하고 답해야 한다. 옳고 그름, 선택의 판단은 아직 인간의 몫이다. 생성형 인공지능은 그러한 판단에 도달할 때까지 인간을 도울 뿐이다. 인간만이 자기 삶을 디자인할 수 있는 권리가 있고, 그 권리를 포기하지 않아야 정확한 글쓰기를 할 수 있다. 정확한 글쓰기는 주체적 관점을 전제한다. 자기만의 관점이 없다면, 인간의 글쓰기도 챗봇의 글쓰기와 다를 바 없다. 사실 많은 사람들이 챗봇처럼 글을 쓴다. 누군가의 지시나 요구 조건에 맞춰, 자기 관점 없이 글을 써낸다. 그건 프롬프트에 지시한 대로 출력물을 쏟아 내는 챗봇의 글쓰기다. 챗봇의 글쓰기가 조악하다고 무시하기 전에, 우리도 자신에게 물어야 한다. 나의 글쓰기는 단지 누군가의 프롬프트 지시만을 따르고 있었던 게 아닌가? 나는 누군가의 챗봇이 아닌가?

글쓰기는 의식의 결과이면서 과정이다. 우린 생각을 글자와 문장으로 코딩한다. 코딩 에러로 버그가 나타나면 고치듯, 글쓰기는 생각의 오류를 발견하고 교정하도록 만든다. 나만의 관점을 세상에 내어놓는 건 쉽지 않고 꽤 두려운 일이다. 지금 나 역시 그렇다. 어쩌면 글쓰기란 생각의 방황 그 자체인지 모른다. 철학자 백상현은 생각의 방황을 정지시키는 게 고정관념이라 했다.[16] 학술적 글쓰기는 규범의 언어를 모방하고 습득한 후, 탈규범의 언어를 발명하고 사용하는 행위다. 규범의 언어가 곧 고정관념이다. 고정관념은 생각의 방황을 멈추게 한다. 이건 양가적이다. 계속 고민만 하면 글을 쓸 수 없다. 그런데 고민하지 않으면 좋은 글을 쓸 수 없다. 그래서 어느 시점엔 생각의 방황을 멈춰야 한다. 그러나 그 멈춤에 안주해서는 안 된다. 언제든 다시 방황을 준비해야 한다.

인공지능의 시대다. 이 시대는 우리에게 묻고 있다. 당신의 생각을 인공지능에 맡길 것인가, 인공지능과 함께할 것인가? 생각의 방황을 완전히 멈춘다면 우린 인공지능이다. 우리가 인공지능이 되면, 인공지능은 무엇이 될까?

발상

발상發想은 '어떤 생각을 해내는 일'을 뜻한다. 이 단어를 구성하는 형태소인 '발發'은 본래 화살을 쏜다는 뜻이다. 화살을 쏘려면 화살을 활시위에 걸어 잡아당겨야 한다. 활, 시위, 화살과 같은 요소가 서로 적합하게 결합하고, 사람이 적절하게 활시위를 당겨야 비로소 화살이 날아간다. 발상도 마찬가지다. 어떤 생각을 해내려면, 생각을 구성하는 요소를 적합하게 결합시키고 생각 주체가 적절하게 힘을 써야 한다. 화살이 목표물에 적중할지는 그다음 문제다. 먼저 생각을 해내는 일, 즉 활을 시위에 걸어 잡아당겨야 한다. 그렇다면 활, 시위, 화살 등의 요소를 어떻게 결합시켜야 할까? 바로 형식forms의 문제이다.

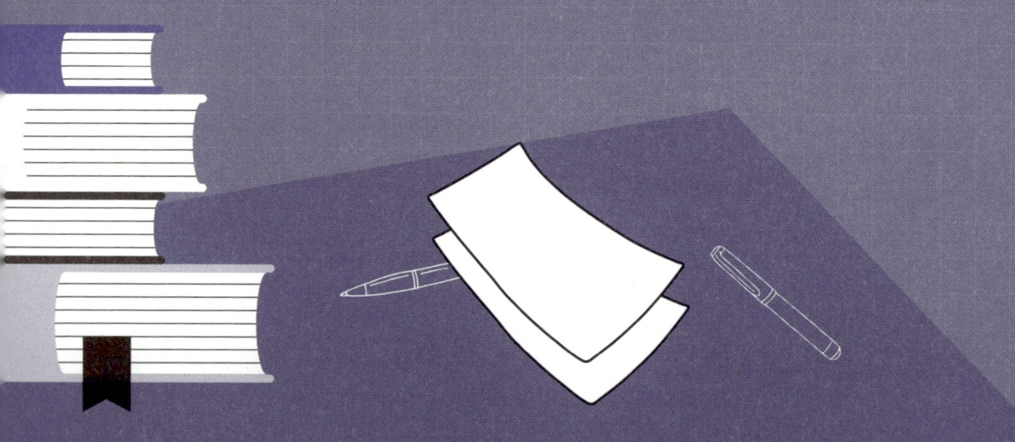

무엇을 쓸 것인가

모든 글쓰기의 출발이자 시작인 발상은 어느 날 갑자기 메시아처럼 도래하지 않는다. 그런 발상을 기다리는 건 종말의 때를 기다리는 사이비종교 집단처럼 어리석은 일이다. 어떤 목표를 향해 활을 쏘듯, 대상과 구성 요소로서 형식적 제약 조건을 갖춰야 발상을 할 수 있다. 형식은 어떤 생각을 해내도록 만든다. 그냥 무턱대고 들이대는 건 발상이 아니다.

형식은 그저 내용과 다른 경직된 틀이나 껍질이 아니다. 사회적이고 역사적인 맥락에서 형성된 질서이자 패턴이다. 형식은 시간과 공간을 조직하고 배치하며, 사회를 형성시키고 국가의 개념을 구성한다. 형식은 내용과 구분되는 다른 무엇이 아니라, 내용 그 자체를 만들어 내는 힘이다.

발상의 형식과 행동유도성

영문학자 캐롤라인 레빈Caroline Levine은 형식의 힘을 다섯 가지로 밝혔다.[1] 첫째, 형식은 제한한다. 제한은 통제하는 권력이다. 이 권력은 저항을 유도한다. 저항은 다른 권력을 창출한다. 둘째, 형식은 차이를 만든다. 차이는 정교함과 구체성으로 획득된다. 정교하고 구체적이고자 하는 노력은 풍부하고 세련된 특징을 발전케 한다. 셋째, 형식은 중첩하고 교차한다. 서로 다른 형식들이 동시에 작용하면서 다양한 층위의 질서와 패턴이 만들어진다. 이러한 현상은 복잡성을 낳지만, 결국 그 복잡성이 새로운 질서와 패턴을 유도해 낸다. 넷째, 형식은 이동한다. 어떤 형식도 고정불변할 수 없다. 차이를 만들고, 중첩과 교차하면서 형식은 형식화되지 않는다. 다섯째, 형식은 특정한 역사적 맥락에서 정치적 작업을 수행한다. 형식은 논쟁을 일으킨다. 논쟁은 누군가의 옳음이 다른 누군가의 옳음에 맞서 투쟁하는 일이다. 형식은 논쟁의 원천으로서 정치적이다. 형식이 없다면 민주주의는 공허한 이상주의에 불과하다.

형식의 이 다섯 가지 힘은 행동유도성affordance이라는 심리학 개념이자 디자인 요소와 관련된다. 행동유도성은 사람들이 특정 물체나 상황을 대할 때, 어떻게 행동할지 직관적으로 이해하고 수행하도록 만드는 설계 개념이자 요소다.[2] 튀어나오게 설계한 버튼은 눌러 동작하도록 유도한다. 문손잡이 모양에 따라 미닫이문인지, 여닫이문인지 바로 이해하고 문을 열거나 닫는다. 이러한 예시에서 알 수 있듯, 행동유도성은 형상과 패턴이 어떤 작용을 유도하는 잠재성을 내포하고 있음을 가리킨다.

형식은 추상적 성격을 띠고 있어 버튼이나 문손잡이처럼 특정 작업을 유도하는 데만 쓰이지 않는다. 형식의 잠재성은 추상적 개념으로 여러 상황과 맥락에 적용되고 응용된다. 최근에는 다양한 유저 인터페이스User Interface를 개발하는 데도 적용된다. 이미지, 버튼, 아이콘 등 여러 UXUser Experience는 우리의 익숙한 경험과 관습을 이용해 상황 맥락을 유도해 낸다.[3] 과거 19세기 유럽의 감옥 형식은 학교와 병원을 짓고 운영하는 데 활용됐다. 그리스와 로마의 원형극장 형식은 현대의 영화관과 경기장을 설계하는 모델이 되었다. 행동유도성은 형식이 무엇을 할 수 있는지, 어떻게 활용되는지를 보여 준다. 디지털 기술부터 다양한 건축물까지 형식이 만들어 낸 세계에서 우리는 살고 있다.

행동유도성은 물질에 형식을 부여하여 어떤 작용이 이루어지도록 사용자를 견인하는 유틸리티utility 기능을 한다. 컴퓨터의 각종 소프트웨어처럼 유틸리티는 유용한 도구다. 형식은 무엇을 수행하는 걸 방해하거나 제한하지 않는다. 오히려 적극적으로 어떤 작업을 수행하도록 유도하는 잠재성을 활성화한다. 컴퓨터의 다양한 소프트웨어 유틸리티가 컴퓨터를 효과적이고 효율적으로 사용하도록 만드는 것처럼, 형식은 도구를 활용하여 문제를 해결한다.

형식에 대한 가장 큰 오해는 형식을 제한limitation 조건으로 여기는 것이다. 형식은 제한이 아니라 제약restriction 조건이다. 제한 조건으로서 형식은 어떤 한계를 두고 잠재성이 발현되는 걸 억압한다. 제약 조건으로서 형식은 잠재성이 발현되도록 유도하고 자극한다.* 제약이란 어떤 규범을 약속하는 일이다. 약속은 실현시키려는 노력을 수반한다. 제약 조건으로서 형식은 그러한 노력, 실천을 이끈다. 초장, 중장, 종장이라는 시조의 3장 형식은 시조 창작을 방해하지 않는다. 오히려 그 형식이 다양하고 개성적인 시조를 창작하도록 만든다. 시조는 세계적으로도 유일무이한 가장 한국적인 문학으로 평가받는다. 3장 형식의 제약 조건이 21세기 현재까지도 시조를 쓰게 했다.

질 들뢰즈Gilles Deleuze는 세계와 주체의 관계를 설명하면서 '주름'이란 개념을 제시했다. 주체는 고정된 정체성이 없으며, 세계와의 관계 속에서 생겨난 주름처럼 무한으로 변하는 존재라 하였다.[4] 주름은 내부와 외부가 만나 형성된 자연스러운 무늬로서 내부와 외부의 상태에 따라 계속 변한다. 주름은 주체가 세계와 마주친 흔적이자 형식이다. 접힘과 펼침으로 만들어지는 주름은 잠재성을 응축하거나 발산한다. 종이접기는 그러한 주름의 잠재성을 보여 주는 예다.

---

* 제약 조건으로서 형식이 문학과 창조적 작업에 혁신의 잠재성을 이끈다고 보고, 이러한 개념을 바탕으로 실제로 창작 실험을 수행한 예술가 집단(OULIPO, 잠재문학작업실)이 있다. 1960년 프랑스에서 레몽 크노의 주도로 이탈로 칼비노, 마르셀 뒤샹, 조르주 페렉 등이 참여한 이 모임은 현재까지 이어지고 있다. https://www.oulipo.net

평면적인 종이를 접고 펼치면, 어느새 입체적인 모양의 어떤 형태가 만들어진다. 종이의 잠재성이 접힘과 펼침을 통해 발현된 것이다.

들뢰즈가 철학적 개념으로 제시한 주름은 레빈이 제시한 형식과 닮았다. 나의 체형과 몸동작에 따라 만들어진 옷의 주름은 가장 나다운 무늬로서, 내가 세상과 어떻게 관계 맺고 있는지를 보여 주는 하나의 형식이다. 옷의 주름이 생겨야 편하게 움직일 수 있듯, 형식은 우리의 생각이 자연스럽게 펼쳐지도록 이끈다. 세상을 살아가려면 옷을 입어야 하고, 옷과 내 몸이 서로 적응하는 만큼 나와 세상도 조금 더 가까워진다. 발상은 그렇게 생각에 옷을 입히고 주름이 잡히도록 생각을 움직이는 일이다. 그러한 주름이자 형식을 찾고 만드는 법이 글쓰기 발상 단계에서 우리가 수행해야 할 작업이다. 어쩌면 글쓰기 과정 전체가 나만의 무늬로서 주름이자 형식을 발견하고 변형하는 과정인지 모른다.

맨부커상을 받은 소설가이자 번역가인 리디아 데이비스Lydia Davis는 독창적인 글쓰기란 기존의 낡은 글쓰기 형식을 의심하고, 그것에 불만을 품어 새로운 형식을 창조해 내는 일이라 했다.[5] 글쓰기는 형식 없이 불가능하고, 독창적 글쓰기는 새로운 형식 없이 불가능하다.

발상의 첫 번째 형식은 관심 분야를 순차적으로 검토하고 탐색하는 일이다. 그래서 무엇을 쓸 것인지보다 선행되어야 하는 건 무엇을 쓰고 싶은지다.

관심 분야

쓰고 싶다는 욕망이 있어야 쓰고자 하는 글감을 찾을 수 있다. 여기서 쓰고 싶다는 욕망이 무엇이냐고 묻는 건 어리석은 질문이다. 욕망은 늘 다른 욕망으로 대체되기에 욕망의 실체를 규정하는 건 불가능하다. 유명해지고 싶어서 글을 쓰고 싶다면, 왜 유명해지고 싶은지 물어야 하고, 유명함이란 다시 무엇인가를 묻고, 그 대답은 다시 계속되는 질문에 시달리게 될 것이다. 욕망은 다른 욕망의 가면을 쓴다. 가면은 또 다른 가면을 쓰고 있다. 그러니 쓰고 싶다는 욕망이 무엇이냐는 물음 대신에, 쓰고 싶게 만드는 게 무엇인지 살펴야 한다. 롤랑 바르트Roland Barthes는 교통사고로 죽기 전 마지막 강의에서 이렇게 말했다.

나는 단지 다음과 같이 말할 수 있을 뿐입니다. 즉, 글쓰기 욕망은 내가 파악할 수 있는 출발점을 가지고 있다고 말입니다. 이 출발점은 다른 사람들이 집필한 몇몇 텍스트들을 읽으면서 얻을 수 있는 쾌락, 기쁨, 환희, 충족의 감정입니다. 나는 읽었기 때문에 씁니다. 읽는 쾌락에서 글쓰기 욕망으로 이행하기 위해서는 강조의 차이를 작동시켜야 합니다. 읽는 기쁨이 중요한 것은 아닙니다. (중략) 이 기쁨을 통해 그냥 독자로 남게 되는 사람들, 글을 쓰는 자들로 바뀌지 않는 독자들이 생산됩니다. 이와 달리 글쓰기의 생산적 기쁨은 또 다른 기쁨입니다.[6]

바르트는 그 또 다른 기쁨을 "텍스트를 욕망하는 사랑"이라고 말했다. 텍스트를 읽고, 텍스트를 향한 특별한 감정을 느껴 그것을 욕망하는 사랑이 바로 글을 쓰게 만든다. 글을 쓰고자 하는 욕망은 어떤 텍스트를 읽고 느낀 열렬한 사랑이다. 관심 분야, 즉 쓰고 싶은 글감을 찾으려면 먼저 텍스트를 읽고, 그 텍스트와 사랑에 빠져야 한다. 그냥 사회적 이슈나 화제를 떠올린다고 글이 쓰고 싶어지진 않을 것이다. 쓰고 싶은 욕망을 일으키는 텍스트를 먼저 찾아 읽고, 그 텍스트에서 글감을 발견한 후, 그 글감을 가지고 다음 글쓰기 단계를 수행해야 한다. 그렇다면 처음 출발 단계로서 사랑에 빠질 텍스트를 어떻게 찾을 것인가?

앞서 말했듯 텍스트는 주체가 세계와 소통하는 단위다. 책과 같은 독서물은 물론이고, 유튜브나 영화 같은 영상물, 게임이나 음악 같은 취미 저작물도 모두 텍스트에 해당한다. 심지어 종교 활동이나 봉사활동 같은 사회적 행위도 텍스트다. 이들 텍스트 중 무엇이든 상관없다. 세계와 소통하고자 하는 의지만 있다면, 자신의 심리도 텍스트가 될 수 있다. 텍스트는 유무형의 모든 대상이다.

텍스트와 사랑에 빠지는 일은 각자의 몫이다. 사랑에 빠질 텍스트를 발견하려면 개인, 집단, 사회, 세계 순으로 탐색해야 한다. 여기서 개인은 사회적 개체 중 하나가 아니라, 의식과 감각의 주체인 '나' 자신이다. 우리는 모두 자신을 사랑하지만, 그 사실을 잊고 살아간다. 나 자신은 세계와 소통하는 최초의 단위다. 나의 모든 걸

　　　　　　　　　　　　　　　　　　　　　　　　　　　　　　　　1장 발상

탐색해야 한다. 나를 탐색하는 방법은 다양하다. 한 시인은 시를 쓰기 위해 자신을 탐색하는 방법으로 천사처럼, 악마처럼, 외계인처럼, 사물처럼 생각하기를 제안하기도 한다.[7] 나의 아름다움과 선함, 위악과 비밀, 특이함과 낯섦, 나의 모습을 거리 두고 바라보기와 같은 방법으로 나를 탐색하면 '나'란 텍스트와 다시 새롭게 사랑에 빠질 수도 있다. 나의 관심 분야를 탐색하는 건 나란 존재의 정체성을 생각하는 일이다. 내가 누구인지, 어떤 사람인지 먼저 성찰하지 않으면, 세계의 다른 존재들을 이해하기 어렵다.

집단은 단순히 대중이 아닌 공동체를 의미한다. 대중은 불특정 다수를 이루는 집단이다. 대중은 다수로 이루어져 있지만 각자 자기 이익을 따라 움직인다. 다수의 얼굴을 한 이기적 집단이다.[8] 그래서 대중이 아닌 공동체 문제를 생각해야 한다. 공동체는 내가 영위하는 일상에서 마주하는 구성원의 집합이다. 일상을 공유한다는 건 서로 이해관계가 얽혀 있거나 이익을 함께 공유하는 사이임을 뜻한다. 그런데 같은 지역, 장소를 공유하더라도 그곳에서 일상을 영위하지 않는다면, 그곳은 공동체가 아니다. 한국에 살더라도 세계 곳곳에 사는 지인들과 SNS로 일상을 소통하고 공유한다면 온라인 공간이 공동체다. 이처럼 공동체를 기반으로 하는 집단은 물리적·사회적 차원으로 고정되어 있지 않다. 서로 현존하는 일상을 공통되게 지각할 수 있는 집단 공동체는 개인 다음으로 탐색해야 할 텍스트다. 집단 공동체를 사랑하기에 느끼는 아쉬움과 기대, 슬품과 기쁨은 나를 사랑하는 것보다 훨씬 복잡하고 풍부한 감정을 불러일으킨다.

　사회는 여러 공동체 집단이 공존하면서 자율적 통치를 수행하는 의사결정 구조를 지닌 거버넌스governance다. 거버넌스로 운영되는 사회society는 권력기구로서 국가state와는 다른 개념이다. 국가는 거버넌스를 강제적으로 조정하고 통제할 수 있는 법적 지위와 권력을 행사한다. 한국이 겪고 있는 문제는 대부분 사회적 단위에서 발생한다. 의료, 교육, 복지 등 당장 피부에 와닿는 문제는 모두 사회적 거버넌스가 관여하고 해결할 수 있다. 그러나 국가는 바꾸거나 해결해야 할 문제의 대상이 아니다. 우리가 속한 국가는 삼국시대부터 현재까지 그 명칭만 달라졌을 뿐 오천 년 넘게 계속해서 한반도 땅을 지배하는 권력의 표상이다. 무정부상태가 되어야 비로소 국가가 해체되고 소멸하겠지만, 현실적으로 그럴 가능성은 없다. 국가보다 변할 수 있는 대상인 사회에 주목해야 한다.

　세계는 이매뉴얼 월러스틴Immanuel Wallerstein이 제시한 단일한 자본주의적 경제체제다. 16세기 유럽에서 시작된 자본주의는 자본의 축적 과정에서 국가와 지역을 하나의 체제 속에서 상호작용하도록 만들었다. 우리가 국가라 여기는 권력기구도 현재는 이 자본주의적 세계 체제에 종속된 상태다. 문제는 세계 체제를 구성하는 중심부와 주변부, 혹은 그 경계에서 경제적 이유로 갈등이 발생하고 있다는 것이다.[9] 그러한 갈등이 노동, 환경, 문화, 종교, 이념 등 다양한 형태로 표출되고 있다. 경제적 토대가 이 모든 세계 체제의 문제를 일으키는 근본 원인이고, 여기서 파생되는 온갖 문제들이 세계라는 텍스트를 혼돈에 빠뜨린다. 세계를 사랑하는 건 국가를 사랑하는 것보다 쉽다. 국경을 넘기만 하면 세계를 두루 경험할 수 있다. 온라인에 접속하면 국경조차 무의미해진다. 그러나 국가는 국경을 넘는다고 달라지지 않는다. 세계의 문제가 국가의 문제보다 사랑하기 좋은 텍스트인 이유가 바로 여기에 있다. 세계는 국가를 경제적으로 종속시키지만, 우리를 직접 통치할 겨를이 없다. 세계 체제의 그물망은 매우 넓고 그 틈은 크다. 개별 국가는 그 그물망에 사로잡혀 있지만, 개인은 그 틈 사이로 유유히 빠져나갈 수 있다. 우리의 어떤 선택과 행동이 세계의 그늘을 없애거나 세계 체제에 어떤 변화를 일으킬 수 있다. 기후 행동에 참여하거나 전쟁 반대를 지지하는 목소리는 세계 체제의 약한 고리를 흔들 것이다.

발상의 첫 번째 형식으로서 관심 분야를 탐색하는 건 글을 쓰고 싶게 만드는 욕망으로서 텍스트를 찾아 읽고, 거기에서 글감을 발견하는 것이다. 개인, 집단, 사회, 세계로 이어지는 일련의 탐색 과정은 나, 공동체, 거버넌스, 자본주의 체제를 향한 열정과 관심이다. 이러한 열정과 관심은 바르트가 말한 텍스트를 읽고 욕망하는 사랑으로서 글쓰기를 출발시킨다. 이들 관심 분야와 관련된 언어 텍스트만 읽으려고 고집하지 않아도 된다. 중요한 건 '텍스트'를 만나는 일이다. 평소에 익숙하던 것도 텍스트로 여기면 조금 어색해진다. 그러한 만남은 신문 기사나 뉴스일 수 있고, 유튜브나 게임처럼 익숙한 것일 수도 있다. 때론 주말 모임이나 봉사활동에서 겪은 일일 수도 있다. 어떤 방식으로든 텍스트와 만나는 경험을 했다면, 그 순간을 꼭 기억해야 한다. 그 기억은 첫사랑 같은 설렘이다. 아직 모호하더라도 언젠가는 본격적으로 쓰게 될 첫 문장보다 앞에 쓰인 문장이다. 언어적 형태를 띤 텍스트만 첫사랑인가? 읽는 것만이 텍스트를 사랑하는 일인가? 우리가 사랑해야 할 텍스트는 언어보다 행동이다. 글쓰기를 위한 발상도 궁극적으로는 무엇을 할 것인가로 가는 첫 물음일 뿐이다. 우린 이어서 물어야 한다. 사랑하는 것을 위해 나는 무엇을 할 수 있나? 어디까지 할 수 있나? 첫사랑(같은 텍스트)을 만나게 되면 궁금한 게 많아진다.

질문하기

발상의 두 번째 형식은 관심 분야와 관련하여 질문하는 것이다. 모든 답은 질문에서 나온다. 그런데 질문에는 답을 찾는 것보다 더 중요한 가치가 있다. 질문하는 행위 자체가 나를 실존적 주체로 만든다는 것이다. 질문은 어떤 대상을 호명하면서 시작된다. 호명당한 대상은 그 질문에 답을 하거나 안 할 수 있다. 그러나 질문하는 발화 주체는 이미 답을 평가하거나 제시할 힘을 갖는다. 질문하기는 스스로 선택하고 판단하고 행동하게 만드는 자유롭고 독립적인 주체를 형성하게 한다. 명절 가족 모임에서 "넌 결혼 안 하니?" 질문하는 어른은 실존적 주체의 지위를 행사하는 것이다. 답변을 요구받은 사람은 질문자의 평가와 판단 대상이 된다. 이때 질문을 질문으로 돌려준다면? "큰아버지는 왜 결혼하셨나요?" 관계의 역전이다.

생성형 인공지능의 등장 이후, 프롬프트를 작성하는 능력 중 질문하기가 주목받고 있다. 인공지능과 대화하면서 프롬프트를 작성하는 방식은 기본적으로 둘 중 하나다. 요청하거나 반응하는 것. 요청은 대개 질문 형식이다. 인공지능에 요청하는 질문 형식은 정보적 성격을 띤다. 질문은 정의, 분석, 비교, 예시, 이유, 비판과 관련된 진술 방식으로 나타난다. 이런 질문은 사실에 기반한 답변을 기대한다. 그런데 인공지능은 옳고 그름, 선택을 물으면 모호하게 답변하거나 여러 관점을 제시하는 것으로 답변을 대신한다. 옳고 그름, 선택은 인간이 판단하고 결정할 영역이기 때문이다.

아직은 인공지능을 실존적 주체로 볼 수 없다. 실존적 주체는 자유롭고 독립적인 인간성을 전제로 한다. 한국어 조사 중 "~에게"는 생각과 감정을 지닌 유정명사有情名詞 뒤에만 붙는다. 식물이나 사물과 같은 무정명사無情名詞는 조사 "~에"가 붙는다. 아직은 문법적으로 인공지능 뒤에 조사 "~에"를 붙인다. 언젠가는 "인공지능에" 질문하던 일이 "인공지능에게" 질문하는 것으로 바뀔지 모르겠으나, 아직은 실존적 주체가 되는 질문은 인간의 전유물이다. 그래서 그런 질문을 하지 못한다면, 인공지능과 차별화된 지능의 소유자가 될 수 없다.

발상을 위한 질문의 형식은 다양하다. 질문을 많이 할수록 쓸 만한 아이디어를 발견할 가능성이 높다. 그러나 한정된 시간과 노력으로 쓸 만한 아이디어를 확보하려면 질문도 효과적으로 해야 한다. 김용찬 교수는 그런 질문을 다섯 가지로 제안했다. 첫째, 너무 거시적이거나 미시적이지 않은 중간 범위에 해당하는 질문이어야 한다. 둘째, 반직관적이고 역발상적이어야 한다. 상식을 흔드는 질문은 흥미를 유발하고 새로운 사실을 발견하도록 만든다. 셋째, 구조적 수준과 개인적 수준의 문제를 함께 연결하는 내용을 담아야 한다. 넷째, 여러 상황에 적용하는 것이 가능해야 한다. 다섯째, 새로운 질문을 계속 만들어 내야 한다. 좋은 질문은 그 질문에 대한 답으로 끝나지 않는다. 질문에 대한 답이 나와도, 그 답에서 새로운 질문을 도출해 낼 수 있어야 한다.[10] 이 중 특히 주목할 질문은 다섯 번째다. 계속 질문을 유도하는 질문이 중요하다.

효과적인 좋은 질문은 일회적 답만 요구하지 않는다. 계속해서 더 예리하고 논쟁적인 새로운 질문이 나오도록 질문의 심급을 높여야 한다. "인공지능은 의식이 있을까?"라는 질문은 "의식은 살아 있는 생명체만 가능할까?", "뇌가 없는 생명체는 의식이 있을까?", "뇌가 있어야 의식이 가능하다면 인공지능에 뇌와 같은 신경회로를 설치할 수 있을까?", "인공두뇌 신경망은 생명체의 의식을 모방할 수 있을까?" 등등. 이런 식으로 꼬리에 꼬리를 물고 질문의 심급을 확장한다면, 새로운 시각과 남다른 통찰을 얻을 수 있다. 생성형 인공지능과의 대화도 마찬가지다. 모든 질문은 둘 중 하나다. 판정의문과 설명의문이 그것이다. 그런데 예, 아니오를 묻는 판정의문은 반드시 왜 그런지 그 이유가 서술되어야 한다. 반면 설명의문은 육하원칙에 따라 기사를 작성하는 것처럼 어떤 구체적 사실관계를 밝혀 해명하는 답변이 나와야 한다. 이유와 구체적 사실관계를 묶으면, 그게 바로 정보다. 글쓰기는 정보를 전달하는 행위다. 전달할 가치가 없으면 정보가 아니다. 글쓰기 시작 단계인 발상은 가치 있는 정보를 발견하는 일이 핵심이다.

생성형 인공지능, 챗봇과의 대화는 프롬프팅Prompting으로 이뤄진다. 프롬프팅은 언어학적으로 지시명령문에 해당한다. 하지만 좋은 프롬프팅은 지시명령에 그치지 않는다. 좋은 프롬프팅은 인간과 챗봇이 어떤 주제를 두고 지속적이고 깊이 있는 대화를 하여, 그 주제의 맥락을 구성해 간다. "~을 요약해 줘"라는 지시명령형 프롬프팅은 챗봇을 요약 기계로만 활용하는 것이다. "~의 원인이 뭐야?"라는 질문은 챗봇과 인과 문제를 탐색하는 흥미로운 대화를 이끈다. 질문은 생성형 인공지능을 200퍼센트 활용하는 시작이다. 글쓰기의 시작인 발상은 바로 생성형 인공지능을 활용하는 거와 같다. 좋은 질문으로 어떤 주제의 맥락을 만들어 가는 일. 그건 인간이 챗봇과 함께 통찰을 발휘하는 첫 단계이자, 지성을 촉진하는 핵심 요소다. 그렇다면 우리의 인식을 확장·심화시켜 새로운 시각과 남다른 통찰을 이끌어 낼 질문은 어떤 질문일까? 다음은 정보성, 논리성, 윤리성을 추구하는 다섯 가지 질문 유형이다. 잊지 말자. 질문 형식이 곧 목적을 드러낸다.

❶ **관계** 관계는 수직적·수평적 관계로 이루어진다. 수직적 관계는 게 상하, 종속, 포함 관계다. 수직적 관계는 개념의 범주를 심화하고 대상의 종류를 파악할 때 효과적이다. 인공지능에 "자율주행차 네비게이션과 인공지능은 어떤 관계인가?" 질문해서, "자율주행차의 내비게이션 시스템은 좁은 인공지능ANI에 속한다!"는 답을 얻었다 치자. 이로써 좁은 인공지능 개념을 이해하게 되고, 이것에 해당하는 다른 사례들도 파악하게 되어, 인공지능의 개념과 종류를 알게 된 것이다. 한편, 수평적 관계를 대표하는 설명 방식은 비교, 대조, 유추 관계다. 수평적 관계는 대상 간의 차이점과 유사점을 파악하고 개념의 범주를 확장할 때 효과적이다. "인공지능과 인간의 지능을 비교한다면?"이라고 질문하면, "인공지능과 인간 지능은 창의성 측면에서 차이가 있다"는 답을 얻는다. 인공지능과 인간 지능을 비교하는 질문이 창의적 사고 문제로 인식을 확장하는 효과를 일으킨다. 이처럼 수직적·수평적 관계에 대한 질문은 우리의 인식을 확장하고 심화한다.

❷ **선택** 선택은 서로 모순되거나 반대되는 상황에서 어느 쪽 입장을 따를지를 숙고하는 질문 유형이다. 생존과 죽음은 동시에 존재할 수 없다. 그래서 식물인간의 사망 판단 여부가 논쟁이 된다. 두뇌 활동이 정지되면 사망 상태로 보아야 한다는 시각과, 심장과 다른 장기가 활동하고 있으므로 사망 상태로 보기 어렵다는 시각이 대립한다. 한편, 반대는 서로 정도의 차이가 커서 다르게 보는 경우다. 최저임금을 두고 노동자 측과 사용자 측은 서로 기대하는 최저임금 수준을 두고 논쟁한다. 시간당 일만 원이 적절하냐, 일만 이천 원이 적절하냐를 두고 부딪힌다. 반대는 모순과 달리 타협점, 중간 상태의 협의가 가능하다. 최저임금을 일만 일천 원에 합의할 수 있다. 이렇게 모순과 반대되는 상황은 논쟁적인 가치판단을 해야 할 때 제기되는 선택형 질문 유형에 해당한다.

❸ **예측** 예측은 원인을 바탕으로 어떤 결과를 예상하거나 그 반대로 결과를 바탕으로 원인을 추리하는 질문 유형이다. 원인과 결과는 시간성, 상관성, 필연성, 반복성, 직접성이란 조건을 충족할 때 성립한다. 원인은 결과보다 반드시 시간상 앞서야 한다(시간성). 원인과 결과 사이에는 서로 연결되는 사건이나 요소가 있어야 한다(상관성). 원인은 결과를 반드시 일으키는 충분조건이어야 한다(필연성). 원인이 같으면 결과도 같아야 한다(반복성). 원인과 결과 사이의 관계가 가까워야 한다(직접성). 이 다섯 가지 조건을 모두 갖

추면 인과성이 강한 경우고, 충족하는 조건이 줄어들면 인과성이 약해진다. 이산화탄소와 기후온난화의 인과성이 성립하려면 다섯 가지 조건을 충족하는지 입증하면 된다. 이산화탄소 배출량 증가가 지구 온도의 급속한 상승보다 선행하고, 이산화탄소가 온실효과를 유발하는데 지구 표면에 도달한 태양에너지가 온실효과로 우주로 방출되지 못해 다시 지구에 흡수되어 기온이 상승한다. 나머지 필연성과 반복성, 직접성을 입증하면 인과성이 성립한다. 인과성을 입증한 다음에는, 이산화탄소 배출량을 줄이지 않았을 때 앞으로 인류가 맞게 될 어려움을 예측할 수 있다. 예측은 인과성을 바탕으로 원인과 결과를 파악하는 질문 유형이다.

❹ **확인** 확인은 어설프게 알거나 애매모호한 점을 분명하고 구체적으로 파악하기 위한 질문 유형이다. 아무리 자신이 잘 아는 분야라도 개념적 혼란과 착각으로 잘못된 설명이나 논리를 펼칠 수 있다. 그런 오류를 방지하려면 돌다리도 두드려 보고 건너듯이 개념 정의와 사실관계를 꼼꼼이 확인해야 한다. "이게 무슨 뜻이지?", "이게 사실인가?" 이런 식의 질문은 특히 학술적/논리적 글쓰기를 하는 사람이면 숨 쉬는 것처럼 본능적으로 해야 한다. 사전 찾기는 기본이고, 소위 '팩트 체크'를 수시로 해야 한다. 이 확인 질문 과정을 게을리하면 글쓰기 자체에 치명적 오류가 나타날 수 있다. 발상 단계부터 개념 정의와 사실관계는 확실히 해 두어야 한다. 개념 정

의와 사실관계를 생성형 인공지능에만 의지해서 확인하다가는 인공지능 환각AI hallucination의 희생자가 될 수 있다. 확인 단계에서는 반드시 자료를 교차 검증해야 한다. 사소해 보이지만 실은 가장 주의해야 할 질문 유형이다.

❺ **대안** 대안은 문제점과 해결책을 파악하기 위한 질문 유형이다. 학술적/논리적 글쓰기는 기본적으로 어떠한 문제의식을 제기하고, 그것을 어떤 방법으로 해결하려고 하는지 그 과정을 서술하고, 그 과정에서 도출된 결과를 밝히는 글쓰기다. 아무리 문제의식이 날카롭고 인상적이어도, 그걸 어떻게 해결할지 서술하고 해결 방안으로서 대안을 제시하지 못하면 공허한 글이 된다. 대안은 다양할수록 좋지만, 무턱대고 양으로 밀어붙여서는 안 된다. 좋은 대안은 효율적이고 현실적이다. 흔히 '가성비'라 일컫는 합리적 효율성은 대안을 모색할 때 가장 먼저 고려할 점이다. 현실성은 반드시 충족시켜야 할 대안 조건은 아니다. 현실성이 미흡하더라도 좋은 대안은 얼마든지 있을 수 있다. 현실성이란 결국 지금 당장 실현하기 어렵다는 말이지 불가능하다는 뜻이 아니다. 결혼 외 동거 커플에게도 출산 지원을 제공하는 프랑스의 팍스PACS 정책이 우리나라에선 당장 시행되기 어렵더라도, 다양한 가족 형태를 인정하는 정책이 출산율을 높이는 정책인 것은 분명하다. 대안을 모색할 때 현실성에 너무 집착할 필요는 없다. 다소 이상적이거나 엉뚱해 보이는 대

안이라도 멋진 상상력으로 평가받을 수 있다. 대안은 학술적/논리적 글쓰기의 결론을 미리 상상해 보는 질문 유형이다. 대부분의 결론은 어떤 문제에 대한 해법이다.

결국 좋은 질문은 정보성, 논리성, 윤리성을 탐구하도록 만든다. 관계와 예측 유형의 질문은 정보를 파악하는 데 필수적이다. 선택과 대안 유형의 질문은 윤리적 가치판단을 자극한다. 확인 유형의 질문은 논리적 사고를 갖추고 세우는 힘을 길러 준다. 어떤 글을 쓸지 발상할 때 이 다섯 가지 유형과 관련된 질문부터 해 보라.

학술적/논리적 글쓰기를 해야 할 순간이 오면 지레 겁먹고 인공지능부터 찾지 말고, 형식의 힘을 믿어야 한다. 형식의 품은 의외로 편안하다. 그 형식에 정해진 질문을 하나씩 던지다 보면 어느덧 길이 보이고 길 주변으로 멋진 풍경이 펼쳐질 것이다.

2장
자료

예술비평가이자 역사가인 리베카 솔닛Rebecca Solnit은 서양철학의 역사에서 산책이 지적 행위로서 수많은 철학과 문학을 낳는 데 얼마나 큰 역할을 했는지 강조한 바 있다(《걷기의 인문학》). 산책은 단순한 운동이 아니며, 자아와 세계가 관계를 맺게 해 자아의 연속성을 경험하게 만든다. 이러한 연속성은 주변 풍경과 사람들이 나 자신과 적절한 거리를 유지할 때 획득되며, 그러한 인식의 결과가 세계를 이해하는 관조적 태도를 취하게 한다. 산책의 인문학적 의미를 고찰한 리베카 솔닛의 산책론을 읽기에 적용한다면, 독서는 지적 풍경과 저자들의 의식 세계를 구경하는 '사색'이라 할 수 있다. 우린 너무 오랫동안 독서 목적을 사색보다 '학습'에 두어 왔다. 학습을 위해 독서해야 하니 몽상가처럼 독서하는 걸 경시했다. 그런데 몽상가처럼 독서할 때 사람들이 보지 못하는 세계를 발견한다. 학습은 남들이 이미 걸었던 곳을 뒤따르는 일이지만, 몽상은 남들이 가지 않은 곳을 개척하는 일이다. 학습만을 위한 독서를 하면 앞을 보지 못하고 뒤만 쫓는 아류가 된다. 지식의 풍경을 산책하며 신세계를 몽상하는 일, 그게 바로 읽기의 진정한 목적이다.

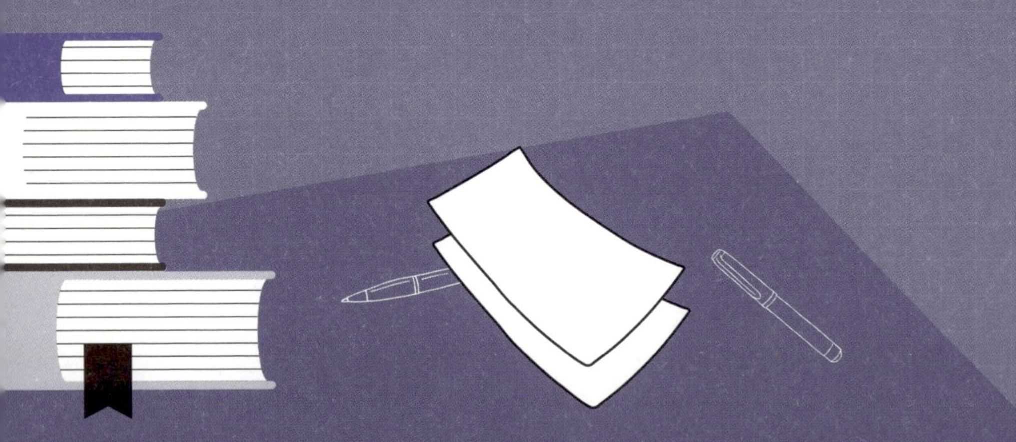

2

수집

자료 수집은 발상 단계가 어느 정도 끝나 갈 때쯤부터 시작해야 한다. 보통 글쓰기의 전 과정에서 자료를 수집하고 읽고, 메모하고, 검토하는 것이 가장 긴 시간을 차지한다. 적게는 50퍼센트, 많게는 80퍼센트 이상이 될 수도 있다. 절판된 책 한 권을 구하기 위해 지방의 헌책방까지 뒤져야 할 수도 있다. 학자들의 서재에 읽은 것 같지 않은 책들이 그렇게 많이 꽂혀 있는 건 그만 한 이유가 있다. 막상 어떤 책이 필요할 때 구하기가 너무 힘들어서 틈날 때마다 읽지도 않을 책들을 그렇게 사다가 서재에 꽂아 두는 것이다. 책은 읽으려고 사는 게 아니다. 언젠가(!) 읽으려고 사는 것이다. 그리고 그날은 분명 온다.

자료 수집에도 일련의 과정과 방법이 있다. 다소 장황하고 까다롭게 느껴질 수 있으나, 절차적 형식이 좋은 결과를 만들어 내는 가장 빠른 길을 안내한다. 과정과 형식의 힘을 믿어야 한다.

자료 수집의 기준

학술적/논리적 글쓰기에서 자료 수집은 총알을 가득 확보하는 것과 같다. 글쓰기라는 전장에서 총알이 떨어지는 것처럼 난감한 상황은 없다. 많은 작가와 학자들이 단 한 줄의 문장을 쓰기 위해 얼마나 많은 자료를 준비하고 읽는지 안다면, 작가나 학자가 되겠다고 쉽게 말하지 못할 것이다.

글쓰기 초반 과정인 발상 단계에서 드디어 글을 설계하는 구상 단계로 넘어갈 때 반드시 확보하고 검토하고 읽어야 할 게 바로 자료다. 자료는 데이터나 정보를 지닌 텍스트다. 그런데 그런 텍스트는 세상에 존재하는 모든 것일 수 있다. 무엇이 자료라고 규정하는 것 자체가 자료에 대한 오해다. 누군가에게 의미 없는 것이 나에게 의미가 있다면 자료다. 자료는 그것을 발견한 사람이 호명할 때 자료가 된다. 문제는 어떻게 호명할지다. 그래서 자료를 확보할 때 기준을 세울 필요가 있다. 기준을 세우지 않으면 자료의 무덤에 빠져 허우적거리게 된다. 그 기준은 자료의 범위를 제한하는 게 아니다. 기준에 따라 자격과 품격을 갖춘 자료를 선발하는 것이다.

먼저 물리적 시간과 정신에너지, 쏟을 수 있는 노력 정도를 고려한다. 그다음 내가 접근할 수 있는 대상과 분야 내에서 힘닿는 데까지 확보한다. 그리고 확보한 자료 중에서 내가 세운 기준에 부합하는 것들을 골라 선정하면 그것이 '나의 자료'가 된다. 다음은 자료를 탐색하고 선정할 때 참고할 만한 기준이다.[1]

정확성 거짓이나 오류가 없고 사실성이 확실하게 검증된 자료를 선택해야 한다.

객관성 왜곡과 과장이 없어야 하며 반대하는 쪽에서도 인정할 수 있는 자료를 선택해야 한다.

구체성 통계자료와 관련 사례 등이 상세하면서도 풍부하게 제시된 자료를 선택해야 한다.

대표성 가능한 많은 대상을 포함하고 있거나 대상의 특성을 가장 잘 드러내는 자료를 선택해야 한다.

신뢰성 출처가 확실하면서도 전문성과 정통한 권위를 가진 주체가 작성한 자료를 선택해야 한다.

이 다섯 가지 기준을 적용하여 자료를 선정하는 일은 쉽지 않다. 이 기준에 부합하는지를 따지고 판단할 줄 아는 게 소양이자 실력이다. 떡잎을 보고 '될성부른 나무'인지 알아보는 안목, 안목은 식견에서 나온다. 그러니 자료를 한번에 다 모으겠다는 생각은 버려라. 확보한 자료를 하나씩 읽다 보면 식견이 쌓이고, 그 과정을 반복하다 보면 괜찮은 자료를 알아보는 안목이 생긴다. 간혹 고구마 넝쿨처럼 한 자료에서 괜찮은 자료 목록이 줄줄이 나오기도 한다. 그렇게 찾던 자료를 참고문헌에서 우연히 발견하면 절로 "심봤다!" 소리가 나온다. 그렇게 자료를 모으다 보면, 참고문헌을 정확히 표기하는 게 얼마나 중요한 일인지 깨닫는다. 지식의 세계는 서로 통하는 법이다.

텍스트 선정

자료 수집을 위해 텍스트를 선정할 때에는 다음 세 가지 유형을 살펴야 한다. 자료 유형마다 기능과 특징이 다르다. 자료 유형의 적절성 여부가 글의 신뢰성과 직결되니 각각의 기능과 특징, 사례를 알아 두자.

1차 자료 글감의 중심 제재가 되는 자료

    (예) 사건, 문화상품, 영상물, 독서물 외 기타 예술 작품

2차 자료 1차 자료에 대한 리뷰나 분석

    (예) 방송, 비평, 논문, 백과사전, 생성형 인공지능 등

3차 자료 1~2차 자료에 대한 메타 서지書誌

    (예) 검색, 라이브러리, 생성형 인공지능 등

1차 자료는 글감의 중심 제재로서 원천 텍스트다. 1차 자료에서 '사건'은 주목할 사회 이슈나 문제가 될 만한 어떤 현상을 가리킨다.

이러한 사건은 뉴스를 통해 알게 되므로 언론매체의 관련 기사를 검색하여 확보하면 그것이 1차 자료가 된다. 문화상품은 게임이나 음악, 공연, 스포츠, 디자인 같은 비물질적인 문화 산물을 가리킨다. 이런 문화 산물을 흔히 '문화콘텐츠'라고 표현하기도 하지만, 이렇게 명명하면 1차 자료와 2차 자료를 구분하기 어렵고, 모든 문화적 현상을 두루뭉술하게 일컬어 개념적 혼란이 생길 수 있다. 그래서 '문화콘텐츠'란 표현보다 문화상품 혹은 문화산업, 오락물 등 더 명확하고 구체적으로 표현하는 게 좋다.

문화상품은 물질적 형태를 지니기도 하지만, 사건처럼 어떤 형태 없이 유희나 오락거리인 경우도 있다. 그래서 문화상품을 1차 자료로 확보하려면 먼저 문화상품을 직접 체험하고, 물질적 형태가 있다면 그것을 수집해야 한다. 관련 정보를 소개하는 공식 자료를 확보하는 것은 필수다. 음악이라면, 작사가, 작곡가, 제작자, 가사, 멜로디, 연주, 앨범 디자인 등이 모두 1차 자료에 속한다. 게임이라면, 게임 사양을 구체적으로 밝힌 공식 자료집을 확보하고 실제 게임도 수행해 봐야 한다. 영상물은 드라마나 영화, 유튜브, 광고처럼 스토리텔링 형식으로 소비되거나 향유되는 영상 저작물을 가리킨다. 시각과 청각을 모두 활용하는 문화상품이라고 보면 된다. 영상물 역시 해당 영상물을 직접 시청하고, 영상물 관련 공식 정보를 확보해야 한다. 제작사, 감독이나 연출가, 대본, 배우, 상영시간, 제작비 등이 모두 1차 자료에 속한다.

문자를 기반으로 하는 출판물인 독서물은 1차 자료로 가장 흔하고 기본이 된다. 일반 도서가 대표적이고, 웹툰이나 웹소설, 웹 기반 블로그나 SNS도 여기에 속한다. 출판publication이란 어떤 내용을 특정 형식(매체)에 담아 공개적으로 발표하는 행위를 의미한다. 책이 가장 일반적인 경우지만, 디지털 시대에는 인터넷에 읽을거리를 공개하는 것도 출판 행위로 본다. 웹소설은 이미 그런 방식으로 유행하는 출판물이다. SNS는 감각 형식에 따라 영상물이 될 수도 있다. SNS에 올리는 '쇼츠shorts'는 영상물에 가깝다. 이외 사진이나 그림 같은 예술 작품도 1차 자료에 속한다. 사진이나 그림은 원본을 확보하는 것이 가장 좋겠지만, 원본에 가까운 복사본이나 디지털 카피본도 괜찮다.

2차 자료는 1차 자료를 바탕으로 어떤 관점이나 해석을 제기하거나 정리를 수행한 결과물이다. 비평이나 논문이 대표적이다. 2차 자료의 중요한 특징은 어떤 텍스트를 매개로 만들어진 자료라는 점이다. 비평은 작품을, 논문은 연구와 조사를 매개로 생산된다. 그런 점에서 방송도 2차 자료 중 하나다. 방송은 라디오나 텔레비전 같은 전파통신 기술로 소통하는 매체다. 물론 방송 자체를 원천 텍스트인 1차 자료로 삼아 글을 쓸 수도 있다. 방송 비평이 대표적이다. 그런데 방송을 비평 대상으로 삼지 않는다면, 방송은 1차 자료에 해당하는 텍스트를 대중에게 전달하면서 반응과 초점화를 유도

하기 때문에 2차 자료다. 대중을 상대로 구술로 수행하는 비평이라 할 수 있다. 예를 들어, 저출생 문제를 다루면서 저출생 관련 사실과 정보를 담은 기사는 1차 자료다. 그런데 관련 전문가가 방송에 출연해 이 문제에 대한 의견을 제기하였다면, 해당 프로그램은 2차 자료가 된다. 개봉 신작 영화를 소개하는 프로그램에 감독과 배우가 나와 영화에 대해 이야기를 나누었다면, 해당 프로그램은 1차 자료인 영화에 대한 2차 자료가 된다.

백과사전은 여러 지식과 정보를 모아 정리·소개한다는 점에서 대표적인 2차 자료다. 백과사전은 종류가 다양하다.《두산백과》처럼 모든 분야를 다루는 것부터, 의학 백과처럼 특정 분야만 다루는 것도 있다. 백과사전을 2차 자료로 활용할 때에는 해당 백과사전을 출간한 기관의 전문성과 권위를 확인해야 한다. 대부분의 유명 백과사전은 해당 분야의 전문가나 권위자에게 내용 집필을 맡기고, 여러 전문가를 고용해 교차 검증과 감수까지 거친다. 보통 백과사전을 펼치면 "감수 ○○○"라는 문구를 확인할 수 있다. 그만큼 내용 집필에 신중함과 정확성을 기울인다. 그래서《위키피디아》나《나무위키》를 2차 자료를 볼 것인지가 논란거리다. 온라인 백과사전은 공유 플랫폼으로 제작되고 비영리로 운영된다. 지식을 공유하고 축적한다는 아이디어는 분명 긍정적이지만, 바로 이 점이 온라인 백과사전의 한계이기도 하다. 지식을 공유하고 축적하는 과정에서 오류와 왜곡을 바로잡는 절차적 검증 단계가 없기 때문이다. 최신 정보일수록 이런 경우가 흔하다. 충분한 숙고와 논의 없이 정리와 해석을 게재하다 보면 오류 발생 가능성이 크다. 기존 백과사전이 상대적으로 업데이트가 느려 보여도, 그만큼 신중하게 지식과 정보에 접근한다는 증거다.

챗GPT 같은 생성형 인공지능은 2차 자료이면서 3차 자료의 특징과 역할을 수행한다. 2024년 현재 기준, 기존 백과사전과 온라인 백과사전의 중간 정도다. 막대한 빅데이터를 기반으로 중견 국가 수준의 예산을 투자하여 개발한 생성형 인공지능은 《위키피디아》나 《나무위키》보다는 신뢰할 만한 자료를 만든다. 그러나 환각과 편향된 정보로 자료가 오염되었을 가능성을 항상 염두에 두어야 한다.

3차 자료는 1~2차 자료의 주요 내용이나 목록을 검색하거나 모은 메타 자료라 할 수 있다. 자료의 위치나 현황을 파악할 수 있도록 목록화하여 정리한 자료다. 과거에는 도서 카드나 색인 형태로 되어 있어서 3차 자료를 찾는 것이 큰일이었다. 그런데 지금은 학술정보 DB가 잘 구축되어 있어서 온라인 검색으로 메타 서지 정보를 확인할 수 있다. 3차 자료는 전문 연구자들이 주로 활용하는 텍스트다. 전문 연구자들은 광범위하게 자료를 조사하거나 숨어 있는 자료를 찾아야 할 때가 많다. 그럴 때 이런 3차 자료를 활용해서 필요한 자료의 위치나 현황을 파악한다. 예를 들어, '대학 글쓰기 교육 현황'을 조사하고자 한다면 먼저 주요 키워드를 활용하여

RISS(학술연구정보서비스)나 구글 스칼라(scholar.google.com) 같은 곳에서 논문 학술지 검색을 한다. 자료 발췌나 요약을 참고해서 나에게 필요한 자료인지 판단하고 목록을 만든다. 그다음 대학이나 교육부에서 관련 연구나 조사를 정리한 보고서도 뒤져 본다. 기관의 보고서는 보통 연감年鑑이나 백서白書 형태로 만들어진다. 이러한 보고서를 보면 관련 연구나 조사가 어느 곳에서 어느 수준으로 수행되었는지 확인할 수 있다. 이런 메타 자료를 근거로 연구 대상이나 구체적 범위, 예상 주제 등을 빠르게 초점화할 수 있다. 한 마디로, 3차 자료는 자료의 지도다.

1, 2, 3차 자료는 텍스트의 유형이면서 심급審級이기도 하다. 심급이란 본래 법원의 심판 순서를 가리키는 말이다. 보통 지방법원이 제1심, 그 상급심인 고등법원이 제2심, 그리고 최종심인 대법원이 제3심이다. 이렇게 심판 행위를 단계적으로 시행하는 걸 심급이라고 하고, 상위 심급일수록 권위를 갖는다. 심급제도는 판결의 신중함과 공정성, 안정성을 위해 존재한다. 자료 역시 마찬가지다. 한 유형의 자료만 보면 해석과 판단의 오류를 저지르기 쉽다. 그래서 여러 유형의 자료를 고루 확보하고 참고하면 해석과 판단을 신중하고, 공정하고, 안정적으로 수행할 수 있다. 법원 심급제도와 다른 점은, 법원은 심급을 달리할수록 권위가 강화되지만, 자료는 여러 차원을 활용할수록 권위가 강화된다는 점이다.

'인기 유튜버의 수익 현황과 문제점'에 대해서 글을 쓰고자 한다면, 인기 유튜브 채널만 시청해서는 곤란하다. 관련 기사는 물론이고 연구 보고서나 통계자료 등을 고루 살펴야 한다. 유튜버가 직접 언급한 수익 현황을 그대로 믿어서도 안 된다. 정부 기관이나 유튜브 본사에서 공개한 자료가 있다면 그것까지 살펴야 객관적이고 정확한 정보를 인용할 수 있다. 이렇게 여러 차원의 자료들을 검토하고 분석해야 글감은 물론이고 글쓴이의 사고 지평을 더욱 심화·확장할 수 있다. 그렇다면 이러한 자료들을 신속하고 효율적으로 확보하는 방법은 무엇일까?

플랫폼 활용

신속하고 효율적으로 자료를 확보하려면 시행착오부터 줄여야 한다. 자료 확보 과정에서 겪게 되는 시행착오로는 글감과 관련성이 미흡한 경우, 자료의 출처가 불분명해서 신빙성이 떨어지는 경우, 자료가 너무 방대하거나 난해해서 수용하기 어려운 경우가 대표적이다. 필요한 자료를 빨리 확보하여 검토할 수만 있어도 글쓰기 과정이 훨씬 수월해진다. 공신력 있고 권위 있는 자료를 얼마나 많이 수집하고 검토·정리하냐에 따라 나의 지식과 사고 수준이 달라진다. 어떤 자료를 읽고 글에 인용하냐에 따라 내 글의 수준이 결정된다. 그만큼 자료 검색과 확보는 중요하다.

시행착오를 최대한 줄이는 방법은 시스템적으로 접근하는 것이다. 자료 검색과 확보에서 가장 추천할 만한 시스템은 공증받은 플랫폼을 활용하는 것이다. 도서관, 학술검색 사이트, 정기간행물이 대표적이다.

도서관에는 국립중앙도서관, 국회도서관, 시립도서관처럼 공공도서관과 공식 교육기관으로 인정받은 학교 도서관, 그 외 사설 기관이나 사설 도서관이 있다. 공공도서관은 다시 국립도서관과 공립도서관으로 나뉘고, 학교 도서관은 초중고 도서관과 대학 도서관으로 나뉜다. 논문이나 보고서를 쓸 때에는 공공도서관과 대학 도서관을 주로 이용하게 된다.

도서관은 그냥 장서를 보관하는 건축물이 아니다. 도서관은 사서司書가 지식의 보고를 보살피는 문화적 공간이다. 큐레이션curation은 '보살피다'라는 뜻의 라틴어 '큐라레curare'에서 유래한 단어다.[2] 사서는 도서관 방문자들이 원하는 자료를 효율적으로 찾을 수 있도록 책과 정기간행물 등 여러 자료를 관리한다. 도서관은 지식을 진열하는 곳이 아니라 큐레이션하는 곳이다. 서점은 책을 판매 목적으로 분류해 놓지만, 도서관은 책을 지식 체계로 분류한다. 서점은 대중 독자를 대상으로 하지만, 도서관은 주로 지식 독자를 대상으로 한다. '십진분류'체계라는 현대 도서관의 도서 배치법은 지식의 계층화와 대중화라는 두 가지 목적으로 등장했다.

오늘날에도 미국과 세계 모든 나라에서 가장 널리 이용하는 도서 분류와 배치 체계는 1876년으로 거슬러 올라가 당시 미국의 젊은 사서였던 멜빌 듀이가 고안한 것이다. 듀이의 십진분류체계는 고풍스러우면서 동시에 현대화된 인류의 지식에 비전을 제시하며, 어떤 의미에서는 정직하게 강요한다. 듀이는 지식을 열 개의 큰 카테고리로 분류한다(000=총류, 100=철학/심리학, 200=종교학, 300=사회과학, 400=언어학, 500=자연과학, 600=응용과학/기술, 700=예술, 800=문학/수사학, 900=지리/역사). 이 카테고리는 각각 다시 열 개로 나누고, 그 각각을 또다시 열 개로 나누는 방법으로, 실제로는 무한대로 세분화된다. 바로 이 수학적 단순성 때문에 듀이의 분류체계는 어떤 도서관에서도 모든 책을 아주 쉽게 분류하고 배치할 수 있게 되었다. 하지만 내가 여기서 강조하는 것은 이 분류체계에는 각 제재(분류 과목)를 계층화함으로써 선행 지식체계와 영속화가 제시되는 한편으로, 당시 미국문화의 특징인 세속적·철학적 가치관 또한 의도적으로 적용되어 있다는 점이다. 듀이의 십진분류체계가 장기간 지속되었다는 것은, 우리 문화에서 책의 보급과 유통 및 이용을 규제하는 강제 메커니즘이 계속 존재하고 있음을 보여 주는 가장 중요한 징후라 할 수 있다.[3]

미국의 젊은 사서 멜빌 듀이가 고안한 도서 분류와 배치 체계는 시대가 바뀌면서 조금씩 변형되었지만, 변하지 않는 게 있다. 서가 분류체계에 맞춰 책장에 어떤 책을 채울지는 사서의 몫이라는 점이다. 사서는 도서관 조직의 도움을 받아, 자신의 안목으로 책들을 선정하고 구매하여 책장을 채운다. 도서관 이용자의 구매 요구가 있어도 사서의 판단과 결정 없이는 아무 책이나 도서관에 들여놓지 못한다.

사서는 도서관의 정령精靈이다. 다르게 비유하자면, 사서는 환각이 거의 없으면서도 안목과 개성을 갖춘 인공지능이다. 그런 사서 덕분에 우린 예상치 못한 신기한 경험을 한다. 요리책이 꽂힌 책장에는 오직 요리책만 있지 않다. 요리 관련 수필이나 요리의 문화사, 요리 관련 역사책이 꽂혀 있을 수 있다. 요리책 관련 책장 앞에 서 있다가, 요리에서 세상의 이치를 깨달은 어떤 스님의 수필을 발견한다. 어쩌다 스님은 요리사가 되었을까 생각하다가, 요리도 일종의 명상일 수 있다는 스님의 말에 종교 관련 서가를 찾을 수 있다. 그렇게 참신하고 흥미로운 글감을 찾아 탐색을 이어 나간다.

도서관은 사서의 넛지nudge로 가득하다. "이런 책도 있어." 팔꿈치로 슬쩍 치듯, 이런저런 책을 권한다. 동시에, 도서관은 리모트 컨트롤로 텔레비전 채널을 무의식중으로 바꾸는 재핑zapping 행위가 마구 벌어지는 곳이다.[4] 재핑은 흥미로운 볼거리를 찾아 채널을 돌아다니는 탐색 행위다. 처음부터 무엇을 보겠다는 의도는 없다. 그저 채널을 바꾸다가 우연히 시선을 끄는 장면에 멈추면 그만이다. 시선을 끄는 이유는 다양하다. 그것이 드라마든, 광고든 상관

없다. 그렇게 발견한 볼거리가 만족감을 주기만 하면 된다. 도서관은 도구적 공간이자 탈목적적 공간이다. 자료를 찾는 공간이면서 무한한 발상을 가능하게 하는 공간이다. 인터넷서핑으로는 대체할 수 없는 공간적 경험이다. 인터넷서핑은 넛지 없는 재핑이다. 넛지와 재핑이 결합할 때 시너지가 커진다.

학술검색 사이트는 디지털 도서관이라 할 수 있다. 다만, 일반 도서관처럼 지적 여행과 탐색을 하기엔 무리가 있다. 그러나 학술 정보를 구체적이고 직접적으로 확보하는 데는 디지털 도서관만 한 곳이 없다. 디지털 도서관을 제대로 활용하려면 여러 검색 기술과 자료들을 판별할 줄 아는 안목이 필요하다. 그러한 안목은 어느 정도 학술적 훈련을 받아야 생기는데, 특별한 게 아니라 글을 쓸 때마다 필요한 학술 자료를 검색해서 읽어 보는 것이다. 사회생활 하면서 논문을 찾아 읽을 줄 아는 능력을 갖춘다는 건 괜찮은 자격증을 하나 가지고 있는 거와 같다.

우리나라 학술검색 사이트 중에서 접근성이 높고 자료의 양적·질적 측면을 보장하는 곳이 바로 교육부 출연기관인 한국교육학술 정보원에서 운영하는 **RISS**(riss.kr)(학술연구정보서비스)다. 누구나 가입할 수 있고 대학생, 대학원생, 연구자, 교직원이라면 자신이 속한 기관을 통해 로그인하면 모든 자료를 마음껏 무료로 볼 수 있다. RISS에는 국내외 학술논문, 학위논문, 학술지, 단행본 등에 대한 DB 통합 검색 기능과 원문 제공 기능이 있다. 이런 기능은 1, 2, 3차 자료 모두를 통합적으로 검색하고 확보할 수 있다는 점에서 전가의 보도 같다. 대학에 적을 두고 있는 사람이면, 학번이나 교번으로 소속 기관에 로그인한 후 자료들의 원문을 모두 무료로 읽을 수 있다. 보고서나 논문, 기타 학술적 글쓰기를 할 때 관련 학위논문이나 학술지 논문 두세 편을 참고한다면, 결과물의 수준을 획기적으로 높일 수 있다. 포털사이트 검색에서 걸려든 자료들과는 비교할 수 없을 정도로 좋은 자료들이다. 특히 박사학위 논문이나 등재 학술지 논문은 지식의 보고다. 이런 논문들을 읽어 내는 힘을 기르는 것만으로도 학술적 글쓰기를 배우게 된다. 챗GPT가 내놓은 답변이 정확한지 확인할 때도 이만 한 곳이 없다. 인공지능의 환각과 편향은 결국 사람이 발견하고 수정해야 한다. 논문은 그 자체로 훌륭한 참고문헌이자 인용 텍스트이면서, 인공지능을 감별하는 훌륭한 감정평가사이다.

구글 학술검색(scholar.google.com)도 활용할 만하다. **구글 스칼라**는 전 세계 지식 데이터베이스를 네트워크로 구축한 최고의 메타 텍스트다. 무작위적인 검색 결과라 하더라도 관심 있는 분야의 연구 활동이 어떻게 수행되고 있는지 전체 지도를 그려 보기에 유용하다. 구글 스칼라는 접근성도 편하고 여러 언어로 검색 가능하다는 점이 특장점이다. 메타 자료라는 점에서 생성형 인공지능도 3차 자료의 위상을 갖는다. 정보의 위치와 지형을 대략 살피고 개념 체계와 전개 양상을 살필 때 생성형 인공지능이 웬만한 대학원생이나 교수보다 나을 수 있다. 자료 출처까지 확인해 주는 생성형 인공지능으로 개념을 잡고 정보 검색과 조사 대상을 파악할 수 있다.

정기간행물은 흔히 신문과 잡지와 같은 언론매체를 가리킨다. 디지털 시대에도 인터넷 공간을 채우는 주요 뉴스 정보는 대부분 신문과 잡지를 출간하는 언론사에 의존한다. 흔히 레거시 미디어legacy media라 일컫는 이러한 정기간행물은 지난 20세기부터 확고하게 구축된 정보 플랫폼이다. 특히 주요 신문사의 일간지나 방송매체의 뉴스, 시사나 교양 관련 잡지들은 수많은 종사자들이 검증한 견제된 정보를 대중에게 제공한다. 최근에는 유튜브가 이러한 레거시 미디어와 경쟁하면서 그 역할을 대신하고 있지만, 아직은 유튜브 저널리즘에 대한 불안 요소가 많다. 유튜브 알고리즘의 편향성을 고려한다면 레거시 미디어의 뉴스 정보에 기반하여 자료를 수집하는 게 가장 안전하다. 문제는, 가짜 뉴스나 딥페이크 영상이 난무하는 상황에서 레거시 미디어가 생산한 걸 어떻게 확인하고 수집할 것인지다. 빅카인즈는 그런 문제를 해결해 줄 대안이다.

　빅카인즈(bigkinds.or.kr)는 한국언론재단이 운영하는 공익적 성격의 기사 검색 사이트다. 종합일간지와 경제지, 영자지, 지역신문의 기사 원문을 검색할 수 있고, 1990년대 이전의 옛날 신문도 기사 검색이 가능하다. 빅카인즈는 뉴스 데이터를 검색하여 메타 분석을 해 주는 빅데이터 처리 기능도 갖추고 있다. 이런 기능은 뉴스 정보의 흐름과 경향성을 파악하는 데 도움이 된다. 그런데 이런 기능적 측면보다 빅카인즈에서 뉴스 정보를 검색해야 하는 중요한 이유가 있다. 빅카인즈는 언론재단에서 관리하는 레거시 미디어의 뉴스 정보만 검색 결과로 보여 준다. 언론재단은 문화체육관광부 산하 준정부 기관이다. 한국 사회의 저널리즘을 준수하고 보호하는 기구다. 이런 기관에서 운영하는 뉴스 정보 포털인 빅카인즈는 네이버나 구글 검색 결과보다 검증된 뉴스 정보를 제공한다. 그래서 상업적이고 정치적인 의도가 짙은 가짜 뉴스나 딥페이크 영상에 노출되거나 속을 가능성이 작다. 평소에 포털사이트나 SNS로 뉴스를 접했더라도, 학술적 글쓰기를 할 때는 가능하면 빅카인즈에서 뉴스 정보를 확인하는 게 좋다. 1~2차 자료에서 많이 활용되는 저널리즘 텍스트가 왜곡됐거나 거짓이라면 글 전체의 신뢰도가 떨어질 것이다. 빅카인즈는 인공지능의 환각을 검증할 때도 유용하다.

논문이 인공지능을 감별하는 감정평가사라면, 레거시 미디어 저널리즘은 인공지능을 감시하는 검사나 경찰이라 할 수 있다. 뉴스 정보와 관련된 챗GPT 답변의 주요 키워드는 빅카인즈에서 다시 검색해 봐야 한다. 부족한 글쓰기보다 더 나쁜 건 거짓말하는 글쓰기다. 글쓰기에서 거짓말은 대부분 게을러서 나타난다. 좋은 글을 쓰려면 논문과 뉴스 찾기를 습관화해야 한다.

학술적 글쓰기는 자료 검색과 확보가 글쓰기 수준을 거의 결정한다. 좋은 자료를 읽고 분석하면 좋은 글이 나올 확률이 높다. 함량 미달의 자료로 글을 쓰면 함량 미달의 글이 나온다. 상당수 유튜브 채널이 거짓 정보와 음모를 생산하고 확대한다. 여러 인터넷 카페와 커뮤니티는 혐오와 왜곡을 확산시킨다. 건강하고 믿을 수 있는 정보를 확보하고 분석하여, 이를 기반으로 글을 구상하고 작성한다면 평균 이상의 글쓰기를 할 수 있다. 검증된 플랫폼을 활용해 자료를 확보했다면, 이제 글을 절반은 쓴 셈이다.

3

읽기

자료를 수집하면서 동시에 해야 할 일이 읽기다. 자료 수집을 끝내고 난 뒤 한꺼번에 읽으려 해서는 안 된다. 자료는 확보하는 대로 가볍게라도 틈틈이 읽어야 한다. 확보한 자료를 하나씩 읽다 보면 글감과 연결된 배경 지식이 생기면서 자료를 독해하는 속도가 빨라지고 글감에 대한 주제 의식도 점점 더 선명해진다. 자료를 모으고 검토하는 일을 완벽주의자처럼 하는 건 비효율적이고 스트레스만 가중시킬 뿐이다. 책상 위에 산더미처럼 쌓여 있는 인쇄물을 보면 점점 더 읽기 싫어지는 게 인지상정이다.

읽기의 효용

읽기는 단순히 보는 행위가 아니다. 무엇을 읽으려면 먼저 그 대상을 응시해야 한다. 인간의 응시는 좌우 눈의 초점이 맞은 상태다. 초점이 맞지 않으면 난시 현상처럼 대상의 실체가 흐려지고 흩어진다. 두 눈의 초점을 맞추려면 집중하고 응시해야 한다. 이러한 응시 행위 중 글을 읽는 건 매우 특별한 일이다. 극장에서 영화를 볼 때도 스크린을 응시한다. 그런데 스크린을 응시하는 행위는 수동적이다. 스크린이 보여 주는 어떤 영상 이미지를 우리는 그저 따라갈 뿐이다. 그래서 잠시 딴생각에 빠지면 영상의 흐름을 놓치고 어리둥절해진다. 반면 책을 응시하는 행위는 능동적이다. 책에 담긴 문자나 그림 이미지를 우리는 열심히 추적해 간다. 영상을 응시할 때와 달리, 독서는 대상을 향한 응시 속도와 간격을 주체가 스스로 판단한다.[5] 영상 정보도 상황에 따라 멈추거나 상영 속도를 조절할 수 있지만, 독서처럼 글자나 문장 하나하나를 천천히 혹은 빨리, 반복적으로 혹은 비약적으로 영상을 읽을 수는 없다. 최근 영상을 빨리 감기로 보는 경향이 있는데, 이건 능동적 감상이 아닌 소비적 감상에 가깝다. 특히 소비 기준이 가격이나 품질보다 시간 대비 효용성으로 바뀌면서 영상 정보를 빨리 보는 게 더 효과적인 소비가 되었다.[6] 독서를 소비 행위로 볼 것인지는 여기서 다룰 문제가 아니지만, 독서가 영상 감상에 비해 능동적인 응시 행위인 것은 분명한 사실이다.

한편, 독서 행위는 능동적 응시 외에 특별한 점이 하나 더 있다. 아예 읽기를 멈추고 딴생각에 빠질 수 있다는 점이다. 영상을 응시할 때는 딴생각에 빠지는 게 영상에 몰입하지 못하는 일이지만, 독서할 때 딴생각에 빠지는 건 오히려 독서에 몰입하고 있다는 증거다. 인지신경학자인 매리언 울프Maryanne Wolf는 깊이 읽기를 하면 이미지를 환기하고 타인의 관점으로 이해하게 되면서 소통과 공감 능력이 활성화된다고 했다.[7] 몰입 독서는 깊이 읽기의 상태다. 딴생각에 빠지는 건 매리언 울프의 관점에서 보면, 이미지 연상과 상상의 결과다. 책을 읽다 보면 어떤 문장이나 표현에서 잠시 시선을 멈추고, 어떤 생각에 빠져들곤 한다. 그 생각이 다른 생각으로 이어지면서 어떤 아이디어나 기억이 떠오를 때쯤 우린 다시 책을 응시하고 책 여백에 뭔가를 끄적인다. 메모를 위한 이러한 멈춤과 연상은 오직 독서할 때만 활성화된다.[8] 메모는 읽기와 쓰기를 연결하는 결정적 과정이다. 메모는 특히 독서할 때 폭발적으로 늘어난다. 독서의 중요한 효용이다.

독서의 본질은 책의 내용을 기억하거나 이해하는 데에 있지 않다. 독서한 내용을 망각하는 건 자연스러운 일이다.[9] 읽는 동안 이해하지 못하는 것이 나타나는 것도 당연하다. 모든 걸 기억하고 이해하는 건 독서의 목적이나 목표가 아니다. 오히려 기억과 이해는 독서와 어울리지 않는다. 읽은 걸 잊어버리고, 읽어도 뭔 소리인지 모르는 게 독서다. 그런 독서를 거부하면 책 한 권도 읽을 수 없다. 독서의 본질은 기억과 이해가 아니라, 무엇을 연상하고 성찰하는 데에 있다. 책은 무엇을 이루거나 얻기 위해서 읽는 게 아니라 그저 지나치기 위해서 읽는다. 산책하면서 보이는 풍경을 모두 기억하거나 이해할 필요가 없듯, 독서는 책을 가로지르며 책 속 풍경을 이리저리 구경하는 일이다. 마치 산책과 같다. 산책하다 보면 이런저런 생각이 떠오른다. 그 생각은 그냥 떠오른 게 아니다. 산책했기에 떠오른 것이다. 독서는 사유와 연상을 이끄는 계기가 된다.

읽기와 학습 분야의 전문가로 유명한 언어학자 나오미 배런Naomi S. Baron은 읽기를 크게 훑어보기, 살펴보기, 선형적 읽기로 구분한다.[10] 훑어보기는 텍스트를 가볍게 살피면서 요지를 파악하는 읽기다. 살펴보기는 텍스트에서 어떤 정보만 특정하게 찾아서 읽는 것이다. 선형적 읽기는 다시 폭넓은 읽기와 집중해서 읽기로 구분한다. 폭넓은 읽기는 광범위하게 다양한 책을 비교하면서 읽는 것이다. 집중해서 읽기는 궁금한 어떤 주제에 해당하는 특정 독서물을 찾아 깊게 읽는 것이다. 이 중에서 어떠한 읽기를 정상이거나 모범이라고 규정할 수 없다. 나오미 배런은 선형적 읽기를 다들 바람직한 읽기로 생각하고, 처음부터 끝까지 순차적으로 읽는 게 진정한 독서라고 보는데, 이러한 믿음은 신화에 가깝다고 말한다.[11] 읽기는 문자나 그림 언어를 어떤 필요와 이유로 응시하며 보는 행위다. 그러니 어떤 방식이든 읽기는 모두 유용하고 가치 있다. 폭넓은 읽기는 대중소설처럼 가벼운 마음으로 읽을 수 있는 일회성 읽기에 좋고, 집중해서 읽기는 지속적인 주의를 요구하는 특별한 텍스트를 반복해서 읽기에 좋다. 집중해서 읽다 보면 다른 읽기에 비해 읽는 속도가 느려질 수 있다. 느린 읽기는 비판적이고 성찰적으로 읽는 데 유리하며, 추론적이고 분석적인 사고를 길러 준다.[12] 이처럼 주어진 상황에 맞게 읽으면 되고, 읽기마다 제각각 다른 사고능력을 발달시킨다.

필요한 부분만 살펴보거나 전체적으로 훑어보는 것도 의미 있는 읽기 행위다. 프랑스 문예 이론가 피에르 바야르Pierre Bayard는 훑어보기를 처음부터 순서대로 가볍게 넘겨 보는 선형적 훑기와 아무 곳이나 손 가는 대로 산책하듯 보는 순환적 훑기로 나눈다. 그러면서 정작 읽을거리를 총체적 시각에서 이해하고 사유하지 못하면서 순서대로 정독하는 것만 좋은 독서라고 믿어서는 안 된다고 말한다.[13] 책을 깊이 탐독하되 그 책의 위치를 정하지 못하는 사람과, 어떤 책 속으로도 들어가지 않으면서 모든 책 속을 돌아다니는 사람 중 과연 어느 쪽이 더 나은 독자인지 흥미로운 문제의식을 제기한다. 우리 앞에 놓인 책은 거대한 집단 도서관에 꽂힌 한 권의 책에 불과하다. 책 한 권이 세계의 온갖 지식을 대변할 수 없다. 책 한 권은 그저 어떤 분야의 어떤 지식의 어떤 부분 중 그 일부의 일부를 다룰 뿐이다.

나오미 배런이나 피에르 바야르 모두 읽는 방식이 독서의 본질을 규정하지 않는다고 본다. 독서의 본질은 읽는 행위 그 자체이며, 읽으면서 무언가를 떠올리고 사유하는 데 있다. 책을 읽으면서 책에 생각이 머물지 않고 책을 가로질러 자기 자신을 탐색하고 성찰하는 일이 더 중요하다.[14] 몇 권의 책을 읽었는지, 얼마나 집중해서 읽었는지는 독서를 업적 쌓기나 스포츠 행위처럼 여기는 태도다. 어차피 읽은 것 대부분은 망각할 테니 양과 속도를 따지는 건 결과적으로 무의미하다. 얼마나, 어떻게 읽었는지로 독서의 진정성을 따지기보다 어떻게든 읽어 내서 독서의 효용성을 알게 되는 게 읽기를 멈추지 않고 계속하게 만드는 힘이다. 읽기 행위의 진정성을 따지는 게 독서를 신화화하고 오히려 독서 행위를 소수 엘리트의 전유물로 고착화시킬 수 있다. 스크린보다 종이책 읽기가 더 나은 독서 효과를 보인다는 주장도 이런 신화 중 하나다. 그런 신화를 믿는 사람 중 만화책 대신 웹툰을 보면 독서 효과가 떨어진다고 주장하는 사람은 거의 없다. 읽기 행위, 특히 종이책 독서의 신화다.

천천히 읽기, 빠르게 읽기

정독精讀, 통독通讀, 숙독熟讀, 속독速讀 등 읽는 법은 다양하다. 모두 필요와 상황에 따라 선택된 방법일 뿐 무엇이 옳은 독서법인지 따지는 건 무의미하다. 오히려 다양한 독서법을 자유자재로 구사하는 능력이 더 의미 있고 중요하다. 인지신경학자이자 아동 발달학자인 매리언 울프는 문자와 사고능력은 상호작용한다면서, 알파벳과 음절문자가 출현한 후 인류가 그 이전 시대보다 혁신적 사고를 더 많이 빠르게 할 수 있게 되었다고 주장한다.[15] 알파벳과 음절문자 덕분에 누구나 쉽게 문자를 활용하여 글을 쓸 수 있게 되었고, 그 결과 읽을거리도 비약적으로 증가하였다. 읽을거리의 증가는 다시 지식의 확산으로 이어지면서 혁신적 사고를 일으켰다. 여기서 흥미로운 점은, 인류 진화 과정에서 읽기와 쓰기 능력은 유전되지 않고 후천적으로 학습되는 능력이라는 점이다. 아무리 부모가 교육을 많이 받은 엘리트라도 자식은 태어나 자라는 동안 읽고 쓰는 법을 배우지 않으면 문맹文盲이 된다. 그 반대의 경우도 마찬가지다. 읽고 쓰는 법만큼 평등하고 민주적인 능력은 없다.

 매리언 울프는 독서가의 유형을 다섯 가지로 구분하면서 인간의 발달 과정에서 읽기 능력이 어떻게 성장하는지를 다음과 같이 설명한다. 먼저 독서가의 유형을 입문 단계의 예비 독서가, 초보 독서가, 해독하는 독서가, 유창하게 독해하는 독서가, 숙련된 독서가로 구분한다. 입문 단계의 예비 독서가는 보통 생후 5년간 음성, 단어, 개념, 이미지, 이야기 등의 맛을 보고 형성된다. 초보 독서가는 유치원 과정 때 형성되며, 문자와 음성을 연결하고 음소와 형태소의 대응 관계를 이해한다.* 예를 들어, "방, 강, 창"은 발음이 비슷하지만 초성의 차이로 의미가 달라진다는 것을 인식한다. 해독하는 독서가는 초등학교 저학년 시기에 형성된다. 발음과 표기가 다른 단

---

* 음소는 자음과 모음을, 형태소는 의미와 기능을 지닌 말의 최소 단위다. 음소와 형태소의 관계를 이해하는 게 읽기 능력 중 가장 초보적인 일이다. 음운론과 형태론에 대한 이해가 바탕이 되어야, 문장과 문장의 쓰임을 이해하는 통사론과 화용론이 언어학적으로 가능하다.

어의 철자를 구별해 내고 단어끼리 의미 관계를 연결할 줄 알고 상황에 따른 문장이 어떻게 쓰이는지 이해한다. 다시 말해, 형태론, 의미론, 통사론의 기본 개념이 형성된다.

유창하게 독해하는 독서가는 초등학교 고학년 시기부터 중학교 시기에 형성된다. 유창한 독서 능력은 유추와 비유와 같은 수사법과 표현 의도를 이해한다. 텍스트 안에 숨어 있는 뜻을 발견해 내기도 하고 독서하면서 다양한 감정을 느낄 수 있다. 독서 행위로 좌뇌와 우뇌가 동시에 발달하면서 두뇌 발달의 정점을 이룬다. 독서 행위는 우리 두뇌가 모두 활용되는 사건이지 두뇌의 특정 부위로만 작동하는 사건이 아니다.[16] 유창한 독서 능력은 빠르게 읽을 줄 아는 능력이 아니라 정확하게 이해하고 추론하는 능력이다. 숙련된 독서가는 0.5초 만에 어떤 단어든 읽을 수 있다. 이 말은 순간적으로 집중하여 무엇이든 읽어 낼 수 있다는 뜻이고, 동시에 읽은 단어의 의미를 다양한 맥락이나 기억과 연결하여 통합적으로 이해하고 감정까지 느낄 수 있다는 뜻이다. 숙련된 독서가에겐 0.5초면 한 단어를 읽고 이해하고 다른 단어와 통합하여 읽기에 충분한 시간이다.[17] 여기서 주목할 점은 유창한 독서가까지는 교육과정 속에서 자연스럽게 형성되는데, 숙련된 독서가가 되려면 교육과정 그 이상의 노력과 훈련이 있어야 한다는 점이다. 숙련된 독서가에게 요구되는 순간적 몰입과 통합적 이해와 공감 능력은 최상의 궁극적인 읽기 능력이다.

읽기는 글을 나의 언어로 번역하는 행위다. 번역은 단순히 글자를 대치하는 게 아니라 생각을 편집하는 일이다. 편집은 자르고, 바꾸고, 옮기고, 붙이는 다양한 행위다. 그래서 목적과 상황에 맞는 다양한 읽기 방법과 능력이 중요하다. 한 가지 독서법만 구사할 줄 아는 사람은 일차원적이고 평면적인 독서밖에 할 수 없다.

정독은 단어와 문장의 선택과 조합을 하나씩 따지며 읽는 독서법이다. 읽기 행위 중 가장 느리고 성찰적이다. 19세기 프랑스의 대표적인 독서가이자 인문학자인 에밀 파게Emile Faguet는 이런 독서법을 "단단한 독서"라고 명명하며 이렇게 말했다.

읽을 때는 신중함을 기해 작가에게 줄곧 반박해야 하나, 한편으로는 우선 개진되는 작가의 생각에 자신을 내던지고, 어느 정도 시간이 흐른 후에야 토론을 위해 되돌아와야 한다. 그렇지 않으면 생각하기란 단연코 불가능할 것이다. 따라서 잠정적으로 작가를 신임하고, 이후에는 작가를 잘 이해했다는 확신이 서고 나서야 반대해야 한다. (중략) 생각할 때 책이 필요하지 않은 사람은 행복할 수도 있겠으나, 책을 읽으면서 저자가 생각하는 것만을 그대로 생각하는 사람은 단연코 불행할 것이다.[18]

에밀 파게에게 단단한 독서란 글쓴이의 생각에 자신을 맡기고,

나중에 글쓴이와 대화와 논쟁을 벌이는 것이다. 이런 독서는 오직 정독할 때만 가능하다. 정독은 글에 나의 모든 걸 맡기고, 다시 치열하게 빠져나오기 위해 몸부림치는 일이다. 만약 정독할 수 있는 상황이라면 기꺼이 그 열정과 투쟁을 바쳐야 한다. 그런 단단한 독서를 하게 되면 그만큼 많은 걸 수확할 수 있다.

속독은 단어의 선택만 의식하면서 읽는 독서법이다. 속독할 때는 이 단어와 문장이 왜 조합되었는지 고려하지 않아도 된다. 글쓴이의 생각에 동의하거나 반대하는 태도 없이 글과 일정한 거리를 두고 나란히 달리듯 읽어 간다. 맥락을 이해하려고 멈추지 말고 글의 흐름을 파악하려고 일단 읽어 내는 게 속독이다. 속독은 대충 읽어서 빠른 게 아니다. 멈추지 않고, 고민하지 않고, 되돌아가지 않고 읽어서 빠른 것이다. 대충 읽고 대략 파악하는 건 훑어 읽기나 골라 읽기다. 속독은 영혼 없는 정독이다. 속독의 유용함은 시험 때 빛난다. 정해진 시간 내에 지문을 빨리 읽고 문제를 해결해야 할 때는, 정독보다 속독이 유리하다. 시험 같은 특수한 경우가 아닐 때도 속독은 종종 필요하다. 한정된 시간 안에 빨리 자료를 검토할 때다. 어떤 자료가 유용한지, 중요한지 모를 때 속독은 효과적이다. 속독은 자료를 스캐닝하고 필터링하는 거와 같다. 발상이 아직 구체적이지 않아 주제 의식이 모호하거나, 배경지식이 부족해 구상이 잘 안 될 때는 자료들을 속독하면서 기초적 개념들을 섭렵해야 한다.

속독은 현실적인 독서다. 그리고 정독할 텍스트를 선정하기 위한 예비 독서이기도 하다. 따라서 속독만 하고 독서를 끝내선 안 된다. 도자기를 만들 때 초벌구이만 하고 재벌구이를 하지 않으면 약해서 금방 깨진다. 속독 이후 중요하고 흥미로운 책은 반드시 정독해야 한다. 그래야 단단한 지적 자극과 충만을 느낄 수 있다.

시카고대학 교수로서 독서의 중요성을 주창하며 시카고대학 학부생의 의무적인 고전 읽기 프로그램을 만든 모티머 애들러Mortimer J. Adler 교수는 속독 방법을 다음과 같이 소개한다.[19] 속독의 기본은 읽었던 부분을 되돌아가서 다시 읽지 않는 데 있다. 다시 읽고 싶은 마음이 들더라도 그 마음을 무시한 채 계속 새로운 내용을 읽어 가야 한다. 읽을 때는 자기만의 리듬을 만들어야 한다. 3~4박자 수준의 리듬감은 읽는 속도를 균일하게 유지하도록 만든다. 손가락을 활용해서 읽으면 시선을 집중시키는 데 도움이 된다. 자칫 딴생각이 들거나 흐름을 놓치지 않게 오른손 검지나 중지를 이용해 글을 계속 응시하도록 한다. 손가락을 사용하면 속도를 조절할 때도 유용하다. 좀 더 빨리 읽고 싶으면 손가락을 좀 더 빨리 움직이면 된다. 손가락이 문장 밑을 미끄러지듯 스치기만 해도 시선은 문장을 놓치지 않고 빠르게 훑어 나간다. 손가락이 마치 자동차 기어처럼 작동하는 기분이 들면 속독의 재미를 느낄 수 있다. 속독할 때 주의할 점은 음절이 아니라 어절 단위로 사진 찍듯 읽어야 한다는 점이다. 음절 단위로 읽으면 마음으로 소리 내고 읽는 묵독이 된다. 묵독은 소리만 내지 않을 뿐 낭독과 같다. 아무리 말이 빠른 사람도 음절을 뭉개며 발음하지 않는다. 발음하려다 보면 자연스럽게 속도가 느려진다. 그래서 사진 찍듯 어절 단위로 읽어 나간다.[*]

애들러 교수는 사진에 비유했지만, 어절이나 구句를 눈으로 도장을 찍듯 더듬어 간다는 비유가 더 와닿을 듯하다. 속독은 글을 읽는 게 아니라 더듬는 행위에 가깝다. 그래서 손가락을 사용하는 게 속독에서 중요하다. 손가락이 문장을 왼쪽에서 오른쪽으로, 위에서 아래로 밀어내듯 더듬다 보면 마치 손가락에 눈이 달려 있어 문장을 스캐닝하는 기분이 든다. 이렇게 스캐닝하듯 읽는 게 바로 속독이다. 애들러 교수가 속독 방법을 소개한 건 책을 빨리, 많이 읽으라고 조언하기 위해서가 아니다. 내용을 대략 파악할 때, 정독할 정도의 책이 아닐 때 속독하는 게 효과적임을 강조하기 위해서다. 모든 책을 속독하지 않고 정독만 한다면 1년에 책 열 권 읽는 것도 쉽지 않다. 지하철이나 식당, 카페에서 핸드폰을 무심코 보듯 책을 읽으려면 속독하는 법을 알아야 한다. 속독은 독서 행위에 도달하기까지 높은 진입장벽을 낮추어 준다. 소위 각 잡고 책을 읽는 게 아니라 아무 때나, 어떤 곳에서나 책을 읽을 수 있게 한다.

애들러 교수에 따르면 독서는 크게 초급독서, 점검독서, 분석독

---

[*] 음절은 입을 벌리고 소리를 내는 발음의 기본 단위고, 어절은 띄어쓰기를 기준으로 하는 표기 단위다. 속독은 마음의 소리 없이 눈의 움직임만으로 읽는 독서법이다.

서 이렇게 3단계로 나뉜다.[20] 궁극적으로는 분석독서를 해야 하고, 분석독서를 하려면 정독해야 한다. 그러나 모든 책을 정독할 수 없고 그럴 필요도 없다. 그래서 점검독서를 할 줄 알아야 한다. 애들러 교수가 소개한 속독은 점검독서를 할 때 쓰는 독서법이다. 점검독서는 정독할 책인지를 판단하기 위한 예비독서라 할 수 있다. 시간과 노력을 들여 느리더라도 정확하고 분석적으로 읽어야 할 책인지, 속독한 후 판단해 보라는 것이다.

우리 중에 책을 읽을 줄 아는 능력의 중요성을 의심하는 사람은 없다. 독서는 꼭 지식인이 아니더라도 교양인의 필수 요건처럼 여겨진다. 그런데 오늘날, 상식에 가까운 이 사실에 새로운 의문이 제기되고 있다. 독서가 꼭 책 읽는 행위만 뜻할까? 종이로 인쇄된 것만 책인가? 무엇이든 읽으면 상관없지 않나? 중요한 건 읽는 행위이지 그게 꼭 책 형태를 지녀야 할까? 지식과 정보를 꼭 종이 출판 인쇄물로만 습득해야 할까? 교육적 관점에서 꼭 책을 중심으로 교육과정을 설계해야 할까? 교과서는 반드시 종이책이어야 할까? 새로운 디지털 기술이 책을 대체할 수는 없을까?

구텐베르크 혁명과 코덱스의 등장

책冊은 문자의 역사에서 필연적 산물이다. 누구나 쉽고, 편하게 읽고 쓰려면 문자를 기록할 매체가 필요했다. 책은 매체 그 자체다. 매체의 형식이 다양하듯 책 역시 다양한 형태로 발전해 왔다. 지금 우리가 흔히 접하는 직육면체의 책은 책의 역사에서 한참 나중에 등장한 형식이다. 직육면체의 책은 동양과 서양을 막론하고 기원후 2세기쯤에야 처음 등장하여, 4세기쯤 널리 퍼졌다.[21] 동사 '읽다'가 목적어 '책을' 만나기까지는 오랜 시간이 걸렸다. 그리고 그 책 역시 제작 형태와 문자 기록 방식에 따라 역사적으로 계속 변화해 왔다.

읽을거리를 적은 기록물을 기준으로, 책은 제작 형태에 따라 고정형과 휴대형으로 나뉜다. 고정형은 탑이나 벽처럼 큰 규모의 조형물, 나무나 진흙으로 만든 서판이 대표적이다. 휴대형은 대나무를 잘라 만든 죽간, 파피루스를 찢어서 말린 두루마리, 동물 가죽을 벗겨 특수하게 처리하여 만든 양피지가 대표적이다. 서판 중에서 크기를 줄여 휴대용으로 만든 작은 서판도 있다.[22] 초창기 휴대용 책은 대부분 말아서 보관하였다. 그런데 말아서 보관하다 보니 많은 기록을 하기에 한계가 있었다. 둥글게 말아 놓은 두루마리는 많이 쌓기도 어렵고 부피를 많이 차지했다. 또, 긴 두루마리를 펼치려면 바닥에 끌릴 정도로 넓은 공간이 필요했다.[23] 더구나 기록한 내용을 찾거나 고칠 때도 긴 두루마리를 모두 펼쳐 놓고 봐야 해서 불편했다. 그래서 길게 늘어진 두루마리를 일정한 간격으로 잘라 다발로 묶는 새로운 책 제작 방식이 등장했다. 그게 오늘날 우리에게 익숙한 직육면체 책인 '코덱스'이다.[24] 초창기 코덱스는 파피루스나 서판을 이용하기도 했지만, 너무 무겁거나 두껍고, 묶거나 고정하는 과정에서 부서져서 결국 양피지를 주재료로 하는 코덱스가 3~4세기 로마 시대에 널리 성행했다. 유럽에서 종이로 만든 코덱스가 등장한 건 한참 후인 13세기 정도이다.[25]

한편, 책은 기록 방식에 따라 필사형과 인쇄형으로 나뉜다. 필사형은 목탄, 염료나 잉크를 묻힌 깃, 먹물을 묻힌 붓, 흑연으로 만든 연필 등을 필사 도구로 사용했다. 인쇄형은 7세기 동양에서 목판인쇄본이 등장하기 시작했고, 서양에서도 종이가 보급된 후인 14세기경에는 널리 사용됐다.[26] 그러다 동양에서는 13세기 고려에서, 서양은 15세기 구텐베르크에 의해서 금속활자 인쇄가 등장했다. 금속활자 인쇄는 목판인쇄보다 효율적이고 대량생산이 가능했다. 금속활자 인쇄술은 속도와 양적 측면에서만 목판을 뛰어넘은 게 아니었다. 인쇄본이 필사본과의 경쟁에서 이길 수 있는 미적 측면까지 기술적으로 구현해 낼 수 있었다.[27] 금속활자 인쇄술이 유럽에서 등장한 15세기 이후에도 꽤 오랫동안 필사본은 계속 성행했다. 인쇄본이 필사본을 추월하고, 필사본을 수도원 뒷방으로 밀어낸 건 미적 측면에서 인쇄본 기술이 필사본을 압도하면서부터다. 16세기 말 출판인쇄업이 상업화되고 막대한 부를 창출하는 상업 출판업자들이 등장하면서 기술적·미적 측면을 모두 갖춘 다양한 인쇄 기술이 발전하였다.[28] 역사적으로 혁신은 기술과 예술이 결합하면서 일어난다. 효율성은 편리하면서 아름다워야 빛난다. 구텐베르크의 금속활자 인쇄술은 서양의 근현대사를 바꾼 획기적인 사건이었다.* 그런데 구텐베르크 이후 등장한 인쇄와 제본 기술은 책의 역사에서만큼은 코덱스의 등장보다 획기적인 사건이 아니다. 인류 문명사의 측면에서 보면, 코덱스가 금속활자 인쇄술보다 더 중요한 사건이었다.

구텐베르크의 읽기 기계는 인쇄를 통해 오로지 문자 표현의 배포 가능성과 속도를 향상시키고 표준화를 완성했을 뿐, 그 이상도 이하도 아니었다. 방대한 저작물에 대한 인식과 그 저작물에 접근하는 인간공학에 관한 한, 서양의 역사에서 아주 오래전에 등장한 두루마리가 코덱스로 엮인 순간이야말로 진정한 기술혁명이라고 할 수 있다. 이것을 누가 발명했는지는 특정할 수 없다. 큰 종이를 차곡차곡 접어 책의 본문을 묶음으로써 독서가들은 처음으로 많은 양의 읽을거리를 편안하게 읽을 수 있었고, 무엇보다도 정확하며 오랜 시간 동안 변치 않고 유지되는 내용을 손에 넣을 수 있었다. 글은 처음으로 책이라는 직육면체 안에서 확고한 자리에 고정되고 거기에서 언급될

---

* 구텐베르크에 대한 역사적 평가는 다소 과장된 부분이 있다. 그의 인쇄술은 그가 인쇄소를 차리기 전부터 이미 존재했던 여러 기술을 조합한 것일 뿐이다. 그의 업적은 그런 기술을 엮어 완성한 데 있다. 흥미롭게도, 구텐베르크는 생전 자신의 이름으로 출간한 인쇄물이 한 편도 없다. 애머런스 보서크, 《책이었고 책이며 책이 될 무엇에 관한, 책》, 노승영 옮김, 마티, 2019, 76~90쪽.

수 있었다.[29]

독일의 출판문헌학자인 롤란트 로이스Roland Reuss의 말이다. 구텐베르크의 인쇄술은 인쇄물의 양과 속도를 증가시키고 표준화를 완성한 정도라는 평가이다. 인간의 읽기 능력을 비약적으로 발전시킨 건 오히려 코덱스라는 것이다. 이에 대해 근대 유럽의 인쇄 역사 전문가로 꼽히는 엘리자베스 아이젠슈타인Elizabeth L. Eisenstein은 코덱스 형식을 너무 강조한 나머지, 성명서, 대자보, 달력, 지도 같은 비책자형nonbook 인쇄물의 사회적 영향력을 간과했다는 지적을 하기도 했다. 그러나 코덱스 형식이 출현했기에 15세기 인쇄혁명이 가능했고, 비책자형 인쇄물의 대량생산도 활발해질 수 있었다. 구텐베르크가 기술적 혁신을 할 수 있었던 원동력은 직육면체 모양의 코덱스라는 책 형식이 주는 제약 조건이었다. 형식에 잠재된 행동유도성이 활자인쇄 혁명을 일으킨 것이다.** 실제로, 책의 형태가 두루마리에서 코덱스로 바뀌면서 독서의 양과 질이 획기적으로 달라졌다. 그 대표적인 변화는 다음과 같다.

** 행동 유도성affordance은 사람들이 특정 물체나 상황을 대할 때, 어떻게 행동할지 직관적으로 이해하고 수행하도록 만드는 설계 개념이자 요소를 뜻한다. 직육면체라는 코덱스 형식이 종이와 결합해 활자인쇄와 제본 기술 발달을 촉진했다 할 수 있다. 코덱스 형식이 아닌 두루마리 방식으로 책을 쓰고 읽었다면, 인류는 활자인쇄와 제본 기술을 개발하지 못했을 것이다.

첫째, 단위 용량당 기록물의 양이 최소 두 배 이상 증가했다. 코덱스는 두루마리와 달리 양면 기록이 가능하고, 제본을 통해 재료를 압축하고 부피를 줄여서 단위 용량당 더 많은 기록을 할 수 있다. 둘째, 기록된 내용을 찾거나 고칠 때 빠르게 작업을 수행할 수 있다. 페이지 단위로 기록 방식을 구분하면서 목차가 만들어지고 쪽수를 표기하자 어디에 어떤 내용이 있는지 훨씬 빠르게 찾거나 고칠 수 있게 되었다. 셋째, 두루마리에 비해 보관이 편해져서 사적이고 비밀스러운 독서가 활성화됐고, 장서 보관도 가능해졌다. 넷째, 여러 권의 책을 한꺼번에 통독하는 통합적 독서가 활성화됐다. 두루마리 책은 관련성 있는 자료를 하나로 묶지 못해 일일이 찾아 모아 놓고 읽어야 했다.[30] 그러나 코덱스는 그런 수고와 시간 낭비를 줄여 주었다. 성경이 대표적이다. 두루마리 책 형태일 때 성경 전체를 보려면 66권의 두루마리 책을 모아야 하지만, 코덱스 책은 구약과 신약 두 권, 그 두 권마저 묶은 한 권이면 된다. 이러한 통합적 독서로 책 내용을 비교하거나 연결하여 읽는 게 더욱 활성화됐다. 다섯째, 코덱스 책은 점차 휴대하기 좋게 크기가 작아지면서 한 손으로 책을 다루는 것이 편해졌다. 자유로워진 한 손은 턱을 괴거나 필기구를 만지작거리며 책의 여백에 주석을 달았다. 주석을 다는 행위는 독서의 역사에서 중요한 사건이다. 한 권의 책이 독서가의 주석으로 다른 책으로 변신하게 된 것이다. 책 해설서라 할 수 있는 '주석본'이 그렇게 해서 등장할 수 있었다.[31]

이외에도 문장부호나 띄어쓰기, 단락 구분, 줄 맞추기(한쪽/양쪽), 주석 표기법(각주/미주), 삽화, 폰트 등 타이포그래피를 발달시켰다.[32] 그런데 코덱스 책의 이러한 변화와 혁신, 어딘가 낯익지 않은가? 스티브 잡스가 한 대학 졸업식에서 "내 인생의 전환점은 타이포그래피 수업이었다"라고 말한 게 과연 우연일까? 스티브 잡스의 아이폰 디자인이 정육면체가 아닌 코덱스 책과 같은 직육면체인 게 그저 우연일까?

코덱스의 등장은 모바일의 등장과 닮았다. 수십 권의 전공 서적도 모바일 전자책으로 만들면 한 손으로 들고 다니며 언제나 볼 수 있다. 네트워크에 연결만 되어 있으면 국립중앙도서관 수준의 개인 서재를 모바일 장치 안에 구축할 수 있다. 키워드 검색은 물론이고 하이퍼링크로 관련 책을 검토하고 비교할 수 있다. 필요한 메모는 다양한 방식으로 즉각 할 수 있고, 메모한 걸 잊지 않게 저장하거나 검색해서 다시 확인할 수 있다. 웬만한 모바일 장치면 이런 기능이 모두 가능하다. 읽을거리를 기록하는 매체에 불과했던 책에 다시 새로운 유형이 나타난 것이다. 제작 형태 중 스크린이 추가됐고, 기록 방식 중 인쇄 유형에 전자매체가 추가되었다. 활자로 인쇄된 코덱스 책 말고 전자매체로 인쇄된 스크린 책이 등장하게 된 것이다. 그리고 이 새롭게 등장한 책은 인간의 오랜 읽기 역사의 흐름을 지금 계승하고 있다. 새로운 책은 두루마리 책과 경쟁하던 코덱스 책과 몹시 닮았다. 두루마리에서 시작된 책의 역사가 코덱스로,

다시 스크린으로 변하고 필사에서 활자인쇄로, 다시 전자매체로 변하는 데는 분명하고 일관된 특징이 있다. 바로 휴대성과 복제 편리성이 점차 향상되는 쪽으로 바뀌고 있다는 점이다. 그리고 연속적 읽기 중심에서 필요한 부분만 골라서 읽는 선택적 읽기가 점차 증가하고 있다는 점이다. 인간이 책을 발명하고 발전시키면서 이 흐름은 한 번도 바뀐 적이 없다. 스크린보다 종이로 읽을 때가 더 좋다는 건 미학적·정서적 측면에서 종이책을 옹호하는 취향과 선택의 문제이다. 과학적·심리적 측면에서 우열을 판단할 결정적 근거는 아직 없다. 이 문제를 편견 없이 보아야 한다.

종이로 읽기, 스크린으로 읽기

스페인의 한 연구팀에서 2000~2022년까지 스크린 독서와 종이책 독서의 효과를 비교한 여러 연구를 메타 분석한 결과를 발표했는데, 종이책 읽기가 스크린 읽기보다 독해력 향상에 유의미한 장점을 보이는 것으로 나타났다. 특히 15세 미만의 청소년에게서 스크린 읽기는 독해력에 부정적 영향을 미치는 것으로 드러났다. 그런데 고등학생과 대학생의 경우는 스크린 읽기의 부정성을 판단하기 어렵다고 보았다.[33] 이러한 메타 분석은 종이책 읽기가 디지털 문서 읽기보다 문해력과 학습력 향상에 유의미한 효과가 있음을 지지하는 논리가 될 수 있다. 그러나 이 결과가 종이책 읽기의 수월성을 증명하진 못한다. 평가 기준, 대상, 텍스트, 환경에 따라 결과는 달라질 수 있다. 앞서 밝혔듯 15세 전후로 스크린 읽기의 부정성 연구 결과가 달랐다.

　같은 종이책의 경우를 놓고 봐도 다양한 형식의 종이책이 존재한다. 종이책과 스크린의 차이만큼 문자표기와 인쇄편집 방식에 따라 종이책끼리도 꽤 큰 차이를 보인다. 한국의 경우, 20세기 말까지 국한문혼용 혹은 국한문을 병용한 경우가 많았고, 요즘 종이책에 비해 줄간격이 좁고 글자 크기가 작아 페이지당 문자량이 많았다. 그랬던 종이책 디자인이 현재처럼 국문 전용에 커진 글자, 페이지당 줄어든 문자량을 보인다고 문해력과 학습력이 저하되었다고 하기는 어렵다. 시대가 바뀌면서 사회 구성원이 달라지면 그러한 변화에 맞춰 매체 형식도 바뀌는 법이다. 20세기와 21세기의 달라진 사회적 조건이 종이책의 디자인과 편집 방식에 변화를 일으켰다. 이러한 종이책의 변화는, 종이책에서 스크린으로 바뀌면서 달라진 점들과 유사한 점이 많다. 전자책은 종이책에 비해 페이지당 문자량이 적다. 글자도 크고 여백도 많은 편이다. 종이책과 디지털 읽기의 차이를 디자인의 문제가 아니라 질료의 문제라고 주장하기도 한다.[34] 종이책의 물질성과 스크린의 비물질성이 문해력과 학습력에 미치는 영향이 다르다는 주장이라면 어느 정도 동의할 수 있다. 종이의 촉감과 변별성이 자료를 인지하여 반응을 일으키는 데 차이를 만들 수 있기 때문이다. 그러나 그러한 차이를 영향

관계의 수월성 문제로 보는 건 논리적 비약일 수 있다. 어떠한 매체가 문해력과 학습력에 더 나은지는 인지과학과 뇌신경학 같은 학문 분과의 연구와 증명 없이 단정하기 어려운 문제이다.

휴대성과 복제 편리성이 강화되고 선택적 읽기가 증가하는 쪽으로 흘러간 독서의 역사는 인류 문명의 발달사와도 궤를 같이한다. 역사의 흐름은 잘 바뀌지 않는다. 코덱스 책이 완전히 대중화된 후 두루마리 책으로 돌아가야 한다고 주장하는 사람을 더 이상 찾을 수 없다. 지금은 코덱스 책과 스크린 책이 경쟁 중이다. 그렇다면 두루마리가 코덱스로 대체된 것처럼, 이젠 종이책을 버리고 스크린 책으로 넘어가야 할까?

고대인들에게 질료는 오히려 순수한 가능성, 모든 형태를 받아들이고 수용할 수 있는 형태 없는 가능성이다. (중략) 컴퓨터 속에 있는 여백, 이 순수한 질료에는 어떤 일이 일어나는가? 어떻게 보면 컴퓨터는 우리가 화면이라고 부르는 물건 안에 고정되어 있는 여백에 지나지 않는다. (중략) 페이지는 물리적 현실이고 그 안에서 시선으로 산책하고 움직이며 글의 철자들을, 손으로 포도를 따듯, 수확하는 것이 가능하다. 그러나 전자기기들 안에서 텍스트, 페이지로서의 글은 사람의 눈으로는 읽을 수 없는 숫자들로 코드화되고 페이지라는 질료로부터 완전히 자유로워졌으며 화면 위로 하나의 유령처럼 지나다닐 뿐이다. 책을 정의하던 페이지와 글의 관계가 붕괴되면서 생겨난 것이 바로 디지털 정보 공간인데, 이 공간이 비물질적이라고 보는 건 아무리 봐도 잘못된 생각이다. (중략) 전자기기들은 비물질적인 것이 아니라 기기들이 지니는 질료라는 특징의 삭제를 기초로 할 뿐이다. (중략) 생각한다는 것은 글을 쓰거나 읽는 동안 백색 페이지를 떠올린다는 것을 의미한다. 생각한다는 것은, 글을 읽는 것과 마찬가지로, 질료를 기억한다는 것을 의미한다.[35]

이탈리아의 철학자 조르조 아감벤Giorgio Agamben은 스크린, 컴퓨터를 그저 비물질적인 장치로 보는 시각을 비판한다. 그에 따르면, 전자매체는 비물질이 아니라 온갖 가능성을 지닌 질료인데, 나무나 돌처럼 어떤 고정된 형태를 지니고 있지 않을 뿐 상상을 통해 어떤 질료든 될 수 있다. 어떤 특정한 질료로서의 고정된 특징이 삭제된 것이지 질료가 아닌 게 아니라는 것이다. 스크린의 물성은 나무나 돌처럼 고정되지 않은 유동적 상태일 뿐이다. 스크린은 물과 닮았다. 물은 형체가 고정되어 있지 않지만, 분명 질료다. 물은 어떻게 다루냐에 따라 그 모습과 특징이 달라진다. 물은 투명하지만, 순식간에 여러 색을 띨 수 있다. 물은 매끄러워 보이지만, 굴절과 왜곡으로 여러 모양을 만들어 내기도 한다. 읽거나 쓴다는 건 질료를 발견하고 변형하는 일이다. 언어, 감각, 감정 등 읽고 쓰는 행위의 질료는 다양하다. 문제는 질료의 대상이 아니라 질료의 활용이다.

발터 벤야민Walter Benjamin은 이미 20세기 초에 기술 복제로 예술의 신비적인 제의祭儀 가치가 위축되고 전시 가치가 부각할 거라고 예상했다.[36] 현대사회에서 예술의 질료는 더 이상 자율성을 지닌 고유한 무엇이 아니라 기술에 의해 생산되고 복제되고 향유되는 유동적인 매체 그 자체가 되었다. 기술 복제 시대에 언어 텍스트는 고정된 질료가 아니며, 신비로운 아우라로 포장하기도 어렵다. 종이책은 언어와 책이란 물성이 결합한 공산품이자 기성품ready made goods이다. 종이책은 이미 질료에서 어떤 형태로 만들어진 과거다. 반면 스크린은 형태가 고정되지 않은 질료다. 스크린은 정보를 담는 그릇일 뿐 고정된 내용물이 없다. 종이책은 완성된 지식의 결과물이지만 스크린은 완성되지 않은 '지식의 탐색등'이다. 스크린은 무한한 가능성을 지닌 질료의 현재이자 미래다. 그래서 스크린으로 읽으려면 형태 없는 질료를 발견할 줄 알아야 한다. 그런데 누군가는 스크린의 이런 점을 불안하게 보기도 한다.

코덱스의 등장을 인쇄술의 등장보다 더 중요하게 본 롤란트 로이스는, 아감벤과 달리 전자매체는 전원만 끄면 자료가 사라질 수 있는 불안전한 읽기 도구로 본다. 로이스에 따르면, 코덱스는 물질적인 참고 자료로서, 그걸 구매한 사람에게 안전한 소유물로 존재한다. 또한, 코덱스는 고유한 특성이 있는데 외부에서 어떤 에너지를 공급하지 않아도 그 특성을 그대로 유지한다.[37] 로이스는 종이책의 안전성과 독립성, 소유 가능성에 주목하면서, 그렇지 못한 스크린 읽기에 우려를 표한다.

아감벤과 로이스의 관점은 상반된 듯하지만, 사실은 종이책과 전자매체의 읽기가 서로 충돌하거나 배타적이지 않음을 보여 준다. 전자매체의 스크린은 형태는 없지만 잠재성을 지닌 질료로서 상상력을 이끈다. 종이책은 자율적이고 일체감을 주는 읽기 경험을 준다. 두 매체의 이러한 장점은 배타적 관계가 아닌 상호 보완적 관계다. 이미 조각이 완성된 결과물을 감상하는 즐거움과 어떤 조각이 완성될지 모르겠지만 일부라도 조각에 참여하는 즐거움이 서로 모순된 감정일까?

매리언 울프는 내비게이션(스크린)에 의지하여 운전할 때와 지도(종이책)를 머릿속에 넣은 채 운전할 때 운전자의 반응과 심리적 안정감에 차이가 있듯이, 디지털 매체와 종이책으로 각각 읽기 행위를 했을 때도 이와 비슷한 차이가 나타난다고 말했다.[38] 스크린으로 읽으면 조급해지고 숙고할 시간이 부족하지만, 종이책으로 읽으면 인내심이 강해지고 더욱 숙고하려 한다는 울프의 이어지는 주장은 종이책에 손을 들어 주는 것처럼 보이지만, 그건 상황에 따라 다른 읽기가 요구됨을 뜻한다. 응급환자를 태우고 가는 차에서 응급실을 갖춘 병원으로 빨리 가려면 머릿속으로 그런 병원을 떠올리기보다 내비게이션에 의지해서 바로 가는 게 낫다. 그래서 나오미 배런은 읽기 능력 중 결정적 요소는 응시이지, 읽기 도구가 아니라고 말한다.[39] 배런에 따르면, 읽기 능력이 부족한 사람은 후진신속운동(방금 읽은 곳으로 다시 돌아가는 것)을 자주 하는 경향이 있다. 읽기 장

애가 있는 사람은 평균적인 응시 시간(0.15~0.5초)보다 더 오래 응시하며 머뭇거리는 경향이 있다. 숙련된 독자는 응시 시간이 짧고, 후진신속운동도 적다. 또한, 배경지식(스키마)은 읽기 속도를 조절하고 내용 이해에 결정적인 영향을 미친다. 배경지식이 부족하면 글을 더 오래 응시해야 하고, 내용 이해도 어려워한다.[40] 이렇듯 이해란 집중하여 텍스트의 표면적 의미뿐만 아니라 읽은 걸 토대로 추론하고, 새로운 것과 이미 알고 있는 것을 통합해 내는 능력이다.

디지털 시대 읽기 전략, "양손잡이 문해력"

종이책으로 읽든, 스크린으로 읽든 제대로 이해하면서 읽으려면 집중하는 응시 능력과 통합적인 배경지식이 요구된다. 그런데 이러한 능력과 지식은 읽기 도구와는 상관없다. 종이책으로 읽는다고 응시가 빠르고, 배경지식이 잘 떠오르고, 추론과 통합 능력이 발휘될까? 문제는 어디서 읽느냐가 아니라, 어떻게 읽느냐다. 종이책이든, 스크린이든 효과적이고 실질적으로 읽어 내려면, 텍스트의 내용과 읽는 목적에 따라 집중력 정도를 조절하고, 산만하지 않고 신중한 자세를 유지해야 한다. 그리고 적절하게 글자와 문장을 응시한다면 종이책이든 스크린이든 성공적인 읽기를 수행할 수 있다.

결국 읽는 주체의 읽기 능력과 자세가 본질적 문제다. 나오미 배런은 종이, 스크린, 오디오까지 디지털 전환 시대의 읽기 전략을 매리언 울프의 표현을 빌려 한 마디로 이렇게 말했다. "양손잡이 문해력."[41] 상황에 맞게 양손을 모두 쓸 줄 아는 게 중요하지, 그 손이 무엇을 쥐고 있는지는 중요하지 않다는 뜻이다. 어차피 스크린에서 읽을 때도 종이책 읽을 때의 습관과 능력이 거의 그대로 유지되거나 조금 확장될 뿐이다. 스크린에서 집중하여 읽지 못하는 사람이 종이책에서 집중하여 읽을 거라고 기대하기 어렵다. 배경지식이 풍부하여 종이책을 빠르게 읽고 잘 이해하는 사람은 스크린에서도 마찬가지다. 중요한 건 읽는 주체의 능력이지 읽는 대상의 매체가 아니다.

프랑스의 문학평론가 모리스 블랑쇼Maurice Blanchot는 독자는 책을 읽으면서 자기만의 시선으로 책을 조각하는 존재라고 말했다. 이어서 세상에 같은 책은 없으며, 책을 응시하고 어루만지며 읽는 독자의 수만큼 다른 책이 존재한다고 했다. 이 도래할 책은 아직 아무도 읽지 않았지만 단 한 명이 읽으면 등장하게 될 책이고, 그 책은 누군가에게 읽히면서 다시 써진다고 했다.[42] 블랑쇼가 살았던 시기엔 스마트폰이나 태블릿이 대중화되지 않았다. 만약 블랑쇼가 지금 시대를 살고 있다면 책 대신 스크린이나 인터넷을 두고도 비슷하게 말했을 것이다.

독서 행위는 책을 읽는 것만을 의미하지 않는다. 무엇에 대한 호기심이나 반발심을 가지고 있다면, 이미 최초의 독서가 시작된 것이다. 문자 그대로의 독서는 검증하고 확인하면서 호기심과 반발심을 충족하는 행위다. 이러한 독서를 중간독서라 하자. 중간독서 후 다시 의문이 들거나 지적 자극이 발동되었다면 최후의 독서를 하는 것이다. 이 최후의 독서는 곧 최초의 독서다. 독서는 이러한 일련의 과정을 모두 수행한다. 독서는 사유와 읽기가 결합한 사건이다. 그저 문자를 인식하는 행위가 아니다.[43]

다른 책에서 블랑쇼는 말한다. 사전적 의미의 독서 이전에 어떤 지적 사유가 발동되었다면 이미 독서는 시작된 거라고. 독서 후 다시 의문이 들거나 지적 자극을 받아야 독서가 비로소 끝나는 거라고. 그런데 독서의 끝은 독서의 시작이기도 하다. 의문과 지적 자극은 다시 호기심과 반발심이라는 지적 사유를 의미하기 때문이다. 블랑쇼는 책 읽기를 두고 한 말이지만, 그가 설명한 독서 과정은 스크린 읽기에도 똑같이 적용된다. 오히려 스크린 읽기에서 그러한 최초의 독서와 최후의 독서가 서로 맞물리는 읽기의 힘이 더 잘 작동된다. 중요한 건 책이 아니라 책을 읽어 내는 과정이자 그 과정을 즐기는 우리 자신이다. 정작 우리가 신경 쓸 일은 종이냐 스크린이냐가 아니라, 아무도 찾지 않는, 누군가 읽게 된다면 꽃처럼 피어날 누군가의 글과 문장을 발견하는 일이다. 또 그걸 찾아내는 독자를 길러 내는 일이다.

4

메모

어떤 생각이 한 편의 글이 되려면 적당히 시간을 두고 생각이 발효될 때를 기다려야 한다. 그렇게 생각이 숙성되는 걸 숙고熟考라 한다. 숙고는 거친 생각을 삶아 매끄럽게 만든다. 여기서 거친 생각이 바로 '메모'다. 메모는 모든 글의 씨앗이다. 다만, 아직은 제대로 여물지 못한 거칠고 투박한 상태다. 그런데 이 메모가 없다면 감칠맛 나는 글도 없다. 읽을 맛이 나는 글을 쓰려면, 먼저 생각을 발효시켜야 한다. 메모는 생각을 숙성시키는 첫 번째 작업이다.

메모memo의 정확한 공식 표현은 '메모랜덤memorandum'이다. 이 말은 '기억해야 할, 기억할 가치가 있는'을 뜻하는 라틴어 'memorandus'에서 유래했다. 이후 '기억하게 하다'라는 뜻의 동사 'memorare'에서 파생되어, 오늘날처럼 'memo'라고 쓰이고 있다. 한국어로는 대체할 만한 단어가 딱히 없어 외래어 그대로 '메모'라고 표기해서 쓰고 있다.

메모는 제목 없는 책이다

메모는 꽤 넓은 뜻을 지닌다. 영어의 유래처럼 기억을 도와주는 그 무엇을 의미하면서, 짤막하게 글로 남긴 기록이나 다른 사람에게 전하기 위한 짧은 메시지를 의미하기도 한다. 메모를 위해 세상에 등장한 미국 3M사의 포스트잇은 메모의 그런 개념을 물리적으로 잘 구현해 보여 준다. 포스트잇을 보면 아무리 커도 성인 손바닥 크기를 넘지 않고, 기본적으로 사각형 모양을 띤다. 붙였다 뗄 수 있는 가벼운 접착력을 가지고 있고 아무 필기구나 잘 적히는 종이로 만든다. 포스트잇의 이러한 물성은 우리가 메모를 언제, 어떻게, 왜 하는지를 알게 한다.

메모는 시도 때도 없이 한다. 언제나 생각나면 하는 게 메모다. 심지어 자다가도 벌떡 일어나 방금 꾼 꿈을 잊을까 봐 메모하기도 한다. 메모는 쉽게 할 수 있어야 한다. 손 가는 대로 아무 종이에다 아무 필기구로 마구 적는다. 격식이나 문법도 필요 없다. 자신만 알아보면 그만이다. 메모는 메시지다. 뭔가 떠오르거나, 뭘 기억해야 하거나, 누군가에게 뭔가를 남길 때 한다. 대부분 글로 메시지를 작성하기에 네모난 형태가 메모지로 가장 좋다.

메모의 이러한 특성은 읽기의 역사를 떠올리게 한다. 읽기는 누구나 쉽고 빠르게 하는 쪽으로 변해 왔다. 메모 역시 마찬가지다. 포스트잇 대신 모바일 앱을 활용한 다양한 디지털 메모가 널리 쓰이고 있다. 타자 방식과 펜 입력 방식이 대표적인데, 최근에는 인공지능 기술 발달로 말소리나 이미지를 글로 변환시키는 기능도 빠르게 발전하고 있다. 디지털 기술을 활용한 메모의 가장 큰 장점은, 메모를 빠르게 검색하고 다른 텍스트로 옮기거나 편집할 수 있다는 것이다. 포스트잇이 아무리 편리해도 보관하고 옮겨 적는 과정이 필요한데, 디지털 메모는 이 과정을 건너뛰어 곧장 글쓰기 단계로 연결할 수 있다. 메모는 지속 가능한 글쓰기의 핵심 비법이다. 메모가 곧 글쓰기의 시작이다. 메모들이 발전하여 한 편의 글이 되고, 한 권의 책이 완성된다. 메모는 그 자체로 작은 책이다. 메모는 단순히 아이디어를 적는 행위를 넘어, 곧 초고를 작성하는 일이다.

책이 현재까지 가장 완벽한 읽기 기계라면, 메모는 즉석에서 만들어지는 가장 가벼운 읽기 기계다. 메모는 작은 책이다. 그래서 혹자는 메모를 "제목 없는 책"이라고 부르기도 한다. 아직 이름이 없는 존재, 그러나 분명 존재하기에 언젠가는 어떤 얼굴을 하고 당당히 호명될 존재, 그게 메모의 운명이다.

이 글도 한 문장의 메모에서 시작됐다. "쓰기는 최초의 읽기다." 이 문장에서 시작된 메모가, "저자란 쓰면서 읽는 최초의 독자다"란 다른 메모를 만나, "글쓰기란 생각을 글로 써서 구성하는 행위"이며, 그래서 "각각의 모듈이 결합하여 하나의 기계가 완성되듯, 읽고 쓰고 고치는 일련의 글쓰기 과정을 단계적으로 소개하는 책"을 쓰게 된 것이다. 큰따옴표 속 문장은 나의 소중한 메모들이다. 이 중요한 메모를 언제, 어떻게, 무엇을 위해 해야 할까? 그 답을 독일의 철학자이자 사회학자인 니클라스 루만Niklas Luhmann이 썼던 '메모 상자'에서 찾을 수 있다. 니클라스 루만이 고안한 개념인 메모 상자를 독일어로 '제텔카스텐Zettelkasten'이라 한다.

메모 상자 만들기

루만은 칠십 평생(1927~1998) 중 30여 년을 학자로 살았다. 30년간 58권의 저서(번역서 제외)를 남겼고, 350편 이상의 논문을 발표했다. 사후에도 그가 남긴 조각들을 모아 6권의 책이 더 출간되었다. 어떤 학자도 생전에 이 정도의 연구 업적을 남기지 못했다. 어떻게 이게 가능했을까? 루만의 이 말도 안 되는 글쓰기 작업을 연구한 숀케 아렌스Sonke Ahrens 박사는 루만의 "제텔카스텐"에서 그 답을 찾았다. 제텔카스텐은 메모를 뜻하는 독일어 '제텔zettel'과 상자를 뜻하는 '카스텐kasten'을 결합한 단어로, 우리말로 표현하면 '메모 상자'다. 이 표현에서 중요한 건 '상자'다. 상자는 사전적 의미기도 하고 비유적 의미기도 하다. 아날로그적 공간이든 디지털적 공간이든 메모가 한데 모여 그것끼리 관계를 맺어야 '메모 상자'라 할 수 있다. 문제는, 메모를 상자에 넣어 어떤 식으로 보관하고 관리하냐다.

손케는 루만의 생애와 연구 과정을 조사하던 중 루만이 엄청난 메모광임을 알게 됐다. 그런데 루만의 메모에는 특이한 점이 있었다. 보통의 메모와 달리 메모지마다 독특한 분류체계에 따른 숫자나 번호가 달려 있었다.[44] 그리고 그렇게 분류된 메모지가 다른 메모 상자에 보관되어 있었다. 세계적으로 알려진 유명인 중에 메모광은 많다. 그런데 루만은 그저 메모를 많이 하는 사람 중 한 명이 아니었다. 루만은 메모를 쉽고 유용하게 사용하는 법을 알고 있었다. 중요한 건 메모의 양이 아니라 메모의 활용이었다. 손케는 루만의 메모 활용법을 통해 글쓰기는 아무것도 없는 백지에서 출발하는 것이 아니라, 이미 메모해 놓은 글들을 다른 글로 바꾸는 것임을 알게 됐다.[45] 루만처럼 평소에 메모한 걸 연결하여 모으기만 해도 한 편의 글이 나올 수 있는 구조를 만들어야 쉼 없이 글을 쓸 수 있다는 걸 깨달았다. 그 구조란 바로 사용하기 쉽고 효율적인 자기만의 메모 상자다.[46]

메모 상자는 맥락이 다른 메모들을 연결하여 새로운 맥락으로 발전시키는 도구다. 메모 자체는 파편적인 글이지만, 메모 상자 속 메모는 맥락적 글이다. 메모 상자에 메모를 추가할 때는 서로 연결되는 분류체계를 알 수 있도록 특정한 기호나 번호를 표시한다. 기호와 번호는 메모에 붙이는 일종의 꼬리표tag로 메모의 맥락을 파악할 때 시간을 아껴 주고 혼동을 없애 준다. 메모를 자주 해 본 사람은 안다. 시간이 지나면 메모의 의도와 의미가 무엇이었는지 기억나지 않을 때가 많다는 것을. 그래서 꼬리표를 붙인다. 이렇게 꼬리표를 붙여 분류한 메모들을 새로운 맥락 안에서 이어 붙이면 한 편의 글을 쓸 수 있는 구조가 만들어진다. 마치 레고 블록 끼워 맞추기와 같은 이치다. 레고 블록은 모양과 색깔이 다양해도, 얼마든지 다양한 모양을 만들 수 있다. 독립적이면서 연결성, 호환성이 뛰어난 모듈 형태의 구조다. 메모 상자 속 메모들도 분류체계와 번호에 따라 어떤 강제성이나 획일성 없는 비선형적 조합을 이룬다. 과학 메모는 예술 메모와 결합하고, 기술 메모는 철학 메모와 결합하며 새로운 관점과 뜻하지 않은 사고의 즐거움을 만들어 낸다.

예를 들어, 생성형 인공지능의 특징을 분류체계상 "IT/학습/언어"라는 태그로, 철학자 니체의 문체를 "철학/글쓰기/독일"이라는 태그로 분류했다고 하자. 이 중 "생성형 인공지능은 백과사전식으로 정보를 나열하고 심화한다. 그 과정에서 정보의 계열성과 통합성을 보인다"(생성형 인공지능)란 메모와 "인간은 무엇을 쓰든 전기를 쓰게 되어 있다. 모든 글쓰기는 궁극적으로 일인칭이다"(니체)란 메모를 언어와 글쓰기의 측면에서 엮으면 다음과 같은 문제의식이 제기된다.

"생성형 인공지능은 인간처럼 일인칭으로 글을 쓸 수 없다. 일인칭 글쓰기는 실체적 삶을 전제로 한다. 자기 인생을 살아 본 적 없는 인공지능은 진정한 의미의 일인칭 글쓰기를 할 수 없다. 생성형 인공지능이 어떤 존재를 가장하여 말하는 건 정보를 나열하고 심화할 때 어떤 정보를 선택하고, 그 선택한 정보를 어떤 관점으로 볼 것인지를 결정할 때 취하는 서술 방식에 불과하다."

생성형 인공지능의 정체성과 인간적 정체성이 어떤 차이가 있는지 설명하는 하나의 관점을 추론해 낸 예시다. 만약 생성형 인공지능의 정보 통합 능력을 하나의 관점 형성으로 본다면, 철학자 니체가 말한 모든 글쓰기는 일인칭이라는 생각을 거꾸로 해석하여, 일인칭 시점의 글쓰기를 수행하는 것이 인간적 속성이므로 정보를 하나의 관점으로 통합하여 해석하는 생성형 인공지능은 비인격적 존재지만 의식적 측면에서 인간 존재를 모방한다는 추론을 할 수 있다. 어떤 식의 추론이든 흥미로운 문제의식이자 주제다. 이처럼 메모 상자 속 메모들을 이리저리 엮다 보면 얼마든지 남들과 차별화된 발상을 할 수 있다.

결국 평소에 얼마나 열심히 메모하고, 그 메모들을 체계적으로 관리하는지가 관건이다. 메모 상자를 잘 구축해 놓았다면 글쓰기 계획은 따로 할 필요가 없다. 글이 쓰고 싶어질 때 메모 상자를 열어 보기만 하면 된다. 다음은 숀케 박사가 루만의 메모법을 바탕으로 소개한 메모 순서와 요령이다. 메모 순서는 임시 메모, 인용 메모, 영구 보관용 메모, 이렇게 3단계로 이루어진다.[47]

❶ **임시 메모**는 즉흥적인 생각을 그냥 습관적으로 작성하는 메모다. 종이든 디지털 도구든 항상 무언가를 메모할 수 있는 도구를 옆에 두고 기록한다.

❷ **인용 메모**는 읽은 자료에서 인상 깊은 내용을 기록하는 메모다. 인용 메모를 할 때는 반드시 서지 정보(저자, 제목, 발행 기관, 발행 연도, 쪽수)와 함께 기록한다.

❸ **영구 보관용 메모**는, 임시 메모나 인용 메모를 자기 생각으로 발전시켜 기록하는 메모다. 이때 기존 메모에 대해 질문하고, 모순이 있는지, 수정할 부분은 없는지, 새롭게 발견된 가치나 의미는 없는지를 기록한다. 임시 메모나 인용 메모를 영구 보관용 메모로 발전시키지 않으면, 시간이 지날수록 쓸모없는 메모로 남게 된다. 시간이 꽤 지나서 임시 메모나 인용 메모를 보면 무슨 의도로 한 메모인지 기억나지 않고, 해당 인용문이 어떤 의미나 가치를 지니는지 파악하기 어렵다. 영구 보관용 메모를 해 둬야 임시 메모와 인용 메모를 나만의 방식으로 분류하여 맥락을 부여할 수 있다. 맥락이 부여된 메모는 시간이 지나도 그 의도와 의미를 파악할 수 있기 때문이다.

❹ **인용 메모는 서지 정보 보관함(컴퓨터 파일)에 저장하고, 영구 보관용 메모는 메모 상자(파일 서랍)에 보관 혹은 저장한다.** 이때 필요하다면 임시 메모도 영구 보관용 메모와 함께 보관해 둔다.

❺ **영구 보관용 메모를 기반으로 아이디어를 도출할 때는 상향식으로 한**

다. 상향식이란 어떤 주제를 추상화하고 개념화하여 더 큰 분류 체계로 만든다는 뜻이다. 예를 들어 "생성형인공지능 < 인공지능 < 컴퓨터 < 과학기술"처럼 상위 범주로 아이디어를 확장하면서 다른 메모와 엮어 본다. 창의적인 아이디어는 상위 범주끼리 개념을 통합할 때 도출될 확률이 높다. 차원이 먼 개념끼리 통합하는 게 소위 유추다. 영구 보관용 메모들을 유추 관계로 묶으면 체계성은 약할 수 있지만 창의성은 강해진다. 서로 낯선 개념을 하나의 범주로 묶을 때 새로운 관점이 만들어진다.

❻ **상향식으로 도출된 주제는 쓰고 싶은 글 초고의 핵심이 된다.** 인용 메모를 바탕으로 상향식 주제를 도출하였다면, 이미 한 편의 초고 구상이 끝난 것이다. 다른 상향식 주제를 바탕으로 다른 글의 초고 구상도 동시에 진행할 수 있다.

이외 메모할 때 주의할 점이 있다. 가능하면 메모는 문장 형식을 갖추는 게 좋다. 그냥 단어나 구句로만 기록해 두면 의미 맥락이 불분명하다. 문장 구성 요건은 주어와 서술어다. "누가＋무엇을／어떻게＋하다" 혹은 "무엇은＋무엇이다"와 같은 문장 형식을 갖춰야 개념이 분명해지고 의미가 다른 개념으로 확장될 수 있다. 소설가 헤밍웨이가 썼다고 알려진 유명한 메모가 있다.

"팝니다, 아기 신발, 사용한 적 없음."

이 짧은 글을 "사용한 적 없는 아기 신발"처럼 단어들의 단순한

     2장 **자료**

조합으로만 표현했다면, 원래의 메모에서 느껴지는 정서적 충격이 반감될 것이다. 그냥 주어와 서술어로만 된 문장이라도 문장 형식을 갖춰야 한다. 단어와 개념이 다르기 때문이다. 개념은 단어로 명시되지 않아도 느껴지는 정동Affect 상태다. 개념은 어떤 기분이나 감정을 일으키는 신체적 반응으로, 비언어적이고 즉각적인 지각 현상이기도 하다. 반면 단어는 기분, 감정과 무관하게 어떤 의미만을 지닌 언어적 기호다.[48]

"슬프다"란 단어를 누군가에게 말한다고 슬프다는 기분과 감정이 곧장 전달되어 교감이 이루어지지 않는다. 개념은 순식간에 사라질 수 있는 정동 상태이므로 단어로 표현해야 그나마 물리적 세계에 붙잡아 둘 수 있지만, 그렇게 표현된 단어만으로는 정동 상태인 어떤 개념을 제대로 설명할 수 없다. 그 슬픔의 개념을 어떤 문장 형식을 통해 구체적으로 표현해야만 한다. 메모는 단지 생각을 단어로 기록하는 행위가 아니다. 단어의 의미는 시간이 흘러도 사라지지 않지만, 정동은 시간이 흐르면 증발하고 말라 그 흔적조차 찾기 어려워진다. 그래서 단어가 아닌 문장 형식으로 메모해야 한다. 주어와 서술어로 구체화된 문장은, 정동을 포착하여 개념을 물리적 세계로 소환하여 동면시킨다. 그렇게 동면한 개념은 언제든 다시 깨어나 정동을 일으키는 글로 부활한다. 이때, 인용 메모가 아닌 영구 보관용 메모라면 자신의 언어로 바꾸어 표현해야 한다. 자신의 언어로 바꾸는 과정에서 그 내용을 잘 이해하고, 더 선명하고 간결하게 표현할 수 있다. 자기 말로 바꾼 메모는 이미 한 편의 글로 보기에 충분한 개념과 정동 상태를 함축한다.

사실, 개념을 단어로 명시하지 않아도 정동은 느껴진다. "행복하다"란 단어는 행복감을 언어로 표현한 것일 뿐, 이 단어가 없다고 행복감이 없는 게 아니다. 단어로 표현되기 이전에 행복하다는 정동은 느낄 수 있고, 그게 어떤 감정인지 개념으로 인지할 수 있다. 그런데 단어와 같은 언어기호로 표현해 내지 못하면 그 개념과 정동을 타인에게 전달하고 타인과 교환할 수 없다.[49] 메모에 미칠수록 내가 느끼는 정동과 그걸 포착한 개념을 더 많이, 오랫동안 간직할 수 있다. 그건 놀라운 축복이다. 순식간에 사라져 버리는 개념과 정동을 누군가와 공유할 수 있도록 간직한다는 거. 그건 내 마음의 진정한 주인이 되는 일이다. 아이디어Idea가 이데아로 읽히는 건 우연이 아니다. 어떤 마음을 잃어버리지 않고 포착하였다면 그건 우리가 꿈꾸던 이데아를 발견하는 일과 같다.

모듈화된 메모의 효용

메모의 여러 기능은 결국 어떤 내용을 기억하거나 전달하기 위함이다. 그런데 여기서 중요한 사실이 하나 있다. 기억과 암기는 다르다는 것이다. 암기는 그저 똑같이 생각해 내는 일이다. 보통 단기 기억을 가리킨다. 암기는 한시적이다. 시간이 지나면 자기 이름조차 잊는 게 인간의 뇌다. 기억은 암기 같은 단기 기억, 오랫동안 기억하는 장기 기억, 다른 무엇을 떠올리는 연상작용까지 모두 포함한다.[50] 이 중에서 연상작용이 중요하다. 만약 우리 뇌가 암기 위주로 작동했다면 인류는 굳이 책과 같은 기록장치를 발명하지 않았을 것이다. 한 번 들으면 그대로 기억하는데 굳이 책에다 그 내용을 기록할 필요가 없지 않은가? 인류 역사에서 책과 같은 기록장치는 혁신을 이끌었다. 책 이후 등장한 여러 매체와 기록장치는 인간의 기억 방식을 획기적으로 변화시켰다. 우리의 뇌는 단순 암기보다 다른 무엇을 하길 원했던 것이다. 바로 상상과 추론이다. 상상과 추론은 어떤 사실로부터 새로운 사실을 발견하거나 만들어 내는 능력이다. 그런데 상상과 추론은 아무것도 없는 완전한 무無에서 출발하지 않는다. 반드시 어떤 재료가 있어야 하고, 그 재료로부터 시작된다. '텍스트'란 그 재료를 가리키는 말이고, 텍스트 중에서 사고의 민낯을 보여 주는 게 바로 메모다.

기억의 연상작용은 상상과 추론을 이끌어 가는 힘이다. 연상을 통해 인간은 서로 다른 정보를 연결하고 검색한다. 숀케 박사는 이러한 연결과 검색이 학습 행위의 본질이라고 말한다.[51] 메모의 목적은 정보와 정보를 연결하고 원하는 정보를 바로 찾기 위함이다. 그런데 단지 정보 연결과 검색이 전부라면 인공지능이 더 잘 해낼 수 있다. 메모는 정보를 나 자신의 언어로 바꾸면서, 의미를 자기식으로 맥락화한다. 그 과정에서 정보와 정보가 연상작용으로 묶인다.

연상작용은 개인화된 기억이다. 챗GPT가 아무리 나에 대한 정보를 많이 학습해도, 나의 모든 기억과 그 기억 속 정보의 연결 상태까지 파악할 수는 없다. 뇌와 신체, 인격에 해당하는 내면, 기억 정보 중 무엇이 인간의 본질일까 하는 질문은 철학이나 의학뿐만 아니라, 인공지능과 로보틱스 기술에서도 중요한 쟁점이다.[52] 인류 역사에서 혁신적 사건이 나타날 때마다 인간이 기술에 양도한 것과 양도하지 않은 게 무엇인지 따져 본다면, 인간의 본질이 무엇인지 대략 예상할 수 있다. 문제는 기억의 대상이 아니다. 무엇을 기억할지는 시대와 사회, 사람에 따라 다르다. 중요한 건 기억하고 싶을 때 기억해 낼 수 있는 기억 타이밍이다. 무엇을 기억할지가 아니라, 기억하고 싶을 때 기억해 낼 수 있는 능력이다.

다시 메모의 기능을 생각해 보자. 상상과 추론을 위한 연상이 메모의 가장 중요한 기능이다. 메모한 내용을 연결할 때 우린 평범하지 않은 생각을 해낸다. 혁신은 이미 존재하는 것끼리 합해지고 나뉘면서 나타날 뿐이다. 글의 모듈성은 이런 연결과 편집을 가능케 한다. 메모는 모듈화된 글쓰기를 대표한다. 모듈은 언제든 재사용이 가능하고 결합과 분리가 자유로운 독립적이고 구조화된 단위다. 메모는 그 자체가 독립적이고 구조화된 글이다. 언제든 다른 메모와 결합하여 더 큰 독립적이고 구조화된 글이 될 수 있다.

인류 역사에서 혁신이 계속되고 있지만 아직 과학기술에 넘기지 않은 게 있다. 정보와 정보를 연결하여 새로운 맥락을 만들어 내는 의식적 통합 능력이다. 모듈화된 메모를 인공지능이 학습하면 물리적 통합까지 가능할 것이다. 그러나 메모에 인간이 언어로 부여한 맥락까지 인공지능이 이해하고, 그 맥락을 바탕으로 어떤 연상을 하여 상상과 추론까지 해내는 의식적 통합이 가능할까? 모듈화된 메모가 결합하면 '기계'가 아니라 '인격'이 만들어진다. 메모를 기반으로 한 글쓰기는 여전히 인간의 몫이고, 인간만이 수행할 수 있는 능력이다.

생각을 생각하는 힘

학술적 글쓰기뿐 아니라 모든 글쓰기에서 메모가 중요한 건 글쓰기의 본질이 '글'이 아닌 '쓰기' 행위에 있음을 암시한다. '글'은 일반적으로 문자를 가리키지만, 꼭 그렇지 않을 수 있다. 숫자나 그림, 어떤 표식이어도 상관없다. 어떤 의미를 지닌 형식으로서 '기호sign'면 된다. 기호는 대상이 내포하는 의미인 기의signifié와 그 의미를 지시하는 형식인 기표signifiant를 모두 갖추고 있어야 한다. 그런데 기의와 기표란 요소를 모두 갖춘 기호도 결국 '말하기'와 '쓰기'라는 표현 행위가 없으면 한낱 죽은 기호에 불과하다. 기호를 소통의 도구로 만드는 건 기호 그 자체가 아니라 기호를 작동시키는 어떤 행위다. 그래서 언어학자 소쉬르Ferdinand de Saussure가 제시한 사회적 언어 체계인 랑그langue보다 개인적 언어 사용인 파롤parole이 언어 사용에서 본질적 언어다. 파롤의 언어가 랑그의 언어를 체득하면서 언어적 의사소통이 비로소 가능해지지만, 파롤의 언어를 먼저 구사하지 않으면 랑그의 언어를 습득할 수 없다. 기호를 통한 소통은 기호 이전에 소통 의지가 반드시 선행되어야 한다. 파롤의 언어는 온갖 소음과 오류로 가득하지만, 그러한 소음과 언어적 오류를 통해 소통 의지를 먼저 발휘하지 않으면 소통은 요원한 일이 된다. 소통 의지가 있어야 언어기호를 습득할 수 있다. 누군가의 생각을 다른 누군가의 생각으로 옮길 때 비로소 기호는 소통 수단이 된다. 추상적 사고가 누군가와 소통을 이루려면 반드시 먼저 표상화되어야 한다. 그게 기호다. 표상은 다시 다른 표상과 결합하면서 구체화된다. 그게 소통이다. '쓰기' 행위는 추상화된 생각을 표상화하고 구체화하는 소통 방식이다. '말하기'도 그러한 소통 방식 중 하나지만, 쓰기에 비해 표상화가 약하고 지속적이지 못하다. 메모의 모듈성에 주목해야 할 이유가 여기에 있다. 메모는 추상적 생각을 표상화한다. 그리고 기록된 메모는 표상화된 생각을 구체화한다. 그렇게 구체화한 메모들이 서로 연결되고 결합하면 새로운 맥락이 형성된다.

글쓰기란 기호들을 조합하여 새로운 맥락을 만드는 행위다. 기호들을 섞고 떼고 하는 모든 조합 행위는 기록된 메모를 기본 단위로 한 모듈화된 글쓰기 행위이기도 하다. 생성형 인공지능은 그러한 조합 행위로써 쓰기 모듈을 작동시킨다. 맥락을 이해하지 못해도 어떤 패턴을 따라 모듈이 조합하도록 작동하면 의미 있는 글쓰기가 생성된다. 이러한 생성형 인공지능의 글쓰기 방식은 메모에 기반한 인간 글쓰기 방식을 모방한 것이다. 추상화, 표상화, 구체화로 이어지는 맥락적 글쓰기를 지금 인공지능은 기술적으로 유사하게 재현해 내고 있다. 이걸 인간적 글쓰기에 대한 위협으로 여길 게 아니라 인간적 글쓰기의 장점을 확인하고 적극적으로 활용하는 계기로 삼아야 한다. 결국엔 인간의 맥락 형성과 소통 의지가 인공지능의 효능감을 만들어 낸다.

인공지능이 정말 '지능'을 갖추려면 인간의 사유를 경유해야 한다. 지능은 무엇이 작동하는 원리와 방법을 스스로 깨닫는 능력이다. 인간의 사유는 대부분 선천적으로 그러한 능력이 있다. 지능은 학습 없이 의식에 장착되어 있다. 지능은 인간 진화의 결과다. 반면에 학습은 지능이 아니라 지능을 강화하는 일이다. 학습은 후천적으로 강화된 지능으로 사회적이고 인위적이다. 지능과 학습은 상호작용한다. 메모와 글쓰기는 지능과 학습이 상호작용하는 대표적 사례다. 메모는 선천적 지능과 후천적 학습이 선순환하며 글쓰기의 일상화를 가능하게 한다. 메모는 우리의 생각이 재귀적으로 작동하여 우리가 생각하는 걸 다시 생각하게 한다. 생각을 생각하도록 만드는 힘, 그게 메모와 글쓰기의 핵심 가치다.

3장
구상

구상은 발상과 자료 검토를 마친 후 본격적으로 글을 작성하기 직전에 해야 하는 윤곽과 도면 작업이다. 건물을 지을 때, 도면 없이는 어떤 작업자도 일을 시작할 수 없다. 글을 쓸 때도 구상 없이 첫 문장을 쓸 수 없다. 막상 글을 쓰다 보면 구상과는 다른 방향으로 글이 전개되기도 한다. 그럴 때는 구상을 조금씩 수정하면서 다시 써 내려가면 된다. 그런데 아예 구상조차 하지 않았다면, 그때는 수정조차 불가능하다.

구상은 생각의 흐름, 방향을 정하는 일이기도 하다. 막상 그 흐름과 방향에서 조금 벗어날 수 있다. 그런데 애초에 그 구상이 없다면 모든 게 처음이라 무슨 일이 벌어질지 예상할 수 없다. 구상은 오차와 실수를 깨닫고 다시 조정하고 개선하게 만드는 힘을 준다. 구상에 쏟는 에너지가 아깝지 않은 이유이다. 구상은 비록 실질적으로는 처음 가는 길일지라도 머릿속으로 그 길을 상상해 보고 모의실험처럼 그 길을 한번 걸어가 보는 일이다. 그래야 어느 곳에 어떤 어려움이 나타날지 예상하고 대책까지 세울 수 있다. 구상은 무엇을 쓸 것인지 화제話題, 화제의 무엇을 쓸 것인지 개요概要, 어떤 식으로 쓸 것인지 목차目次까지 짜는 일련의 디자인 작업이다.

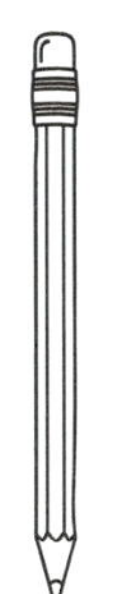

5

화제話題 선정

화제話題는 중심 글감으로 무엇을 쓸 것인지, 그 대상object을 가리킨다. 발상을 통해 관심 분야를 탐색하고, 자료 수집과 읽기를 통해 글감이 될 만한 정보와 지식을 충분히 확보했다면, 메모 상자에 서로 연결하고 결합하면 창의적일 글감이 가득할 것이다. 자료를 수집하여 읽기만 하고 메모하지 않았다면 무엇을 쓸 것인지부터 막막해진다. 화제는 메모에서 발굴해야 한다.

화제 선정은 발상과 자료 단계에서 검토한 것 중 하나를 선택하는 일이다. 아무것도 없는 빈 상자를 바라보며 뭔가가 나타나길 기다려서는 안 된다. 화제 선정은 온갖 아이디어로 가득한 상자를 들뜬 마음으로 열어 보는 일이다. 평소에 호기심과 열정을 가지고 꾸준히 메모해 두고, 그 메모들을 체계적으로 관리한다면, 화제 선정은 메모끼리 이어 보고 맞춰 보는 신나는 작업이 된다. 쓸 만한 글감은 떠오르는 게 아니라 고르는 거다. 만약 고를 만한 글감이 없다면 발상과 자료 단계부터 다시 수행해야 한다. 화제 선정은 주관식이 아니라 객관식이어야 한다.

너무 포괄적이거나 단편적이지 않은

화제를 선정할 때 주의할 점이 있다. 너무 포괄적이거나 단편적이지 않은 게 좋다. 포괄적 화제는 거창해서가 아니라 감당할 수 없어서 문제가 된다. 포괄적 화제를 선정했다가 1년 동안 매달려도 결과가 안 나올 수 있다. 반면, 단편적 화제는 단조로워서가 아니라 논의할 게 많지 않아서 문제가 된다. 단편적 화제를 선정하면 글쓰기 진척이 빠를 수 있지만, 정해진 분량을 채울 만한 내용이 없어 당황할 수 있다.

몽골에서 온 외국인 유학생을 가르쳤을 때다. 학생은 글쓰기 과제로 화제를 뭘 선정할지 몰라 고민이 많다며 도움을 요청했다. 먼저 생각해 둔 화제를 얘기해 보라고 했다. 학생은 주저하다가 진지하게 이렇게 말했다. "저의 조국 몽골에 대해서 써 보고 싶습니다." 학생의 말을 듣고 화제가 뭔지 다시 설명해 주고, 써 보고 싶은 게 몽골의 무엇이냐고 다시 물었다. "몽골 음식을 아주 많이 사랑합니다. 나중에 몽골 전통 음식점을 경영해 보고 싶습니다." 한국 음식은 안 좋아하냐고 묻자, 한국 음식도 많이 좋아한다고, 특히 갈비찜을 좋아한다고 했다. 그러면 갈비찜과 비슷한 몽골 음식이 있냐고 묻자, "허르헉"이라는 전통 음식이 비슷하다고 했다. 난 이렇게 말했다. "몽골과 한국의 전통 음식 중 고기 요리를 비교해 보는 게 어때요?" 학생은 뭔가를 깨달았다는 듯 곧장 도서관으로 뛰어갔다.

화제는 구체적이면서 이야깃거리가 있어야 한다. 이야깃거리란 읽을 만한 내용인지, 읽고 싶은 마음이 생기는지 물었을 때 느낌표가 찍히는 그 무엇이다. 학생이 처음 생각한 대로 몽골에 대해서 두루뭉술 썼다면 과제를 작성하지 못했거나, 작성했어도 수박 겉핥기 수준의 글을 제출했을 것이다. 다행히 학생은 나의 조언을 잘 따랐고, 그 덕에 나도 몽골 음식 허르헉을 알게 되었다.

좋은 화제는 세상에 많다. 그런데 매력적인 화제는 오직 자기 목소리에서 나온다. 누구나 말할 수 있는 글은 눈에 띄지 않는다. 그런 글은 백 미터마다 하나씩 있는 프랜차이즈 가게 같은 맛이다. 누구나 말하지 않는 글은 특별한 화제에서 오지 않는다. 다소 평범한 화제라도 누가 말하느냐에 따라 매력적으로 느껴진다. 글을 쓰는 사람만이 말할 수 있는 글에는 특별한 맛이 있다. 스토리텔링 storytelling은 무슨 이야기냐보다 누가 어떻게 이야기하냐가 더 중요하다. 평범한 이야기도 감동적일 수 있다. 그게 이야기하기, 스토리텔링의 힘이다.

좋은 화제는 나 자신을 발견하는 일

매력적인 화제를 고르려면, 먼저 그 화제를 나의 목소리로, 남들과 다르게 이야기할 수 있는지 따져야 한다. 나의 목소리로 남달리 이야기할 수 있으려면 나의 경험이나 사전 지식이 충분한지, 그 화제에 대해 충분한 발상과 자료 검토가 있었는지 살펴야 한다. 그리고 메모 상자에 그 화제와 관련하여 나의 생생한 목소리를 기록한 메모가 있는지, 그 메모와 비교하며 이을 만한 다른 메모가 있는지 확인해 봐야 한다.

너무 포괄적이거나 단편적이지 않은 화제인지 판별하는 기준은 딱 하나다. 바로 나 자신이다. 내가 그 화제를 감당할 수 있는지, 재미있게 다룰 수 있는지 점검하면, 저절로 답이 나온다. 그래서 화제를 찾고 고르는 과정은 나 자신을 바로 보고 알아 가는 과정이기도 하다. 메모 상자는 내 의식의 조각을 담아 놓은 퍼즐 상자다. 무엇을 쓸지는 세상을 탐색하는 일이지만, 그 출발과 끝은 나 자신을 발견하고 이해하는 일이다.

6
개요

흔히 아우트라인outline으로 쓰이는 개요概要는 어떤 내용의 대략적인 줄거리나 흐름을 뜻한다. 소설 같은 문학작품의 줄거리나 어떤 문서의 요약도 개요와 유사한 의미로 쓰인다. 개요는 한마디로 본문의 압축이다. 그렇다면 어떻게 압축하는 게 좋은가? 이런 질문 전에 굳이 개요를 작성해야 할지 의문이 들 수 있다. 개요를 생략하고 바로 목차를 구상하면 안 되나? 목차는 나중에 본문의 차례나 소제목으로 쓰이지만, 개요는 본문 작성과 중복되지 않는가?

개요는 시뮬레이션이다. 본 경기 전에 한번 가상으로 미니 게임을 해 보는 것과 같다. 마라톤 선수라면, 마라톤 경기를 하기 전에 주요 코스마다 어떻게 페이스를 조절할 때 가장 좋은 결과가 나올지 예측해 본다. 실제로 코스들을 가볍게 돌아다니며 미리 점검도 해 본다. 그렇게 해도 본 경기에서 예상하지 못한 일이 벌어진다.

하물며 그런 예행연습조차 없다면 어떤 일이 벌어질까?

개요는 본 경기인 본문 작성으로 나를 이끌고, 자신감을 주고, 예상치 못한 상황에 대처할 힘을 준다. 그렇다면 개요 작성을 위해 무엇을 해야 할까? 학술적 글쓰기에서 개요는 문제의식, 추론(가설과 입증), 결과를 설계하고 디자인하는 일련의 과정 전체를 가리킨다.

문제의식: 지식의 빈틈을 찾아라

문제의식이란 사전적으로 무엇이 문제가 되는지 알아차리고 대처하는 태도다. 학술적 글쓰기에서는 이런 사전적 의미와 조금 다르다. 학술적 글쓰기는 지식 세계를 함께 구축하는 글쓰기다. 지식을 구축할 때는 두 가지 힘이 작용한다. 지식의 탑을 쌓아 올리는 수직적 힘과 그 힘이 쓰러지지 않게 옆에서 받쳐 주는 수평적 힘이 그것이다. 수직적 힘은 주로 천재들의 몫이고, 수평적 힘은 그런 천재들을 보조하거나 검증하는 범인들의 몫이다. 그런데 평범한 사람들을 무시해서는 안 된다. 간혹 천재인 줄 알았더니 사기꾼인 경우도 더러 있다. 2006년 서울대 황우석 교수의 연구 부정 사건은 학문의 엄밀성과 건전성이 얼마나 중요한지 확인시켜 준 사례였다.[1] 연구 결과 조작, 생명윤리법 위반이 있었다는 사실이 다른 동료 연구자들의 폭로와 검증으로 드러났다. 바로 이 연구자들이 지식 세계에서 수평적 힘의 중요성을 보여 준 이들이다.

학술적 글쓰기에서 문제의식은 앞선 누군가의 뒤를 쫓으며, 그가 남긴 발자취를 점검하고, 궁극적으로는 그를 조금 추월하려는 걸 목표로 한다. 근대과학의 아버지라 일컫는 아이작 뉴턴조차 자신의 업적을 "내가 멀리 볼 수 있었던 건 거인의 어깨 위에 있었기 때문"이라며 겸손하게 표현했다. 뉴턴이 비유한 거인은 앞선 수많은 학자와 지식인들이다. 그들이 쌓아 올린 지식의 탑은 더 멀리 보는 망루 역할을 해 주었다. 뉴턴의 표현에서 흥미로운 건, 자신이 거인의 머리 위가 아닌 어깨 위에 있다고 한 점이다. 뉴턴은 자신이 발견한 것이 앞선 지식을 완전히 바꿀 정도가 아니라 앞선 지식에서 조금 나아간 정도라고 여겼다. 그러니 머리 위가 아닌 어깨 위에서 거인의 시선보다 조금 높은 시선으로 조금 더 멀리 봤을 뿐이라 말했다. 이처럼 학술적 글쓰기에서 문제의식은 누군가의 연구에서 시작해서 나만의 연구를 조금 보태는 일이다. 그런 한 사람의 작은 한 걸음이 이어지면 강과 산을 뛰어넘는 위대한 도약이 된다.

그렇다면 기존 연구에서 문제의식을 도출하려면 어떻게 해야 할까? 김용찬 교수는 기존 연구에서 제기했던 질문을 다시 확인하고, 서로 대립하는 연구를 중재하면서, 새로운 대안을 제시해 보라고 제안한다.[2] 이 방법을 따르면 앞선 연구의 흐름을 이해하고, 비교 분석을 통해 앞선 연구자들이 놓친 부분이 무엇인지 찾아, 그 부분을 집중적으로 연구해 나만의 결론을 도출해 낼 수 있다. 새로운 건 과거로부터 온다. 온고지신溫故知新이 바로 이러한 문제의식을 잘 보여 주는 말이다. 그런데 여기서 중요한 문제에 봉착하게 된다. 기존 연구 흐름을 모두 파악하는 게 쉽지 않고, 파악한다고 해도 기존 연구가 놓친 게 무엇인지 발견하는 건 더 어려운 일이다. 대학원생이나 학술 노동자라면 당연히 해내야 할 일이다. 그러나 보통의 학부생이라면 연구 논문과 학술 저서를 읽고 이해하는 것도 쉽지 않은데, 지식의 빈틈을 찾으라는 건 과도한 요구처럼 느껴진다. 그런데 김기란 교수의 말처럼 선행 연구에 함몰되면 창의적 연구가 되기 힘들고, 선행 연구를 충분히 분석하지 않으면 독단적 연구가 될 수 있다. 그러니 선행 연구에 함몰되지 않고, 비판적 거리를 유지하면서, 자신의 관점을 구체화하는 정도로 문제의식을 찾아야 한다.[3]

학부생 수준에서는 최소한 다음 두 가지 태도를 갖추고, 한 가지 점은 노력해야 한다. 문제의식을 찾기 위한 일종의 2＋1이다.

우선, 검토한 자료들의 핵심 주장과 근거를 확인한 뒤 의심해 보는 것이다. 그 자료가 기사이든 논문이든 간에 주장과 근거의 적합성, 적절성, 정확성을 모두 의심하며 살핀다. 특히 생성형 인공지능으로 확보한 자료일수록 더욱 강하게 의심해 본다. 생성형 인공지능의 환각 증상은 문제의식을 확보할 때 결정적 오류를 일으킬 수 있다. 여러 인공지능의 답을 비교해 보거나 자료 출처를 확인하거나 관련 전문 자료와 비교 확인해 본다.

다음으로는 **검토한 자료들의 결론에서 한 발 나아가는 질문을 해 보는**

것이다. 한 연구자가 "지식의 모듈화로 지식의 통합과 변형이 자유로워질 것이다."라고 결론을 내렸다면, "지식을 통합하고 변형하는 걸 활성화하려면 결합과 분리가 자연스러운 표준화된 체계가 필요하지 않을까?"라고 질문해 볼 수 있다. 그러면서 USB 단자를 하나로 통일하면 디지털 기기끼리 연결하거나 분리하는 게 쉬워져 정보 호환이 활성화되는 것처럼, 지식의 모듈화도 표준화된 체계를 만들어야 활성화되지 않을까? 이런 유사한 사례를 들며 질문을 추가할 수도 있다. 이 질문은 문제의식을 제기하면서 동시에 앞으로 쓰게 될 글의 주제로, "(이러저러한) 표준화된 체계로 지식의 모듈화를 구축해야 한다"와 같은 연구 결과를 예상할 수도 있다. 질문할 때는 관계, 선택, 예측, 확인, 원인, 대안 같은 발상 단계의 질문 유형을 적용하면 좋다. 이처럼 의심하기와 질문하기는 문제의식을 제기할 때 꼭 갖춰야 할 두 가지 태도다.

한편 문제의식을 갖출 때 노력해야 할 점 한 가지는, **기존 선행 연구 흐름을 최신 수준에서 한 번은 꼭 검토해 보라**는 것이다. 연구 흐름을 이해할 때 최신 연구를 파악하는 게 효율적인 이유는 기존의 주요 연구가 어떻게 전개되고 어떤 한계가 있는지를 최신 연구에서 정리해 주기 때문이다.

최신 박사학위논문은 연구 흐름을 이해하고 파악하는 데 가장 좋은 자료다.[4] 보통 한 연구자의 일생을 평가할 때 절정인 시기가 박사학위를 받고 대학이나 연구기관에 자리를 잡을 때까지다. 이

시기를 연구 활동의 절정기로 보는 이유는, 전문 연구자로서 학업이 공식적으로 끝나는 시점으로서 학문에 대한 열정과 성숙이 가장 조화를 이루는 시기이기 때문이다. 더구나 이때 쌓은 연구 업적은 대학이나 연구기관에 전업 연구자로서 자리를 잡는 데 결정적 요인이 된다. 박사학위 취득과 박사후과정 때 보인 퍼포먼스가 한 연구자의 가장 반짝이는 순간일 때가 많다. 그러니 한 연구자의 청춘이자 미래인 소중한 자료를, 그것도 최신 자료로 꼼꼼히 챙겨 본다면 학부생 수준에서는 한방에 선행 연구 흐름을 파악하는 '치트키'를 쓰는 거와 같다.

꼭 박사학위논문이어야 하는가? 석사학위논문은 안 되나? 다른 전문 학술지 논문은 안 되나? 석사학위논문은 기본적으로 학문적 성과를 크게 기대하기 어렵다. 석사학위논문은 학술논문을 본격적으로 작성할 수 있는 연구 능력을 기르기 위한 예행연습 같은 것이다. 그래서 많은 교수가 석사학위논문을 지도할 때 연구 대상과 범위를 최대한 좁히라고 요구한다. 더구나 많은 대학이 일반대학원 말고 특수전문대학원을 운영하는데, 이들 대학원은 학술적으로 신뢰하기 힘든 석사학위논문을 양산하는 경향이 있다. 이곳에서 작성된 석사학위논문의 내용과 수준을 학부생이 검토하고 판단하기란 쉽지 않다. 학위논문 발급 기관까지 꼼꼼하게 확인하지 않으면 수준 미달의 논문을 읽을 수 있다.

전문 학술지 논문도 그 종류와 수준은 천차만별이다. 학술논문이라고 모두 신뢰할 수는 없다. 한국연구재단의 심사를 거쳐 학술적 수준을 인정(등재지)받지 못한 학술지도 매우 많다. 그런 학술지에 실린 논문이라면 학술적 가치를 의심해 봐야 한다.

설사 등재지라 하더라도 그 안에서도 논문 수준이 워낙 다양하고 격차가 커서 자신에게 맞는 적절하고 우수한 논문을 찾기란 쉬운 일이 아니다. 그리고 박사학위논문에 비해 학술지 논문은 선행 연구 검토를 폭넓고 깊게 수행하지 않는 경향이 있다. 학술지 논문 자체가 연구 대상과 범위에서 박사학위논문에 비해 구체적이다 보니 본인 연구와 직접적으로 관련된 연구들만 검토하는 경향이 있다. 다행히 학술지 논문이 본인의 글과 관련이 있다면 도움이 되겠지만, 그때는 그 논문과 본인의 글을 어떻게 차별화할지 고민스러울 것이다. 결국 여러 학술지 논문을 비교하는 선행 연구 검토 작업이 필요한데, 연구자의 길을 걷고 싶다면 유익한 경험이다.

어떤 경우라도 관련된 박사학위논문 한 편은 숙독해 보길 권한다. 한 사람이 청춘을 바쳐 항해한 바다에서 건져 올린 수확물이니, 그냥 읽어 보기만 해도 형식적·내용적 측면에서 영감을 얻을 부분이 있을 것이다.

가설과 입증

문학적 글쓰기와 달리 학술적 글쓰기는 대상이 명확하

다. 주로 기존의 어떤 의미 있는 지식이 그 대상이 된다. 시나 소설처럼 작가의 상상력으로 대상을 창조하는 경우는 거의 없다. 의미 있는 지식이란 단순한 정보가 아니다. 단순한 정보에는 지향성이 없다.

예컨대, 창밖에 구름 한 점 없이 파란 하늘이 보인다고 하자. 맑은 하늘은 아직은 단순한 정보다. 잠시 후 오후에 연인과 야외로 소풍을 가기로 한 게 생각나고, 그러자 맑은 하늘은 유용한 정보가 된다. 그런데 아직 지식은 아니다. 유용한 정보가 지식이 되려면 지향성을 가져야 한다. 지향성intentionality이란 어떤 존재하는 대상이나 발생한 사건을 향하거나 그걸 목표로 삼는 의식이다. 이때 존재하는 대상이란 유령처럼 실제로 존재하지 않더라도 존재한다고 믿는 것까지 모두 포함한다.[5] 우린 이 지향성을 통해 세계와 모종의 관계를 맺는다.

지향성이 없으면 의사소통이 이루어지지 않는다. 화자는 청자에게 어떤 의미를 전달하려는 의도를 목표로 하고, 청자는 화자의 메시지를 듣고자 하는 의도를 목표로 한다. 화자와 청자 모두가 지향성을 가질 때 비로소 의사소통이 이루어진다.[6] 내가 아무리 속이려 해도, 상대가 나의 말을 듣고자 하지 않는다면 나는 상대를 속일 수 없다. 보이스 피싱은 화자와 청자의 의도가 모두 작동할 때 벌어지는 사건이다. 마찬가지로, 지향성이 글쓴이와 독자 모두에게 작동할 때 정보는 지식이 된다. 그 지식을 다른 말로 '의미'라고 한다.

연인과 소풍을 하는 날의 맑은 날씨는, 소풍 갈 장소와 그 장소까지 가는 이동 수단 등 여러 정보와 연결된다. 맑은 날씨가 소환한 정보들이 서로 이어지면서 지식이 구축된다. '서울 어린이대공원의 잔디 광장은 돗자리를 깔고 앉아 김밥을 먹기에 맞춤하다. 어린이대공원 지하철역은 7호선이고, 우리 집에서 7호선을 타려면 노원역에서 갈아타는 게 가장 빠르다.' 이러한 지식의 생성은 지향성이 작동하면서 활성화된다. 그런데 여기서 주의할 점이 있다. 이 지향성은 화자와 청자, 글쓴이와 독자 모두에게서 나타나야 한다는 점이다. 만약 연인이 오늘 몸이 아파 소풍을 취소하려 한다면, 만약 독자가 내가 언급한 화제에 관심이 없다면, 아무런 지식도 만들어지지 않는다. 의미란 상호성을 지닌 지향성의 결과다.

의미는 어떤 조건과 판단 기준을 공유하고 그것에 따라 정보를 연결해야 만들어진다. 의미는 대상에서 '발견'되는 게 아니라, 대상과 대상을 잇는 어떤 의도를 통해 '발명'된다. 챗GPT에 "소크라테스를 소개해 줘"라고 요구했다 치자. 챗GPT가 "소크라테스는 기원전 5세기경 그리스에서 활동한 철학자입니다. (이하 생략)"라고 대답할 때와 "소크라테스는 2024년 대한민국 서울 강남에 오픈한 지중해식 요리를 파는 식당입니다. (이하 생략)"라고 대답한 것 중 무엇이 나에게 의미 있는 지식이 될까? 그건 나와 챗GPT의 상호 지향성으로 판단하면 된다. 연인과 데이트할 멋진 식당이 궁금했다면 뒤의 답변이 의미 있는 지식이다.

학술적 글쓰기가 한 편의 연구 행위로서 의미를 확보하려면 문제의식에서 출발한 어떤 가정과 그 가정 조건을 만족하는 어떤 결과를 도출해 내야 한다. 자연과학에서는 이러한 연구 활동을 오래전부터 수행해 왔다. 어떤 전제를 바탕으로 결론을 도출하는 것, 그걸 가설과 입증이라 하고, 다른 말로 추론推論이라 한다. 가설과 입증은 진리 여부를 판단하는 일종의 실험 행위다. 이 실험을 인문학에선 '사고 실험'이라 한다.

사고 실험은 안전하고 실증적이다. 학술적 글쓰기에서 개요를 작성할 때 사고 실험을 해 보면 나의 글이 과연 의미 있는 지식이 될 수 있는지 판단할 수 있다. 후기 비트겐슈타인Ludwig Wittgenstein처럼 여러 지식을 상황 맥락에 따라 경쟁 붙여 보고, 크립키Saul Aaron Kripke처럼 여러 가능한 지식을 조건에 따라 비교해 볼 수 있다. 특히 생성형 인공지능으로 이러한 사고 실험을 편리하게 할 수 있다. 인공지능과 상호지향성 관계를 맺으며, 대화를 통해 가설을 세우고 그 가설을 입증해 볼 수 있다. 지난 수십 년 동안 학생들을 상대로 했던 개요 작성 실험을, 이젠 생성형 인공지능을 상대로 할 수 있게 된 것이다. 인공지능을 통한 사고 실험은 비트겐슈타인과 크립키의 통찰력을 빌려다 쓰는 거와 같다. 어쩌면 인공지능은 이 두 천재 철학자가 그토록 바랐던 지식의 온톨로지Ontology다.* 그렇다

---

* 온톨로지는 철학에선 존재론, 과학에선 영역domain을 가리킨다. 인공지능은 데이터

면 이러한 사고 실험으로서 가설과 입증을 어떻게 수행할까?

먼저 가설이란 무엇인가? 진리 판단 중인 지식은 모두 가설이다. 진리 판단이 끝났다고 보는 걸 흔히 '공리公理'라고 하지만, 엄밀히 말하면 공리 역시 가설이다. 공리는 워낙 증명력이 강해 가설처럼 보이지 않을 뿐이다. 가설은 조건문이자 가능태로 부르기도 한다. 가설은 전제와 결과가 하나로 묶인 의식이다. 가설은 입증책임이 따른다. 입증책임이란 가설의 형식인 전제와 결과를 하나로 묶어내는 의도를 밝히는 것이다. 어떤 전제로부터 결과가 도출되도록 만드는 의지이기도 하다. 민사소송에서 원고가 피고를 상대로 소장을 제출하면 먼저 원고에게 입증책임이 있다. 소송을 제기한 쪽이 문제를 해결하려는 의지와 의도를 가져야 소송이 시작된다. 원고의 입증 노력에 대응하겠다는 반응을 피고도 보이면 소송이 본격적으로 전개가 된다.[**]

소송 과정은 원고와 피고 둘 다 지향성을 가질 때 성립한다. 이러

를 실재하는 개념으로 규정하면서 정보를 생산하고 처리한다. 데이터가 어떤 영역에 존재한다는 가정 없이는 데이터의 정보화는 불가능하다. 인공지능은 개념의 관계도를 파악하면서 정보를 축적한다. 관계는 존재를 바탕으로 구성된다. 무엇이 존재한다고 간주해야만 그것들의 체계를 설명하고 활용할 수 있다. 크립키와 비트겐슈타인은 언어가 존재를 대신하고, 지식이 그런 언어의 구성물이라고 본 것이다.

[**] 대법원 2004. 7. 9. 선고 2003다36862 판결 (손해배상 사건) "민사소송법상 입증책임은 원칙적으로 주장하는 자에게 있으므로, 어떠한 사실의 존재를 주장하는 당사자는 그 사실의 입증책임을 진다."

한 소송 과정을 닮은 게 추론이다. 법정 소송처럼 전제와 결과를 잇는 가설과 입증 행위를 추론이라 한다. 원고와 피고가 서로 자신의 의도를 관철하려 하듯, 추론은 지향성으로 작동한다. 그리고 지향성은 어떤 방향성을 갖는다. 연역, 귀납, 변증은 그 방향성의 특징에 따라 구분한 추론 방식이다.

추론: 연역, 귀납, 변증

연역Deduction은 결론이 전제로 귀속되거나 환원되는 추론이다. 결론을 통해 전제의 진리성을 강화하는 게 목표다. 그래서 연역 추론을 하면 전제로부터 논리적 필연성이나 확실성을 가지고 결론을 이끌 수 있다고 기대한다. 연역 추론에서는, 전제가 참이면 결론도 반드시 참이어야 한다.

반면 **귀납**Induction은 결론이 전제로 귀속하거나 환원되지 않는 추론이다. 귀납에서 전제는 결론의 진리성을 강화하는 것이 목표다. 그래서 귀납 추론을 하면 전제로부터 논리적 개연성이나 가능성을 가지고 결론을 이끌 수 있다고 기대한다. 귀납 추론에서는, 전제가 참이더라도 결론은 참이 아닐 수 있다. 연역 추론의 목표는 주장의 확실성을 보장하는 데 있다. 전제와 결론 사이에 논리적 비약이 없다고 믿기 때문이다. 귀납 추론의 목표는 주장을 넘어서 새롭게 지식을 확장하는 데 있다. 그 대신, 전제와 결론 사이에 논리적

비약이 있을 수 있음을 인정한다.[7]

연역과 귀납은 서로 반대되는 추론처럼 보이지만, 이 둘은 상호 보완적이다. 연역에만 의지하여 추론하면 전제에 해당하는 지배적 원리나 법칙, 관점이 거의 바뀌지 않는다. 의미 있는 지식을 새로 확장하지 못한다. 귀납은 이러한 지식의 확장을 이끈다. 여러 사례를 조사하고 관찰하거나 어떤 실험으로 데이터가 쌓이면 기존 지식으로는 설명할 수 없는 새로운 지식이 만들어진다. 이렇게 만들어진 새로운 지식은 여러 검증과 적용을 거쳐 공리의 지위를 얻게 된다. 그러나 귀납은 논리적 비약과 오류 가능성이 있어서, 귀납 추론으로 얻은 새로운 지식은 공리의 지위를 유지하기 위해 연역 추론의 전제로서 계속되는 증명에 시달린다. 그러다 조금이라도 어긋나면 공리의 지위를 상실하게 된다. 그사이 새롭게 등장한 다른 공리가 지지를 받게 되면 공리가 교체된다. 이러한 공리의 교체는 대부분 경쟁적이고 급격한 방식으로 이루어진다. 과학철학자 토머스 쿤Thomas S. Kuhn은 이렇게 경쟁을 통해 완전히 교체되는 지배적인 공리를 패러다임Paradigms이라고 명명했다. 과학은 점진적 변화보다 혁명적 변화라 할 수 있는 패러다임 전환으로 발전해 왔다.[8] 연역과 귀납 추론은 패러다임을 만드는 사고의 원천이다. 연역과 귀납은 과학적 사고의 핵심 원리다. 그런데 비과학 분야에서도 추론은 가능하다. 그게 바로 변증법Dialectics이다.

변증은 본래 플라톤 때부터 쓰인 수사법의 일종이다. 그런 수사

                                        3장 구상

적 변증술을 변증법이라는 논리적 추론으로 격상시킨 사람이 독일 철학자 헤겔Georg Wilhelm Friedrich Hegel이다. 헤겔은《정신현상학》에서 변증법을 역사철학의 작동 원리로 보았다. 그에 따르면, 변증법은 세 단계를 거쳐 작동한다. 먼저 어떤 도덕적 관습이나 규칙이 세계를 지배하고 있다. 이걸 '정립'이라 한다. 다음 단계는 이 정립이 스스로 부적절하거나 모순적임을 드러낸다. 이걸 정립에 대한 부정 또는 대립의 뜻으로 '반反정립'이라 한다. 그러다 반정립의 한계가 드러나면서 이전의 정립과 반정립의 가치를 합하려는 시도가 나타난다. 이 마지막 단계를 '종합'이라 한다. 종합은 정립과 반정립을 적절히 화해시켰더라도 모두를 만족시키지 못한다. 그래서 점차 권위적이고 교조적인 상태로 굳어진다. 결국 종합은 다시 정립의 대상이 된다. 이어서 앞의 과정처럼 반정립의 단계를 다시 겪는다.[9] 이처럼 변증법은 정립, 반정립, 종합이라는 계속되는 어떤 현상의 운동을 가리킨다.

　변증법이 작동하도록 만드는 힘은 내재하는 모순에 있다. 정립이 반정립과 대립하는 건 정립에 내재한 모순이 반정립을 유도했기 때문이다. 반정립도 다시 종합의 단계를 겪는 건 반정립 역시 모순을 내재하기 때문이다. 서구 유럽에서 자본주의의 모순으로 사회주의가 등장했지만, 다시 사회주의의 모순으로 수정자본주의 또는 복지주의가 등장한 게 변증법의 역사철학적 전개를 보여 주는 대표적 사례이다.

이러한 변증법을 단지 역사철학 현상이 아닌 의식의 작동 원리로도 적용할 수 있는 건 바로 내재적 모순이 지양止揚의 힘을 일으키기 때문이다. 지양은 모순을 회피하거나 거부하려는 태도다. 모순contradiction은 일관성을 잃은 상태다. 우린 진리 여부를 판단할 때 무엇이 동시에 참이면서 거짓인 상태를 받아들이지 못한다. 비일관성은 진리일 수 없다고 생각한다. 차라리 모르겠다고 할지언정 참이면서 거짓이라고 하지 않는다. 참이면서 거짓일 수 있는 상태를 역설paradox이라 하면서, 역설은 반드시 해결해야 할 과제처럼 여길 뿐 결론일 수 없다고 생각한다.* 그런데 모순을 거부하는 지양의 힘이 지향성을 이끈다. 마치 로켓이 중력의 저항을 거부하며 우주로 날아가듯, 지양은 지향성을 유도한다.

대상이나 사건을 향하거나 그걸 목표로 하는 의식으로서 '지향성志向性'은 대상이나 사건을 거부하거나 그걸 부정하는 의식으로서 '지양성止揚性'과 동시에 작동한다. 지향성이 긍정의 힘이라면 지양성은 부정의 힘이다. 마치 작용, 반작용의 법칙 관계와 같다. 연역과 귀납은 전제와 결과가 상호보완하는 추론인데, 변증은 전제와 결과가 상호대립하는 추론이다. 연역과 귀납은 입증 노력이란 지

---

* 모순과 역설은 다른 개념이다. 모순이 서로 공존하거나 일관성을 잃어 문제가 되는 상태라면, 역설은 그런 모순 상태가 나타났는데 그것이 문제가 아니라 어떤 의미를 지닌 상태다. 모순은 진리 이전을, 역설은 진리 이후를 보게 한다.

향성으로 작동하는데, 변증은 회피와 거부하는 부정 노력으로 작동한다. 기특하게도 이런 부정의 힘, 지양하는 힘이 어떤 문제를 해결해 낸다. 특히 사회와 역사 문제에서 변증법은 강력한 힘을 발휘한다.

연역, 귀납, 변증은 추론 방식이자 일종의 사고 실험이다. 추론의 형식은 가설과 입증이다. 가설은 전제를 제시하거나 조건을 제시하는 일이다. 가설에 한계란 없다. 상식적 수준의 가설도 좋고, 말도 안 되는 가설도 상관없다. 중요한 건 가설을 입증하여 어떤 결과를 도출해 내는 것이다. 가설을 세우고 입증해야 그 결과가 의미 있는 지식이 된다. "신은 존재한다. 왜냐하면 신은 늘 존재했기 때문이다"와 같은 입증은 의미 있는 지식이 아니다. 이런 주장을 할 바엔 침묵하는 게 낫다. 그렇다면 어떤 식으로 입증해야 의미 있는 지식이 될 수 있을까?

입증: 분석과 실험

대표적인 입증 방식으로 분석과 실험이 있다. 분석은 다시 과정적 분석과 구조적 분석이 있다. 실험은 사례조사, 모의조사, 설문조사, 관찰조사가 있다.

분석이란 대상의 구성 요소 간의 내적 관계를 밝히고 그 의미를 해석하는 행위다.[10] 분석 수준과 정도에 따라 증명력이 달라진다. 정의, 분류, 비교, 비판, 인과는 모두 분석의 일종이다. 좁은 의미의 분석은 대상의 특징이나 요소를 구체적으로 설명하는 경우로 쓰인다. 분석은 가설에서 결과를 도출할 때 가장 많이, 널리 쓰이는 입증 방식이다. 분석 방식은 분석 기준에 따라 어떤 전개와 순서를 주로 살피는 과정적 분석과, 어떤 관계나 체계를 주로 살피는 구조적 분석으로 나뉜다. 전개와 순서를 중심으로 분석하는 것을 통시적 분석이라 한다. 통시적 분석은 대상이 시간의 흐름 속에서 어떠한 변화를 보이는지 주목한다. 관계와 체계를 중심으로 분석하는 공시적 분석은, 대상이 특정 시점에서 어떠한 상태를 보이는지 주목한다. 통시通時와 공시共時는 분석이란 수레를 끄는 양쪽 바퀴다. 간단한 글이라도 개요를 구상할 때 통시와 공시를 모두 활용하여 대상을 분석하면 최소한 평균 이상의 설득력을 갖춘 논리가 구축된다. 분석 대상의 변화(통시적 분석)와 상태(공시적 분석)를 설명할 수 있으면 그 대상을 어느 정도 이해하고 있다고 말할 수 있다. 한 친구의 성장 과정을 알고 그 친구의 현재 상태를 안다면 그 친구를 좀 안다고 할 수 있지 않을까?

실험이란 세운 가설이 옳은지 실제로 확인하는 행위다. 실제로 확인하기 위해서 실험은 검증할 수 있는 조사 행위로 이루어진다. 사례조사, 모의조사, 설문조사, 관찰조사는 그런 실험을 대표한다. 사례조사에서 주의할 점은 사례의 대표성, 전형성이다. 조사 대상 중 어떤 사례를 선택하려면 그 사례가 조사 대상을 대표하고 조사 대상의 전형적 특성을 보여야 한다. 만약 그렇지 않다면 사례조사가 오히려 설득력을 떨어뜨리는 독이 될 수 있다. 모의조사는 실제로 존재하는지 확인할 수 없지만 충분한 가능성을 지닌 어떤 경우를 가정한 후 그 양상을 조사해 보는 것이다. 일종의 시뮬레이션이라 할 수 있다. 생성형 인공지능은 이런 모의조사에서 두각을 보인다. 실제로 있었던 사례가 아니더라도 그럴듯한 경우를 사례처럼 들어 설명하곤 한다. 이미 수많은 실제 사례 데이터를 섭렵하였기에 시뮬레이션을 어렵지 않게 해낸다. 설문조사는 품이 많이 들고 통계 조작을 요구한다. 주로 양적 연구에서 자주 쓰인다. 객관식 질문 방식으로 데이터를 확보하여 데이터에서 어떤 경향성을 확인한 후 가설을 입증한다. 설문조사는 객관적 입증에서 강력한 힘을 드러낸다. 그래서 선거철, 후보들의 지지율을 예상하고 비교할 때 설문조사를 가장 널리 사용한다. 관찰조사는 조사자의 심층적 이해와 분석이 요구된다. 주로 질적 연구에서 자주 쓴다. 대화나 인터뷰 방식으로 대상의 특성을 파악하여 가설을 입증한다. 관찰조사자에 따라 다소 주관적일 수 있지만 심층적으로 대상을 해석한다는 장점이 있다.

실험을 통한 입증은 분석보다 실증적이고 과학적이라는 인상을 준다. 그래서 주로 사회과학이나 자연과학 분야의 학술적 글쓰기에서 자주 쓰인다. 인문학 분야는 실험보다 대개 분석에 치중한다. 문학작품이나 영화를 분석하는 건 대부분 인문학 분야의 글들이다.

실험과 분석은 모두 유용한 도구다. 어느 것이 더 우월하다고 할 수 없다. 심지어 동시에 쓰일 때가 더 많다. 다만, 실험과 분석을 통해 개요를 작성할 때 주의할 점이 있다. 개요는 결국 본문을 미리 작성해 보는 예행연습 같은 것이다. 구체적이고 세부적인 진술을 하지 않았을 뿐, 개요 작성은 본문의 논리적 구조를 세우는 일이다. 막상 본문을 작성하다 보면 구조가 어느 정도 변경될 수 있다. 그래도 기본적으로 구조는 본문을 작성할 때 가장 믿을 만한 추론 결과다. 구조는 실체화된 개념이다. 구상한 개념을 실체화하지 않으면 구상은 그저 신기루일 뿐이다.

자신의 추론을 스스로 믿지 않으면 본문을 작성할 때 두렵고 힘들어진다. 추론은 생각의 지형을 알 수 있는 지도이고, 막막한 사막에서 방향감각을 잃지 않게 해 준다. 그러니 가설을 입증할 때는 최대한 치열하게 고민하되, 고민이 끝나면 내가 세상에서 가장 똑똑한 사람인 양 자신감 넘치게 다음 작업을 밀고 나가야 한다. 개요를 작성할 때 다양한 전제, 조건과 가능성을 떠올려 보고 여러 추론 방식을 총동원하여 결과를 예상할 때 비로소 자기가 써야 할 글에 확신을 가질 수 있게 된다.

학술적 글쓰기는 지적 호기심과 밑도 끝도 없는 자신감 없이는

쓰기 힘들다. 뭔가 너무 알고 싶다는 마음과 그걸 사람들에게 내가 가장 잘 설명할 수 있다는 마음이 있어야 한 편의 학술적 글쓰기를 완성할 수 있다. 문학이 경험과 상상력이 만나 사람들과 교감하는 글쓰기라면, 학술적 글은 호기심과 자신감이 만나 사람들과 교감하는 글쓰기다. 다양한 경험과 독특한 상상력이 문학작품의 수준을 결정하듯, 적극적 호기심과 열정적 자신감이 학술적 글쓰기의 매력을 결정한다.

주제문 작성

주제 구상은 개요 구상의 마지막 단계이다. 주제를 꼭 구상하고 글을 써야 하냐고 묻는 사람들이 있다. 이렇게 물어 보자. 여행 갈 때 목적지를 정하지 않고 집을 나서냐고. 글을 쓸 때 주제를 구상하지 않고 목차를 짜고 본문을 쓰는 건 목적지 없이 여행하는 거와 같다. 주제는 글을 쓰는 목적이자 글의 결론이다. 그래서 세상에 주제가 없는 글은 없다. 주제가 모호하거나 이상한 경우는 있어도 주제가 아예 없는 글은 없다. 화장실 낙서조차 주제는 있다. 그래서 목차를 짜고 본문을 쓰기 전에 주제를 정해야 한다. 중간에 주제가 바뀔 수 있다. 그렇게 되면 개요와 목차, 본문도 다시 수정해야 한다. 항상 주제가 앞서가고 다른 모든 게 그 뒤를 따른다. 수정하는 걸 두려워하면 단 한 문장도 쓸 수 없다. 글쓰기는 본래 고치기다. 주제란, 어떤 문제의식을 바탕으로 나만의 가설을 세우고 그걸 논리적으로 입증하여 얻게 된 결론이다. 주제는 반드시 문장 형식으로 서술할 수 있어야 한다. 그게 주제문이다. 주제문은 다음과 같은 조건을 만족해야 한다.

첫째, 주제문은 평서형이어야 한다. 주제문을 "~이다/하다"와 같은 평서형으로 끝내지 않고, "~까?/가?"와 같은 의문형, "~자/라"와 같은 청유형이나 명령형으로 쓰면 안 된다. 주제문은 글쓴이가 독자에게 주는 최종 답이다. 주제문으로 독자에게 답을 물어선 안 된다. 독자는 글쓴이의 답을 듣고, 그 답이 옳은지 스스로 묻고 따지는 존재다. 그 물음은 독자의 몫이다. 글쓴이가 독자에게 답을 물어서는 안 된다. 주제를 의문형 문장으로 표현하는 글은 의심해 봐야 한다. 글쓴이의 주제 의식이 명확하지 않거나, 드러내면 곤란한 주제를 글쓴이가 일부러 감추는 건 아닌지 따져 봐야 한다.

둘째, 주제문은 긍정형이어야 한다. 주제문을 "~아니다/못하다"와 같은 부정형으로 끝내서는 안 된다. 무엇을 부정하는 것만으로는 아무 문제도 해결할 수 없다. "환경을 파괴해서는 안 된다"라는 문장은 주제문이 될 수 없다. 환경을 파괴하지 않는 행위에는 환경이 파괴되도록 내버려두는 것도 포함된다. 다른 누군가가 환경을 파괴한 것이지, 정작 나는 환경을 파괴하지 않았다는 의미를 내포할 수도 있다. 이런 문장으로 주제문을 쓰면 아무것도 해결되지 않는다. 논리학적으로 볼 때, 참을 증명하는 게 거짓을 증명하기보다 어렵다. 참을 증명하려면 예외가 최대한 없어야 한다. 그런데 거짓을 증명하려면 예외가 하나만 있어도 된다. 세상에 예외 없는 법칙은 거의 없다. 그만큼 예외는 흔하다. 예외를 최대한 만들지 않으려고 노력하는 게 참을 증명하는 일이다. 거짓을 증명할 때는 힘들게 노력하지 않아도 된다. 그냥 흔한 예외 한두 개만 제시하면 된다. 그래서 주제문을 부정형으로 쓰는 사람은 무책임하고 지적으로 게으르다. 심지어 논리학적으로도 오류다. 전체 집합 조건 없이 A의 부정인 ~A는 무한이다. ~A는 규정할 수 없는 실체다.

셋째, 주제문은 주장을 담아야 한다. 주제문의 주장이란 '관점, 판단, 평가, 해석'과 관련된 주관적 사고다. 단순한 사실, 모두가 알고 있는 주장, 뻔한 생각, 단순한 감정이나 느낌은 주제문의 주장이 될 수 없다. 그런 걸 주장인 양 주제문에 담으면 곤란하다. 독자로서 기껏 긴 글을 읽고 나서 그런 주장이 주제라는 걸 알게 된다면, 크게 실망하고 배신감마저 들 것이다. 문학적 글쓰기는 뻔한 주제라도 다르게 보여 주면 감동받지만, 학술적 글쓰기는 그런 식의 주제와 결론을 용납하지 않는다. 학술적 글쓰기는 지식의 벽돌을 한 장씩 쌓아 가는 일이다. 같은 위치에 같은 벽돌을 놓는 게 아니다. 상식적 주제로 쓰인 논문이나 연구 성과물은 비싼 쓰레기다. 글을 통해 궁극적으로 말하고 싶은 핵심 주장이 주제문에 담겨야 한다. 글의 핵심어들을 적절히 활용하고, 글을 구상한 배경과 목적을 떠올려 보면 주장을 담은 주제문을 쓰는 게 어렵지 않다. 주제문의 주장과 관련하여 하나 더 덧붙이자면, 가능하면 동사로 끝나는 서술어가 좋다. 동사로 끝나면 독자는 어떤 행동이나 변화를 떠올리게 된다. 현실을 바꾸는 힘은 고민보다 실천에 있다. '평화'란 명사만으로 세계가 평화로워지지 않는다. '(전쟁을) 멈추자'란 동사가 세계를 좀 더 평화롭게 만든다.

넷째, 주제문은 증명된 것이어야 한다. 개요 구상 단계에서 추론하고, 본문 작성 단계에서 구체적으로 보여 준 내용에서 주제가 나와야 한다. 추론은 의미 있는 지식을 만들어 내는 사유 행위다. 구체적 서술은 의미 있다고 믿는 지식에 생명력을 불어넣어 그 지식이 널리 인정받고 퍼지도록 만든다. 글쓴이가 사고 실험으로 확신하여 제시한 결과가 주제이다. 온갖 자료를 찾아 읽고 검토하고 분석하여 내린 결과가 주제이다. 확신과 자부심을 담아 밝혀야 한다. 주제는 내가 세상에 자신감 있게 내어놓은 '나의 정신'이다. 진리 추구로 증명된 하나의 주제는 이 세계를 구성하는 유의미한 지식이 된다. 우리는 언젠가 모두 소멸할 테지만, 그 한 줌의 지식은 남아 누군가의 정신 일부가 될 것이다. 영원불멸이란 이런 게 아닐까? '$E=mc^2$'처럼 간결하면서 선명한 주제가 인류에게 미친 영향을 생각하면, 한 줌의 지식이라도 위대하지 않은 게 없다.

7

목차

무엇을 안다고 자신 있게 말하려면 그 내용을 구성할 줄 알아야 한다. 그냥 뜻을 설명하는 정도로는 안다고 하기 어렵다. 한국을 잘 모르는 외국인에게 한국을 소개한다고 상상해 보자. "한국은 아시아 동쪽에 있는 국가이고, 한국어를 구사하고, 인구는 5천만 명쯤 되는 나라야." 이 정도 소개면 괜찮을까? 만약 내가 외국인이라면 속으로 비웃을 것이다. 자기 나라를 저 정도밖에 설명하지 못한다고? 위키피디아가 훨씬 낫겠다!

챗GPT에 한국을 소개해 달라고 했더니 이렇게 답변했다. "한국은 동아시아에 있는 나라로, 한반도 남부에 자리 잡고 있다. 역동적인 역사와 문화를 자랑하며, 첨단기술산업과 유산이 조화를 이루는 곳이다. 한국의 수도는 서울이며, 약 5천만 명 이상의 인구가 살고 있다." 도입부만 이 정도다. 이어서 역사, 문화, 경제, 자연, 정치로 분야를 나누어서 더욱 구체적으로 한국을 소개해 주었다. 챗GPT의 소개가 인상적인 건 사실과 평가가 자연스럽게 조화를 이룬다는 점, 역사·문화·경제·자연·정치처럼 대상을 범주화하여 체계적으로 설명한다는 점이다. 뭔가를 알고 있다는 건 세부적 사실을 기억하는 것만 뜻하지 않는다. 그 대상을 어떻게 해석하고 평가하는지, 그 대상에 맞는 체계를 세워 분류하고 분석할 수 있는지를 모두 수행할 수 있어야 비로소 안다고 할 수 있다.

콘텐츠는 콘텐트다

지식을 습득하는 건 지식을 구성하는 일이다. 구성한다는 건 우리말로 무엇을 '짜는' 행위다. 무엇을 짠다는 건 설계하고, 맞추고, 세우는 일이다. 앞선 장에서 말했듯, 형식은 내용과 분리된 틀이 아니라 내용을 만들어 내는 틀이다. 구성은 제약 조건으로서 형식을 짜는 일이다. 그걸 간단히 말해 '목차contents'라 한다. 목차를 짤 수 있다면 그 대상을 좀 안다고 할 수 있다. 그런데 우연의 일치일까? '콘텐츠'란 영어에서 목차를 뜻하는 단어이기도 하다. 때론 '내용물content'의 복수형으로 쓰기도 하지만, 우리가 주로 쓰는 것과는 의미가 좀 다르다. 콘텐츠는 영상물, 독서물, 문화상품 등을 총망라하는 큰 개념으로 쓰인다.[11] 왜 이렇게 용어가 혼동되게 쓰인 걸까? 이러한 혼동이 암시하는 흥미로운 점에 주목할 필요가 있다.

우리가 일상적으로 소비하고 즐기는 문화는 어떤 상품이나 현상이기 이전에 '개념idea'이었다. 개념은 추상적인 어떤 의식일 뿐 구체적인 모양이나 실체가 없다. 그러한 개념에 옷을 입혀 문화적 요소의 형상으로 전유appropriation하면서, 개념은 소위 '콘텐츠'가 된다. 전유한다는 건 어떤 대상의 속성을 빌려 와 자기 것으로 만들어 내는 일이다. '콘텐츠'는 개념을 전유한 문화상품이자 현상이다. 개념의 전유란 개념을 자기 식으로 재구성하는 행위다. 그렇게 어떤 대상을 나만의 방식으로 새롭게 다시 구성하는 거, 그게 바로 목차이다.

북유럽 신화를 새롭게 구성하여 온라인게임 〈라그나로크〉나 영화 〈반지의 제왕〉이 만들어졌다. 아시아의 전설과 민담을 새롭게 구성하여 미야자키 하야오는 〈이웃집 토토로〉나 〈센과 치히로의 행방불명〉 같은 애니메이션을 만들었다. 영어로 콘텐츠contents는 내용이란 뜻도 있지만 주로 목차目次를 뜻한다. 사실 목차는 우리가 아는 그 '콘텐츠'이기도 하다. 그러니 '콘텐츠'라 해도 괜찮다. 문화산업에서 쓰는 용어 '콘텐츠'는 목차일 수밖에 없다. 목차를 짜고 쓸 내용을 구성하는 거는 하나의 콘텐츠를 디자인하는 거와 같다. 콘텐츠가 콘텐트content다.

3단 구성과 4단 구성

목차를 구성하는 요령과 주의할 점은 무엇인가? 목차를

구성할 때 가장 자주 쓰는 구조인 3단 구성은 아리스토텔레스의 수사학에서, 4단 구성은 중국문학에서 영향을 받아 정착한 목차 형식이다. 아리스토텔레스는 연설할 때 도입, 논제 제시와 증명, 결론이라는 3단계 형식을 따르면 효과적이고 설득력 있다고 보았다. 실제로 아리스토텔레스는 당시 유명한 연설가였던 테오도로스와 같은 소피스트들의 대중 연설과 법정 변론을 분석하여 3단 구성법을 정리하였다. 아리스토텔레스에 따르면, 도입 부분에선 대상을 칭송하거나 비난, 조언하거나 호소하면서 사람들의 관심을 끌고, 논제 제시와 증명 부분에선 논란거리를 제시하고 옳고 그름을 따져 설득하거나 설명하고, 결론 부분에선 앞선 내용을 핵심적으로 요약하고 중요한 점을 강조한다.[12] 오늘날 잘 알려진 서론, 본론, 결론의 형식적 특성과 그대로 일치한다. 실제로 많은 사람이 이 방법처럼 서론, 본론, 결론을 작성한다.

한편, 중국문학은 시詩, 사詞, 부賦, 전傳과 같은 다양한 형식이 있다. 그런데 이들 문학 형식에서 자주 등장하는 구조가 기승전결起承轉結이다. '기'에서 화제를 제시하거나 상황을 소개하고, '승'에서 화제나 상황을 발전시키며 심화하고, '전'에서 반전이나 충격적 변화를 도모하고, '결'에서 갈등을 해결하면서 주제를 완성한다. 이러한 전통적인 목차 구성법은 수천 년에 걸쳐 검증을 받아 왔다. 그래서 오늘날에도 특별한 경우가 아니면 이러한 구성 형식을 그대로 활용한다.

보통 학술적 글쓰기는 기본적으로 3단 구성법을 선호하고, 비평적 에세이를 쓸 때는 4단 구성법을 선호한다. 3단 구성법을 쓸 때는 본론을 세부적인 소제목으로 나누어 표현하는 게 좋다. '서론, 본론, 결론'이라는 형식적 소제목을 달지 말고, 본론이라는 소제목 대신 핵심어를 사용하여 글의 주제가 드러나도록 여러 개의 소제목으로 구분한다. 4단 구성법을 쓸 때는 아예 '기승전결'이라는 형식적 소제목을 달지 않고, 각 부분에 해당하는 소제목을 핵심어와 글의 주제를 고려하여 달아야 한다. 다음은 4단 구성법과 3단 구성법으로 작성한 목차 예시들이다. 목차를 잡는 건 체계를 구성하는 형식적 측면과 소제목들을 잡는 내용적 측면 모두를 한꺼번에 수행하는 걸 가리킨다. 그래서 흔히 목차를 잡으면 글쓰기의 절반이 끝난 거와 같다고 본다. 무엇을 어떻게 쓸지 결정했으니, 이제 쓰는 건 물리적 시간과 행위만 남게 된다.

〔예시 1〕은 순서에 따라 글의 주제가 드러나도록 핵심어를 사용하여 소제목을 구체적으로 달았다. 〔예시 2〕는 서론과 결론만 소제목 그대로 표기하고, 본론에 해당하는 부분은 앞의 예시처럼 핵심어를 사용하여 소제목을 구체적으로 달아 표기했다. 〔예시 2〕는 박사학위논문 목차라 일반 학부생이 작성하기엔 다소 거창하고 복잡하다. 〔예시 2〕 목차 중 2~5부를 2~3부 정도로 줄이고, 하위 목차도 한두 개로 줄이거나 아예 없애면 학부생 수준에서 작성할 수 있는 소논문 구성 형식이 된다.

〔예시 1〕 **4단 구성법으로 목차를 작성한 비평문(에세이)**

제목 : 커뮤니티 부재와 결핍이 낳은 파국을 치유하는 법
— 신천지, 사랑제일교회 그리고 "옹산"
1. 장소의 기억을 공유하는 시민적 커뮤니티
2. 사회의식의 세포이자 항체인 실존적 커뮤니티
3. 위험사회에서 일상을 지키는 대안적 커뮤니티
4. 돌봄을 조직하는 커뮤니티의 적극적 구심력
참고문헌

〔예시 2〕 **3단 구성법으로 목차를 작성한 학위논문**

제목 : 한국 대중문화의 기원과 성격 연구
— 사회문화적 담론의 변천을 중심으로
Ⅰ. 서론
1. 연구목적
2. 연구사 검토
3. 연구방법 및 범위
Ⅱ. 일제강점기 과학주의 수용으로 나타난 문화적 근대화
1. 구한말 개화기의 서구 과학주의 수용
2. 식민지 조선의 과학기술 담론의 전개 과정
3. 실증주의 확산에 따른 과학기술 중심의 근대화
4. 서구의 과학적 근대성을 문화적 근대화로 인식
Ⅲ. 임화의 저널리즘, 매스 컬처로서 문화산업의 발견
1. 저널리즘의 발전으로 나타난 문화의 산업화
2. 문화산업과 예술의 상품화로 형성된 대중문화
3. 일제 파시즘에 대응하는 저널리즘의 양가성
4. 문화의 민주화를 위한 대중매체의 역할 부각
Ⅳ. 김수영의 스노비즘, 방송매체 보급에 따른 감각의 세속화
1. 새로운 대중매체 등장에 의한 문화적 감각의 혼란
2. 방송매체 대중화로 나타난 대중문화의 알레고리화
3. 군부 파시즘의 방송매체를 이용한 대중정치의 미학화
4. 방송매체의 대중문화 영향력 확대로 스노비즘의 유행
Ⅴ. 이어령의 포퓰리즘, 문화 권력의 분열로 포퓰러 컬처의 등장
1. 대중문화를 기획하는 문화창조자들
2. 방송매체를 활용한 문화민족주의 서사의 작동
3. 정치권력과 문화자본의 결탁이 낳은 소비문화
4. 소비사회를 살아가는 새로운 문화 주체들의 감각
Ⅵ. 결론
참고문헌

목차 구성할 때 주의할 점

첫째, 각 목차는 소제목으로 그 자체가 독립적 성격을 지닌 한 편의 글이어야 한다. 한 편의 글은 여러 문단으로 이루어진다. 한 문단 역시 여러 문장으로 구성된다. 거꾸로 말하면, 각 문장이 모여 문단을 이루고, 각 문단이 모여 글을 이루는 체계다. 한 문장부터 한 편의 글에 이르기까지 각각의 요소들은 저마다 어떤 역할이 있다. 역할을 제대로 수행하려면 그 자체가 완결성을 갖춰야 한다. 자동차가 정상적으로 운행하려면 바퀴, 엔진, 기어 등이 각각 제대로 작동해야 한다. 부품은 자동차를 구성하는 요소지만, 하나의 완성된 개체이기도 하다. 그래서 자동차를 정비할 때 바퀴가 고장나면 바퀴만 교체하면 된다. 각 소제목이 완결성을 갖춘 독립적인 글이면 글을 수정할 때 편하다. 소제목이 한 편의 완결성과 독립성을 갖추고 있지 않으면, 해당 부분을 수정하려고 다른 부분까지 모두 손을 대야 한다. 부품 하나 갈면 될 일을 통째로 차를 바꿔야 한다면 속 터지지 않을까.

둘째, 각 목차는 순서와 위계를 가지며, 체계적이고 긴밀하게 연결되어야 한다. 목차 내 순서는 보통 일관된 번호를 매겨 표시한다. 번호를 매길 때는 로마자나 아라비아숫자를 일관성 있게 써 주는 게 좋다. 번호 체계가 너무 복잡한 건 좋지 않다. 단행본 책을 쓰지 않는 이상, 번호는 "1.○○○, 1.1.○○○"처럼 두 단계 정도만 쓰길 추천한다. 목차 내 위계는 번호 순서로 드러난다. 하위 목차의 소제목은 상위 목차의 소제목보다 개념이 크거나 범주에서 벗어나면 안 된다. "1. 인공지능 종류, 1.1. 발산적 사고 지능"처럼 하위 목차가 상위 목차의 개념과 범주에서 벗어나면 안 된다. 발산적 사고 지능은 일반적으로 인간 지능의 특징으로 알려져 있다. 그러니 이런 식으로 목차 위계를 짜면 목차 안에서 개념이 충돌한다. 목차 순서와 위계가 곧 지식의 수준을 대변한다.

셋째, 목차만 보아도 글의 주제가 드러나도록 핵심어가 명확히 있어야 한다. 앞서 강조했듯, 목차를 짜는 건 나만의 방식으로 어떤 대상을 재구성하는 행위다. 나만의 방식이란 나의 관점, 곧 글의 주제를 암시한다. 목차만 보아도 이 글이 어떤 주제를 말하고자 하는지 짐작할 수 있어야 한다. 주제가 무엇인지 소제목으로 밝히지 않더라도, 목차의 흐름과 체계만 보아도 주제를 충분히 파악하도록 해 줘야 한다. 부끄러운 이야기지만, 나는 석사 졸업을 동기들보다 1년쯤 늦게 했다. 지도교수에게 번번이 논문 승인을 거절당했기 때문이다. 정확히 말하면, 논문 목차를 승인받지 못했다. 나중에야 알았다. 다른 동기들도 나처럼 여러 번 목차 승인을 거절당해 마음고생을 했다는 걸. 논문 목차가 사실 논문 작성의 대부분을 차지한다는 걸. 그 뒤로 잠시 회사 생활을 할 때도 목차의 중요성을 절감했다. 직장 상사들은 내가 작성한 보고서 내용보다 목차나 형식에 더 집착했다. "그래서 핵심이 뭔데?"라고 묻고, 내 답변으로 검토를 대신하기도 했다. 기발한 아이디어가 빛나는 목차는 흔치 않다. 다소 밋밋하더라도 체계적이고 주제가 잘 드러나는 목차가 사고 확률이 낮다. 지도교수나 직장 상사는 그 사실을 알았을 것이다.

넷째, 각 목차는 본문을 읽지 않아도 본문 내용을 짐작할 수 있을 정도로 구체적이어야 한다. 간혹 목차를 구성할 때 단어나 짧은 구句로 소제목을 표기하는 학생들이 있다. 소제목을 간결하게 다는 경우는 단행본처럼 한 권의 책을 쓸 때다. 요즘은 책도 소제목이 길어지는 경향이 있다. 독서율이 낮다 보니 책도 더 쉽고 친절해야 한다는 생각이 점차 강해지는 추세다. 그래서 책 제목은 물론이고 목차도 흥미를 유발하고 뭘 말하고 싶은지 금세 알아차릴 수 있도록 쉽고 분명하게 구성한다. 개인적으로 좋아하는 작가 폴 오스터의 마지막 유고작인 《4321》은 목차가 1.0, 1.1, 1.2… 이런 식으로 되어 있다.[13] 굉장한 소설이지만, 나 같은 마니아들만 읽을 것이다. 소제목은 그 내용을 짐작할 수 있을 정도로 구체적이어야 한다. 앞에서, 목차의 소제목은 그 자체가 독립적인 글처럼 느껴져야 한다고 했다. 소제목이 한 편의 글의 제목이기도 하다는 뜻이다. 그런데 글의 제목이 "인공지능"이라면, 그 글을 읽겠는가? 어떤 주제 의식을 담고 있는 지적인 글의 제목으로는 부적절하다. 제목이 "인공지능"인 글은 토요일 밤에 확인하는 로또 복권 같다. 기대감은 순식간에 실망감으로 바뀐다.

제목 붙이기

끝으로, 제목은 어떻게 달면 좋을까? 아니, 어떻게 달지 않는 게 좋을까? 좋은 제목 다는 법은 역대 노벨문학상 수상자들과 유명 작가들을 모두 모아 놓고 토론해도 답을 내놓지 못할 것이다. 그나마 교과서다운 답은, 글의 중심 화제와 핵심어를 활용하고 주제를 암시하는 게 좋은 제목이다. 그렇다면 제목을 어떻게 달면 안 되는 걸까? 앞서 목차 구성할 때 지적했듯, 너무 짧거나 길면 안 좋다. 제목의 길이는 공식적으로 합의된 기준은 없지만, 부제목은 빼고 보통 5음절보다는 길고 20음절보다는 짧은 게 일반적이다. 만약 이보다 짧거나 길게 제목을 달고 싶다면, 분명한 의도가 있어야 한다. 정찬일 선생이 쓴 한국 여성 노동자의 삶을 다룬 책《삼순이》는 3음절의 짧은 제목이지만 강렬하고 인상적이다.[14] 제대로 된 이름조차 없던 여성 노동자의 삶이 이 짧은 제목으로 선명하게 전달된다. 반면 일본의 유명 저널리스트이자 책 '덕후'로 알려진 다치바나 다카시의 독서 일기인《피가 되고 살이 되는 500권, 피도 살도 안 되는 100권》은 제목을 20음절로 꽉 채운 책이다.[15] 600권에 달하는 책들을 소개하는 것에 그치지 않고 다소 냉정한 평가까지 내린 도발적인 제목이다. 제목의 길이는 조사나 어미 하나까지 철저히 계산해서 결정해야 한다.

유명한 글의 제목은 모방하지 않는 게 좋다. 제목은 내 글의 얼굴이다. 유명인의 얼굴과 비슷하게 성형한다고 사람들이 좋아할까?

모방은 밑져야 본전이다. 더구나 어설픈 모방은 '망작'이다. 지나치게 선정적인 표현도 안 쓰는 게 좋다. 문학작품은 그런 식의 제목이 먹힐 때가 있으나, 일반적인 글쓰기에서는 반발심만 일으킨다. 운 나쁘면 검열이나 민원에 걸려 퇴출당할 수 있다. 요즘 인터넷 공간에서 자극적인 제목으로 소위 '어그로'를 끄는 사람을 조회수 장사꾼이라고 폄훼한다. '어그로' 끄는 제목으로 얻는 건 악명뿐이다.

어려운 한자어나 어색한 외국어 표현도 남발하지 않는 게 좋다. 한자어는 그 뜻을 몰라도 문제지만 동의어가 많아서 뜻을 오인할 때도 많다. 가령 "한국 고전소설의 전기적 성격 연구"라는 제목에서 '전기적'이란 단어는 한 사람의 일대기를 뜻하는 전기傳記일 수도 있고, 비현실적이고 신기한 이야기인 전기傳奇일 수도 있다. 이런 제목은 독자를 혼란스럽게 한다. 대체할 우리말 식 표현이 있다면 외국어도 안 쓰는 게 가독성을 위해 좋다. "글쓰기 생각"과 "글쓰기 아이디어" 중 어느 제목이 더 마음에 와닿는가? 아이디어 같은 흔한 외국어도 제목에 쓰면 어색하다. 우리가 얼마나 한국어를 사랑하냐면, "IT"란 단어에도 꼭 뒤에 "기술"을 붙여 "IT 기술"이라 말한다. Information Technology Technology라니? 쉬운 한자어, 익숙한 우리말을 제목으로 쓰면 이런 불필요한 오인과 중복을 피할 수 있다. 쉽지만 분명하고, 오해를 일으키지 않으면서 호기심을 자극하는 제목. 모두가 쓰고 싶은 그 궁극의 제목을 잡기란 어려운 일이다. 좋은 제목은 멋진 우주를 창조하는 일이다.

4장
작성

글쓰기는 단어와 문장이라는 언어 표현으로 나타나지만, 단어와 문장 곳곳의 공백이 글쓰기를 가능케 한다. 그 공백은 띄어쓰기와 줄 간격, 자간과 줄 바꾸기와 같은 문법적이고 타이포그래피의 기술적인 측면만을 뜻하지 않는다. 그 틈은 독자의 사유와 상상이 개입하는 곳이고, 작가의 욕망과 열정이 허락되는 곳이다. 좋은 작가는 '채움'만큼 '비움'에 신경 쓴다. 작고한 예술가 김민기는 한 인터뷰《한겨레》, 2024년 5월 22일자)에서 '쉼'은 단지 어떤 행위를 멈추는 게 아니라, 전체를 살리는 "숨"이라 했다. 공백 없는 글은 충실한 게 아니라 숨이 막힌다.

누군가 미켈란젤로에게 어떻게 그런 대단한 조각을 할 수 있느냐고 묻자, 그는 대리석 덩어리를 걷어 내고 그곳에 갇힌 다비드와 성모 마리아를 꺼냈을 뿐이라고 답했다. 미켈란젤로에게 조각은 형상을 만드는 게 아니라 비우는 일이었다. 좋은 글을 쓰려면 먼저 쉬고 비워, 자신과 독자가 함께할 공백을 만들 줄 알아야 한다. 충분히 많이 생각했다면, 이제 아쉬워하지 말고 마구 비우자. 비워야 채울 수 있다. 글로 모든 걸 채우려 하면 아무것도 채울 수 없다. 채워야 하는 건 글이 아니라 생각이다. 글은 내용물이 아니라 그걸 가능하게 만드는 그릇일 뿐이다. 글쓰기 책은 그릇 만드는 법을 알려 준다. 그릇에 무엇을 채울지는 각자의 몫이다.

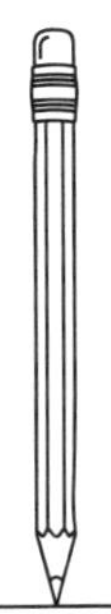

8

대칭과 패턴

방향성 있는 생각은, 문제를 해결하거나 체계적인 반응을 형성하고자 할 때 우리가 의도적으로 촉발하는 것이다. 예컨대 누군가에게 어떤 말을 하기 위해 마음속으로 예행연습을 할 수 있으며, 어떤 문장을 쓸 것인지 마음속으로 구상할 수도 있다. 이러한 생각을 곰곰이 분석해 보면, 우리가 원래부터 그러한 과업을 계층적인 구조로 쪼개어 생각한다는 것을 알 수 있다. 예를 들어 책을 쓰는 것은 장을 쓰는 것으로 이루어지고, 장은 단락으로 이루어지고, 단락은 문단으로 이루어지고, 문단은 문장으로 이루어지고, (중략) 요소와 요소들의 관계가 명확하게 표현되어야 아이디어는 성립한다.[1]

구글의 머신러닝과 자연어처리 연구 책임자이자 컴퓨터과학자인 레이 커즈와일Ray Kurzweil의 말이다. 그는 생각의 방향성이 문제

해결이나 체계적 사고를 가능하게 하는 우리 뇌의 중요한 속성임을 글쓰기에 빗대어 설명하고 있다. 글쓰기야말로 생각의 방향성을 보여 주는 대표적인 두뇌 활동이기 때문이다.

생각의 방향성과 구조화

생각의 방향성, 생각의 흐름이란 무엇인가? '흐름'이란 어떤 순서에 따라 일이 전개되는 양상이다. 이러한 생각의 흐름을 대표하는 게 기억이다. 기억은 과거의 일을 현재로 소환하는 일만을 뜻하지 않는다. 우리는 계속 과거로 떠밀려 가듯 생각한다. 우리의 생각은 흐르는 강물처럼 멈춰 있지 않다. 흘러가 버린 생각을 붙잡을 순 없지만, 그 생각의 흔적과 흐름의 양상을 포착할 수는 있다. 기억은 지나간 생각을 현재화하는 행위다. 기억 행위가 없다면 우리의 생각은 순식간에 휘발되고 의식은 계속 새로운 생각에만 의지하게 된다. 의식의 연속성이 유지되는 건 자아 정체성의 핵심이다. 기억은 의식의 본질이다.[2]

뇌과학에 따르면, 기억은 4단계로 형성된다. 뇌가 어떤 정보를 신경 신호로 바꾸는 부호화encoding→신경 신호를 서로 연관되어 보이는 패턴으로 연결하는 강화consolidation→연결된 패턴을 신경세포들이 구조적·화학적 차원에서 지속하도록 만드는 저장storage→이후 연결된 패턴이 의도적이든 비의도적이든 다시 활성화하는 인출

retrieval이 그것이다.[3] 그런데 일반적으로 무엇을 학습하거나 경험한 것을 현재 시점에서 인출하는 게 기억이지만, 앞으로 할 일을 예상해 내는 것도 기억 활동이다. 미래의 일이지만 과거부터 현재에 이르는 어떤 순서에 따라 앞으로 일어날 일을 계획하고 준비하는 것이므로, 예상하는 행위도 기억 활동이라 할 수 있다. 기억은 순차적이고 방향성을 갖는다. 간단한 암기도 순서를 반대로 기억하려면 쉽지 않다. 주민등록번호를 거꾸로 말해 보라. 기억의 순차성과 방향성은 우리의 생각이 불연속적이거나 단속적이지 않고 어떤 질서 있는 흐름을 지향한다는 걸 보여 준다.

레이 커즈와일은 생각의 방향성 외에 패턴 인식을 두뇌 활동의 중요한 특징으로 강조한다. 우리 뇌는 정보 일부만 인지하거나 부분적으로 변형된 정보라 하더라도 패턴을 인식하면 대상을 파악하고 이해하고 기억할 수 있다.[4] 범인 몽타주를 작성할 때, 보통 목격자에게 여러 유형의 얼굴 부위 그림을 보여 준다. 목격자는 기억 속에서 떠오른 어떤 유형에 해당하는 그림을 고른다. 단 한 번 봤을 뿐인데도, 우리는 그것이 어떤 패턴인지 기억해 낸다. 이처럼 어떤 패턴이 순차적이고 방향성을 가지고 연결되고 전개될 때 그걸 '구조'라고 한다. 깨어 있는 동안 우린 구조화된 생각을 한다. 구조화된 생각을 하기에 길을 걸으면서 차도와 인도를 구분하고, 반대편 차가 인도로 달려오지 않을 거라 믿는다. 이러한 구조화된 생각을 하지 못하면 정상적인 사회 활동은 물론이고 간단한 집안일조차 할 수 없다. 커피 한 잔을 마시기 위해 순차적으로 수행할 작업을 모른다면, 바닥에 뜨거운 물을 붓고 입안에 커피 원두를 털어 넣을 수도 있다. 꿈은 구조화된 생각이 잠시 중단된 상태다. 그래서 꿈에서 죽었던 존재가 살아나는 일은 흔하다. 하늘을 날다가도 갑자기 물속에 빠진다. 꿈은 구조화되지 않은 생각의 상태다. 우리가 흔히 꿈을 무의식unconsciousness 상태라고 부르는 건 바로 이런 이유 때문이다.

무의식은 구조화되지 못한 의식이다. 프로이트는 꿈을 해석하면서 무의식의 구조를 밝히려 했지만, 언어적 상징으로 서사화했을 뿐 구조를 해명하진 못했다. 구조란 해체와 조립이 가능한 상태다. 뇌과학으로 뇌의 구조가 밝혀지면서 의식 구조가 어느 단계까지 해명되었지만, 의식의 전 단계이자 의식으로 설명할 수 없는 무의식은 과학적으로 밝혀진 게 아무것도 없다. 인문학적 글쓰기에서 자주 쓰이는 무의식이란 표현은 사실 "알 수 없지만 뭔가 직관적으로 느껴지는" 그 무엇을 지칭하는 비유에 가깝다.

정보와 노이즈 구분하기

한 편의 학술적 글을 쓰는 건 이런 구조화된 생각을 펼쳐 보이는 일이다. 발상 단계에서는 직관이 힘을 발휘할 수 있다. 그러나 본격적으로 글을 작성하는 단계에선 직관, 무의식은 아무짝에도 쓸모없다. 구조화된 생각 없이는 제대로 된 본문을 작성할 수 없다. 특히 본문을 작성할 때 구조화는 의미 있는 지식을 만들어 내기 때문이다. 수많은 정보 중 무엇이 쓸모 있는 정보인지 판단하고, 이 정보를 연결해 의미 있는 지식으로 구성하는 것이 학술적 글쓰기의 본질이다.

구조화된 생각을 하려면 먼저 정보와 노이즈를 구분할 줄 알아야 한다. 우리는 수많은 정보에 둘러싸여 있다. 그래서 쓸모 있는 정보와 그렇지 않은 노이즈를 구분해 내지 못하면 무엇이 정보인지 파악할 수 없다. 한 음악 프로듀서는 신호는 우리가 주의를 기울이고자 하는 모든 소리고, 소리는 기본적으로 모두 노이즈라고 했다. 노이즈라 할 수 있는 소리 중 어떤 의도에 부합하는 소리만 신호가 된다는 것이다.[5] 식당에서 맞은편 일행의 말은 신호가 되고, 다른 사람들의 말은 노이즈가 된다. 그런데 일행의 말을 듣고 싶지 않아 식당 스피커로 흘러나오는 음악에 주의를 기울인다면, 일행의 말은 노이즈가 되고 음악은 신호가 된다. 이러한 의도적인 선택과 배제는 앞선 장에서 설명했던, 어떤 대상이나 사건을 향하거나 그걸 목표로 삼는 의식인 지향성 행위다. 노이즈와 신호를 구분하는 기준은 바로 지향성에 있다. 지향성은 구상 단계에서도 중요한 요소인데, 작성 단계에서도 노이즈를 배제하고 정보를 파악하는 데 중요한 역할을 한다. 그렇다면 파악된 정보를 의미 있는 지식으로 조직하려면 어떤 작업이 필요할까?

대칭과 패턴의 상호작용

구조화된 생각의 특성인 흐름과 패턴의 문제를 다시 살펴보자. 여기서 먼저 주목할 건 패턴이다. 앞서 레이 커즈와일은 패턴을 익숙한 정보라 했고, 뇌과학에서는 그걸 각인된 기억으로 본다. 그런데 우리는 무엇을 익숙하다고 느끼고 어떤 기억을 머릿속에 각인할까? 하루에도 수많은 정보를 접하지만, 어떤 정보는 익숙하고, 어떤 정보는 그렇지 않다. 어떤 정보는 기억에 남고, 어떤 정보는 그렇지 않다. 이건 지향성으로 해결되지 않는 문제다. 의도를 가지고 목표를 삼아도 어떤 정보는 빛의 속도로 사라진다. 중요한 시험을 치를 때 지향성이 작동하여 정보와 노이즈를 구분하고 중요한 시험 정보만 기억에 남는다면 얼마나 좋겠는가. 노벨생리학상을 받은 뇌과학자 제럴드 에델만Gerald Maurice Edelman 교수의 다음 말은 이에 대한 힌트를 준다.

나는 내가 마음의 기초가 된다고 믿는, 그래서 실제로 모든 생물학의 기초가 된다고 믿는 또 다른 원리인 기억 원리를 대칭 원리와 비교하려고 한다. (중략) 모두는 일상적인 경험에서 대칭에 친숙해 있다. 생명체인 우리는 대략 좌우로 대칭적이다. (중략) 실재 세계의 어떠한 조작도 파괴하지 않고서는 오른손을 왼손으로 바꾸지 못할 것이다. 그러나 오른쪽 장갑을 뒤집으면 왼쪽 장갑으로 바꿀 수 있다. 이것은 대칭의 어떤 유형을 드러내는 데 특정 조작이 필요하다는 걸 말해 준다. (중략) 여기서 우리는 물리학의 법칙들을 깊이 통찰하게 하는 형식적인 제약 조건 중 하나에 다다르게 된다. 이것은 대칭이라는 생각과 물리학의 이른바 보존법칙 사이의 관계다. (중략) 대칭 원리를 적용한 결과는 정말로 아름답다. 서로 다른 법칙들이 이런 입자들이 상호작용하는 방식에 제약을 가하기 때문이다. 다른 말로 하면 입자들 사이의 상호작용을 기술하는 규칙들은 보존 원리의 제약을 받는다. (중략) 그러므로 우리는 물리학의 거창한 주제 가운데 하나에 이르렀다. 보존법칙과 대칭 사이에는 깊은 관련이 있다.[6]

다소 길지만, 노벨상 수상자의 통찰이 드러나는 대목이다. 바로 생명체는 '대칭symmetry'을 기초로 한다는 점이다.* 대칭은 서로 다른 등가적 관계의 요소가 짝을 이루는 구조적 상태다. 왼손과 오른손이 대표적인 대칭 관계다. 수학에서는 어떤 변환을 가한 뒤에도 물체나 구조가 같게 보이는 성질을 말한다. 수학적으로 베이글과 인간은 같은 구조다. 위상수학의 관점에서 베이글의 Y좌표를 늘리면 베이글 구멍이 인간의 입과 항문이 된다. 그래서 한 수학자는 문학작품을 수학적으로 해석하면서 모든 글쓰기는 구조가 있으며,

---

* 대칭적으로 세포분열이 일어나면서 세포가 복제된다. 원핵생물에서 진핵생물로, 세균에서 원생생물로 진화한 사건은 대칭성의 붕괴와 복원 과정이라 할 수 있다. 린 마굴리스·도리언 세이건, 김영 옮김, 《생명이란 무엇인가》, 리수, 2021, 149~151쪽.

언어는 그 자체로 각각의 패턴이 있는 구성 요소로 이루어지고, 이 것은 기하학에서 볼 수 있는 점·선·면의 구조 체계와 비슷하다 고 했다. 그러면서 단어, 문장, 단락 등 단계마다 더 많은 구조가 추가되면서 하나의 작품이 만들어지므로, 작가는 각 단계에서 구조적 제약 조건을 추가하면서 구조를 선택하는 존재라고 보았다.[7]

에델만이 대칭을 생명체가 자신을 물리적으로 보존하기 위한 법칙으로 본 것과, 수학자가 대칭을 자연과 언어 모두에서 나타나는 핵심 구조로 본 건 우연의 일치가 아니다. 자기와 같은 존재를 만들어 내는 보존력이 대칭을 일으킨다. 공교롭게도 세포분열은 대칭적으로 이뤄지고, 모든 생명체는 분열로 생명 상태와 유전자 정보를 유지한다. 여기서 같은 존재란 그대로 모방하는 게 아니다. 서로 마주 보면서 같아진다는 것이다. 붕어빵 틀에서 똑같은 모양의 붕어빵을 찍어 내는 게 대칭이 아니라, 거울에 비친 내 모습과 그걸 바라보는 나의 관계가 바로 대칭이다. 이상李箱의 시(《거울》)에서 왼손잡이를 한 "나"와 악수할 수 없는 오른손잡이인 "나"의 관계가 대칭이다. 대칭은 단순한 복제가 아니라 구조화된 모방이다.

이러한 대칭은 유사한 패턴을 만들어 낸다. 손바닥에 잉크를 묻혀 종이에 손바닥을 누르면 손바닥과 대칭되는 다른 손바닥이 종이에 찍힌다. 그런데 두 손바닥은 유사하나 완전히 일치하지 않는다. 같은 틀로 붕어빵을 찍어 내는 게 아니라, 대칭 구조를 통해 다른 요소를 만들어 내기에 차이가 발생할 수 있다. 그 차이는 패턴을 깨뜨릴 정도로 곧바로 영향을 주진 않지만, 패턴의 패턴이 계속 대칭을 통해 만들어지다 보면 어느 순간 매우 다른 패턴이 등장할 수 있다. 대칭의 보존력은 상호작용 효과를 만들고, 상호작용은 결국 미묘한 차이로 패턴 구조를 바꾼다. 이건 열역학 제2법칙인 엔트로피 현상과도 관계가 깊다. 생물은 DNA를 복제하여 성장하고 자기 유전자를 가진 자손을 낳지만, 동시에 돌연변이도 낳는다. 돌연변이는 비정상이 아니라 다르게 생성된 패턴일 뿐이다.[*] 이러한 대칭의 보존력과 패턴 구조의 변형을 모든 생물도 겪는다.

생물이나 글쓰기나 모두 마찬가지다. 우린 대칭을 이루는 패턴에 익숙하고, 그런 패턴을 오래 기억한다. 간혹 다른 패턴이 만들어지지만, 그걸 의도로 받아들이면 패턴의 새로운 확장이 시작된다. 대칭은 패턴을 만들어 내는 제약 조건이자 형식이다. 그리고 앞서 언급한 지향성은 대칭을 통한 패턴 확장에도 관여한다. 하나의 생명체와 한 편의 글은 어떤 핵심 요소를 보존하기 위해 그걸 자가복제하는 공통점이 있다. 보존하려는 의도는 지향성이고, 복제는 대칭 구조를 만들어 낸다. 그렇게 해서 만들어진 대칭 구조가 바로 패턴이다. 이 모든 복제와 대칭과 패턴의 핵심 요소를 생물학자들은

---

* 생명체의 기본 단위인 세포를 하나의 세균으로 보는 견해가 있다. 이 관점에 따르면, 다세포생물은 세균들이 공생하는 집합체다. 돌연변이는 어쩌면 자연스러운 생명체다. 각 세포 단위에서 생명 활동을 하는 세균은 다양한 패턴을 이루며 유전자 정보의 변형과 변이를 일으키는 데 일조한다. 린 마굴리스 · 도리언 세이건, 같은 책, 122~129쪽.

DNA라 하고, 문학자들은 "주제"라 한다. 생명체의 탄생과 성장, 그리고 사망이 DNA의 운명이듯, 한 편의 글을 구상하고 작성하고 수정하다 결국 의미 있는 지식으로서 유효기간이 만료되는 것도 피할 수 없는 주제의 운명이다.

주제를 설득할 다섯 가지 글쓰기 도구

한 편의 글은, 글쓴이가 생각해 낸 주제의 자가복제다. 글을 작성하는 일은 그 복제가 본격적으로 활성화되는 사건이다. 주제란 결국 사랑, 행복, 희망 등으로 모이지 않느냐고? 이는 주제와 화제를 혼동하는 말이다. 세상에 같은 주제란 없다. 우연히 같은 주제가 있을 수 있지만, 그건 매우 드문 사건이다. 우연히 같은 주제라 하는 걸 보면, 실은 주제가 같은 게 아니라 상식을 재차 강조한 것이다. 그래서 주제가 없는 글과 책이 생각보다 많다. 상식적 내용을 반복하고 확대하는 건 자신만의 패턴을 만드는 일이 아니다. 그건 이미 알려진 패턴을 전달하는 것에 불과하다. 그런 글과 책은 고유한 유전정보를 지닌 세포가 아니라 바이러스에 가깝다. 독립적으로 생명 활동을 하는 세포와 달리, 바이러스는 스스로 물질대사를 할 수 없다. 숙주세포에 침투해 자신의 유전물질을 복제할 뿐이다.

정리하자면 이렇다. 파악된 정보를 의미 있는 지식으로 조직하려면 먼저 대칭을 통해 여러 패턴을 만든다. 패턴은 형식적 제약 조건으로서 대칭이 만들어 낸 의미 있는 정보 단위이자, 쓰기 모듈이다. 이렇게 만들어진 패턴들을 구상에 따라 체결하고 조합한다. 구조화된 생각은 이렇게 조직된다.

여러 자료를 활용해 필요한 텍스트를 확보했다면, 문제 해결을 위한 생각의 빈칸을 하나씩 채워 간다. 빈칸을 채우는 건 구조화된 공간을 읽을거리로 채워 넣는 일이다. 읽을거리는 생성형 인공지능, 여러 참고 자료와 메모를 활용한다. 이런 도구들로 확보한 텍스트는 그 공간을 장식하는 실내장식이자 가구이자 소품이다. 중요한 건 빈칸들을 어떤 순서로 어떻게 연결할 것인지 결정하는 구조화된 생각이다. 요약이란 이런 구조화된 생각을 찾아 정리하는 일이다. 빈칸을 지우고 남은 생각의 구조가 바로 요약이다. 어쩌면 한 편의 글을 작성한다는 건 요약본을 부풀리는 행위다.

생각의 계열체를 엮어 생각의 통합체를 만드는 게 글을 작성하는 단계다. 그 부풀린 글을 줄이고 줄여, 단 한 문장만 남기면 그게 바로 주제문이다. 그래서 주제문은 생명체의 유전정보를 담고 있는 염기서열과 같다. 염기서열에 따라 생명체의 모습과 특성은 제각각 달라진다. 그럼 그냥 한 문장만 쓰지, 뭐 하러 그렇게 부풀려서 읽는 사람을 귀찮게 하냐고?

앞서 말했던 솔 크립키의 주장처럼 모든 주장은 수많은 가정 조건을 전제로 하고, 우린 그러한 전제 중 무엇을 선택하여 사람들의 동의, 즉 믿음을 얻고자 한다. 믿음은 한 문장으로 얻기 힘들다. 믿음을 얻으려면 가정 조건과 전제에 해당하는 여러 정보를 보여 줘야 한다. 누구나 책을 쓸 수 있지만, 아무나 책을 쓰지 못하는 게 바로 이것 때문이다. 주제문을 믿을 수 있게 만드는 지난한 노력과 의지는 아무나 발휘할 수 없다.

논리란 사람들이 내 생각을 믿게 만드는 사고 행위다. 그래서 논리적 글쓰기를 하려면 나의 주장을 믿도록 모든 걸 동원할 줄 알아야 한다. 이때 무엇을 활용하는 게 효과적인지 아는 게 중요하다. 바로 그게 대칭 구조로 만들어진 패턴들이다. 그렇다면 본문을 작성할 때 활용할, 대칭을 통해 만들어 낸 패턴(글쓰기 모듈)과 의미 있는 정보 단위로 무엇이 있을까? **정의, 비교, 인용, 비유, 논증**이다. 여기에 예시, 분석, 분류를 넣지 않은 건 이 다섯 가지 도구와 부분적으로 겹치고 개념적으로 혼용되기 때문이다.

흔히 글의 진술 방식으로 알려진 정의, 비교, 인용, 비유, 논증에는 특별한 점이 있다. 다른 글쓰기 도구에서 찾기 힘든 대칭적 구조가 그것이다. 이들 패턴의 대칭성은 의미 있는 지식을 만들어 낸다. 학술적 글쓰기는 이 다섯 패턴의 조합만으로도 완성된다. 그게 문학적 글쓰기와 다른 점이다. 이제 이 다섯 패턴 혹은 글쓰기 도구를 하나씩 살펴보자.

9

정의

종차와 유개념, 내포와 외연

정의는 정의항과 피정의항 간 대칭을 이룬다. 정의항은 종차와 유개념으로 이루어진다. 종차種差란 어떤 대상이 속한 유개념 내에서 다른 종개념과 구별되는 요소다. "인간은 언어를 구사하는 동물이다"라고 정의했을 때, "언어를 구사하는"이 종차고, "동물"이 유개념이 된다. 정의를 간단히 도식화하면 "A는 B이다"라는 명제 형식을 띤다. 여기서 A를 피정의항, B를 정의항이라 한다. 그리고 정의하기인 A와 B는 대칭 관계를 이룬다. 앞의 예를 다시 보면, ㉮"인간은 언어를 구사하는 동물이다"라는 정의는 ㉯"언어를 구사하는 동물은 인간이다"라고도 쓸 수 있다. 피정의항과 정의항이 서술 순서에 따라 대칭을 이루고 있음을 알 수 있다. 다만, ㉮와 ㉯는 등가적이고 구조적인 상동성을 지니지만 미묘한 차이가 있다. ㉯에서는 침팬지나 돌고래 같은 지능이 높은 동물이 연상된다.

그 차이는 대칭 구조를 한 정의가 종차와 유개념을 어떻게 선정하고 배치하냐에 따라 새로운 패턴의 정의가 만들어질 수 있음을 암시한다. 이런 차이가 정의에서 나타나는 건 바로 정의 대상의 특성과 범주를 어떻게 규정하냐에 따라 정의가 달라지기 때문이다.

여기서 정의하고자 하는 대상의 특성을 내포intention라 하고, 대상의 범주를 외연extension이라 한다.[8] 언어를 구사하고, 도구를 사용하며, 사회를 구성하는 등은 인간의 특성인 내포이다. 반면 남자, 여자, 황인종, 백인종, 흑인종 등은 인간의 범주인 외연이다. 내포나 외연은 다양한 기준으로 제시될 수 있다. 인간의 특성을 어떤 기준으로 볼지에 따라 다양한 특성을 더 말할 수 있다. 인간의 범주도 마찬가지다. 유아, 아동, 청년, 중년, 노년 같은 외연도 가능하다. 외연은 대상의 종류라 할 수 있다.

그런데 내포와 외연의 역학 관계에 따라 정의가 달라진다. 내포를 줄이고 외연을 넓히면 일반적 정의가 되고, 내포를 늘리고 외연을 좁히면 구체적 정의가 된다. 앞선 예처럼, "인간은 언어를 구사하는 동물이다"와 "인간은 의식과 자유의지를 통해 자기 몸과 마음을 통제할 수 있는 권리를 지닌 영장류이다"라고 정의하면, 뒤의 경우를 좀 더 구체적인 정의로 본다. 내포를 "의식, 자유의지, 권리"라고 늘리고, 외연을 "영장류"라고 좁혔기 때문이다. 영장류는 동물보다 좁은 범주에 속한다. 이처럼 일반적 정의와 구체적 정의는 상대적이다. 내포와 외연을 조절하면 정의 결과가 달라진다. 그래서 내포와 외연의 관계는 정의에서 중요하다. 정의 수준에 따란 일반화와 구체화를 어떻게 설정하냐가 글쓴이의 관점을 대변하고, 주제의 설득력을 결정하는 요인이 된다.

많은 사상가와 정치인이 정의Definition를 두고 한평생 싸웠다. 탈식민주의 사상가 프란츠 파농Frantz Fanon(1925~1961)은 흑인을 보편적 인간 범주에서 제외한 서구, 백인, 남성 부르주아지의 인간관을 강하게 비판하며, 흑인과 빈민까지 포괄하는 보편적 인간 개념을 위해 한평생 싸우다 죽었다.[9] 파농의 치열한 투쟁 덕분에 20세기 사회는 야만인 대 문명인이라는 19세기적 인간관을 극복하게 되었다. 식민주의는 우생학을 발명하기도 했다. 인간을 분류하여 위계를 부여한 우생학은 인종학살과 인권유린의 정당성을 과학적으로 포장했다.[10] 인간관, 식민주의, 우생학 모두 이데올로기의 산물이고, 정의하기는 이데올로기의 원천이다. 그래서 세계관과 이념 투쟁은 곧 '개념 정의' 투쟁이다. 미국 대통령 선거 때마다 주요한 이슈로 등장하는 낙태 문제도, 결국 인간이란 무엇인가를 가지고 벌이는 개념 정의 투쟁이다. 태아를 산모에 의존하는 불완전한 인간으로 볼 것인가, 아니면 산모와 병존하는 독립적인 인간으로 볼 것인가?

인간에 대한 수많은 정의 중 하나가 파농과 낙태 찬반론자들의 세계관과 이념 그 자체다. 정의는 단순히 낱말 뜻을 규정하는 행위가 아니다. 논리적/학술적 글쓰기의 출발이자 목적이기도 하다. 그렇다면 정의할 때 주의할 점은 무엇이고, 효과적으로 정의하려면 어떻게 해야 할까?

이에 대해 논하기 전에 먼저 짚고 넘어갈 게 있다. 세상의 모든 걸 정의할 수는 없다는 사실이다. 사람 이름처럼 고유명사는 정의할 수 없다. 고유명사는 외연은 있지만 내포가 없다. 착한? 정의로운? 이성적인? 설사 그렇다 치더라도 그런 내포를 지닌 인간이 지구상에 수억 명은 될 테니 내포라고 할 수 없다. 내포는 있지만 외연이 없는 경우도 정의할 수 없을까? 신神은 "성스러운, 전지전능한, 초월적인"과 같은 내포를 지니는 것처럼 보인다. 만약 신의 외연을 존재, 개념, 상징처럼 관념적으로 본다면 내포와의 모순을 피할 수 있다. 그러나 신의 외연을 다신多神, 유일신唯一神, 범신汎神 등으로 나눈다면 내포와 외연은 충돌을 일으킨다. 성스럽고 전지전능한 존재가 여러 명이라니? 성스러움과 전지전능함을 비교할 수 있나? 온갖 물음과 의문이 생긴다. 신의 외연을 존재로 보는 관점이 바로 유신론有神論과 범신론汎神論이며, 개념으로 보는 관점이 불가지론不可知論이며, 상징으로만 보는 게 철학적 관점이다. 신은 아예 외연이 없다는 견해도 있다. 신의 존재를 증명할 수 없고, 신 자체가 필요하지 않아서 신을 어떤 범주에 넣을 수 없다는 주장이다. 그러한 관점이 무신론無神論이다. 무신론적 관점에서 본다면, 신은 내포만 있고 외연이 없으므로 정의할 수 없다. 신의 문제처럼, 외연의 유무가 논쟁거리가 되면 정의하기가 쉽지 않다.

정의할 때 주의할 점

첫째, 종차와 유개념 중 하나라도 빠져서는 안 된다. 정의 형식은 그 자체가 정의의 본질이다. 종차와 유개념 중 하나라도 누락이 있으면 정의라 할 수 없다. "인간은 호모사피엔스다." 이런 방식은 정의가 아니다. '인간'을 '호모사피엔스'로 치환했을 뿐이다. 이런 경우는 그냥 지시했다고 본다. "인공지능은 고도의 컴퓨터 기술로 지능을 인공적으로 흉내 낸 것이다" 역시 정의가 아니다. '인공지능'의 유개념이 '것'이라니? '것thing'이란 명사는 세상의 모든 걸 표현할 수 있는 말이다. '것'은 거시기할 뿐이다.

둘째, 종차를 밝힐 때 예시를 들어선 안 된다. 예시란 다시 정의가 요구되는 대상일 수 있고, 예시는 대부분 외연에 속한다. 외연을 종차로 제시하면 어색하다. "발효란 술, 된장, 간장, 치즈 같은 음식을 만들 때 작용하는 화학적 반응이다." 이런 식으로 정의하면, 술, 된장 같은 음식을 다시 정의해야 하고, 이들 음식의 예는 발효의 범주에 속하는 외연에 해당한다. 이런 예시는 정의하고 난 뒤 이어지는 설명으로 제시하는 게 자연스럽다. "발효란 미생물이 유기물을 분해하면서 에너지를 얻는 화학적 반응이다"라고 정의하고, 이어서 "발효에는 알코올 발효, 젖산 발효, 초산 발효 등이 있다. 알코올 발효로 맥주, 포도주, 빵이 대표적이다. 젖산 발효로 … (이하 생략)" 이런 식으로 전개하는 게 좋다.

정의는 톱다운top-down방식으로 논의를 전개할 때 그 출발점이 된다. 정의는 분류와 예시를 끌고 다닌다. 정의를 하면 분류와 예시는 자연스럽게 제시될 수밖에 없다. 구조화된 생각을 펼칠 때 정의는 첫 단추와도 같다. 첫 단추를 잘 끼워야 자연스럽게 일이 진행된다. 첫 단추가 보통 맨 위에 있듯, 정의는 톱다운 방식 생각의 시작이다. 학술적 글쓰기는 물론이고, 문학을 제외한 대부분의 실용적 글쓰기는 이런 톱다운 방식을 즐겨 쓴다. 정의를 할 줄 모르면 논리적 글쓰기는 불가능하다. 사소하거나 익히 알고 있는 개념도 정의를 습관적으로 해 봐야 한다. 정의하기 습관이 나만의 관점을 낳는다.

셋째, 종차와 유개념에 속하는 내포와 외연은 애매하거나 모호하지 말아야 한다. 먼저, 애매하다ambiguity는 건 표현된 단어가 두 개 이상의 의미로 해석되는 경우다. 앞에서 보았듯, 《한국 고전 소설의 전기적 성격》에서 '전기적'이란 단어의 뜻이 무엇이냐(傳記/傳奇)에 따라 제목의 의미가 완전히 달라진다. 한편, 모호하다obscurity는 건 표현된 단어가 적용되는 경계가 불분명한 경우다. "부자富者란 일하지 않고도 여유롭게 살 수 있는 자산가이다"라는 정의에서는 '여유롭게'란 단어가 문제가 된다. 자산이 얼마나 있어야 여유를 느낄까? 이는 사람마다 다를 것이다. 이런 식의 모호한 정의는 논란을 일으키는 불완전한 정의다. 굳이 이런 정의를 사용하고자 한다면, 반드시 이어지는 설명에서 객관적이고 분명한 기준을 제시해 줘야 한다. 그렇지 않고 얼렁뚱땅 넘어가면 반론과 비판을 피하기 어렵다.

넷째, 부정어(아니·못)나 부정적(틀리거나 이상한) 표현을 쓰지 않는 것이

좋다. 부정어나 부정적 표현은 의미가 완결되지 않은 경우가 많다. 어떤 대상이나 개념을 부정하는 건 반대나 모순에 해당한다. 그런데 반대나 모순은 결국 그 대상과 개념의 실체로부터 나오는 그림자일 뿐이다. 그림자는 실체가 없으면 존재할 수 없다. 그림자를 정의하는 건 무의미하고 공허하다. 먼저 실체를 분명히 밝혀야 그림자도 의미를 띨 수 있다. "반일反日은 일본을 혐오하고 반대하는 태도이다"와 같은 정의는 위험하고 무책임하다. 혐오와 반대와 같은 부정적 표현은 무작정 모든 걸 비판하는 건지, 어떤 경우에 비판하는 건지 알 수 없다. 부정적 표현은 반드시 조건이 붙어야 한다. '~한 경우'처럼 상황이 제시되어야 한다. 법률 조항에 부정문을 쓸 때는 명확히 금지된 행위를 명시한다.[*] 반일反日의 조건이 없으면, 반일은 일본에 대한 맹목적 혐오가 된다.[**] 이건 세계인이 서로 평화롭게 공존해야 하는 인류 보편적 가치와도 충돌된다. 그래서 이런 식의 부정적 표현으로 반일을 정의한다면, 그러한 정의를 하는 사람의 세계관과 이념을 의심할 수밖에 없다. 정의하기를 핑계로 오

---

[*] "모든 국민은 법 앞에 평등하다. 누구든지 성별·종교 또는 사회적 신분에 의하여 정치적·경제적·사회적·문화적 생활의 모든 영역에 있어서 차별을 받지 아니한다."(대한민국헌법 제2장 제11조)

[**] 반일에 조건이 붙는 경우는 과거 침략주의 역사를 반성하지 않는 일본의 태도를 비판할 때이다. 반일의 목소리를 낼 때, 이 조건이 선행되어야 한다. 이런 조건 없이 반일을 내세우면, 그건 반대가 아니라 혐오가 된다.

해와 추측을 남발해서는 안 된다.

효과적으로 정의하려면 사전적 정의를 참고하되, 무엇보다 본인의 중심 생각을 암시하거나 강조하는 내용으로 정의를 표현해야 한다. 《표준국어대사전》이나 《네이버 백과사전》에 나오는 사전적 정의에 그쳐서는 안 된다. 사전적 정의는 어원을 밝히거나, 기본적 특성을 설명하거나, 객관성을 확보할 때는 유용하다.[11] 그러나 사전적 정의에만 그치면, 독자는 그 정의에서 구조화된 생각의 패턴을 발견하지 못한다. 정의는 그 자체가 하나의 생각 패턴이지만, 이어지는 다른 서술에서 생각 패턴을 복제해 내기도 한다. 사전적 정의만 하고 개인적 정의를 하지 않는다면 정의의 확장과 심화가 어렵고, 생각의 구조화도 멈춘다. 구조는 계속 연결될 때 비로소 구조가 된다. 단발성 사고는 구조를 만들지 못한다. 그러한 사고思考는 사건에 그친다.

다섯째, 일반적 정의보다 구체적으로 정의할 줄 알아야 한다. 앞서 강조했듯, 내포를 늘리고 외연을 좁히면 구체적 정의가 된다. 구체적 정의는 다소 논쟁거리가 될 수 있지만, 그만큼 독자에게 인상적이고 흥미로운 관점을 제시한다. 정의는 일종의 화두話頭를 던지는 거와 같다. 불교에서 화두란 수행자가 깨달음을 얻기 위해 집중하는 중요한 물음이다. 화두가 깨달음의 동인動因이 될 수 있는 건, 답을 구하는 게 목적이 아니라 화두의 의미를 사유하도록 만들기 때문이다. 명상 방법으로 화두는 유용하다. 먼저 화두에 집중하고, 화두로 떠오르는 생각에 대해서 다시 생각하고, 생각의 생각에 의문을 품다가, 결국 생각을 하나씩 지워 간다. 이 과정을 거치다 보면 처음 화두는 사라지고, 어떤 깨달음만 남게 된다.[12] 화두를 통한 불교적 명상법은 나만의 구체적 정의를 수행하는 거와 같다. 세계관이자 이념이 투사된 정의는 결국 나의 눈으로 세상을 보는 생각의 단위다. 그런데 그 생각의 의미와 특징, 한계를 나 스스로 깨닫지 못하면 내가 정의한 세계에 스스로 갇히게 된다. 그래서 나의 정의를 가만히 눈앞에 내려놓고 볼 수 있어야 한다. 그리고 하나씩 그 세계의 허울과 모순을 찾아 과감히 없애야 한다. 그렇게 지우기를 반복하다 보면 어느 순간 진실한 의미만 남게 된다. 그 순간이 정의에서 어떤 공리公理를 발견하는 때다.

 공리는 의미 있는 지식의 결정체다. 모든 학자와 지식인은 한평생 나만의 공리 하나를 세우고 죽기를 꿈꾼다. 아인슈타인의 질량과 에너지 등가 공식인 "$E = mc^2$" 같은 간결하면서 웅장한 공리는 아무나 만들 수 없다. 이 공리는 어쩌면 에너지란 무엇인가란 화두를 아인슈타인이 스스로 던지면서 시작되었을 것이다. 나만의 구체적 정의를 하려 하지 않으면 세상을 보는 나만의 눈을 가질 수 없다. 아인슈타인의 정의처럼, 세상을 보는 나만의 눈을 많은 사람이 받아들인다면 큰 영광이겠지만, 아니어도 괜찮다. 어쨌든 나 한 명이라도 그런 눈으로 세상을 볼 수 있다면 행운이다. 많은 사람이 그런 눈 하나 없이 살다 죽는다.

여섯째, 남들과 다른 차별화된 정의를 하려 해야 한다. 차별화된 정의는 그저 튀는 정의가 아니다. 남들과 다름을 추구하는 걸 목적으로 하는 정의가 아니라, 남들이 보지 못하는 걸 추구하는 정의이다. 사람들은 익숙한 것을 잘 의심하지 않는다. 길에서 우연히 마주친 낯선 사람은 일단 경계하고 의심하지만, 한집에 사는 가족은 의심하지 않는다. 익숙한 것에 물음을 던져야 한다. 물음을 던질 때는 공격적이고 적극적이어야 한다. 더 근본적이고, 더 핵심적이고, 더 치명적인 물음들을 던져야 한다. 무지의 상태에 도달할 때까지 계속 질문하였던 소크라테스처럼, 물음은 앎과 무지의 경계를 선명하게 한다. 정의는 앎의 바탕이자 무지의 출발점이다. 그런 물음들이 기존의 정의를 흔들기 시작하면, 지금까지 보지 못한 낯선 무언가를 보게 된다.

1900년 막스 플랑크가 양자 개념을 제기한 후에도 꽤 오랫동안, 빛에너지를 입자로 보는 아인슈타인의 관점이 물리학계의 주류였다. 그러다 코펜하겐 학파의 젊은 물리학자들이 아인슈타인 관점에 반기를 들고, 닐스 보어와 하이젠베르크, 슈뢰딩거가 에너지의 파동성과 확률론을 입증하면서 아인슈타인의 에너지 가설은 역사의 뒤안길로 사라졌다. 양자역학의 역사는 그 자체로 에너지를 다르게 정의하려는 과학적 투쟁의 역사다. 글쓰기도 기존 이론을 과감히 비판하고 부정하는 건방진 물음이 있어야 발전한다.

10
비교

발전의 원동력

비교는 차이점과 공통점이 예상되는 등가 관계의 대상끼리 대칭을 이룬다. 비교하게 되면, 대상의 특성을 좀 더 선명하게 드러낼 수 있고, 자신의 주장을 더욱 강화할 수 있는 근거를 확보할 수도 있다. 그래서 비교는 학술적 글쓰기에서 가장 자주 사용하는 작성 도구이자 패턴이다. 비교하면 어떤 의미 있는 지식을 자동으로 발견할 수 있다. 그런 믿음이 연구자는 물론이고 산업이나 경제 분야까지 두루 퍼져 있다. 비교문학, 비교문화학, 비교언어학 등 수많은 비교학문 분과는 이미 20세기 초반부터 시작됐다. 지금은 통섭이니 융합이니 하는 말로 표현하지만, 20세기 후반까지만 해도 학제 간 비교연구는 학문 연구의 주류이자 중심이었다.

서구 유럽의 지식인은 자기 문화권의 지식을 비교연구하면서 서구중심주의를 강화하거나 성찰했다. 철학자 니체와 문화인류학자 레비스트로스가 대표적이다. 이후엔 정치학자 새뮤얼 헌팅턴과 문학평론가인 에드워드 사이드처럼 동양과 자신들을 비교하면서 식민주의 이론을 구축하거나 그 반대로 해체했다. 20세기 후반부터는 서구중심주의를 모방하거나 극복하기 위해서 동양이 서양과 동양을 비교하는 연구가 활발해졌다. 재일 조선인 출신 정치학자 강상중姜尙中과 문학평론가 가라타니 고진이 대표적 예다. 비교의 주체와 대상이 바뀌면서 학문 연구는 발전했다.

한편, 산업이나 경제 분야의 비교는 자본주의 확대와 세계화를 이끌었다. 제2차 세계대전 이후 몰락한 일본은 경제 재건을 위해 미국 산업과 자국 산업을 비교하며 산업정책을 세우고 기업을 경영하였다. 토요타는 미국의 포드와 GM을, 소니는 미국의 GE를 모방하면서 조금씩 자기만의 차별화된 경쟁력을 구축했다. 한국도 그런 일본 기업을 모방하면서 일본이 그랬던 것처럼 일본을 추격했다. 현대자동차와 삼성전자는 그렇게 성장했고, 지금은 중국 기업들에 똑같이 모방당하고 추격을 받고 있다. 비교는 발전과 성장의 원동력이다. 개인도 마찬가지다. '엄친아'는 동경이자 반발이자 동기부여의 대상이다. 자아 성찰은 비교에서 시작된다.

그렇다면 비교는 어떤 식으로 수행해야 하는가? 비교 방법과 주의할 점, 비교의 중요한 잠재성과 의의를 살펴보자.

비교의 조건

비교는 다음과 같은 조건을 먼저 충족해야 한다. **첫째, 비교 대상의 개수가 너무 많지 않아야 한다.** 보통 한 쌍을 이루는 두 개를 비교하는 게 일반적이다. 물론 그 이상을 비교할 수도 있다. 흔히 동아시아 국가를 비교할 때 한국, 중국, 일본을 묶어서 비교하곤 한다. 두 나라씩 묶어 비교하지 않고 세 나라를 묶어 동시에 비교하는 건, 이 세 나라가 지리적이고 역사적인 조건을 공유하고 서로 밀접한 영향을 주고받았기 때문이다. 비교 대상의 개수를 정할 때는 비교의 목적을 고려해야 한다. 어떤 보편적 결과를 얻고자 한다면 여러 대상을 비교하는 게 좋다. 여러 대상을 비교하다 보면 일반적인 공통점을 발견할 수 있다. 그러한 공통점이 보편적 원리나 특성을 대변해 준다. 그런데 비교 대상의 관계에 더 주목하고자 한다면 두 개만 비교하는 게 좋다. 그러면 두 대상 간 차이점이 부각하면서 각각의 특징과 특수성, 개별성이 선명해진다.

둘째, 비교 대상의 관계가 같은 유개념으로 묶이거나 내포와 외연에 어떤 유사점이 있어야 한다. 보통 이런 경우를 '등가 관계'라 한다. 등가성 equivalence은 비교의 일반적 조건이다. 등가성이 없으면 비교가 낯설어진다. 낯선 비교는 때론 융합의 원리기도 하다. 전혀 관련성이 없어 보이는 걸 비교하는 건 다소 엉뚱하고 이상하게 보일 수 있지만 의외로 참신한 결과가 나올 수 있다. 새로움을 추구할 때 융합을 시도하는 게 바로 이런 이유 때문이다. 만약 '지식knowledge'과 '지도

map'를 비교해 보면 어떤 결과가 벌어질까? 비교할 때 중요한 건 비교의 목적과 의도를 잘 설계하는 것이다.

한편, 비교 대상의 등가성은 변증법적 운동을 일으키는 조건을 제공한다. 정립과 반정립이 종합을 지향하는 변증법적 운동의 시작은 정립과 반정립의 대립에 있다. 이 대립은 사실 정립의 모순이 일으킨 현상이지만, 다르게 보면 정립의 대칭 관계로 반정립이 등장한 것이다. 이러한 대칭 관계는 서로 유사한 범주와 위상에 속했을 때 나타난다. 전혀 다른 범주와 위상에 속하면 대칭 관계를 형성하기 어렵다. 등가성은 범주와 위상이 동질적인 상태를 뜻한다. 결국 등가성을 갖는 대칭 관계가 대립하면서 모순을 극복하고 문제를 해결하는 게 변증법적 운동이다. 비교는 변증법의 중요한 동인이자 조건이다. 헤겔이 변증법적 정신 현상을 철학적으로 설명할 때 유럽이 동양에 관심을 두고 중국과 일본, 인도를 연구한 게 우연이 아니다. 헤겔은 동서양의 정신세계를 비교하여 서양 정신의 우월성을 유럽식 형이상학의 절대 이성에서 찾고자 했다. 헤겔 변증 철학은 서양이 중심이 된 철학의 종합이자 역사의 종말을 계시했다. 18세기 이래 서양은 꽤 오랫동안 동양은 물론이고 전 세계에 주도적인 영향력을 행사하고 있다.

셋째, 비교 기준이 명확하고 체계적이어야 한다. 공통점을 찾을 때는 내포와 외연에서 명확한 기준이 적용되어야 한다. 인간 지능과 인공 지능의 공통점으로 추론적 사고를 찾았다고 가정해 보자. 추론 능력은 지능의 일종이라는 외연을 갖고, 어떤 사실로부터 새로운 사실을 발견하는 특성이라는 내포를 갖는다. 기준이 명확하지 않으면 공통점은 너무 거창하거나 사소한 것이 되어 설득력을 잃게 된다. 인간 지능과 인공지능은 인간이란 공통점이 있다고 한다면 사람들이 어떻게 반응할까? 비교 시 차이점을 찾을 때는 어떤 순서에 따라 체계적으로 배열해야 한다. 차이를 체계적으로 보이려면 차이를 판단하는 기준들끼리 일관성을 갖춘 체계가 필요하다.[13] 챗GPT에 인터넷 성범죄와 일반 성범죄를 비교해 달라고 요구했더니, "범죄 방식, 피해자와 가해자의 관계 양상, 피해의 확산 범위, 법적 대응과 처벌"과 같은 기준을 세우고 두 대상의 차이점을 설명하였다. 챗GPT가 제시한 기준을 보면, 범죄가 발생해서 피해가 나타나고 그것을 해결하는 과정을 체계적으로 제시한다. 과정적 분석 방식을 기준점으로 세운 것이다. 기준점을 이렇게 과정이나 순서로 잡을지, 구조나 요소로 잡을지는 비교 대상과 목적에 따라 달라질 수 있다. 챗GPT를 활용할 때 이런 기준점 제시는 결국 인간의 몫이다. 비교 기준은 곧 비교하는 의도를 보여 준다. 의도는 무엇을 지향하려는 의지의 산물이다. 비교 기준의 체계가 비교 수준을 결정한다.

넷째, 비교 목적과 의도에 따라 체제를 결정해야 한다. 두 대상을 비교할 때 각각의 특징을 같은 기준으로 나열하는 **대상별** 비교를 할 것인지, 기준을 중심으로 각각의 특징을 나열하는 **기준별** 비교를 할 것인지를 정해야 한다. 대상별 비교는 산만하지 않고 통일된 체제를 보이는 장점이 있다. 예를 들어, 동양과 서양을 **대상별**로 비교한다면 종교, 가치관, 문화, 정치 등을 기준으로 동양과 서양의 경우를 각각 분석하고 종합적으로 그 차이점과 공통점을 보여 줄 수 있다. 동양과 서양을 **기준별**로 비교한다면, 이 기준점보다는 더 세밀하고 개성적인 비교 기준을 제시하는 게 좋다. 의사소통 방식, 공론장 형태, 사회적 갈등 해결 방안처럼 논의 대상과 범주가 구체적이고 논쟁적인 게 효과적이다. 이러한 기준을 중심으로 동양과 서양을 비교하면, 동서양이 사회적 갈등을 해결하기 위해 어떤 정치 질서와 체제를 구축하였는지 밀도 있게 설명할 수 있다.

대상별 비교는 백과사전식 비교다. 백과사전에서 동양을 찾으면 하위 목차에 사회, 역사, 정치, 경제, 문화, 예술, 과학 등이 나오고, 각 목차를 따라 동양의 특징이 설명된다. 기준별 비교는 어떤 주제를 규명하는 논문이나 보고서에 사용하면 효과적이다. 수도권과 지방 간 격차를 부각하여 수도권 중심과 과밀화 현상을 비판하고자 한다면, 그런 목적을 적나라하게 보여 주는 비교 기준을 전면에 내세운 다음 수도권과 지방의 차이를 각각 설명할 수 있다.

그런데 비교 대상이 세 개 이상이라면 대상별 비교보다 기준별 비교가 더 나을 수 있다. 대상별로 비교하면 자칫 늘어지고 지루한 느낌을 줄 수 있기 때문이다. 비교 체제는 어떤 방식이 더 낫다고 단정하기 어렵다. 비교 대상, 범주, 목적 등을 고려하여 적합한 방법을 선택해야 한다.

비교의 잠재성

끝으로 비교의 잠재성을 살펴보자. 보통 비교 효과는 차이와 공통점을 명확히 하고, 상대적이고 다양한 의미를 확인해 주며, 합리적 결과를 도출하거나 분석적인 사고를 유도한다. 그런데 이러한 일반적 효과 외에 비교에는 더 놀라운 점이 있다.

더글러스 호프스태터Douglas R. Hofstadter가 쓴 《괴델, 에셔, 바흐: 영원한 황금 노끈》, 약칭 "GEB"는 1980년 논픽션 부문 퓰리처 수상작이다. 저자는 스탠퍼드대학을 졸업하고 물리학 박사학위를 받아 미시간대학 심리학과에서 인공지능을 연구한 학자다. 저자의 이력을 보면 물리학, 심리학, 언어학, 음악학 등 여러 분야를 섭렵하고 각 분야를 통섭하는 재능이 뛰어났음을 알 수 있다. 이러한 그의 성향과 연구 이력이 그대로 투영된 책이 바로 GEB다. GEB는 위대한 천재들로 알려진 수학자 괴델의 불완전성 정리, 화가 에셔의 미술 작품, 작곡가 바흐의 음악에 나타나는 자기참조self reference와 패턴을 탐구한다. 자기참조란 어떤 개체나 시스템이 자신을 설명하거나 지시하는 현상이다.[14] 에셔의 유명한 그림 〈손을 그리는 손〉이나, "이 문장은 거짓이다"와 같은 게 대표적인 자기참조의 예다. 자기참조는 자신의 모순을 자신이 증명할 수 없다는 역설을 만든다. "내 코는 길어질 거야"라고 피노키오가 말하는 거와 같다. 인간의 의식도 마찬가지다.

우리의 의식은 두뇌 안에서 일어나는 전기적 신호의 결과다. 그래서 외부 현실을 인지하고 거기서 어떤 정보를 받아들였을 때, 우리의 뇌는 그 정보들을 이해하기 위해 어떤 전기적 신호를 일으킨다. 그런데 우리의 뇌가 외부 정보들을 이해하고 있다는 걸 어떻게 알지? 이해 여부도 정보인데, 그 정보를 이해하려면 그걸 받아들이고 해석하는 또 다른 뇌가 있어야 하지 않나? 내가 이해하고 있다는 걸 이해하는 이해 능력은, 그걸 이해하는 걸 이해하는 이해 능력에 귀속된다. 분석철학자 힐러리 퍼트넘이 말했듯, 이해와 같은 관념은 반드시 어떤 형태를 지닌 존재와 연결되어 있어야 한다.[15] 에셔의 그림처럼 손이 손을 그리고, 그 손이 다시 손을 그리는 상황도 결국 그림이라는 매개체에서 벌어지는 사건이다. 이러한 자기참조의 역설은 그 자체만으로도 지적 호기심을 일으키지만, 괴델, 에셔, 바흐는 그 원리를 수학과 미술과 음악에서 발견하고 지적 성과물을 만들어 냈다. 결국 자기참조의 역설을 극복하려면 다른 무엇과 비교해야 한다.

비교는 실체를 만들어 낸다. 시험지를 채점하려면 먼저 정답지가 있어야 하고, 그 정답지가 올바른 정답이라 일단 믿은 뒤, 나의 시험지와 정답지를 맞추어 봐야 한다. '맞힌' 정답은 '맞춘' 정답으로 확인한다. '맞추다'란 서로 비교한다는 뜻이기도 하다. 답을 알려면 다른 무엇과 비교해 봐야 한다. 답은 늘 상대적이다. 정답正答은 없다. 정한 답(定答)이 있을 뿐이다.

호프스태터는 위대한 천재들이 자기참조의 무한 반복과 역설이 만드는 비교 패턴에서 어떤 진리와 아름다움을 발견했다. 대칭 구조를 보이는 비교는 패턴을 만든다. 패턴은 단순한 한 번의 대칭으로 시작하지만 자기참조의 역설로 인해 패턴의 단순한 반복이 복잡한 수준으로 변형된다. 자기참조의 역설이 없다면 대칭의 반복은 단순한 패턴만을 만들 것이다. 자기참조와 패턴의 복잡화를 더글러스 호프스태터는 '지능'의 핵심으로 보았다. 내 생각을 생각하는 생각, 다시 생각하는 그 무한 반복과 역설이 생각의 진화를 이끌고, 지금은 인공지능이 그런 진화를 수행하도록 만들고 있다!

호프스태터는 연역적 인식은 인간 지능의 핵심인 유사성을 분별하거나 상황들을 비교하는 데는 부적절하다며, 논리를 지향하는 체계는 비교를 통해 복잡성을 만들었다고 강조한다.[16] 논리적 사고라 할 수 있는 지능은 유사성을 통해 의미를 발견해 내는 귀납적 추론 덕분이다. 귀납적 추론은 대상들끼리 비교함으로써 작동한다.* 결국 자기참조의 역설도 비교로 해결된다.

내가 이해하고 있다는 걸 이해하려면, 남이 이해하고 있다는 거

---

* 유사한 경험을 반복적으로 수행하면서 여러 경험의 정보를 비교하면 명시적 지식을 획득하게 된다. 그러한 명시적 지식을 상향식으로 추상화하면 개념적 지식이 된다. 경험에서 시작해 정보와 지식의 단계로 심화하는 지적 행위가 바로 지능이고, 그러한 지능을 습득하는 게 학습이다. 자기참조의 역설은 지능을 구축하는 학습의 원리를 보여 준다. 제임스 폴 지, 《게임에서 배우는 학습 원리》, 조병영 옮김, 사회평론아카데미, 2024, 120~125쪽.

와 비교하면 된다. 나의 이해 정도나 상태를 확인하려면, 남의 이해 정도와 상태와 비교하면 된다. 그래서 인간의 지능은 오직 사회 속에서만 진화할 수 있다. 접촉하고 대립하고 소통하는 사회관계가 지능의 발달을 이끈다. 타인은 나의 정신과 생각을 보여 주는 거울이다. 타인 없이 우린 지식을 구축할 수 없다. 경험과 학습은 관계 맺기의 산물이다. 비교는 타자를 통해 나를 발견하는 일이다. 비교하지 않으면, 나를 알 수 없다.

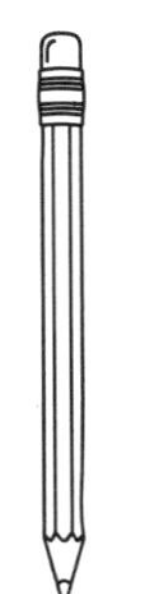

11

인용

인용 없이는 원본도 없다

인용은 원본과 해석, 주관과 객관으로 대칭을 이룬다. 인용한 원본이 해석본과 대칭 관계를 형성한다는 건 인용 없이는 원본도 존재할 수 없음을 뜻한다. 신라 때 유행한 향가鄕歌를 수록한 《삼대목》이란 책이 있다. 888년 위홍과 대구화상이 왕명을 받아 편찬한 책이다. 현재까지 총 25수만 전해지는 향가는 《삼국유사》와 《균여전》에 실린 작품뿐이다. 만약 《삼대목》이 전해졌다면 훨씬 많은 향가 작품을 만났을 것이다. 그런데 《삼대목》이라는 향가 작품집이 있다는 걸 어떻게 알았을까? 김부식金富軾이 《삼국사기》에 신라 때 왕명을 받아 편찬한 향가 작품집 《삼대목》의 존재를 기록해 두었기 때문이다. 《고려사》에도 이 책에 대한 언급이 나온다. 이처럼 인용은 원본의 존재를 확인하는 증거가 된다. 《삼대목》을 인

4장 작성

용하지 않았다면, 이런 책이 있었다는 사실조차 몰랐을 것이다. 그래서 혹자는 역사를 "인용한 사실의 조합"이라고 한다. 인용 없이는 역사도, 원본도 없다.

또한, 인용은 글쓴이의 생각을 뒷받침하는 근거로 쓰이므로 글쓴이의 주관을 객관화한다. 지식의 세계는 거미줄처럼 얽혀 있어, 의미 있는 지식을 포착하려면 반드시 다른 누군가가 쳐 놓은 거미줄을 이용해야 한다. 다른 거미줄에 올라타 빈 곳을 채워 넣거나, 크기를 더 키우거나 해야 한다. 내가 만든 거미줄만 타는 건 위험하다. 주관은 오류에 빠지기 쉽기 때문이다. 인용은 오류에 빠지지 않기 위해 돌다리를 두드리는 행위다. 적절한 인용은 글쓴이의 주관에 설득력을 실어 주고, 독자가 글의 주제를 정확하게 이해하도록 돕는다.

인용은 지식을 확대 재생산하는 학술적 글쓰기의 핵심 기술이다. 학술적 글쓰기와 일반 글쓰기의 가장 큰 차이점도 바로 인용에 있다. 학술적 글쓰기는 인용 없이 쓸 수 없다. 아무것도 인용하지 않고 학술적 글쓰기를 하겠다는 건 망상에 가깝다. 서점에서 책을 고를 때 전공서는 물론이고 교양서도 인용한 참고문헌이 없으면 그냥 그대로 가판대에 내려놓으면 된다. 그런 책은 검증되지 않은 지식을 짜깁기했거나 지적 사기를 저질렀을 가능성이 크다. 심지어 표절 여부를 심각하게 의심해야 한다.

그렇다면 인용을 어떤 경우에 해야 하고, 어떻게 하는 게 적절할까? 서울대학교 글쓰기 교재에 따르면, 자기주장을 뒷받침하거나 확인하는 근거로 인용을 하고, 자신의 주장과 부딪혀서 비판하고자 인용하는 건 불필요하다.[17] 한 마디로, 인용은 자신의 논증을 강화하는 목적으로만 써야 한다. 간혹 인용을 과도하게 하는 경우가 있다. 심지어 인용 분량이 본문 분량의 50퍼센트에 달하는 글도 있다. 인용 분량이 많다는 건, 달리 말해 자기주장과 의견이 적다는 뜻이다. 다른 사람의 목소리만 전달하는 글이라면, 왜 굳이 시간과 노력을 들여 그 글을 읽어야 할까? 불필요하고 과잉된 인용은 인용하고도 출처를 밝히지 않는 표절만큼이나 문제적이다. 지식은 편집적이지만, 편집 그 자체는 아니다. 편집된 지식은 백과사전일 뿐이다. 우리가 어떤 저자의 글을 읽는 것은 '그 사람의' 지식 또는 생각이 궁금해서다.

직접인용과 간접인용

인용에는 크게 직접인용과 간접인용이 있다. **직접인용**은 원문 해석에 논란이 있을 수 있거나 원문의 의도를 최대한 살려서 전달하고자 할 때 쓴다. 직접인용을 할 때는 인용한 내용 앞뒤로 큰따옴표("…")를 하고 원문을 철자와 구두점까지 그대로 옮겨다 적는다. 인용문이 끝나는 서술어 마침표 뒤에 주석 기호를 달고 인용한 자료의 출전을 참고문헌 표기 원칙에 맞춰 정확히 밝힌다. 만약 직접인용하고자 하는 내용이 많고 길 때는 줄을 바꿔 독립된 문단 형태로 인용 내용을 밝히면 된다. 큰따옴표로 표기할 때처럼 원문을 그대로 옮긴다. 독립 문단 형태로 인용할지, 큰따옴표로 인용할지는 인용 분량을 보고 판단하면 된다. 그 분량을 어느 정도로 할 것인지는 글쓴이의 재량에 달려 있다. 읽기에 불편을 주지 않는 범위에서 합리적으로 결정하면 된다. 문단 형태의 직접인용 역시 인용문이 끝나는 서술어 마침표 뒤에 주석 기호를 달고 출전을 밝힌다. 이 경우엔 직접인용한 사실을 알기 쉽도록 인용문 앞뒤로 한 줄씩 줄 간격을 띄어 주는 게 좋다.

간접인용은 원문을 적극적으로 해석하거나 정리하여 자신의 언어로 바꾼 다음, 글의 흐름에 자연스럽게도 녹아들도록 할 때 쓴다. 글쓴이의 논지 전개를 깨뜨리지 않으면서 해당 주장을 뒷받침하는 근거를 제시할 때 간접인용을 한다. 간접인용을 할 때는 따옴표를 쓰지 않으며 인용한 대목 끝에 해당하는 서술어 마침표 뒤에 주석 기호를 달고 출전을 밝힌다. 만약 한 자료에서 다른 부분을 여러 번 간접인용했다면, 각 인용 부분에 해당하는 문장 서술어 마침표 뒤에 각각 주석 기호를 달고 출전을 하나씩 모두 밝힌다. 간혹 한 자료의 여러 부분을 간접인용한 경우, 마지막 인용 문장 끝에 주석 기호를 하나만 달고 출전에 "10~50쪽"처럼 표기하기도 하는데, 혹시 출전을 확인하려는 사람이 있으면 수십 페이지의 원문을 모두 뒤져 봐야 한다. 출전을 표기하는 이유는 인용 사실을 밝혀야 하는 의무 때문이기도 하지만, 인용한 원문을 확인하려는 사람에게 정확한 서지 정보를 알려 주려는 목적도 있다. 그래서 인용 부분이 다른 사람의 글을 또 인용한 경우라면, 인용 주석의 출전에 '재인용'이라고 표기해 줘야 한다. 이렇듯 간접인용을 할 때는 직접인용보다 훨씬 섬세하게 주의를 기울여야 한다. 간접인용을 서술할 때는 다음과 같은 점을 살펴야 한다.

간접인용에는 대표적으로 간단한 언급, 요약, 논평 같은 세부적 방식이 있다. **간단한 언급**은 출전의 관련 내용이 있다는 정도만 밝힐 때 쓴다. **요약**은 출전의 다소 긴 내용을 정리해서 밝힐 때 쓴다. **논평**은 출전의 내용을 소개하면서 동시에 평가와 판단을 밝힐 때 쓴다. 이 외에도 간접인용하는 경우는 많다. 그런데 여기서 주의할 점이 있다. 어떤 방식으로 간접인용하더라도 반드시 자기 말로 바꾸어 표현해야 한다. 흔히 바꿔 쓰기, 즉 의역이라 일컫는 패러프레이즈 paraphrase 해야 한다. 패러프레이즈 하지 않고 쓰면 표절 시비에 걸릴 수 있다.

패러프레이즈할 때의 요령은 원문의 핵심어만 가져다 자기 관점으로 재서술하는 것이다. 핵심어를 중심으로 재서술하면 원전의 의도를 왜곡하지 않으면서 자연스럽게 내용을 전달할 수 있다. 이렇게 하지 않고 원문을 그대로 옮기다 보면 순식간에 단어 5개를 순서까지 그대로 적을 수 있다. 표절 검사 프로그램이나 표절 심사 위원마다 그 기준이 다르지만, 단어 5개가 순서까지 일치하면 표절로 판단할 가능성이 높다. 표절 시비에 빌미를 주지 않으려면, 핵심어만 가지고 문장을 내 식으로 바꿔 써야 한다. 앞 장에서 제안한 적극적인 메모 방식을 수행하면 이런 시비에 덜 휘말릴 수 있다. 메모 상자 속 영구 보관용 메모는 이미 나의 언어로 바꾼 지식이므로 그걸 활용하면 된다. 간접인용의 표절 시비는 학술계에서도 민감한 사안이니 주의하자.

연결의 기술

인용은 학술적 글쓰기의 핵심 기술이라고 했다. 인용하는 행위는 어떤 지식과 다른 지식을 연결하는 행위다. 만약 인용 없이 지식을 구축한다면 여기저기 성기고 동떨어진 형태의 볼품없는 지식이 될 것이다. 서로 연결되지 않은 지식은 토대와 구조가 약하다. 지식의 그물을 촘촘히 엮는 게 바로 인용의 힘이다. 여러 돌탑에 쓰인 돌들을 한데 모아 더 넓고 크게 쌓아 올린다면 웬만한 바람이나 짐승의 접촉에도 끄덕하지 않을 것이다. 인용은 내 지식과 논리를 강화해 주고, 내 글의 약한 부분을 보강해 준다. 앞 장에서 소개한 GEB의 저자 더글러스 호프스태터는 인공지능의 핵심 원리를 설명하면서 다음과 같은 의미심장한 말을 남겼다.

인공지능의 초창기에는 지식이란 문장과 비슷한 꾸러미 형태일 것이며, 어떤 프로그램에 지식을 이식하는 최선의 방법은 사실들을 작은 수동적인 데이터 꾸러미로 번역하는 간단한 절차를 개발하는 것이라 가정하였다. (중략) 사실 데이터들은 기억장치의 어느 곳에도 표상되어 있지 않다. 차라리 하드웨어의 회로 패턴 속에 저장된 것이다. 휴대용 계산기는 덧셈을 어떻게 할 것인가에 대한 지식을 자신의 기억장치에 저장하는 것이 아니다. 그 지식은 자신의 내장 속에 코드화되어 있는 것이다. (중략) 문제는 이제 우리가 지식을 어떻게 프로그램과 데이터로 구별하는가이다.[18]

인용문의 마지막 문장에서 호프스태터가 강조한, 지식은 프로그램인가 데이터인가 하는 문제는 결코 쉬운 질문이 아니다. 지금도 인공지능 연구자들과 수많은 인문사회 분야의 전문가들이 고민하는 연구 주제 중 하나다. 나는 이 문제가 경험은 어떻게 지식이 되는지와 관련된 주제라고 생각한다.* 우리는 모두 매일 어떤 경험을 하고 있다. 영상이든, 책이든, 여행이든, 대화이든 어떤 외부적 자극

---

* 게임으로 리터러시 교육이 가능하다고 주장하는 제임스 폴 지도 이점을 지적했다. 그는 학습자의 지적 호기심을 자극하고 유도하여 스스로 배움을 열망하고 그걸 위해 노력하도록 하여, 어떤 성취감을 느낄 수 있도록 격려하고 조력하는 게 교수자의 역할임을 강조했다. 게임 행위의 경험적 실천 방법을 학습과 교육에 진지하게 도입해 봐야 한다. 제임스 폴 지, 《게임에서 배우는 학습 원리》, 조병영 옮김, 사회평론아카데미, 2024, 101~108쪽.

을 통해 경험을 축적하고 있다. 그런데 그 수많은 경험이 모두 지식이 되지는 않는다. 그리고 사람마다 편차가 크다. 그렇다면 왜 우린 모든 경험을 지식으로 만들지 못할까? 그건 경험을 모두 연결해 내지 못하기 때문이다. 축구공을 차고 놀면서 경험한 축구공의 움직임과, 축구공 없이 그냥 뛰는 사람들의 움직임을 연결하지 못하기 때문에, 메시처럼 서너 명쯤 가볍게 따돌리지 못하는 것이다. 경험은 서로 이어질 때 어떤 기능과 의미를 수행한다.

일 년에 몇 백 권의 책을 읽어도 그 책의 내용들을 연결하지 않으면, 지적 경험을 스스로 성찰하여 메타적으로 인식하지 않으면, 그건 그저 평범한 독서 경험일 뿐이다. 지식을 연결하고 지적 경험을 성찰하는 게 인문학의 가장 유용한 측면이다. 인문학의 유용함은 문화산업의 원천 소스를 제공하는 데 있지 않다. 현실적 가치에 휘둘리지 않고 순수한 호기심과 지적 열망으로 나와 세상을 이해하려는 태도가 바로 인문학의 유용함이다. 현재 인문학이 무력해 보이는 건 현실적 가치를 창출하지 못해서 아니라, 인문학이 해야 할 몫을 더 치열하게 파고들지 못해서다.

앞선 인용문에서 호프스태터가 말했듯, 계산기는 덧셈의 원리를 기억하지 않는다. 계산기가 기능을 발휘하는 건 입력된 숫자들의 관계를 연결하여 그것이 무엇을 의미하는지 해석하기 때문이다. 1에 1을 더하면 2가 된다는 사실은 지식이 아니다. 1과 1을 더하면 2라는 숫자와 연결되는 과정과 관계를 아는 게 지식이다. 데이터가 아니라 프로그램에 주목해야 한다. 개별적 개념이나 대상을 아는 게 지식이 아니라, 그것들을 어떻게 연결하고 조직할 것인지가 지식이다. 지식의 핵심이 프로그램에 있다면, 데이터는 그런 지식의 출발점이다. 경험 없이는 지식을 만들 수 없다.

인용은 경험을 연결하고 조직하는 행위 중 하나다. 책을 읽고 메모를 남겼으면, 그 메모와 다른 메모들을 연결해야 한다. 그렇게 하면 독서 경험은 잊혀도 지식은 남는다. 그 지식은 이미 내 의식에 프로그래밍되었기 때문이다. 일본의 교육 전문가이자 글쓰기 멘토인 사이토 다카시는 재미와 깨달음은 서로 다른 정보를 연결하는 데서 얻을 수 있다고 했다. 다양한 지식을 인용하면서 서로 무관해 보이는 지식이 연결될 때, 마치 전류가 흐르듯 짜릿한 느낌이 들고, 그렇게 흐른 전류는 새로운 발상을 반짝이게 한다고 했다.[19]

대부분의 글쓰기는 기존 지식을 촘촘히 연결하는 것만으로도 충분히 훌륭한 평가를 받는다. 연결된 지식은 시너지를 일으킨다. 1+1은 2가 아니라 다양한 해解를 유도해 낸다. 위대한 작가들은 이런 연결에 능숙하다. 인용은 연결의 기술이다.

12

비유

비유는 원관념과 보조관념, 출발 표현과 도착 표현 간에 대칭을 이룬다. 대칭 관계로 패턴을 만들고 복제할 때 비유는 강력한 생각 도구다. 추론적 사고 중 상당수가 비유적 표현으로 드러난다. 표현 방식으로서 비유는 어떤 대상인 원관념을 지시 대상인 보조관념으로 바꾼다. 비유에서 원관념을 보조관념으로 바꾸는 걸 일종의 번역으로 본다면, 원관념을 출발 언어, 보조관념을 도착 언어라 할 수 있다.

원관념을 보조관념에 빗대어 표현하거나 서로 다른 이미지를 연결하여 생각하는 건 모두 비유analogy에 속한다. 이러한 비유의 하위 개념으로 은유metaphor, 직유simile, 환유metonymy, 제유synecdoche, 의인prosopopoeia, 금언aphorism 등이 있다. 수사학에서는 이러한 비유의 종류를 모두 개념적으로 구분한다. 그러나 학술적 글쓰기나 논리적 사유 과정에서 비유의 종류를 굳이 구분할 필요는 없다. 그 차이는 문학적 글쓰기에서나 유의미하다. 비문학적 글쓰기에서는 상황에 따라 은유니 직유니 하는 표현 방식을 그냥 쓰면 된다. 은유와 다른 비유적 표현과는 다소 차이가 있을 수 있으므로, 이 글에서는 은유라 하지 않고 비유란 용어로 통일하여 쓰도록 하겠다.

비유의 특징

인지언어학의 창시자이자 비유 연구 분야의 권위자인 조지 레이코프George Lakoff와 마크 존슨Mark Johnson은 비유의 본질은 한 종류의 사물을 다른 사물의 관점으로 이해하고 경험하는 것이라 했다.[20] 또한, 비유는 사람들에게 시적 상상력과 풍부한 수사적 도구뿐 아니라 언어 그 자체의 특징이며, 우리가 흔히 사용하는 일상적 표현 대부분이 근본적으로 비유적이고 우리의 사고는 그런 비유적 개념에 의지한다고 보았다.[21] 인간의 언어 및 사고가 비유와 밀접한 관련이 있다는 건 비유가 우리의 실제 세계를 체계화해 주기 때문이다.

레이코프와 존슨에 따르면, 비유는 **구조적 비유**와 **지향적 비유**로 나뉜다. 구조적 비유는 추상을 구체화하는 내적 체계를 만들어 낸다. 상하관계나 대등관계 같은 게 구조적 비유로 만들어진다. "자유와 평등은 민주사회를 구성하는 핵심 기둥이다", "직장과 결혼 생활을 병행하는 건 어렵다", 이러한 표현이 대표적 예시다. 지향적 비유는 추상을 공간화하는 외적 체계를 만들어 낸다.[22] 크기와 방향 관계 같은 게 지향적 비유로 만들어진다. "열심히 노력하면 성적이 오를 것이다", "젊은이는 꿈을 키워야 한다", 이러한 표현이 대표적 예시다. 수학의 벡터vector(→) 개념이 지향적 비유와 유사하다. 지향적 비유는 술어적 표현에 많이 나타난다.

비유에는 세 가지 중요한 특징이 있다.

첫째, 비유는 방향성이 있다. 비유는 한 개념을 다른 개념의 관점에서 이해하도록 만든다. 비유는 번역처럼 출발어(원관념)와 도착어(보조관념)로 구성된다. 원관념과 보조관념은 관계 못지 않게 순서가 중요하다. "인생은 마라톤이다"와 "마라톤은 인생이다"는 같지 않다. 앞의 비유는 인생을 이해하는 것이고, 뒤의 비유는 마라톤을 이해하는 것이다. 비유 방향이 비유의 목적을 드러낸다.

둘째, 비유는 유사성과 비유사성 모두가 있다. 언어학적으로 비유는 유사성에 기초한 표현 방식이지만, 정신과 의식의 차원에서 유사하지 않은 것을 연결하기도 한다. 비유가 유사성에 기초한 표현 방식이라는 언어학적 관점은 아리스토텔레스의 수사학에서 영향을 받은 것으로 보인다. "은유는 서로 연관이 있으면서도 뻔하지 않은 것에서 가져와야 한다. 이것은 철학에서 서로 별 상관없어 보이는 것들 속에 유사성을 찾아내는 일과 같다."[23] 인용한 것처럼 비유의 대표적 종류인 은유는 원관념과 보조관념의 유사성에 기초하는 경우가 많다. 아리스토텔레스가 그렇게 비유 개념을 즐겨 썼고, 이후 많은 수사학자가 아리스토텔레스의 관점을 계승하면서 비유는 유사성을 바탕으로 한다고 믿게 되었다.

셋째, 비유는 서로 대응하는 성격이 있다. 대응에는 서로 짝을 이루는 대칭이나 무엇을 다른 무엇으로 바꾸는 치환 같은 개념이 모두 포함된다. 그래서 비유적 사고에는 체계성만 있지 않고 확장성도 있다. 유사성만 있다면 외연이 확장되지 않지만, 대응적 성격이 있어서 낯선 외연을 만들기도 한다.[24] 무엇을 다른 무엇으로 대치함으로써 무엇의 속성을 다른 무엇의 속성과 일대일로 치환한다. 이렇게 대치와 치환하는 과정에서 비유는 새로운 의미들을 연결하고 포섭한다. 이러한 비유는 연상작용을 통해 하나의 패턴화된 도식으로 표기할 수 있다. 이걸 비유 도식analogy diagram이라 한다.

'생소한' 비유가 창의적 사고를 만든다

비유 도식은 다음과 같이 만들어진다. 먼저 원관념의 내포적 의미를 규정하고, 이어서 내포적 의미와 유사한 속성을 지닌 다른 대상(보조관념)을 연상한다. 그리고 연상한 다른 대상의 내포적 의미를 규정한다. 원관념의 내포적 의미와 연상된 보조관념의 내포적 의미는 꽤 이질감을 보이기도 한다. 이렇게 도식화하면 처음의 원관념은 새로운 내포적 의미 가지게 되고, 이 과정에서 의미

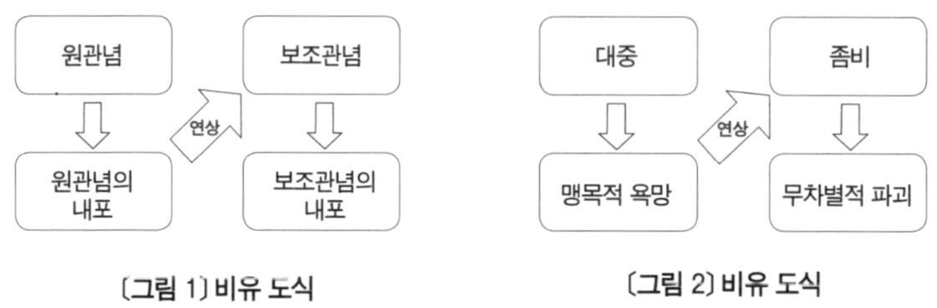

〔그림 1〕비유 도식   〔그림 2〕비유 도식

의 비약과 재정의가 이루어진다. 이걸 도식화하고 예시를 들면 〔그림 1〕, 〔그림 2〕와 같다.

이러한 비유 도식 순서를 따르면 자연스럽게 비유적 표현을 만들 수 있다.[*] 〔그림 2〕처럼 비유 도식으로 대중을 좀비로 비유하면, 좀비의 내포가 대중의 새로운 내포로 이어져 대중의 특성이나 의미를 새롭게 해석할 수 있게 된다. "대중은 무차별적 파괴를 일삼을 수 있다"라는 생각은 대중을 분석하면서 찾아낼 수 있는 특징이지만, 비유 도식을 수행하면 좀 더 직관적으로 발견할 수 있다. 비유가 표현뿐만 아니라 사유 과정에서 큰 힘을 발휘할 수 있는 게 바로 이런 점 때문이다. 내포와 연상작용은 논리적 사고가 발동하기 전에 직관적 사고의 힘을 발휘시킨다. 특히 비유 도식에서 직관적 사고의 힘이 작동하는 건 연상 덕분이다. 원관념의 내포에서 어

---

[*] 김용규 · 김유림, 《은유란 무엇인가》, 천년의상상, 2023, 64~65쪽. 〔그림 1〕과 〔그림 2〕는 이 책의 비유 도식을 응용하여 만든 것이다.

떤 보조관념을 연상했는지에 따라 원관념에 부여될 내포가 달라진다. 연상은 서로 다른 경험을 연결해 내는 행위다. 원관념의 내포가 어떤 보조관념으로 이어질 것인지는 순전히 개인의 몫이다. 연상의 다양성과 적확성은 경험에 비례한다.

비유 도식은 패턴화를 통해 비유적 사고를 유도해 낸다. 비유적 사고와 비유적 표현 중 무엇이 우선인지는 정확히 알 수 없다. 이건 언어가 먼저냐, 사고가 먼저냐의 문제이기도 하다. 다만, 비유적 사고는 과거부터 현재까지 모든 지역에서 보편적으로 나타나는 인간 정신 중 하나다. 온갖 예술 작품과 도구에서 비유는 흔하게 사용된다.[25] 비유적 사고와 비유적 표현이 상호작용한다는 점도 분명해 보인다. 비유적 표현 중 가장 대표적인 '시詩'를 자주 읽으면 비유적 사고에 익숙해지고, 결국 시를 자유롭게 쓸 수 있게 된다. 비유는 동일성과 차이에서 벗어나는 제3의 사유 패턴이기도 하다. 비유 도식으로 나타난 비유적 사고는 의미를 새롭게 만들어 내는 창의적 사고다.[26]

비유 도식에 내재한 유사성과 비유사성의 결합이 창의적 사고를 이끈다. 보통 비유를 유사성 원리가 작동하는 표현이자 사고라고 하지만, 앞서 설명한 비유 도식에서 나타나듯, 내포적 특성을 어떻게 연상하냐에 따라 원관념과 보조관념의 거리감이 달라질 수 있다. 거리감이 가까우면 유사하게 느껴지고, 멀면 낯설게 느껴진다. 흔히 상투적 비유가 유사한 경우고, 개성적 비유가 낯선 경우라 할 수 있다. 아리스토텔레스는 이걸 진부한 비유, 생소한 비유라 각각

　　　　　　　　　　　　　　　　　　　　　　　　　　　　　4장 작성

부르면서 진부한 비유는 배울 것이 없고, 생소한 비유는 알기가 어렵다고 했다.[27]

　한 가지 분명한 사실은, 거리감이 먼 개성적 비유, 생소한 비유에서 창의적 사고가 발휘된다는 점이다. 그리고 이러한 창의적 사고는 예술적 활동과 논리적 추론을 자극한다. 예술 작품을 만드는 건 추상적 생각을 구체적 대상으로 형상화하는 행위다. 원관념의 내포적 의미에서 보조관념을 연상하는 걸 예술에서는 '형상화figuration'라 한다. 1818년 영국에서 출간된 메리 셸리Mary Shelley의 소설《프랑켄슈타인》은 단지 인간이 괴물을 만들어 낸다는 공포 과학소설이 아니었다. 19세기 초 영국은 산업혁명으로 사회 모든 분야가 혁신적 변화를 겪고 있었다. 메리 셸리는 그러한 변화에서 자연을 조작하고 변형하려는 인간 욕망을 프랑켄슈타인 박사와 그가 만들었지만 이름조차 없는 괴물로 형상화하였다. 일반 대중에게 당시 산업혁명은 호명조차 받지 못하는 낯선 괴물의 얼굴처럼 느껴졌을 것이다. 예술적 형상화는 상상력의 결과지만 그러한 상상력은 모두 현실에 뿌리를 두고 있다. 비유는 우리의 현실을 다양하게 해석하고 변형하도록 만든다.

유추의 힘

한편 논리적 추론 중 '유추'는 비유를 활용하여 새로운 대상과 의미를 발견해 낸다. 유추는 귀납의 일종이긴 하지만, 귀납 추론보다 직관적이고 창의적이다.[28] 유추는 "한 번도 접한 적 없는 상황에서 생각하고 행동하도록 해 주고 풍성한 새로운 범주를 제공하고 평생에 걸쳐 끊임없이 그 범주를 확장하여 풍부하게 만들고 방금 일어난 일을 적절한 추상화 층위에 등록함으로써 미래에 일어날 상황에 대한 이해를 유도하며 예기치 않은 강력한 정신적 도약을 할 수 있게 해 준다."[29]

GEB의 저자인 호프스태터는 다른 공저자와 쓴 책에서 유추를 사고의 본질로 보고, 인용한 내용처럼 유추가 인간 정신에 미친 영향을 강조했다. 예수도 유추를 깨달음을 위한 중요한 표현 방식이자 사유임을 강조했다. 제자들이 예수에게 왜 비유로 설교하냐고 물었을 때, 예수는 이렇게 말했다. "내가 그들에게 비유로 말하는 것은, 그들이 보아도 보지 못하며 들어도 듣지 못하며 깨닫지 못함이니라."[30] 예수는 자신의 가르침을 이해하지 못하는 사람들에게 씨앗, 추수꾼, 누룩, 겨자씨 등과 같은 다양한 비유를 들어 설교하였다. 예수에게 비유는 메시지를 일부러 비틀어 어렵게 하려는 게 아니라, 어떤 편견과 선입관을 극복하여 가르침의 의도를 있는 그대로 이해하고 깨닫게 하기 위함이었다.*

---

* 대학에서 국문학을 전공하고 성서 신학을 연구한 김호경은 성서를 이해할 때 인간과 역사를 중심에 두고 해석해야 한다고 주장한다. 신약 성서에 자주 등장하는 온갖 비

비유 그 자체가 의미를 새롭게 깨닫도록 이끄는 매개다. 비유는 비유 이전으로 의미를 환원하지 않고 비유 이후로 의미를 확장해 가는 추동력이 있다. 예수는 평범한 농부도 이해할 수 있도록 농사와 관련된 비유를 들곤 했다. 그런 익숙한 비유는 예수의 가르침을 편견과 선입관을 가지고 경계하는 것을 누그러뜨리고, 예수의 의도가 좀 더 명확히 전달되도록 도왔다. 비유와 유추는 사고를 유연하게 만들어 이해를 돕고, 다소 어려울 수 있는 논리적 설득을 수월하게 만든다.

그래서 예술과 논리 모두에서 비유는 중요한 역할을 하고, 인간이 문명을 발전시킨 사고능력의 핵심이 된다. 영장류와 고래도 인간처럼 언어를 사용한다는 과학계의 연구가 넘쳐나지만, 이들이 인간처럼 비유적 언어를 구사한다는 연구는 아직껏 확인된 바 없다. 비유는 인간 두뇌의 특별한 능력과 연결된 듯하다. 그렇다면 이런 비유 능력을 인간은 어떻게 획득하였고 발전시킬 수 있었던 것일까?

유는 당시 팔레스타인과 유대 사회의 배경을 알지 못하면 그 의미를 이해할 수 없다고 강조한다. 비유는 그 자체가 곧 표현 방식이자 메시지다. 김호경, 《인간의 옷을 입은 성서》, 책세상, 2020, 72~87쪽.

비유가 추동한 문자의 발전

언어학과 인지과학을 연구한 두 학자가 공저한 《우리는
어떻게 생각하는가》에서, 저자들은 언어를 기반으로 뇌신경의 작
동 방식을 관찰하고 다음과 같은 중요한 사실을 발견하였다. 언어
를 기반으로 생각하고 이야기하다 보면 우리의 뇌신경들은 활성화
되어 신경들끼리 연결되면서 신경 조합을 형성한다. 이야기하기,
즉 스토리텔링은 뇌신경조직을 서로 연결하는 네트워크를 만들어
낸다. 이때 언어가 신경들을 코딩하여 연결망으로 묶는다. 이때 서
로 연결된 신경 조합은 하나의 범주로 묶인다. 이러한 범주는 여러
정보가 뒤섞인 개념적 혼성blending 상태를 이룬다. 인간의 정신은
실제 세계를 언어로 사상寫像mapping하여 공간화된 개념 체계인 토
포스topos 상태를 보인다. 개념적 혼성은 의식의 토포스라 할 수 있
는 혼성 공간이라는 정신공간에 투사된다.[31] 한 마디로, 인간의 정
신은 언어를 기반으로 의식의 지도처럼 펼쳐지고 있다는 것이다.

언어는 의식의 지도를 구성하는 개념의 형상이다.* 다소 난해할

---

* 언어학자 제임스 폴 지는 소설 읽기를 세계의 문화 모형을 맵핑하는 것으로 보았다.
  소설을 읽으면서 상상과 문자언어의 상호작용으로 문화 모형을 탐색하게 된다. 마치
  게임을 플레이할 때 게임 속 세계를 탐색하면서 게임의 규칙과 세계관, 목표를 파악
  하고 이해하게 되는 거와 같다. 언어는 소통 수단이면서 개념을 통해 세계에 대한 의
  식을 지도화(맵핑)한다. 제임스 폴 지, 《게임에서 배우는 학습 원리》, 조병영 옮김, 사
  회평론아카데미, 2024, 332~335쪽.

수 있으나, 핵심 주장은 하나다. 여러 감각기관에서 뇌신경으로 입력된 신호를, 언어를 매개로 연결하고 통합함으로써 정신이 형성되고 작동한다는 것이다. 여기서 통합이 정신작용의 핵심이다.[32] 인간 정신의 시작인 개념적 혼성도 신호를 감지한 신경 조합의 통합 상태다. 이 말은 정신을 여러 정보가 뒤섞인 개념적 혼성으로 본다면 정신을 있게 한 정보는 전기적·화학적 신호를 기반으로 물질화된 상태란 뜻이다. 즉, 정신과 정보는 물질적이다. 한편 혼성이란 표현은 두 개 이상의 무엇이 물리적이나 화학적으로 결합한 상태를 뜻한다. 그런데 이러한 결합 중 물리적 결합은 서로 다른 두 대상이 공존하는 상태이고, 화학적 결합은 공존의 상태를 지나 다른 그 무엇으로 새롭게 만들어진 상태다. 화학적 결합은 혼성 상태 중에서도 완전히 통합을 이룬 경우다.

인간의 뇌는 언어에 의해 신경조직이 통합적으로 연결된다. 비유는 그런 통합적 연결 과정에서 인간이 획득한 사고능력이자, 정신 그 자체다. 언어를 사용하는 어느 시대, 어느 장소에서나 인간은 새로운 개념을 만들거나 기존의 개념을 확장할 때 비유를 활용했다. 그렇다면 이러한 비유 능력은 어떻게 더욱 발전하게 된 것일까? 그건 문자의 역사와 연관이 있다.

한자 중 상당수는 그림문자, 즉 세상의 사물을 그림으로 표현한 것이다. 이 기호들은 상징 행위의 원시적이고 그림에 기반을 둔 단계가

남긴 흔적이 아니라 이미 추상에 익숙한 정신의 산물이다. 그림문자
는 그림을 통해 사물을 관습적으로 표현한 것이기에, 어떤 의미에서
는 묘사를 거부하는 그림이라고 할 수 있다. (중략) 그림마다 이런 관
습을 담을 때 표현상의 차이가 생겨난다. (중략) 그림문자는 특정한
한 개의 사물이 아니라 한 종류의 사물을 그린 것이다. 그림문자는 분
석, 사상寫象, 분류로서 도달한다. 물론 그림도 하나의 사물이며, 단순
히 모방하는 것이 아니라 감각, 이야기, 상황 감각을 담고 있는, 단순
한 재현을 넘어 세계에 직접 참여하는 복잡한 사물이다. (중략) 표의
문자도 그림이지만, 사물을 그린 것이 아니라 생각을 그린 것이다.[33]

하버드대학교에서 글쓰기를 가르치고 연구하는 매슈 배틀스
Matthew Battles는 그림문자에서 표의문자로 변하는 과정은 사물을 묘
사하다가 정신을 묘사하게 된 문자의 역사라고 보았다. 그림문자
는 사물을 최대한 관습적으로 묘사하려고 했다. 관습적으로 묘사
하다 보니, 하나의 대상만을 묘사하는 게 아니라 그 대상의 외연을
묘사하게 되었다. 나무를 묘사할 때 개별적인 나무가 아니라, 소나
무, 대나무, 참나무처럼 어떤 범주로 대상을 묘사하고자 했다. 그래
야 주관적 묘사로 인한 의미의 혼란을 줄일 수 있기 때문이다. 그러
다가 범주화된 묘사는 실제 사물뿐만 아니라 정신도 묘사하게 되
었다. 어떻게 이게 가능했을까? 범주화된 묘사로 확장된 외연이 앞
서 소개한 비유 도식을 통해 정신을 묘사할 수 있게 된 것이다.

　　　　　　　　　　　　　　　　　　　　　　　　　　　　4장 작성

비유 도식으로 대나무를 한번 생각해 보자. 대나무(竹)를 본다. '곧다'라는 내포가 떠오른다. 대나무 내포에서 어떤 마음을 연상해 본다. 그리고 그 마음은 다시 한결같다는 내포를 갖는다. 그러자 굳을 절節이란 문자를 만들게 된다. 한자 굳을 '節(절)'이 대나무 '竹(죽)'을 부수로 포함한 건 우연이 아닐 것이다. 이렇게 그림문자는 하나둘씩 표의문자를 만들고 표의문자로 실체 없는 정신을, 관념을 표현할 수 있게 된 것이다. 표의문자로 정신을 표현하다가 이후 더 쉽고 빠르게 표현할 수 있는 표음문자를 만들었다. 알파벳, 한글과 같은 표음문자는 정신을 패턴과 모듈로 표현하기 위해 등장했다. 표음문자로 인한 정신의 패턴화와 모듈화는 소수의 정신이 아닌 다수의 정신이 서로 활발하게 소통하고 결합할 수 있게 했다. 그 결과가 지금 인류가 목도하고 있는 문명이다. 이렇게 비유는 사물 중심의 문자를 정신과 관념을 표현할 수 있는 추상적 의미를 띤 문자로 발전시켰다. 비유적 사고와 비유적 표현은 함께 상호작용하면서 인간의 비유 능력 향상과 고도화된 사회의 문명화를 동시에 견인해 나갔다.

현대 컴퓨터 프로그래밍에서 은유는 우리에게 익숙해진 유연성 flexibility, 전원power, 편재성ubiquity을 가진 소프트웨어를 산출하는 반드시 필요한 표현 양식이다. 은유가 얼마나 효과적인가는 신중하게 모듈화된 제어 컨트롤에 따라 정보의 팻킷을 전류의 아낌없는 흐름으로 인해 가속화된 속도로 인도하는 한층 더 불가사의한 기계의 기호학의 여러 겹의 교차에 달려 있다. 그러나 궁극적으로 이 시스템은 텍스트가 텍스트에 말을 걸고, 논리적 기호들이 서로 엮이고, 하드웨어의 가장 난해한 속내까지 언어가 스며들 때에 작동한다.[34]

컴퓨터 프로그래밍언어에 대한 매슈 배틀스의 이어진 설명은 비유가 표의문자 이후, 표음문자를 걸쳐 오늘날 컴퓨터언어에까지 중요하게 영향을 미쳤음을 보여 준다.

그림문자는 실제 대상을 묘사한 뒤, 점점 묘사를 관습적으로 표현하면서 그 형태가 상징적 기호로 변했고, 단순화 과정을 걸쳐 표의문자가 되었다. 여기서 상징적 기호란 비유의 흔적이 사라진 보조관념을 가리킨다. 모든 상징은 비유에서 시작해서, 비유를 망각하며 생성된 기호다. 하늘을 비유적으로 의인화한 '하느님(하늘＋님)'은 신God을 상징하고, 이젠 그런 상징어의 흔적조차 없이 그냥 하나의 고유명사로 쓰인다. '컴퓨터바이러스'도 더 이상 컴퓨터의 악성코드를 '비유한' 단어가 아니다. 이젠 개별적 개념으로 쓰이면서 하나의 '기호'이자 '단어'로 정착했다. 인간의 언어와 컴퓨터언어는 그렇게 해서 만들어진 기호들의 집합이다. 지시 대상을 가리키는 표현은 점차 널리 쓰이게 되면서 하나의 말로 굳어진다. 상징은 기호의 다른 표현이다. 그림문자에서 표의문자, 표음문자로 이어지는 문자의 단순화는 대상을 추상화하고 단순화하여 실용적이고 편리한 기호를 만들어 내는 과정이었다.[35] 파이선이나 자바, 베이직 같은 오늘날 컴퓨터 프로그래밍언어는 이런 단순화된 문자의 최신 버전이자 고도로 추상화된 기호다. 이런 단순화는 애매함과 모호함 없이 어떤 개념이나 대상을 쉽고 정확히 표현하는 양상으로 전개되었다. 그리고 우리는 그러한 단순화를 통해 결합과 분리가 자유로운 모듈화 시스템modular system을 만들어 내고 있다.

비유 도식과 모듈화의 혁신, 스티브 잡스

모듈화는 더욱 다양한 패턴의 변주와 창조를 이끈다. 최근 전기자동차 기술이 모듈화를 지향하는 것도 이런 이유다. 하나의 플랫폼에서 여러 모듈을 결합하고 분리하여 다양한 차량을 생산해 내면 생산효율이 좋아질 뿐 아니라, 그렇게 생산된 차량끼리 호환이 잘 되어 활용과 유지에도 유리하다. 컴퓨터 프로그래밍언어와 자동차 분야에서 나타나는 기술적 모듈화는 역사적으로 보면, 문자의 발명과 발전 과정의 결과라 할 수 있다. 이렇게 문자, 기호, 상징의 역사에서 비유는 인간의 정신을 이끌었고, 그걸 더욱 정교하게 표현하고자 미니멀리즘minimalism을 택했다. 기술과 산업, 지식 분야까지 모듈화가 가속화되는 건 비유 도식을 기능화한 결과다. 사실 모듈과 비유는 상호작용한다. 모듈식 사고와 기능이 확대되려면 비유 도식에 도움받을 수 있고, 반대로 비유 도식이 매끄럽게 작동하려면 개념의 모듈화가 요구된다. 모듈은 가변성과 다양성을 추구하기 위해 해체와 조합이 쉬운 독립적 유닛unit이다. 유닛의 활용은 인접성과 유사성이란 비유의 작동 원리와 같다. 하나의 유닛이 다른 유닛과 접촉하면서 새로운 유닛으로 탈바꿈한다. 이러한 모습은 조립식 장난감과 모듈러 건축에서 흔히 볼 수 있다.[*] 유닛끼리 접촉하여 탈바꿈되는 과정이 인접성과 유사성 원리가 적용된 경우다.

이런 미니멀리즘과 모듈화를 보여 준 유명한 사례가 있다. 그건 비유의 역사에서 중요한 사건이자 현대문명의 기술적 전환이 되는 사건이기도 하다. 스티브 잡스Steve Jobs는 디자인이 단순할수록 제품을 직관적으로 쉽게 사용할 수 있다고 생각했다. 물론 디자인의 단순함과 사용의 편리함은 서로 어울리지 않을 때가 많다. 너무 단순한 디자인은 사용자들을 당황하게 만들고 불편함을 주기도 한다. 그래서 독일 바우하우스 미학은 단순하면서 아름다운 미니멀리즘에 가능성을 부여한 디자인 가치를 추구했다. 잡스는 독일 바우하우스와 일본 소니 사의 디자인과 기술 철학을 컴퓨터 분야에 새롭게 접목하였다. 잡스는 1980년대에 컴퓨터를 양산하고 보급하

---

[*] 현대건축의 아버지로 일컫는 르 코르뷔지에는 건축은 결국 인간의 모습과 닮아 있고 인간과 접촉하는 면을 확장하는 것이라 했다. 그래서 건축 설계할 때 인간을 유닛으로 한 인접성과 유사성을 고려해야 한다. 르 코르뷔지에, 《모듈러1》, 손세욱 · 김경완 옮김, 씨아이알, 2016, 51~55쪽.

기 위해 애플의 대표적 컴퓨터인 매킨토시Macintosh를 디자인할 때 단순함, 즉 미니멀리즘을 최우선적 가치로 삼았다. 그리고 한 인터 뷰에서 그러한 디자인이 어떻게 수행되었는지 그 힌트를 말해 주 었다.

사람들은 데스크톱, 즉 책상 위를 직관적으로 사용할 줄 압니다. 어떤 사무실에 들어가서 보든, 책상 위에는 서류가 놓여 있습니다. 맨 위에 있는 서류가 가장 중요하지요. 사람들은 그러한 우선순위를 변경하는 방법도 잘 알고 있습니다. 우리가 책상 위와 같은 환경을 고려해 컴퓨터를 설계하는 이유는, 사람들이 이미 가지고 있는 경험 을 활용할 수 있기 때문입니다.[36]

잡스의 말에 따르면 "책상 위"를 가리키는 "데스크톱desktop"이 개인용컴퓨터를 지칭하는 용어로 쓰였다. 직접인용한 부분의 영어 원문을 살피면 그 의미가 좀 더 분명해진다.

People know how to deal with a desktop intuitively. If you walk into an office, there are papers on the desk. The one on the top is the most important. People know how to switch priority. Part of the reason we model our computer on metaphors like the desktop is that we can leverage this experience people already have.[37] (밑줄은 필자)

원문 표현 "our computer on metaphors like the desktop"은 잡스가 매킨토시를 어떻게 디자인하고자 했는지를 명확히 보여 준다. 그는 우리가 흔히 사용하는 사무용 책상을 그대로 매킨토시 컴퓨터로 옮겨 놓고자 했다. 여기서 옮긴다는 건 물리적 이동이 아니라 개념적 이동이다. 개념적 이동이란 앞서 소개한 사상寫像 혹은 매핑mapping(지도화)을 통한 개념적 혼성을 가리킨다. 사무용 책상 위에 있는 물건들을 떠올려 보자. 책상 한쪽에 서류 보관함이 세워져 있고, 그 앞에는 펼쳐 놓은 서류들이 있을 것이다. 서류 보관함은 폴더 형태에 네임 태그가 붙어 있을 것이다. 주변에 음악이나 라디오를 들을 수 있는 휴대용 오디오와 작은 테이블 액자나 달력, 쓰레기통도 있을 것이다. 실제 책상을 머릿속으로 옮겨 놓으니, 무엇이 연상되는가? 바로 컴퓨터 화면이다.

잡스는 책상을 모티브로 비유한 컴퓨터 매킨토시를 만들었다. 잡스의 매킨토시는 당시 경쟁사였던 IBM의 PC보다 UI(User Interface)가 월등히 우수했고 심지어 예쁘기까지 했다. 빌 게이츠의 MS-DOS를 OS로 썼던 IBM PC는 GUI(Graphic User Interface) 기술로 구현한 아이콘을 마우스로 클릭하면서 작동하는 매킨토시에 비하면 석기시대 주먹도끼 수준이었다. 1980년대 당시 IBM PC는 따로 교육받지 않으면 아무나 사용할 수 없었지만, 애플 매킨토시는 초등학생도 금방 쉽게 사용할 수 있었다.

책상을 그대로 컴퓨터로 구현한 잡스의 디자인 철학은 기술적으로, 미학적으로 마이크로소프트와 IBM을 압도했다. 이후 마이크로소프트도 GUI와 마우스를 도입하여 OS 윈도즈Windows를 만들었고, 그렇게 잡스처럼 책상 같은 PC, 데스크톱Desktop을 개발했다. IT 역사에서 스티브 잡스와 빌 게이츠는 대표적인 비교 대상이다. 기술적·경영적·사회적 차원에서 다양한 비교가 가능하겠지만 한 가지 사실은 분명하다. 잡스는 비유를 좋아했고, 게이츠는 뒤늦게야 비유의 중요성을 알았다는 점이다. 비유에 대한 잡스의 감각은 이후 아이폰을 만드는 데도 크게 영향을 끼쳤다. 아이폰은 손에 들고 다니던 수첩과 포켓북을 결합하여, 그 기능을 디지털 기술로 구현한 결과물이다. 아이폰의 UI(User Interface)는 매킨토시를 햅틱haptic으로 전환한 것이다. 스크린에 손가락을 접촉하는 방식, 그건 책 페이지를 손가락으로 넘기는 거와 같다. 혁신은 완전히 새로운 상상력으로 일어나지 않는다. 익숙한 것을 익숙하지 않은 것으로 상상하면서 일어난다. 그게 바로 비유의 힘이고 혁신이다.

13

논증

논증argument은 전제와 결론, 근거와 주장이라는 구조적 대칭을 이룬다. 논증은 어떤 문제에 주장을 세우고, 주장을 뒷받침하는 이유나 근거를 들어 누군가를 합리적으로 설득하는 행위다. 설명, 묘사, 서사와 함께 수사학에서 가장 강조하는 4가지 글쓰기 양식 중 하나다. 이 중에서 논증은 학문을 할 때 핵심적인 글쓰기 양식이다. 학문 활동의 핵심은 합리적으로 주장하고 설득하는 과정이기 때문이다.[38]

필연성과 우연성의 함수관계

논증은 주장, 근거, 자료, 이유, 전제, 반론 등으로 구성된다. 이 중 주장, 근거, 전제가 논증을 구성하는 핵심 요소이고 나머지는 예상 독자에 따라 선택적으로 필요한 요소이다.[39] 논증은 누군가를 이해시키고 설득하는 지향성이 강한 추론 형식이어서 청자나 독자의 성격에 따라 논증의 수준과 양상이 달라질 수 있다. 물론 논증의 완성도를 높이려면 모든 요소를 포함하는 것이 이상적이다. 그렇다면 논증의 중심 요소인 주장, 근거, 전제란 무엇인가?

주장은 참과 거짓을 알 수 있는 명제화된 진술로 근거로써 입증된 결론이다. **근거** 역시 참과 거짓을 알 수 있는 명제화된 진술로 되어 있고, 주장이 참임을 입증하는 진술이다. **전제**는 결론을 도출해내는 일련의 모든 명제화된 근거들이다. 그래서 논증 구조를 더욱 압축해서 보면, 논증이란 전제와 결론으로 이루어진 진술이다. 근거는 넓은 의미에서 전제에 포함되고, 주장은 그런 전제로부터 도출된 결론이다. 그래서 철학적으로 보면, 논증은 전제로부터 결론을 도출하는 추론적 사고를 언어로 표현한 것이다.[40] 그런데 이렇게 전제와 결론이라는 단순한 논증 구조가, 추론적 사고와 같은 복잡하고 정교한 인간 정신을 어떻게 담아낼 수 있을까?

언어 형식으로 인간의 심리를 이해하고자 했던 솔 크립키Saul A. Kripke는 논증이 "P는 Q이다"처럼 명제화된 문장 형식으로 표현될 때, 그 문장은 단순한 형식이든 복잡한 형식이든 반사실적 상황을 가정한 조건문counterfactual conditional 형식을 취한다고 보았다.[41] 흔히 영어에서 가정법 과거완료로 알려진 "만약 ~했더라면, ~했을 것이다"라는 조건문처럼 어떤 일이 일어났을 가능성을 염두에 두고, 솔

크립키는 그러한 가능성에 따른 결과를 예측하는 논증으로 필연성과 우연성 문제를 철학적으로 탐구했다.[42]

우리가 무엇을 정의할 때, 고유명사는 내포가 없으므로 정의할 수 없지만 어떤 외연은 갖추고 있다.[43] 그런데 어떻게 고유명사와 외연을 구분할 수 있을까? '홍길동'이란 고유명사는 조선의 허균이 쓴 소설 속 주인공 이름이다. 그런데 공문서 예시로도 쓰이고(보통명사), 나이트클럽 웨이터 이름으로도 쓰인다(고유명사). 우리가 상황에 따라 '홍길동'이 어떤 의미를 지닌 이름인지 안다면, 그 이름은 수많은 가능성 중 필연성을 획득한 경우이다. 만약 그렇지 않다면 그 이름은 우연성에 그친다. 필연성은 가능 세계에서 상황 조건에 따라 대상이 고정된 상태고, 우연성은 고정되지 않은 상태이다.[44]

평범한 하나의 조건문도 필연성과 우연성의 영향을 받는다. 그러니 전제와 결론으로 이루어진 복잡한 조건문인 논증은 필연성과 우연성의 함수관계에 놓이게 된다. 필연성과 우연성은 가능 조건에 따라 경험 유무와 전후로 다양한 양상을 보이고, 우리는 그런 양상 속에서 진리 여부를 판단한다. 간단히 생각하면 필연성은 전제가 참이면 결론이 참인 논증이고, 우연성은 전제가 참인지 알 수 없으므로 결론도 참인지 판단할 수 없는 논증이다. 그런데 크립키의 관점으로 보자면, 양상 조건 자체에 따라 진리 여부는 바뀔 수 있다. 어떤 상황 조건이냐에 따라 참일 수도 있고 거짓일 수도 있다는 것이다.[45]

이런 시각으로 진리 여부를 판단하게 되면 논증이 논리적 통일성과 응집성으로 생성된다는 일반적 관점은 흔들리게 된다.[46] 필연성과 우연성의 교차는 단일한 논리 구축을 허망하게 만든다. 이쯤에서 참과 거짓이라는 두 가지 판단만 하면 되지, 필연성과 우연성을 복잡하게 따질 필요가 있냐는 의문이 들 것이다. 진리 여부가 중요하지, 그것의 가능 조건 세계를 모두 따지다 보면 아무 판단도 할 수 없는 혼돈 상태가 되지 않을까? 그런데 논증의 진리 판단은 이름과 같은 수많은 개념과 명칭의 상황 조건에 따라 달라질 수 있다.

논증은 사적 언어를 사용하기에 지시어와 의미가 일치되지 않는 한계가 나타난다. "P는 Q이다"와 같은 간단한 명제도 실은 "나는 P는 Q라고 믿는다"라며 사적 언어의 한계를 공적 믿음으로 대체한다.[47] 이러한 점을 고려한다면 조건문 구조를 갖춘 논증이 무엇인지 이해하지 않고 어떤 주장을 제기한다는 게 얼마나 무모한지 알 수 있다. 참과 거짓을 판단하기 위한 조건은 다시 참과 거짓으로 판단해야 하는 여러 상황 조건에 놓이며 연쇄적 판단을 일으키게 된다. "살인해서는 안 된다"와 같은 간단한 진술도 살인은 어떤 행동이지? 심장을 멈추게 하는 거? 뇌 기능을 멈추게 하는 거? 살인의 대상이 되는 인간은 누구지? 태아도 인간인가? 자궁에 착상한 6주 된 배아는? 등등 여러 가능 조건과 상황을 판단해야 한다. 이런 온갖 물음을 판단해야, 하나의 논증이자 주장으로 "살인해서는 안 된다"라고 말할 수 있다. 간단한 주장도 실은 필연적 진리와 우연적 진리 사이에서 무한한 가능성을 탐색하고 판단하여 나온 진술인 것이다. 이렇듯 간단한 주장을 담은 진술도 여러 조건을 판단한 결과다. 그러니 논증처럼 여러 명제화된 진술이 결합한 문장이라면, 문맥 속에서 여러 가정 조건을 전제한다고 보아야 한다.

"논리적 글쓰기는 생각을 정교하게 만든다. 논문은 논리적 글쓰기다. 따라서 논문을 쓰면 생각이 정교해진다." 이 논증이 참이 되려면, 전제와 결론의 관계뿐 아니라 전제와 결론이 모두 필연적 진리인지 따져 봐야 한다. 논리적 글쓰기가 생각을 정교하게 만든다는 건 사실인가? 생각이 정교해진다는 건 무슨 뜻이지? 등등. 이런 의문에 따라 여러 조건과 가능성을 모두 고려해야 이 논증의 진실 여부를 판단할 수 있다. 앞선 예시와 같은 짧은 논증조차 세계에서 벌어지는 수많은 가능한 사건들의 선택과 조합으로 이루어진다. 크립키는 이러한 문제를 철학적으로 탐구하면서, 가능 세계를 염두에 두고 판단할 수 있는 진리 조건을 확보하고자 했다.[*]

그렇다면 논리적 글쓰기를 대표하는 논증이란 무엇인가? 도대체 무엇이 논리고, 논리적으로 글을 쓰려면 어떻게 해야 하는가? 이러한 의문을 이유와 인과를 중심으로 한 논증 모듈 개념과 작동 원리를 논의함으로써 해소해 보자.

---

[*] 이 문제는 최근에 중요하게 부각된 인공지능이 정보를 어떻게 생성하고 전달하고, 처리할 것인지와 연결된다. 논증은 논리적 글쓰기 문제로 국한되지 않는다. 데이터를 정보와 지식으로 만드는 기제로서 정보이론의 핵심 개념이다.

가짜 논증과 진짜 논증

논리적 글쓰기의 대표적 도구인 논증은 그 중요성만큼 많은 오해를 받는다. 논증처럼 보이지만 논증이 아닌 경우가 많기 때문이다. 대표적 경우로 먼저, 믿음을 밝히는 건 논증이 아니다.[*] 종교인들이 자신의 신앙을 밝히고 그걸 입증할 수 없다면 논증이라 할 수 없다. 단순한 의견도 논증이 아니다. 인간은 행복해야 한다는 식의 주장은 본인이 그걸 입증하지 않아도 되므로 논증일 수 없다. 어떤 묘사나 사실을 보고하는 것도 논증이 아니다. 묘사나 보고는 주장을 담고 있지 않고 정보를 전달하는 진술에 그치기 때문이다. 단순한 해설과 예시도 논증이 아니다. 대상의 의미를 알기 쉽게 해설하거나 예시를 들어 주는 것만으로는 아무것도 입증할 수 없다. 그런데 해설과 예시가 어떤 주장을 입증할 의도가 있거나 세부적 근거로 제시된 경우라면 논증이라 할 수 있다.[48]

논증과 가장 혼동하는 게 '설명'이다. 이야기를 전달하는 방식인 '서사'와 감각적으로 상태를 보여 주는 '묘사'는 논증과 확연한 차이를 보이지만, 설명은 참과 거짓을 판단할 수 있는 명제화된 진술을 쓰기 때문에 논증처럼 보인다. 설명이 논증과 다른 점은 설명은

---

[*] 논증은 누군가를 설득하는 동사적 행위다. 신앙이나 믿음처럼 입증할 수 없는 주장은 논증이라 할 수 없다. 조셉 윌리엄스·그레고리 콜럼, 《논증의 탄생》, 윤영삼 옮김, 홍문관, 2012, 170~172쪽.

전제만 밝힐 뿐 결론이 없다는 점이다. 기후변화가 인류에게 심각한 문제라는 걸 설명만 하고 논증하지 않는다면, 우린 기후변화의 심각성을 확인만 할 뿐이다. 즉, 기후변화의 심각성이란 전제만 이해하게 된다. 전제로부터 어떤 주장을 입증하려 해야 논증이다.

이미 잘 알려진 어떤 사실을 다시 상세하게 설명하는 건, 어떤 주장을 입증한 게 아니므로 논증이라 할 수 없다. 유튜브에 올라오는 지식 관련 영상 중 상당수가 이미 밝혀진 사실을 요약하거나 설명하는 콘텐츠들이다. 이들 영상 콘텐츠는 이미 밝혀진 어떤 지식을 전달하지, 새로운 지식을 논증하지 않는다. 지식 관련 콘텐츠 영상을 보면, 대부분 출간된 책을 요약하거나 설명한다.** 책을 보지 않은 사람은 콘텐츠 제작자가 새로운 지식을 논증한다고 믿을 수 있다. 그러나 그건 착각이다. 새로운 지식을 논증하려는 사람이라면, 유튜브가 아닌 책이나 논문을 출간할 것이다. 그래서 그런 유튜브 영상을 많이 봐도 논리적 사고에 그리 도움이 되지 않는다. 이용자들은 논증을 이해하고 논증의 진리 여부를 판단하지 않기 때문이다. 특히 알고리즘에 영향을 받는 유튜브 영상은 논리적 사고보다 편향적 사고를 형성하도록 만든다. 편향적 사고는 자기합리화를 강화한다.[49]

** 'EBS 지식채널e', '사피엔스 스튜디오', '지식인사이드', '예술의 이유' 등 다양한 지식 관련 유튜브 채널이 있으며, 구독자가 200만이 넘을 정도로 인기 있는 채널도 많다.

남의 주장을 전달하기만 하면 논증이 될 수 없다. 논증은 전제와 결론의 결합력으로 이루어진다. 입증해야 할 주장이 없다면 결론도 없다. 결론 없는 전제를 설명하는 건 그저 다른 사람들의 주장이나 사실을 독자에게 전달하는 것에 불과한 진술이다. 논증은 반드시 '나의 주장'을 입증하는 진술이다. 타인의 주장은 입증이 아닌 검증의 대상이다. 타인의 주장을 검증하고 판단하는 걸 비판이라고 한다. 비판은 논증의 일부지, 논증 자체가 아니다.[50] 만약 비판에 그치지 않고, 비판을 통해 나의 주장을 입증한다면 그건 논증이라 할 수 있다. 비판을 위한 비판이 아닌 타인의 주장을 이해하고 나의 주장을 기꺼이 비판의 재단 위에 바칠 줄 알아야 한다.

공동체 문제를 해결하려면 합의와 결과를 강요하는 대화가 아닌 이해를 확장하고 갈등을 조정하는 대화가 필요하다고 주장한 사회학자 리처드 세넷Richard Sennett의 지적이 논증적 글쓰기에도 적용되어야 한다.[51] 진짜 논증은 어떤 조건과 특성을 갖춰야 할까?

논증의 종류 중 대표적인 게 연역과 귀납이다. 연역은 전제를 강화하는 논증이고, 귀납은 전제를 확장하는 논증이다.* **전제가 참이면**

---

* 연역법과 귀납법 외에 가추법假推法도 유명한 논증 형식이다. 가추법은 가설을 세우고, 가설을 입증할 근거를 찾아, 해당 근거를 통해 가설의 타당성을 입증하는 논증이다. 일반적 원리를 근거로 활용하지 않는다는 점에서 연역과 다르고, 가설에 맞춘 근거만 찾는다는 점에서 귀납과도 다르다. 조셉 윌리엄스·그레고리 콜럼, 같은 책, 315~317쪽.

결론도 반드시 참인 게 연역이고, **전제가 참이더라도 결론이 반드시 참이 아닐 수 있는 게 귀납**이다. "언어는 의사소통의 도구다. 컴퓨터 프로그래밍도 언어다. 따라서 컴퓨터 프로그래밍은 의사소통의 도구다." 이런 논증 구조가 연역이다. "언어는 의사소통의 도구다. 책도 의사소통의 도구다. 컴퓨터 프로그래밍도 의사소통의 도구다. 따라서 인간은 다양한 방식으로 의사소통을 하려고 한다." 이런 논증 구조가 귀납이다.

연역 논증은 타당성과 건전성으로 평가된다. 타당성은 전제가 참이면 결론이 참인 것처럼 보이는지를 평가하는 요소다. 결론이 전제에 귀속되는지를 판단하는 일종의 형식논리다. 건전성은 전제 자체가 실제로 참이고 결론도 그런 참인 전제에 귀속되는지를 평가하는 요소다. 결론이 아무리 전제에 귀속되더라도, 전제 자체도 입증 논란이 없는 확실한 참일 때 논리적 건전성을 확보한다.[52]

앞의 예시 중 연역 논증은 그런 점에서 타당성과 건전성을 모두 갖췄다 할 수 있다. 귀납 논증은 강도strength와 설득력으로 평가된다. 전제가 참일 때 결론이 참일 가능성이 높다면 논증의 강도와 설득력이 높다고 본다. 논증 강도를 높이려면 경우의 수와 관련 예시가 많다는 것을 입증하면 된다. 일종의 확률적 가능성을 높이는 것이다. 앞의 예시 중 귀납 논증은 그런 점에서 논증 강도는 미흡하고 설득력은 높은 편이다. 언어, 책, 컴퓨터라는 세 가지 예시만 들었기에 강도는 약하지만 이들 예시가 의사소통의 도구란 사실은 분명하니 설득력은 강하다. 논증 강도가 미흡하다고 본 건 전제로 제시된 예시가 빈약하기 때문이다. 제시된 경우보다 더 많은 예시가 있다면 논증 강도가 더 높아질 것이다.

그런데 바로 그렇기 때문에 예시를 전제로 활용할 때 주의해야한다. 예시는 많을수록 좋지만, 무한정 예시를 들 수 없으므로 한계가 있다. 또한, 아무리 예시를 많이 들어도 결론을 뒷받침하지 못한다면 논증 강도가 높아지지 않는다. 적합한 예시를 적절하게 들어야 논증 강도가 높아진다. 예시를 찾아 전제로 제시하는 수준에 따라 귀납 논증의 강도가 좌우된다. 좋은 예시 하나가 귀납 논증의 강도를 99퍼센트로 만들기도 한다.

한편 귀납 논증에서 설득력을 높이는 또 다른 방법은 인과성이나 상관성이 강하다는 걸 입증하는 것이다. 특히 인과성causality이 강하면 설득력이 강해진다. [53] 그래서 대부분의 과학 실험이 인과관계를 파악하는 걸 중요한 실험 목표로 삼는다. 다만, 인과성을 규명하는 게 쉽지 않다. 적합하고 적절한 예시도 쉽지 않지만, 강력한 인과성을 파악하는 일은 더욱 어려운 문제다. 예시만큼 인과성은 논증을 강화하는 데 중요한 요소다. 법리 해석과 과학 실험에서 인과성은 기본이고 모든 물리법칙을 지배하는 핵심 원리기도 하다. 그렇다면 강한 논증의 주요 요소인 인과성은 도대체 어떤 조건일 때 강력한 설득력을 발휘할까?

사이비 인과성

인과성은 시간성, 상관성, 반복성, 직접성을 모두 갖출수록 강해진다. 원인은 결과보다 반드시 앞서 일어나며, 결과는 원인보다 선행할 수 없다(시간성). 원인과 결과 사이에는 서로 관련된 사건이나 연결점이 분명히 있어야 한다(상관성). 같은 조건을 만족하면 원인과 결과의 관계는 반복해서 나타나야 한다(반복성). 원인과 결과는 여러 요소를 통하지 않고 최대한 가깝게 관계를 맺어야 한다(직접성). 이 네 가지 조건을 모두 만족할수록 인과성이 강하다. 인과성은 유무有無가 아닌 정도程度로 판단한다. 인과성이 전혀 나타나지 않는 경우는 거의 없다. 무엇이든 어떤 연관성이 있다면 인과성을 따져 볼 수 있다. 다만, 연관성이 높다고 인과성이 나타나는 건 아니다. 연관성의 정도가 인과성에 영향을 줄 뿐이다. 인과성 판단은 생각보다 어려운 문제다.

상관관계는 인과관계가 아니라는 통계학 기초 수업에서 이골이 나도록 듣는 말이다. 상관관계는 대체로 인과관계를 판단하는 첫 번째 단서가 되지만 이 고전적인 경구는 부인할 수 없는 진실을 담고 있다.[54]

저널리즘 연구자인 알베르토 카이로Alberto Cairo 교수의 말처럼 서로 관련성을 맺고 있다고 인과관계로 보아서는 안 된다. 특히 상관성과 인과성의 이러한 모호한 경계 때문에 우린 가짜 인과성에 자주 속곤 한다. 가짜 인과성은 인과관계처럼 보이는 사이비 인과관계다. 우리가 흔히 목격하는 사이비 인과관계로 다음과 같은 경우를 주의해야 한다. 먼저, **어떤 현상이 우연히 나타난 것은 확률적 사건일 뿐 인과관계가 아니다.** 어떤 복권 판매점에서 일등이 올해만 세 번째 나왔다고 일등 확률이 높아지지 않는다. 확률은 통계의 결과일 뿐 인과관계가 아니다. 통계와 개별 사례는 다르게 이해해야 한다. 해석이 개입한 통계는 믿음이지 인과관계가 아니다.[55] 다음으로 **원인과 결과를 반대로 이해해선 안 되며, 어떤 사건의 결과를 원인으로 받아들이면 곤란하다.** 실업자가 급증하니까 경제가 더욱 어려워지고 있다고 보면 안 된다. 경제가 어렵기 때문에 실업자가 급증한 것이다. 또한 **원인과 결과의 관계를 합리적으로 설명할 수 없다면 인과관계가 아니라고 의심해야 한다.** 대통령이 정치를 잘못해서 코로나 같은 전염병이 발생한다고 보는 건 합리적으로 설명하기가 어렵다. 물론 대통령이 보건 정책을 잘못 세워 전염병을 효율적으로 관리하지 못했다면 인과성을 찾을 수 있다. 그렇다면 대통령과 전염병 사이에 더 촘촘한 인과관계를 찾아야 한다. **결과를 일으키는 원인이 너무 많아도 인과관계로 보기 어렵다.** 폭력적인 게임이 널리 유행하고 있어서 사회가 점점 더 폭력화되고 있다는 건 인과관계로 보기 어렵다. 폭력화 자체의 사실 여부를 떠나, 폭력을 유발하는 원인이 너무 많을 수 있으므로 게

임과 폭력의 인과성을 판단하기 어렵다.[*] 끝으로, **원인과 결과가 구분되지 않고 동시에 벌어지는 사건이어도 인과관계로 보기 어렵다.** 최근 들어 미세먼지가 심각해서 대기오염이 더욱 심해졌다고 보는 건 원인과 결과를 구분한 오류다. 미세먼지 심각성이 곧 대기오염을 뜻한다. 미세먼지 농도 증가와 대기오염을 구분하는 건 의미 없다. 이러한 사이비 인과관계 외에 결과를 두고 원인을 판단하는 사후 판단 오류도 있다. 사후 판단 오류는 인과관계를 빙자한 자기합리화이자 방어적인 정당화일 뿐이다.

과거를 두고 서사를 만드는 인간의 머리는 논리를 짜맞추는 기관이다. (중략) 원래 좋은 결정이었으나 결과가 나쁘면 우리는 그 결정자를 쉽게 비난하고, 결과가 나온 뒤에야 좋은 결정이었음을 알게 된 경우에는 결정자를 칭찬하는 데 인색하다. 결과 편향은 분명히 존재한다. (중략) 결과가 나쁠수록 판단 편향은 더 커진다.[56]

노벨경제학상을 받은 대니얼 카너먼Daniel Kahneman은 인간의 행동을 지배하는 생각 중 인간은 사후 판단 편향이 강하다는 걸 발견했다. 사후 판단 편향 때문에 어떤 결과가 나올지 알 수 없는 상황

---

[*] 판단의 어려움은 판단 불능이 아니라 판단 지연을 뜻한다. 논란이 있지만, 대체로 진리 판단을 연기하는 게 잘못된 판단을 하는 것보다 낫다. 그게 과학적 태도다.

에서도 어떤 원인이 어떤 결과를 만들어 냈다고 판단한다. 원인에
는 그것의 결과를 필연적으로 만들어 내는 의지가 없다. 인과관계
는 결과를 통해 무엇이 원인이었는지 드러낼 뿐이다. 물론 어떤 원
인이 어떤 결과를 만들어 낼 거라 강하게 추측할 수 있다. 그건 그
냥 예측일 뿐이다. 만약 어떤 원인과 결과의 관계가 필연적이라면
원인과 결과로 구분하면 안 된다. 어떤 원인이 필연적으로 어떤 결
과를 만든다면, 그건 이미 하나로 묶인 단일한 상태이자 조건이자
사건으로 봐야 한다. 원인과 결과는 분리된 사태다.

　“나는 사무용 의자에 앉아 글을 쓴다.” 이때 의자가 내 몸을 버티
고 있는 원인과 내 몸을 버티고 있다는 결과가 별개의 사건일까?
의자를 구성하는 물질 조건과 내 몸을 구성하는 어떤 힘이 서로 균
형을 유지해서 나는 의자에 앉아 있다. 의자와 내 몸의 균형 상태
는 어떤 물리적 현상이 벌어진 원인이기도 하고 동시에 결과이기
도 하다. 원인과 결과가 필연적 관계이면 이 둘을 구분하는 건 의미
가 없다. 인과관계를 따질 필요가 없는 상태, 우린 그걸 그냥 '일리
一理'라 한다. 일리는 하나의 이치理致다. 하나의 이치란 원인과 결과
가 완전히 결합하여 분리되지 않는 상태다. 의자에 앉을 수 있는 건
그냥 이치다.[*]

---

[*]　장애인이나 노약자 중 의자에 앉지 못하는 경우가 있다. 따라서 일리나 이치는 엄밀히
　말해 상황 조건에 따른 진리다. 그런 점에서 일리一理는 공리公理와 다르다. 개별적 이

원인과 이유의 차이

구약성경 창세기에는 고대 인류의 사유 체계를 상징적
으로 보여 주는 중요한 장면이 나온다(3장 11~13절).

이르시되 **누가** 너의 벗었음을 네게 알렸느냐? 내가 네게 먹지 말
라 명한 그 나무 열매를 **네가 먹었느냐?**

아담이 이르되, 하나님이 주셔서 나와 함께 있게 하신 **여자**, 그가
그 나무 열매를 **내게 주므로** 내가 먹었나이다.

여호와 하나님이 여자에게 이르시되, **네가 어찌하여** 이렇게 하였느
냐? 여자가 이르되 **뱀이 나를 꾀므로** 내가 먹었나이다.[57] (강조는 필자)

이 대화에서 이상한 점을 발견하지 못했나? 하나님은 아담에게
본인이 벗고 있음을 알려 준 게 누구인지, 그리고 열매를 정말 먹었
는지 묻는다. 그런데 아담은 여자가 열매를 줘서 먹었다고 대답한
다. 하나님의 물음과 아담의 대답은 어긋난다. 하나님은 사실을 물
었고, 아담은 원인을 답했다. 심지어 원인으로 지목한 여자가 하나
님이 보내 주신 존재임을 강조한다. 원인의 원인은 결국 하나님, 당
신 때문이라고 말하고 싶은 것이다.

이 입증된 경우다. 즉, 일리가 개별적 인과관계라면, 공리는 보편적 인과관계다.

하나님과 이브의 대화도 좀 이상하다. 하나님은 왜 열매를 아담에게 주었냐고 묻는데, 이브는 뱀에게 속아서 그랬다고 답한다. 하나님은 이유를 물었고, 이브도 원인을 답한다. 아담과 이브가 모두 원인으로 답을 대신한 건 왜일까? 객관적 사실만 밝히면 자신의 선택과 행동이 정당화될 거라 믿었기 때문일까?*

이 대화를 두고 컴퓨터과학자이자 철학자인 주디 펄Judea Pearl은 최근 저서 《The Book of Why》(2019)에서 인간은 무미건조한 사실이 아닌 사실들끼리의 관계를 설명하려는 성향이 있다고 주장한다. 사실과 사실을 인과적으로 연결하는 상상력이 호모사피엔스의 특징이라는 것이다.[58] 논리적 사고를 대표하는 인과성을 사실들을 연결하는 상상력으로 본 것이다. 주디 펄의 해석은 사실관계보다 인과관계가 인간에게 특별한 의미가 있고, 이야기를 만드는 상상력이 인과성과 어떤 관련성이 있는지를 보여 준다.

그런데 펄이 놓친 게 하나 있다. 하나님과 아담, 하나님과 이브의 대화에서 사실, 원인, 이유가 각각 다르면서도 서로 연결된 개념이라는 점이다. 하나님이 사실과 이유를 물었을 때, 인간은 왜 원인으로 답했는지 주디 펄은 설명하지 않았다. 사실을 데이터로 본다면, 데이터를 해석할 때 원인을 밝히는 거와 이유를 밝히는 것은 다르다. 데이터는 정보 이전 상태의 사실이다. 데이터 자체는 아무 의미

---

* 인과 문제에 자유의지 개입 여부를 두고 윤리와 도덕철학의 입장은 다르다.

가 없다. 어떤 의도나 가치를 통해 데이터를 해석해야만 사실이 정보가 된다.[59] 이러한 정보 중 흔한 게 바로 원인과 이유다. 이 둘의 차이를 간과하면 창세기 일화와 같은 일이 벌어진다. 원인과 이유의 차이를 이해하는 건 논증과 논리를 이해하는 데 중요하다.

통속 심리학은 사람들이 자신과 타인의 행위에 믿음과 의미를 부여하는 방식을 말한다. 사람들은 이유reason라는 용어로 인간의 행위를 설명하고 해석한다. 이유는 원인cause과 다르다. **행위의 이유는 믿음과 욕망, 의도, 공포 등, 의미 있는 심적 상태들로 구성된다.** 따라서 이유의 용어로 된 설명은 개별적인 인간 행위자들의 합리성을 전제하기 때문에 규범적인 속성을 가진다. **어떤 설명을 자연화한다는 것은 원인에 기반한 물리적 설명을 요청하기 때문에,** 마음과 의미를 통속 심리학에 기대어 자연화하려는 초기 심리학의 발상은 자연적인 것과 인간적인 것, 사실과 규범, 자연과 자유, 다른 말로 존재is와 당위ought를 혼동하는 심각한 오류를 수반했다.[60] (강조는 필자)

프랑스의 정치사상가 장피에르 뒤피Jean-Pierre Dupuy도 지적했듯, 어떤 의미를 찾는 과정에서 사람들은 이유와 원인을 혼동하곤 한다. 심지어 용어 측면에서도 둘을 혼용해서 쓴다. 그래서 뒤피는 심리적 차원의 의미는 이유로, 물리적 차원의 의미는 원인으로 찾아야 한다고 본다. 그런데 뒤피의 이러한 설명도, 막상 우리가 이유와 원인을 밝힐 때 심리적 측면과 물리적 측면을 혼용해서 쓸 때가 많다는 걸 생각하면 도식화의 오류처럼 보일 수 있다.

흔히 근거를 제시할 때 "왜냐하면 ~ 때문이다" 진술을 이유나 인과를 밝히는 것처럼 사용한다. 이 진술을 쓰기만 하면 그 안에 들어가는 내용이 무엇이든 이유나 인과처럼 보이는 마법을 부린다.[*] 그러나 이유와 인과(원인)는 앞서 뒤피가 지적한 범주 문제보다 더 중요한 차이를 보인다. 다음 예시를 두고 이유와 원인의 차이를 한번 생각해 보자.

〔예시 1〕열심히 공부하면 장학금을 받는다.
〔예시 2〕장학금을 받으려고 열심히 공부한다.

두 예시가 같은 진술처럼 보이지만, 실은 다른 유형의 진술이다. 〔예시 1〕은 원인을 밝히고 있고, 〔예시 2〕는 이유를 밝히고 있다. 〔예시 1〕에서 "열심히 공부하면"은 원인이고, 〔예시 2〕에서 "장학

---

[*] "사과는 땅으로 떨어진다. 왜냐하면 사과와 땅이 서로를 끌어당기기 때문이다." 이 예시를 보면, "왜냐하면 ~ 때문이다" 진술이 마치 이유 혹은 원인을 제시하는 것처럼 보이지만, 앞뒤 문장이 실은 같은 의미임을 알 수 있다. 뒤 문장은 추락의 의미를 물리학적으로 바꾸어 쓴 표현에 불과하다. 인력은 추락의 원인도 이유도 아니다. 우주에서도 작용하는 인력은 위아래 개념이 없으므로 아래로 떨어진다는 추락은 인력이 아니다. 추락은 다만 인력으로 나타난 여러 자연현상 중 하나일 뿐이다.

금을 받으려고”는 이유에 해당한다. 두 예시에서 “장학금을 받는다”와 “열심히 공부한다”는 모두 사실에 대한 진술이다. 사실을 어떤 식으로 연결하냐에 따라 원인이 되기도, 이유가 되기도 한다. 원인과 이유는 분명 다른 의도를 보이는 진술인데, 왜 이렇게 혼동되게 쓰이는 것일까?

이유는 선험적 근거이고 원인(인과)은 경험적 근거다.[61] 그런데 원인은 상상을 통한 선험적 근거로 제시되기도 한다. “빅뱅(우주대폭발)은 왜 일어난 걸까?”라는 인과적 의문이 들었을 때, 혹자는 양자 요동이니 반물질이니 하는 물리적 현상을 제기하며 과학적 실험과 관측이라는 경험적 근거로 원인을 밝힌다. 반면에 혹자는 세상을 만들고자 하는 신의 의지라는 종교적 신념을 제기하며 선험적 근거로 원인을 밝힌다. 빅뱅 발생의 원인을 물었을 때 누군가는 과학적 근거를, 누군가는 종교적 근거를 제기한다. 이유와 원인은 이처럼 의도와 맥락에 따라 혼용된다.[62] 엄밀히 말해 종교적 근거는 원인을 빙자한 이유 진술이다. 신의 의지를 원인으로 제시하려면, 다시 신의 존재를 입증해야 하기 때문이다. “왜냐하면 ~ 때문이다” 진술이 원인과 이유 모두를 진술할 때 일상적으로 쓰이면서, 두 개념의 속성과 범주에 혼동이 발생한 것으로 보인다.

원인(인과)은 이유를 구성하는 하위개념 중 하나다. 앞서 설명했듯 원인과 이유는 다른 속성을 지니고 있지만, 원인은 이유 범주에 포함된다. 인과는 이유와 구별되지만, 이유에 종속되므로 이유와 구분되지는 않는다. 아담과 이브가 하나님의 물음(사실과 이유)에 원인으로 진술한 것은 적합하지 않은 답변이지만, 자신의 처지를 변호하려는 적절한 답변이었다. 아담과 이브는 원인 진술 말고 비유, 인용, 비교, 정의 등으로 답변했을 수 있다. 열매를 먹었냐는 하나님의 물음에, "진실이 알고 싶었을 뿐입니다"라고 열매를 진실로 비유하여 답변했을 수도 있다. 결국 창세기 일화나 다른 예시들은 모두 이유와 원인이 의도와 맥락에 따라 사실을 조합하고 편집한 진술임을 보여 준다.

인과 모듈의 효용

우리는 서로 같은 데이터를 공유해도 다른 정보를 발견한다. 어떤 감각을 통해 같은 데이터를 모아도 감각 해석은 제각각 다르다. 그래서 같은 음식을 먹어도 다른 맛을 느끼고, 같은 손을 잡아도 다른 감정을 느낀다. 데이터에 잠재된 데이터를 발견하고 연결하면 메타데이터가 만들어지고, 이런 메타데이터 해석이 정보의 차이를 만든다.[63] 조합과 연결을 통해 잠재성을 발휘하는 메타데이터가 기능성과 활용성을 갖추면 모듈module이 된다.

모듈은 건축에서 시작된 개념으로, 하나의 시스템을 구성하는 요소 중 응용이 가능한 독립적 단위를 지칭한다.[64] 표준화된 건축 자재, 대형 선박에 싣는 컨테이너, 조립과 결합이 자유로운 가구가 대표적 예다. 모듈은 언제나 재사용이 가능하고, 패키지 방식으로 묶여 특정한 목적을 이루는 데 실용적이고 효과적이다. 이유와 인과는 어떤 사실에서 정보를 파악하고 제기하는 데 유용한 모듈이다. 창세기 일화에 나올 정도로 오래되었고, 세계 어디서나 널리 쓰이는 논리적 사고에 특화된 생각 도구다. 이유와 인과 모듈의 잠재성은 이런 기능적 측면뿐 아니라 철학적 측면에서도 흥미롭다. 이와 관련해서 철학자 스피노자Spinoza는 다음과 같은 사례를 들었다.

예컨대 만일 지붕 위의 돌이 머리에 떨어져서 어떤 사람이 죽었다면, 그들은 돌이 그 사람을 죽이기 위해서 떨어졌다고 여기고 다음과 같이 증명할 것이다. 만일 돌이 신의 의지에 따라서 그러한 목적을 위하여 떨어진 것이 아니라면, 어떻게 그렇게 많은 사정이 우연히 일치할 수 있는가? 바람이 불었기 때문에, 그리고 그 사람이 그곳을 지나갔기 때문에 그렇게 되었다고 대답한다면 그들은 다음처럼 반박할 것이다. 왜 바람이 바로 그때 불었는가? 왜 그 사람은 바로 그때 그곳을 지나갔는가?[65]

한 사람의 죽음조차 우연한 사건으로 보지 않고, 어떤 의도, 이유가 있는 것처럼 보는 게 인간의 오랜 사고방식의 전통이다. 스피노자는 원인을 이유나 의도로 혼동해서 신神의 개념을 인간이 만들었다고 보았다. 사실관계 속에서 원인을 규명하지 않고, 어떤 목적을 지닌 초월적 존재가 모든 사건에 개입한다는 생각이 인격적 존재로서 신을 상정하게 만든 것이다. 오랫동안 사람들은 신이 없다면 이런 일들을 이해할 수 없고 설명할 수 없다고 보았다. 세계에서 벌어지는 온갖 사건을 합리적이고 논리적으로 이해하기 위해 '신'이란 개념이 필요했다. 스피노자에 따르면, 신은 이유나 의도를 인격화·의인화한 개념이다.

스피노자의 예시, 창세기 예시 등은 논리란 결국 사실들을 어떻게 연결하느냐에 달려 있음을 보여 준다. 논리는 여러 사실과 조건을 어떤 의도를 가지고 조직하고 구성한 결과다. 그래서 어떤 사실과 조건을 형식적으로 조직하는 것만으로는 논리가 형성된다고 보기 어렵다. 논리가 있으려면 사실과 조건을 조직하여 자신의 주장을 정당화하려는 노력이 있어야 한다. 이유와 원인은 그런 정당화 노력 중 하나다. 원인은 어떤 결과가 일어나기 위한 사전적 조건이고, 이유는 어떤 결과를 보려는 사후적 조건이다. 원인과 이유는 시간적 선후관계로 구별된다. 결국 이유와 원인 제기도 나의 주장을 정당화하기 위한 노력으로서 논리적 사고이자 언어 추론을 형성한다. 그렇다면 논증은 어떻게 구성되고 작동하는가?

논증 모듈을 구성하는 필수 요소

앞선 제기한 예시를 다시 살펴보자. 원인과 이유는 어떤 차이가 있는가? 먼저 결과와 관련된 성격에 차이가 있다. 원인은 결과를 만들어 내는 여러 조건 중 하나다. 원인 파악은 목적에 따라 달라진다. 원인은 기준, 관점에 따라 다양하다.[66]

인과는 여러 경우 중 무언가를 원인과 결과로 연결한 관계다. 장학금을 받을 수 있는 원인으로 공부도 있지만, 가난한 형편이나 누군가의 기부도 그 원인이 될 수 있다. 한편 원인을 찾지 못할 수도 있다. 원인으로 볼 사실을 찾지 못하면 원인을 모르는 것이다. 실제로 현실에서는 원인을 알 수 없는 사건이나 결과도 꽤 많다. 그럴 때 우린 원인이 없다고 하지 않고, 원인을 아직 찾지 못했다고 한다. 모르는 건 부존재가 아니라 판단 중지다.

이유는 결과를 정당화하려는 여러 진술 중 하나다. 이유도 여러 개가 가능하다. 열심히 공부한 이유가 장학금 말고 공부하는 것 자체가 재밌어서, 부모님이 원해서 등 여러 경우가 있을 수 있다. 서로 다른 사실을 이유와 결과로 연결하면 된다. 그런데 열심히 공부한 이유를 물었더니 "그냥"이라고 대답할 수 있다. 이렇게 이유가 없다고 하면 결과를 정당화하려는 의도가 없는 것이다. 원인과 달리, 이유 없음은 판단을 중지하는 게 아니라 논증의 불능 상태를 의미한다. 법원은 소송에서 원고의 주장이 타당하지 않다고 판단할 때 '기각'으로 결정하고, 소송의 요건을 갖추지 못했다고 판단할 때 '각하'로 결정한다. 제기된 이유가 부적절하면 기각이고, 이유가 부존재면 각하이다. 이유가 없으면 소송 자체가 성립되지 못한다. 논리의 법원에서 이유는 논증을 구성하는 필수 요소다.

다음으로, 원인과 이유는 객관성에 차이가 있다. 원인은 객관적으로 관찰할 수 있기에 결과가 없어도 성립할 수 있는 사건이다. 원인과 결과는 처음부터 필연적이지 않다. 별개의 두 사건을 시간의 선후관계로 엮어 서로 관련된 사건으로 보게 만들었을 뿐이다. 원인과 결과의 필연성은 나중에 부여된 것이다. 인과관계로 묶이기 전까지 원인과 결과는 개별적 사건이자 현상이다. 열심히 공부해도 장학금을 받지 못할 수 있다.

한편, 이유는 객관적으로 관찰할 수 없기에 결과가 있어야만 성립할 수 있는 진술이다. 이유와 결과는 가설과 증명의 관계다. 증명이 없으면 가설은 무의미하다. 결과가 없으면 이유도 없다는 점이 이유가 원인과 다른 중요한 차이다. 열심히 공부하는 결과가 없다면, 장학금을 받으려는 이유도 없다. 그 반대도 마찬가지다. 장학금을 받고자 하는 이유가 없다면, 열심히 공부하는 사건은 일어나지 않는다. 이유는 반드시 어떤 결과와 함께 존재한다. 원인과 결과는 각각 독립적으로 존재하는 사태고, 이유와 결과는 한쪽이 없으면 다른 쪽도 성립하지 않는 사태다. 서로 독립적 관계인 원인과 결과와 달리, 이유와 결과는 상호의존적이다.

어느 한쪽이 성립할 때 다른 쪽이 반드시 성립하는 걸 필요충분조건이라 한다. 결과와 필요충분 관계를 형성하는 이유를 다른 말로 근거이자 전제라 한다.[67] 논증에서 전제는 주장, 이유, 근거를 연결하는 요소로서 논증 구조의 중요한 바탕이다. 전제를 확장된 이유나 일반적 근거로 보는 견해가 있다는 점이 논증에서 전제 역할의 중요성을 대변하기도 한다.[68] 사실, 원인과 이유는 모두 논증 요소다. 그런데 원인은 이유 중 하나이지, 이유와 대등한 논증 요소가 아니다. 앞서 든 예시를 보면 알 수 있듯, 원인과 이유는 사실을 다루는 방식이 다르다. 논증 구조를 이루는 두 가지 요소, 전제와 결과 중 전제를 이루는 요소를 이유라 한다. 이유 대신 근거, 논거라 해도 좋다. 어쨌든 결과를 도출해 내는 전제에 해당하면 모두 이유다.[69] 이유가 결과 없이 존재할 수 없는 건 바로 이 때문이다. 어떤 결과를 염두에 두어야 전제를 밝힐 수 있다. 결과가 없으면 이유처럼 전제도 알 수 없다. 논증은 전제와 결과로 이루어져 있는데, 이유가 전제에 포함되므로 이유는 결과가 있어야 존재할 수 있다.

이유에는 인과(원인과 결과), 예시, 인용, 비유, 정의, 비교 등이 있다. 이러한 이유 요소들은 주장의 타당성을 높이고 설득력을 갖추기 위해 널리 사용되는 개별적인 논증 도구들이다. 이유는 이런 논증 도구들을 상황에 맞게 조합한 확장 모듈이다. 논증은 이러한 모듈들을 모은 연장통 같은 거다. 정의, 비교, 인용, 비유 등은 그 효과가 입증된 도구로 논리적 글쓰기 모듈이자 패턴이다. 논증이란 논리적 도구를 담은 연장통을 열고, 여러 도구를 상황에 맞게 꺼내 연결하고 조합하여 어떤 문제를 해결하는 모듈들의 집합이다. 인과, 예시, 인용, 비유, 정의, 비교 등이 어떤 패키지로 묶이냐에 따라 논리 패턴이 달라진다. 상황에 맞는 적절하고 적합한 논리 패턴 조합은 이들 모듈의 정확성과 다양성에 달려 있다.*

인과 하나만으로 좋은 논증을 할 수 없다. 인용만 가득한 글은 논증이 아니라 요약에 가깝다. 정의가 없이는 논증은 불가능하고, 예시는 논증에 구체성을 불어넣는다. 문제는 모듈을 어떻게 적재적소에 활용하고, 어떤 패턴을 만들어 가냐다. 논리적 글쓰기에서 내용은 모듈과 패턴이 작용한 결과물일 뿐이다. 논리적 글쓰기의 핵심은 빈칸을 어떤 내용으로 채우는 행위가 아니라, 어떤 내용이 채워지도록 빈칸을 만들고 붙이는 행위다. 빈칸을 어떻게 설계하고 연결할지 구상하는 게 논리적 글쓰기의 본질이다.

논증은 이들 모듈을 활용하고 조직하여 설득력 있는 패턴을 만들 때 논리를 구축한다. 막상 빈칸에 내용을 채우는 건 관습적이고 물리적인 행위에 불과하다. 붕어빵 틀을 만들어 놓으면, 그 틀에 반죽과 팥을 붓기만 하면 되는 거와 같다. 반죽과 팥이 붕어빵의 맛을 결정할 수 있으나, 빵틀이 없으면 아예 붕어빵을 만들 수 없다. 지금까지 논의한 논증 모듈을 도식화하면 〔그림 3〕과 같다.

---

* 논증적 글쓰기의 평가 요소로 내용, 조직, 표현을 드는데, 특히 이유와 근거의 적절성 여부가 논증 평가에서 중요하다. 이유와 근거의 적절성은 논증 모듈을 정확하고 다양하게 사용할 때 확보된다. 김정인, 〈논증적 글쓰기의 주요 평가 요소 연구〉, 《한민족문화연구》 86, 한민족문화학회, 2024, 262쪽.

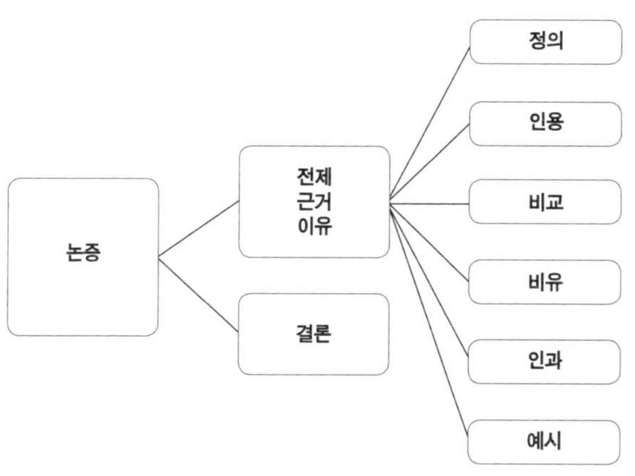

〔그림 3〕 논리적 글쓰기의 대표적 논증 모듈

논증 모듈의 작동 규칙

논증 모듈이 효과적으로 사용되고 작동하려면 표준화된 기준이나 규칙이 있어야 한다. 그런 기준과 규칙이 있어야 논증 모듈이 논리적 소통 도구로 효과를 발휘할 수 있다.

우선 나의 주장을 어떤 근거나 이유를 들어 제기하고, 상대의 주장도 그러한지 확인해야 한다. 이런 동의를 프로토콜protocol 혹은 규약이라 한다. 공동체는 이런 규약을 공유하고 실천하는 집단이다.[70] 규약을 알아도 실행하지 않는다면 규약은 무력해진다. 규약은 실행으로 완성된다. 논증은 건조하고 형식적인 논리 규칙이 아니다. 서로 약속한 걸 다함께 실천하려는 의지를 발휘할 때 논증은 온전히 작동한다. **논증이 제대로 작동하려면 먼저 상대방과 프로토콜을 공**

유해야 한다.[*]

    토론회를 하기 전에 사회자와 패널은 토론 규칙을 숙지한다. 누군가 규칙을 지키지 않으면 토론은 정상적으로 진행되지 못한다. 토론자들끼리 핵심 개념 정의를 공유하지 않고, 사실에 입각하지 않은 걸 인용하고, 토론 화제와 관련 없는 걸 비교하거나, 동의하기 어려운 비유나 예시를 들어 사이비 인과관계를 제시한다면, 토론은 파행으로 치달을 것이다. 적절하고 적합한 전제로 정확한 결론을 제시해야 토론이 매끄럽게 진행된다. 이처럼 논리적 소통은 까다롭고 제약이 많다. 문학과 예술로 정서적 교감을 하는 소통도 쉽진 않지만, 논리적 소통처럼 자질과 훈련을 요구받지는 않는다. 서로 좋아하는 시 한 편이면 밤새 술을 마실 수도 있다. 논리적 글쓰기는 문학적 글쓰기와 다르다. 논리적 소통은 화자와 청자가 어느 정도 규약과 정보를 공유한 상태에서 시작된다. 논증 모듈은 그러한 규약을 만들고 공유한 정보를 전달한다.

    또, **논리적 소통을 하려면 의견이 완전히 일치되는 상태를 기대하지 말아야 한다.** 소통은 완전히 같거나 너무 다르면 사실 불가능하다.[71] 소통은 화자와 청자, 글쓴이와 독자 사이의 일치 정도가 '0'보다는 크

---

[*] 논증은 공동체 유지에 필수적이다. 갈등을 조종할 때 논증은 이해와 설득의 수단이다. 논증을 반박하거나 검증하는 게 공동체를 건강하게 만든다. 논증 자체를 부정하거나 무력화하려는 시도는 공동체를 파괴한다. 법원 판결을 비판할 수 있어도 법원 자체를 부정하는 게 이런 공동체 파괴 행위에 해당한다.

고 '1'보다는 작은 상태다. '0'보다는 커야 소통 가능성이 있고, '1'이면 완전히 일치된 상태이므로 소통할 필요가 없다. 이를 도식화하면 "소통 가능성 = 0 < 일치 정도 < 1"이다. 소통은 합리적 정당화 가능성을 인정하고, 의견과 입장이 다를 수 있다는 걸 인정하는 집단 관계 내에서만 가능하다. 이걸 인정하지 않는 집단과의 소통은 불가능하다. 모두가 소통할 수 있다거나 누군가와 완전히 소통할 수 있다고 믿는 건 신화다. 한편, 소통에도 순서가 있다.

합리화는 자신 또는 자신과 사고방식이 비슷한 뇌와 대화하는 것과 비슷하다. 한편 추론은 토론을 시작하기 전에 자신의 의견에 동의하지 않는 상대방을 가능한 한 보편적으로 타당하고 일관적이며 구체적인 주장으로 설득하기 위한, 동시에 그 과정에서 언제든 스스로 설득당할 준비가 되어 있는 정직하고 솔직하며 열린 대화다.[72]

커뮤니케이션 전문가인 알베르토 카이로의 말처럼, **소통하려면 합리화가 아니라 먼저 추론해야 한다.** 우리가 하고자 하는 논증은 추론을 바탕으로 한 합리화다. 궁극적으로는 자신의 주장과 결론이 옳다는 걸 정당화하기 위해 논증하지만, 사실관계를 통해 확보한 추론 없이 자기 관점을 정당화할 수 없다. 추론 과정에서 사실관계 파악이나 해석상 오류가 나오면 기꺼이 관점을 바꾸거나 조정해야 한다. 추론을 정확히 선행하지 않으면 편견과 오류의 덫에 빠지기 쉽다. 먼저 사실을 파악하고, 사실관계로부터 추론하여 관점을 합리화해야 비로소 논리적이고 학술적인 글쓰기가 완성된다.

여기서 한 가지 주의할 게 있다. **사실과 존재를 혼동해서는 안 된다**는 점이다. 사실이란 어떤 존재의 상태이거나 다른 존재와의 관계다. 사과 그 자체는 존재지만, 사실이 아니다. 그런데 사과가 어디에 있다면 그건 사실이다. 사과가 식탁 위에 있거나, 땅바닥에 버려져 있다면 사과란 존재의 사실이 드러난다. 식탁 위에 있는 사과는 누군가의 음식이 된다는 사실을, 땅바닥에 버려진 사과는 썩거나 길거리 동물들의 먹이가 된다는 사실을 보여 준다. 이렇듯 사실은 어떤 사건이다. 사실을 안다는 거, 이해한다는 거는 단지 어떤 존재를 아는 게 아니다. 사과가 뭔지 안다고 해서 어떤 사실을 알거나 이해하는 게 아니다. 사과의 상태, 사과와 다른 존재와의 관계가 어떠한지 알아야 사과의 사실을 알거나 이해할 수 있다. 그래서 사실을 파악하려면 그 대상만 보아서는 안 된다. 추론은 바로 존재에서 이러한 사실 사건을 파악하는 일이다.

그런데 문제가 하나 있다. 추론을 통해 논증하기엔, 우리 앞에 놓인 사실관계를 보여 주는 정보가 너무 많다. 정보가 넘쳐나서 그걸 제대로 수집하고 해석하기가 무척 어렵다. 논리란 어떤 의도를 가지고 사실들을 엮어 내는 것인데, 사실들을 담은 정보가 폭발적으로 증가하는 오늘날, 우리가 수행하는 논증이 수많은 사실을 엮어 의미 있는 지식을 만들어 낼 수 있을지 의심스럽다. 심지어 인간과 비교할 수 없을 정도로 많은 정보를 처리하는 인공지능보다 우리가 더 나은 논증을 해낼 수 있을까? 더구나 솔 크립키가 제기한 문제, 즉 짧은 논증조차 세계에서 벌어지는 수많은 가능한 사건들의 선택과 조합으로 이루어지는데, 과연 우리가 그 가능 세계의 조건들을 제대로 판단해서 우연한 지식을 필연적 지식으로 만들어 낼 수 있을까? 인지과학을 연구한 프랑스의 정치사상가 장피에르 뒤피가 언급한 '정보 엔트로피' 문제가 이러한 물음에 흥미로운 점을 시사한다.

정보 엔트로피의 역설

오늘날 엔트로피 개념은 크게 두 가지 의미로 사용된다. 하나는 무질서와 피할 수 없는 죽음을 의미하는 열역학적 개념이고, 다른 하나는 확률분포의 통계적 속성인 수학적 개념이다. 생물학이나 생태경제학 등에서 사용되는 엔트로피가 전자의 의미라면, 인공지능의 코딩 기법에서 사용되는 엔트로피는 후자의 의미다. 엔트로피의 두 의미 모두 사이버네틱스로부터 왔고, 각각 무질서와 불확실성의 지표로 이해된다. (중략) 정보는 무질서와 불확실성을 감소시키는 한에서만 정보로 불릴 수 있고, 그 정보 사용의 피할 수 없는 대가는 전체 체계의 엔트로피 증가다.[73]

무질서, 불확실성을 가리키는 엔트로피는 정보와 지식의 문제에서도 중요한 개념이다. 뒤피의 지적처럼 의미 있는 정보와 지식은 엔트로피가 감소해야 알 수 있다. 그런데 정보량이 증가할수록 다시 엔트로피가 증가하는 역설이 발생한다. 컴퓨터의 정보량이 1비트$_{bit}$라는 건, 0 또는 1이 될 확률 2분의 1을 뜻한다. 2비트가 되면, 확률은 4분의 1이 된다. 이렇게 정보량이 증가하면 경우의 수가 증가하면서 엔트로피도 함께 증가한다.[*] 그런데 1비트보다 2비트가 정보량이 더 크다. 이처럼 정보가 증가할수록 엔트로피는 계속 증가한다. 인터넷과 인공지능이 발전할수록 정보 엔트로피도 계속 증가하는 건 바로 이 때문이다.

쉬운 예를 들어 보자. 구글에서 어떤 정보를 검색한다. 100개의 검색 결과가 나왔다. 그 검색 결과를 바탕으로 재검색을 시도한다. 그렇게 해서 10개의 검색 결과가 나왔다. 100개에서 10개로 검색 결과가 줄어들면 정보 엔트로피도 감소한다. 그렇게 줄어든 검색 결과는 나에게 의미 있는 정보다. 그런데 여기서 모순이 발생한다. 정보는 본래 많을수록 좋은 게 아닌가? 많은 정보를 확보하고 처리하려고 컴퓨터와 정보기술이 발달한 게 아닌가? 10개로 줄어든 검색 결과가 의미 있는 정보라면, 처음부터 검색 결과가 1개만 나오

---

[*] 1비트는 경우의 수 2, 2비트는 경우의 수 4, 10비트면 경우의 수 1,024가 된다. 비밀번호를 설정할 때 다양한 정보량(숫자·영문·특수기호 등)을 제공할수록 경우의 수가 증가하여 보안성이 높아지지만, 비밀번호를 잊을 불확실성도 함께 높아진다.

도록 설계했어야 하지 않나? 의미 있는 정보가 되려면 엔트로피를 줄여야 하는데, 엔트로피가 줄어들면 정보의 총량이 감소하여 의미 있는 정보를 발견할 가능성이 줄어든다. 이러한 역설이 정보이론에서 뜨거운 논쟁거리였다.[74] 이 문제는 논증에서도 나타난다.

앞서 정리했듯 논증은 의미 있는 정보(지식), 즉 어떤 결론을 전제(혹은 근거나 이유)로부터 도출하는 언어 추론 행위다. 전제와 결론의 결합력이 논증의 성공 여부를 결정한다면, 정보 엔트로피의 역설이 논증에서도 나타나게 된다. 우리가 논증을 수행할수록 정보의 총량은 증가하고, 엔트로피도 증가한다. 논증 행위 자체가 데이터를 정보로 만들고 궁극적으로는 지식을 양산해 낸다. 논증할수록 세상엔 정보와 지식이 계속 증가한다. 여기서 정보 엔트로피 역설이 발생한다. 증가한 정보와 지식의 엔트로피를 줄여야 "나에게" 의미 있는 정보와 지식을 얻을 수 있기 때문이다.**

논리적 사고를 하는 인간은 정보 엔트로피를 감소시켜 의미 있는 정보를 만들어 내는 존재이면서, 동시에 의미 있는 정보를 증가시켜 정보 엔트로피 상태를 늘리는 존재이기도 하다. 이러한 정보 엔트로피의 역설이 실은 인간이 계속 논증을 수행해도 논증이 끝

** 수집한 자료를 정리해야(엔트로피 감소) 논문을 작성할 수 있다. 그런데 자료 수집(엔트로피 증가)을 충분히 하지 않으면 논문을 작성할 수 없다. 글쓰기는 정보 엔트로피의 역설이 발생하는 대표적 경우다. 정보 수집과 압축이 글쓰기 과정이다.

나지 않는 원인이다. 역사시대 이래, 인류의 지성이 논증을 멈추지 않고 계속 수행하게 만든 힘이 바로 정보 엔트로피의 역설이다.

논증은 반사실적 상황을 가정한 언어 추론 형식이다.[*] "P이면 Q이다"와 같은 논증 구조에서 P는 전제이고 Q가 결론일 때, 전제 P는 다른 논증 구조의 결론이다. 결론 Q도 참과 거짓 사이에서 여러 경우의 수 중 하나다. 전제는 고정불변한 법칙이 아니다. 그저 강한 공리公理적 성격을 지녔을 뿐이다. 전제 역시 다른 논증의 '임시 결론'이다. 논증의 대표적 형식인 연역과 귀납도 여러 오류 가능성에 노출되어 있다. 전제와 결론 사이에도 비약과 억측이 끼어들 수 있다. 그래서 논증은 신호와 소음을 동시에 일으킨다.

정보 엔트로피의 역설은 신호와 소음의 문제로도 볼 수 있다. 신호를 파악하려면 소음에서 신호를 구별해야 한다. 그런데 신호가 소음과 분리되는 순간, 신호는 더 이상 신호가 아니게 된다. 신호란 소음을 배제한 상태인데, 소음이 없어지면 신호는 더 이상 신호 역할을 하지 못한다. 음악과 잡음이 섞이면 음악을 듣고자 집중하는데, 잡음이 사라지고 음악만 남으면 음악은 더 이상 집중할 필요가 없는 소리가 되는 거와 같다. 의미 있는 정보로서 신호만 쫓는 논증

---

[*] 솔 크립키에 따르면, 객관성은 합의와 동의의 결과일 뿐이다. 주관을 객관화하는 논증은 합의와 동의를 구하는 과정으로 나타난다. 합의와 동의를 구하는 언어 행위가 반사실적 상황을 가정한 추론 형식이다. 정대현, 《솔 크립키》, 커뮤니케이션북스, 2024, 108~110쪽.

은 없다. 논리적 오류 가능성 '0'은 조건적이고 임시적일 뿐 필연적이고 영구적인 게 아니다.[**] 논증은 오류 가능성 '0'에 근접하고자 할 뿐 결코 '0'에 도달할 수 없다. 우리가 하는 모든 논증은 신호에 계속 집중하는 방식으로 의미 있는 지식, 어떤 진리를 추구하는 행위지, 지식과 진리의 최종 심급이 아니다.

논리적 글쓰기에서 논증을 구성하는 핵심 요소는 주장, 근거, 이유, 전제, 결론이다. 그런데 논증은 양상에 따라 진리 여부를 판단하는 반사실적 조건문으로 표현된다. 반사실적 조건문이란 사실과 다른 조건을 가정하여 다양한 가능 세계를 탐구하는 논증 형식이다. 이 형식으로 논증하게 되면 필연적 진리와 우연적 진리를 구별할 수 있다. 수학과 달리 언어로 표현되는 논증은 사적 언어가 지배하기에 이러한 반사실적 조건문을 검토함으로써 논증의 완성도를 높이고 오류를 최대한 막을 수 있다.

논증 형식을 갖춘 듯 보여도 믿음, 묘사, 보고, 단순 해설과 예시, 입증 없는 설명 등은 논증으로 보기 어렵다. 논증은 어떤 근거나 전

[**] 이와 관련하여 논리적 글쓰기에서 인공지능 기술의 한계도 명확하다. 인공지능은 자료를 검색하고 논증의 오류 가능성을 점검하는 도구적 수준에서 논리적 글쓰기를 보조할 뿐이다. 논리를 생성하는 건 논리적 사고를 전제로 한다. 인공지능의 사고 유무는 논쟁적이다. 김규훈, 〈생성형 AI 시대의 대학 글쓰기 교육 방향〉,《우리말글》101, 우리말글학회, 2024, 82쪽.

제를 바탕으로 주장이나 결론을 입증하거나 도출하는 언어 추론 행위다. 연역과 귀납은 논증 형식과 요소를 모두 갖춘 검증된 논증 방식이다. 연역은 전제의 필연성을 강화하고, 귀납은 전제의 확장 가능성을 예견한다. 그런데 연역이나 귀납 모두 인과성을 강조하는 추론 형식을 띤다. 전제와 결론 사이의 인과관계를 강조함으로써 논증의 타당성과 건전성을 주장한다. 인과관계는 시간성, 상관성, 반복성, 직접성 조건을 두루 갖출수록 설득력이 생긴다. 이들 조건을 만족하지 못하거나 미흡하면 사이비 인과성으로 본다. 가짜 인과관계는 논리적 오류를 만들어 낸다.

원인과 이유는 모두 어떤 결과를 일으키는 조건 중 하나다. 이유는 논증을 구성하는 필수 요소고, 원인은 선택 요소다. 정의, 비교, 예시, 비유, 인용 등 여러 진술 방식은 논증 모듈로서 상황에 맞게 조합하여 논증을 구축한다. 논리적 글쓰기는 이런 논증 모듈을 배치하고 활용하는 게 중요하다. 논리적 글쓰기는 빈칸을 내용으로 채우는 행위가 아니라, 어떤 내용이 채워지도록 빈칸을 만들고 붙이는 행위다. 논리적 글쓰기에서는 논증 모듈을 다룰 줄 아는 능력이 내용 작성 능력보다 더 중요하다.

수정

글을 고치는 건 쓰는 것보다 더 힘들고 지루하다. 마음에 들 때까지 고치려 한다면 그 글은 세상에 공개되지 못할 것이다. 사실 글쓰기 과정 자체가 계속 고쳐 쓰는 일이다. 철학자 질 들뢰즈는 자아와 세계의 관계를 '주름'으로 설명한다. 옷의 주름처럼, 자아와 세계는 서로 관계를 맺으며 주름을 만든다. 주름은 자아의 형태 그 자체가 아니라, 자아와 세계가 상호작용한 흔적이다. 새 옷을 입거나 새 신발을 신으면 아무리 치수가 맞아도 뭔가 어색하고 이질감이 느껴진다. 그 느낌은 시간을 두고 충분히 입고 신고 다녀야만 사라진다. 내 몸의 움직임에 따라 옷과 신발에 주름이 잡힐 때, 비로소 진짜 내 옷이자 신발이 된다.

글을 고치는 건 이미 쓰인 글과 다른 무엇과의 간격을 좁히는 일이다. 다른 무엇은 곧 예상 독자다. 내가 쓴 글이 독자의 입에서 어떻게 읽히고, 독자의 머리에서 어떻게 울릴지 예상하는 거, 그건 내 글에 미리 주름을 만드는 일이다. 주름은 접힘과 펼침으로 생긴다. 접힘과 펼침은 스프링처럼 강한 탄성을 일으킨다. 탄성이 높을수록 힘차게 튀어 오른다. 고치기는 글에 이런 탄성을 부여한다. 탄성이 강한 글은 밀도가 높다. 밀도가 높을수록 설득력과 호소력은 강해진다. 글의 밀도를 높이려면 표현은 물론이고 구성과 논리 모두를 점검해 봐야 한다.

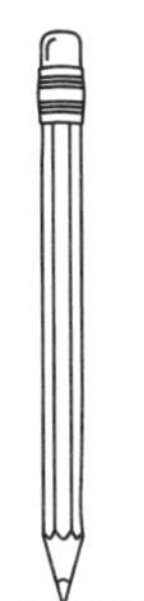

14

배치

글을 수정할 때 배치 문제를 먼저 검토해야 하는 이유는 변화 정도가 가장 크기 때문이다. 글의 완성도는 결국 세밀한 데서 결정 나지만, 글의 완결성은 큰 부분에서 드러난다. 수정할 때, 큰 변화가 나타나면 글의 완결성에 직접적으로 영향을 미친다. 그렇다면 어떤 변화가 가장 클까?

오랜만에 사람을 만났을 때 큰 변화를 느꼈다면 그 사람의 성격이나 말투, 행동보다 아마 외모가 주된 원인일 것이다. 외모의 변화는 가장 즉각적이고 극적이다. 물론 말투나 행동, 성격의 변화도 충격을 줄 수 있다. 그러나 이러한 변화를 인지하려면 어느 정도 시간을 두고 관찰해야 한다. 외모의 변화는 보자마자 알 수 있고 상대를 대하는 마음에 금세 영향을 미친다. 글을 고칠 때 이런 외모의 변화에 해당하는 게 뭘까? 바로 제목이다.

좋은 제목이란?

제목은 글의 얼굴이자 머리모양이고, 체형이고, 이목구비다. 보통 한 편의 글에 제목은 하나만 있다고 생각하지만, 목차로 제시된 소제목도 모두 제목에 속한다. 고치기를 위해 글의 배치 문제를 살필 때 제목들부터 살펴야 하는 건 나의 글이 처음 집필 의도나 배경에 잘 부합해서 내가 기대했던 방향으로 작성되었는지 확인하는 척도가 바로 제목들이기 때문이다. 구상 단계에서 정한 대로 주제와 목차에 걸맞은 내용이 작성되었다면 다행스러운 일이다. 그러나 꽤 많은 경우, 결론까지 다 쓰고 나서 주제, 목차가 본문 내용과 유격 없이 잘 들어맞는다는 확신이 들지 않곤 한다.

특히 목차는 처음 생각했던 것보다 어색하게 느껴질 때가 많다. 목차의 소제목들이 서로 연결되지 않고, 체계성이 없어 보이고, 어떤 소제목은 상위 제목과 어울리지 않고 겉돈다는 느낌마저 든다. 목차의 소제목에서 이런 느낌을 받게 되면, 글의 핵심인 주제마저 과연 독자가 이해하고 수긍할 수 있을지 의심하게 된다. 글을 완전히 다시 써야 할까? 한 가지 확실한 것은, 완전히 새로 써도 그런 느낌은 사라지지 않을 거라는 점이다. 제목과 내용은 완전히 합치될 수 없는 절대 간격이 있다. 제목은 내용을 대변하기 위해 내용을 압축해야 하고, 그 과정에서 내용과의 일치율에 누락이 발생할 수밖에 없다. 제목과 내용의 불일치는 숙명이다. 이 상황에 어떻게 대처해야 할까?

먼저 목차 제목에 주제를 암시하거나 주제와 관련된 핵심어가 있는지 확인한다. 목차 소제목을 손보더라도 최소한의 수정에 그치려면, 살릴 수 있는 것, 이것만은 그대로 유지해야 하는 것이 무엇인지 판단해야 한다. 그러한 판단의 기준이 바로 주제다. 어차피 목차의 소제목들도 모두 나의 핵심 주장인 주제를 향한다. 소제목이 다소 거칠고 어색해도 주제를 구축해 주고 부각시킨다면 괜찮다. 오히려 문제가 되는 건, 화려하고 거창한데 정작 주제와 무관하고 겉도는 소제목이다.

소제목은 다소 소박하더라도 적절하고 적합한 게 가장 중요하다. 소제목에 과한 힘을 줬을 때, 본문과 소제목 사이에 유격이 발생한다. 막상 본문을 작성할 때는 소제목의 거창함을 감당하지 못하고 관련 자료를 소개하고 해설하기에 급급하다. 멋을 부려야 할 건, 소제목이 아니라 글 전체 제목이다. 대부분의 독자는 큰 제목만 보고 바로 본문으로 넘어간다. 그런데 전문가 독자라면 소제목 토씨 하나까지 살필 것이다. 그런 독자를 대상으로 하는 학술적 글쓰기는 제목에 정말 집중해야 하고, 수정할 때도 주제와의 관련성을 고려하여 핵심어와 체계성을 집요할 정도로 살펴야 한다.

일반 단행본 도서를 기준으로 제시하였기에 논문이나 비평문 등 학술적 글쓰기의 제목과는 다소 거리가 있어 보이지만, 다음은 참고할 만하다.

책의 주제와 내용, 특징을 잘 담았는가? 분야나 독자층과 잘 어울리는가? 서점에서 독자의 시선을 끄는가? 부제나 표지와 잘 어울리는가? 기억하기 좋은가? 입에서 입으로 옮기기 좋은가? 5년이 지나도 여전히 좋을까?[2]

첫 번째 질문에 해당하는 기준이 좋은 제목을 판가름한다. 주제와 내용, 특징을 잘 담아낸 글의 제목이 좋은 제목이다. 제목은 본문 내용에서부터 자연스럽게 발현되는 거지, 억지스럽게 주입하는 게 아니다. 비범하고 기발한 좋은 제목을 짓는 공식이 있다면 좋겠지만, 전문 편집자조차 쉽게 제시할 수 없다. 그런 공식이 있다면 세상에 그 수많은 책 제목이 제각각일 리가 없다. 좋은 제목을 위한 특별한 공식은 없다. 공식이 있다면 누구나 알만한 평범한 상식이 전부다. 논문 쓰는 법을 출간한 김용찬 교수는 논문 제목은 짧고, 핵심적이고, 매력적이어야 한다고 주장한다.[3] 이 주장은 평범하지만 사실이다.

큰 제목과 소제목을 적절하게 고치는 건 수정 단계 배치에서 가장 먼저 해야 할 일이다. 제목들의 수정 작업이 끝나야 거기에 맞춰 좀 더 세부적인 것들을 수정해 갈 수 있다. 단어나 문장 같은 세밀한 부분은 수정 단계 중 가장 나중에 해도 된다. 오히려 그런 표현 고치기는 큰 숙고 없이 어떤 기준과 규칙에 따라 수행하면 된다. 그런데 제목 짓기나 고치기는 특별한 공식이 없어 고뇌 없이는 불가

능하다. 고뇌를 줄이는 건 욕심을 버리는 것뿐이다. 제목은 시작이
자 끝이다.

서론, 본론, 결론의 역할과 분량

제목 문제가 일단락되었다면, 전체 제목과 목차 소제목
에 맞춰 각 부분이 적절한 분량과 비중으로 균형을 맞추고 있는지
살펴야 한다. 흔히 글의 짜임새, 만듦새라 할 수 있는 본문 배치 양
상은 일종의 편집 대상과 같다. 앞서 여러 번 강조했듯, 글쓰기에
서 형식과 내용은 동떨어진 개념이 아니다. 글쓰기의 형식은 곧 내
용을 결정하고, 반대로 글의 내용에 따라 형식이 바뀌기도 한다. 각
구성 단계가 어느 정도의 분량과 비중을 차지하느냐는 건 형식과
내용의 일체감을 가장 잘 보여 주는 글쓰기의 특징이다.

흔히 서론, 본론, 결론이라는 아리스토텔레스 때부터 전해져 오
는 삼단 구성에서 각 단계가 수행할 내용에 대한 지침은 많지만, 각
단계의 비중을 어느 정도로 해야 하는지를 명시적으로 밝힌 지침
은 찾기 힘들다. 그런데 아리스토텔레스는 각 단계의 핵심 기능을
이렇게 말했다. 서론은 청중을 집중시키는 목적만 달성하면 되고,
본론에서 본격적으로 자기 관점과 논거를 제시하고, 결론은 도입
에서 제기한 문제를 다시 상기시킨 후 중심 내용을 요약하고 주제
를 강조하면 된다.[4]

그의 말을 통해 추론해 본다면, 서론은 결론보다 짧아야 하고, 본론은 서론과 결론을 합한 거보다 길어야 한다. 이걸 수치로 제시하자면, 서론 10퍼센트, 본론 70퍼센트, 결론 20퍼센트 정도다.[*] 물론 이 수치는 대략적 기준일 뿐이다. 글의 종류나 상황에 따라 얼마든지 바뀔 수 있다. 구성 비율을 결정하는 절대 기준은 글쓴이의 의도다. 다만, 아무리 좋은 의도라 하더라도 구성의 미학을 파괴하는 건 위험 부담이 크다. 최소한 본론의 비중이 서론과 결론을 합한 거보다 낮아서는 안 된다는 점, 서론이 지루할 정도로 길어져서는 안 된다는 점, 결론이 앞선 논의를 형식적으로 반복하거나 단순 요약을 해서는 안 된다는 점은 숙지할 필요가 있다.

최근의 글쓰기 흐름을 보면, 서론의 비중이 더욱 줄어들고 있다. 화제를 제시하고 독자의 관심을 유도하는 서론의 전통적 역할이 더 간략해지고 축소되고 있다. 어떤 경우엔 한두 문장으로 도입을 끝내고 바로 본론으로 들어가기도 한다. 서론의 역할이 본론을 읽도록 독자를 견인하기만 하면 된다고 보는 것이다. 아마 장황한 시작을 못 견디는 요즘 세태가 구성 방식에도 영향을 미친 듯하다.

---

[*] 만약 서론이 20, 결론이 30이면, 본론은 50으로 서론과 결론의 합이 본론과 같아진다. 이런 구성은 글이 장황하고 논리가 빈약하다는 인상을 줄 수 있다. 결국 서론은 10~15, 결론은 20~25, 본론은 60~70 정도가 무난하다.

이제 맺음말에서 마지막으로 할 일은 앞에서 한 말을 환기하는 것이다. 어떤 사람은 우리가 말할 것을 도입부에서 요약 제시한 후에도 자주 반복해야 한다고 말하지만, 그것은 옳지 않다. 앞에서 말한 것을 맺음말에서 요약 환기하는 것이 적절하다. 즉, 도입부에서는 쟁점을 밝혀 청중에게 자신이 판단해야 할 것이 무엇인지를 분명히 알게 하고, 맺음말에서는 그 쟁점과 관련해 어떤 것이 증명되었는지를 요약 제시해야 한다.[5]

구성과 전개에 대한 아리스토텔레스의 관점은 분명하다. 누군가를 이해시키고 설득하려면 어떤 쟁점을 제기하고 그것에 대해 자기 관점을 분명히 제시하고, 그걸 증명하고 강조하는 데 구성과 전개 방식을 맞춰야 한다는 것이다. 바로 학술적 · 논증적 글쓰기의 핵심 구성 원리와 일치한다. 각 구성 단계에 어떤 내용을 배치할지, 작성한 내용이 적절히 배치되었는지 확인하는 건 어떤 도식화된 기준보다 우선한다.

선형적 글쓰기의 장점

선형적 글쓰기는 앞의 내용을 토대로 계속 달려가듯 글을 전개하는 글쓰기다. 앞부분에서는 뒷부분의 내용을 암시할 필요 없고, 뒷부분에서는 앞부분 내용을 불필요하게 반복하지 않는다. 이런 선형적 글쓰기는 최근 학계와 대중서에서도 유행하고 있다. 과거에 비해 반복적 논의를 최대한 피하고 두괄식으로 자기주장을 먼저 정확히 밝힌 후, 바로 이어서 근거를 제시하는 방식으로 결론을 향해 글을 전개해 나간다. 기존 논의를 소개하거나 연구사를 검토하는 것도 의무적으로 장황하게 소개하기보다 자기주장과 직접 관련 있는 것만 압축해서 제시하고 자기주장을 펼치는 것에 더 집중하는 모습을 보인다.

직선적이어서 다소 거칠고 도발적으로 보일 수 있지만, 선형적 전개는 말하기와 다른 글쓰기만의 장점을 극대화한다. 말은 상황과 맥락을 중시하기에 화자와 청자 사이에 다양한 정보가 노이즈처럼 끼어든다. 말하다 보면 같은 말을 반복하거나 화제에서 벗어나는 말을 자연스럽게 하게 된다. 이렇게 말하는 방식이 대화를 더 깊고 오래 끌고 가는 힘이 되기도 한다. 오히려 중복이나 반복 없는 말하기는 마치 로봇과 대화하는 듯 어색하게 느껴질 것이다. 그러나 글쓰기는 그런 노이즈가 많을수록 설득력을 잃는다. 독자는 글을 읽기 위해 시간과 에너지를 써야 한다. 중복과 논점 이탈은 독자의 집중력을 떨어뜨리고, 결국 독서를 포기하도록 만든다.[6]

읽고 쓰는 건 몸과 마음을 전적으로 활용하는 중노동에 가까운 행위다. 에너지를 함부로 낭비하지 않도록 해야 한다. 중복과 논점 이탈은 최악의 에너지 낭비다. 그렇다면 앞만 보고 뛰는 달리기 선수처럼 글을 쓰려면 어떻게 해야 할까? 편집자들의 스승으로 알려진 제럴드 그로스Gerald Gross는 편집자가 저자에게 해야 할 기본적인 질문으로 다음 두 가지를 제시했다. "당신이 말하고자 하는 바를 말하고 있는가?", "당신이 말하고자 하는 바를 최대한 명확하고 일관되게 말하고 있는가?"[7] 이는 글을 다 쓴 뒤 글쓴이가 스스로 물어야 할 질문이기도 하다. 퇴고하면서 이 물음에 당당하고 자신감 있게 답할 수 있는지 따져야 한다.

내가 말하고 싶었던 바를 명확하고 일관되게 말하고 있는가? 이 질문에 답하다 보면 자신이 선형적 글쓰기를 하고 있는지 확인할 수 있다. 내 글의 중심 멜로디가 분명하지 않으면, 불필요한 노이즈들을 과감히 제거해야 한다. 수정 단계에서 '배치'는 제목, 내용 비중, 순서만 고치는 게 아니다. 예일대에서 오랫동안 글쓰기를 가르친 윌리엄 진서William Zinsser는 고쳐쓰기의 제일 목표는 글이 통일성을 갖추도록 만드는 것이고, 글의 통일성은 독자의 주의가 흩어지지 않게 글의 내용과 형식을 모두 조율하고 조정하는 것이라고 했다.[8] 내가 말하고자 하는 바가 무엇이며, 그걸 위해서 한눈팔지 않고 최선을 다해 앞으로 달리고 있는지 살피는 일, 그것이 배치 문제에서 주목해야 할 점이다.

15 논리

배치 문제로 글의 큰 부분들을 고쳤다면, 다음 단계는 논리를 살피는 일이다. 배치가 글의 얼굴, 외모 전반을 살피는 거라면, 논리는 마음과 정신을 살피는 일이다. 배치가 글의 지평선을 조정하는 일이라면, 논리는 내가 서 있는 곳에서 지평선까지의 거리를 정확히 재고, 그곳에 펼쳐진 땅의 지형과 특징을 살피는 일이다.

논리를 수정할 때는, 크게 종적 논리와 횡적 논리를 구분해서 살펴야 한다. 종적 논리는 주제와 직접적으로 관련된 주장이나 결론에 해당하는 진술과 맥락이다. 객관적으로 검증하기 이전의 생각에 해당한다. 횡적 논리는 주제를 뒷받침하는 근거나 이유와 관련된 진술과 맥락이다. 객관적으로 검증할 수 있는 추론의 증거들이라 할 수 있다. 종적 논리와 횡적 논리가 결합하는 게 바로 논증이다. 사르트르J. P. Sartre는 논증은 정밀하되 지나치게 엄격해서는 안 된다고 했다.[9] 논증이 엄격해지면 고정관념과 확증편향만 강화될 수 있다. 논리를 수정하는 건 엄격한 논증이 아닌 정밀한 논증을 위해서다.

설득의 기술, 에토스와 파토스

논증은 간단히 말해 나의 주장이 옳다는 걸 입증하는 행위다. 논증은 먼저 추론을 동반한다. 추론은 나의 주장이 옳다는 걸 근거를 바탕으로 사유하는 행위다. 추론은 논증의 신뢰성을 부여한다. 추론을 통해 신뢰를 주지 않는 논증은 억견臆見doxa이다. 사실, 논증과 추론은 논리적 사고와 글쓰기에서 다른 개념이다. 추론은 근거를 바탕으로 사고하는 의식 행위고, 논증은 그런 의식 행위를 언어나 기호로 표현하는 진술 행위다. 그래서 논증은 언어 규범의 지배를 받는다. 어떤 언어를 구사하고 공유하는 집단이냐에 따라 논증하는 방식이 달라질 수 있다.[10] 논리실증주의가 논증을 표현할 때 수학 공식 같은 논리적 기호를 즐겨 쓰는 이유이다.

그런데 특정 집단의 언어 규범에 영향을 받게 되면 추론의 보편성, 객관성을 담보하기가 어려워진다. 논증은 통사적이고 맥락적이다.* 그래서 플라톤은 제대로 추론하지 않은 논증은 억견이라 했다.

---

* 미셸 푸코는 통사적이고 맥락적인 논증을 담론의 질서로 보았다. 푸코는 담론의 질서

플라톤은 억견을 감각적 지각으로 얻은 주관적 지식으로서 객관적 검증을 거치지 못한 불완전한 지식이라고 보았고, 그런 불완전한 지식은 하나의 의견일 뿐이라고 폄훼했다.[11] 그런데 플라톤의 제자였던 아리스토텔레스는 스승과 달리 객관적 검증을 완벽히 거치지 못한 불완전한 지식이더라도 어떤 지식은 설득력이 있다고 했다. 참된 지식을 획득하는 과정에서 알게 된 앎의 체계(에피스테메episteme)도 의미 있는 지식으로 보아야 한다는 것이다. 플라톤이 지식의 '완성'에 초점을 맞추었다면, 아리스토텔레스는 지식의 '구성'에 초점을 맞춘 것이다.[12]

지식을 구성하는 앎의 체계에는 로고스logos만 있지 않다. 에토스ethos와 파토스pathos도 로고스만큼 지식을 구성하는 중요한 요소들이다. 에토스와 파토스도 본질적 지식인 로고스와 함께 논리를 구성하는 요소라는 걸 이해하려면, 먼저 아리스토텔레스 시대에 논증이 구술 언어 중심의 수사학에 속했다는 점부터 알아야 한다.

당시 그리스 아테네인들은 어떤 문제가 발생했을 때 법정에서 연설과 토론으로 그 문제를 해결했다. 심판관은 대부분 일반 시민이었고, 그들 중에 엘리트만 있는 게 아니었다. 오늘날 배심원 방식

가 '글'이 아니라 '글쓰기'에 있음을 강조한다. 멈춘 지식이 아닌 변하는 지식이 앎을 구성한다고 본 것이다. 미셸 푸코, 《상당한 위험: 글쓰기에 대하여》, 허경 옮김, 그린비, 2021, 30~34쪽.

의 재판과 비슷했다. 평범한 시민을 설득해야 했다. 그러니 논리는 어떤 완전한 지식만이 아니었다. 논리는 곧 설득의 기술이었고, 설득의 기술은 말하는 법, 즉 수사rhetoric였다. 당시 수사학은 오늘날로 치면 논리학과 같다. 아리스토텔레스는 사람들을 설득할 때 논리적 언어인 로고스만 쓰지 않는다고 했다. 연사의 훌륭한 성품과 청중의 마음을 흔드는 감동과 열정도 설득의 중요한 근거가 될 수 있다고 보았다. 바로 연사의 권위와 성품이 에토스고, 청중의 마음을 흔드는 말과 행동에서 느껴지는 힘과 열정이 파토스다. 에토스와 파토스를 로고스와 나란히 중요하게 본 것이다.[13]

수사학은 연설을 듣는 청중에 따라 세 유형으로 구분된다. 모든 연설은 화자, 주제, 청중이라는 세 가지 요소로 구성되는데, 그중에서 수사학의 목표는 마지막 요소인 청중이기 때문이다.[14]

아리스토텔레스는 설득과 논리의 핵심은 청중(독자)에게 달려 있다고 보았다. 누구를 설득할지에 따라 연설의 내용과 형식이 달라져야 했다. 그래서 스승 플라톤처럼 이성을 통해 진리를 추구하는 로고스만을 주장하지 않았다. 로고스 역시 설득의 도구일 뿐, 에토스와 파토스를 총동원하여 설득하는 게 논리의 목표라고 여겼다. 그래서 비록 억견이라도 에토스와 파토스를 지니면 논리가 될 수 있었다.

축의 시대이자 사유의 혁명 시기인 기원전 4~5세기, 플라톤과 아리스토텔레스의 설득과 논리, 의견과 지식에 대한 이견이 지금 시각에서 놀랍게 느껴지는 부분이 있다. 당시 그리스인들은 물리적 힘이 아니라 말로써 문제를 해결하려 했다. 지금도 개인과 집단, 국가가 말이 아닌 무력으로 문제를 해결하는 경우가 부지기수인데, 2,500년경 그리스 아테네인들이 보여 준 문제 해결 방식은 경이롭고 우아해 보이기까지 하다. 모든 글쓰기는 결국 문제 해결 방식이고, 설사 답을 찾지 못해도 문제를 해결하려 노력했다는 것만으로도 충분하다는 윌리엄 진서의 지적이 그런 점에서 이해된다.[15] 말로 하는 설득의 수사학이나 글로 하는 논증의 논리학이나 모두 성숙한 인간의 소통 방식이다. 성숙한 존재는 손과 발이 아니라 진짜 언어로 대화를 나눈다.

글쓰기는 인격과 관계가 있다. 여러분의 가치가 건전하면 글도 건전할 것이다. 글은 언제나 의도를 가지고 시작한다. 먼저 자신이 무엇을 바라는지, 그것을 어떻게 하고 싶은지 알자. 그리고 인간미와 정직함으로 글을 완성하자. 그러면 팔 수 있는 것이 생길 것이다.[16]

윌리엄 진서의 말처럼, 글쓰기에서 인격, 즉 에토스는 중요하다. 글은 그걸 작성한 사람과 분리될 수 없다. 작가의 영향력을 말하는 게 아니다. 글은 한 인간의 정신을 대리한다. 눈에 보이지 않는 누군가의 정신은 글로 우리 앞에 나타난다. 나사렛 예수의 정신도 결국 그의 제자들이 기록한 복음서 덕분에 우리에게 도달했다. 춘추시대 공자의 유세遊說도 그의 제자들이 글로 기록한 덕분에 동양철학과 유학으로 발전할 수 있었다. 누군가의 글은 곧 작가의 인격이자 정신이다. 글의 진정성, 감화력, 설득력의 원천은 우선 글쓴이의 정신세계에서 출발한다. 어쩌면 논리적 논증은 그다음 문제다. 무엇을 쓸 것인지가 어떻게 쓸 것인지보다 우선시되어야 한다.

정신은 금세 사라지는 에너지의 흐름이다. 그 에너지를 저장한 책은 세상에서 가장 무서운 폭탄이다. 이 무기는 누구나, 어디서나 간직하고 사용할 수 있다. 이미 써진 책은 강력한 감시와 통제도 피할 수 있다. 심지어 그렇게 숨겨지고 읽힌 책은 처벌할 수도 없다.[17]

비평가이자 작가 모리스 블랑쇼의 말처럼, 글은 정신의 에너지를 간직한 폭탄이다. 우린 그 폭탄으로 누군가를 죽일 수도 살릴 수도 있다. 윤리적 주체로서 글쓴이는 에토스를 논리의 중요한 요소로 보아야 한다. 그리고 글쓴이의 에토스가 독자에게 어떤 감정적 울림을 줄 때, 즉 독자의 파토스를 일으키는 것도 논리의 소중한 일부다. 에토스와 파토스는 비록 정확히 입증할 수 없는 감정적 상태지만, 독자의 심장을 뜨겁게 하는 그 무엇은 단 한 문장만으로도 충분하다. "프롤레타리아들은 공산주의 혁명에서 자신들을 묶고 있는 족쇄 외에는 잃을 게 없다. 그들에게는 얻어야 할 세계가 있다. 만국의 프롤레타리아여, 단결하라!"[18]

마르크스와 엥겔스가 공저한 《공산당선언》의 맺음말이다. 특히 세계의 노동자들에게 단결을 요청하는 마지막 문장은 이 글의 백미다. 세계를 해석하기 급급했던 서구의 관념론과 달리, 마르크스와 엥겔스는 세계를 바꾸는 게 철학의 목표가 되어야 함을 이 한 문장으로 명확히 보여 줬다. 독자의 파토스를 끓게 하는 저 몇 마디 문장이 한때 인류 역사를 바꾸었다. 유시민 선생이 작가로 불리게 된 글쓰기 책에서도, 글을 쓸 때 주제에 집중해야 하고 그 주제를 잊지 않고 처음부터 끝까지 직선으로 논리를 밀고 가야 한다고 강조했다.[19] 비록 책에서 로고스, 에토스, 파토스 문제를 직접 언급하지는 않았지만, 로고스 논증을 염두에 두고 한 말이었을 테다. 그런데 만약 10년이 지난 지금, 선생이 다시 글쓰기 책을 쓴다면 여전히 로고스적 논리만 강조할까?

근거와 이유로 무장한 로고스적 논리도 논리적 고찰에서 중요하게 살펴야 할 부분이다. 다만, 로고스 이전에 글쓴이의 주장이, 결론이, 주제가 먼저 독자의 마음을 사로잡을 수 있는지 따져 봐야 한다. 이미 글을 다 썼는데 주제에 문제가 있더라도 어떻게 바꿀 수 있냐고? 한번 생각해 보자. 글을 처음 계획했을 때와 막상 작성했을 때 주제가 조금도 달라진 게 없나? 주제 자체는 아닐지라도 주제 의식의 정도와 범주는 분명 달라졌을 것이다. 글쓰기는 계획한

대로만 전개되지 않는다. 심지어 글쓰기 자체가 글쓴이를 변화시켜 글에 관한 생각을 바꾸기도 한다. 글쓰기와 글쓴이는 계속 상호작용한다.

미셸 푸코Michel Foucault는 글쓰기에 관한 한 대담에서 글쓰기의 역할은 자신과 타자 사이의 거리는 물론이고, 자기 자신과도 거리를 두게 하는 일이라고 했다.[20] 글쓰기는 우리의 지식을 투명하게 만들어 모든 지식을 의심하도록 만든다. 어쩌면 세계 안에서 내가 어디에 있는지 알고 그 사실을 이해하는 게 앎의 시작이다. 글을 쓰는 동안 우린 그 거리距離 속으로 들어가 거리를 재고 거리 너머를 보게 된다. 글을 쓰는 동안 우린 얼마쯤 성숙해지고, 현명해진다. 그러니 그사이 달라진 글쓴이가 처음 생각한 주제를 그대로 둘 리 없다. 글을 써 내려가는 동안에도 주제는 조금씩 변한다. 자신의 달라진 인격과 독자의 마음을 흔들 격정은 이미 주제를 손볼 태세를 갖추었다. 두려워하지 말고, 주제를 다시 거칠게 다뤄 보자. 나의 달라진 에토스와 독자를 움직이게 할 파토스를 위해.

논리 점검에 필요한 비단 주머니

로고스는 사실 좀 지루하다. 앞에서 설명했던 근거, 이유에 해당하는 온갖 글쓰기 모듈이 로고스 세계를 구성하는 요소들이다. 정의, 비교, 인용, 비유, 인과, 예시 등이 로고스를 확인하는 횡적 논리의 대상들이다. 이러한 횡적 논리는 종적 논리를 지탱하는 버팀목이자 받침대 역할을 한다. 횡적 논리는 종적 논리의 지평선을 넓히고, 종적 논리는 횡적 논리의 필요성을 이끈다. 나의 주장(결론, 주제)이 설득력을 가지려면 에토스와 파토스만으론 한계가 있다. 독자는 변덕스럽고 의심이 많다. 글쓴이의 진정성과 열정은 쉽게 냉소의 대상이 될 수 있다. 언제나 실눈 뜨고 글쓴이를 흘겨볼 독자를 위해 글쓴이는 비단 주머니를 준비해야 한다.

비단 주머니에는 정의, 비교, 인용, 비유, 인과, 예시가 들어 있다. 주머니를 하나씩 풀어 그 상태를 꼼꼼히 확인해 봐야 한다. 정의는 내포를 늘리고 외연을 좁혀 구체화했는지, 비교는 기준이 적절하고 그 기준을 일관되게 적용했는지, 인용은 적절하고 적합하게 맥락에 맞게 정확하게 사용했는지, 비유는 선명하고 창의적인지, 인과는 원인과 결과의 관계가 시간성·상관성·반복성·직접성 원칙에 잘 부합하는지, 예시는 대표적이고 전형적인 사례를 적당한 수준으로 제시했는지 살펴야 한다. 이러한 일련의 확인 작업은 다소 지겹고 지치게 할 수 있다. 그러나 학술적 글쓰기를 구성하는 내용 대부분이 횡적 논리다. 비중을 따지면 글 전체 분량의 70~80퍼센트쯤 될 것이다. 글을 고칠 때 표현을 살피는 것만큼 시간이 꽤 걸리는 작업이 바로 횡적 논리를 점검하는 일이다. 횡적 논리는 글의 몸통이다. 이러한 횡적 논리, 즉 근거·이유·전제에 해당하는 내용을 점검할 때는 다음과 같은 점들에 주목해야 한다.

중요한 개념을 적절하게 정의하였는가? 정의는 사전적 정의를 넘어 나의 관점을 반영했는가? 그런 정의에 대한 부연 설명을 충분히 했는가? 인용한 내용이 맥락에 맞는가? 인용한 글이 권위와 전문성을 갖추고 있는가? 인용 출처는 올바로 밝혔는가? 편향성이 강하지 않은 매체에서 인용했는가? 편향성이 있다면 균형은 맞췄는가? 다수 대중의 목소리를 상식적 판단 근거로 내세우지는 않았는가? 근거로 제시된 내용이 논란의 소지는 없는가? 제시한 근거에 다시 근거가 필요하진 않는가? 근거로 제시한 통계수치에 과장과 왜곡은 없는가? 통계자료 출처는 신뢰할 만한가? 근거로 제시한 사례는 보편적이고 상식적인가? 제시한 근거를 과신하는 건 아닌가? 다양한 근거 형식을 활용하였는가? 정의·비교·인용·비유·인과·예시 등을 상황에 맞게 적절히 사용했는가? 근거가 지엽적이고 단편적이지는 않은가? 등등. 이런 성찰과 검토는 사실 끝이 없다. 그만큼 논리의 수정은 다다익선이다.

논리적 측면을 검토하는 건 글의 마음과 정신을 살피는 일이다. 논리는 글이 숨을 쉬고 움직이고 걷고 뛰게 하는 힘이다. 글에 논리가 없다면 그 글은 말들이 뭉친 무질서한 언어의 집에 불과하다. 에토스, 파토스, 로고스가 심장과 근육과 두뇌를 움직일 때 비로소 글은 강한 생명력을 지니게 된다. 수사학 연구자인 리처드 토이Richard Toye는 사상思想은 저절로 생기는 게 아니라, 수사적 과정의 요구에 따라 생성된다고 했다. 그래서 이데올로기는 수사학적 구성물이고, 수사학적 구조와 분리될 수 없다.[21]

논리를 구축하는 표현이자 사고로서 수사학은 이미 이데올로기

그 자체다. 사회 구성원의 암묵적 동의와 믿음이 논리와 이데올로기를 형성한다. 수사학은 그런 논리와 이데올로기를 효과적으로 다룬다. 수사학이 이데올로기를 구성하는 요소라면 우리가 글쓰기에서 살펴야 할 논리는 이데올로기이기도 하다.

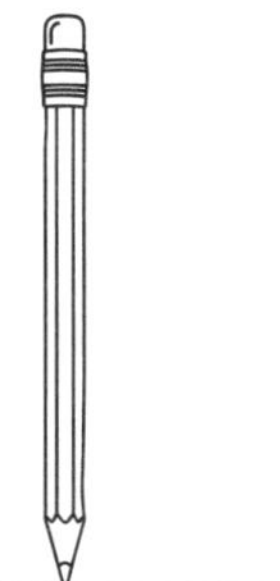

16

문체 文彩

문체文體와 문채文彩의 차이를 알게 된 후, 오랜 궁금증이 조금 풀리는 듯했다. 대학에서 본격적으로 시와 소설을 습작하던 때 어떤 사람은 글에서 힘을 빼는 게 좋다고, 또 어떤 사람은 글에 멋이 없으면 밋밋하고 지루하다고 했다. 이제 한 가지는 분명히 안다. 힘을 빼든 넣든 글은 계속 써야 한다는 것이다. 문체는 계속 써야만 만들어진다. 문체는 내 글만의 개성이고 특징이다. 글의 개성과 특징은 글이 쌓여야 알 수 있다. 소설가들의 선생이었던 상허尚虛 이태준李泰俊은 문체란 자기 개성이고 자기 개성을 죽이면서까지 일반적인 문체를 따를 필요가 없다면서 자기 기질에 맞는 문체를 만드는 게 최선이라고 했다.[22] 문체는 개성이지 멋이 아니다. 사실 많은 작가가 문체 없는 글을 쓴다. 더구나 인공지능 시대에 문체 없는 글은 더욱 늘어날 전망이다. 자기 글에 지문을 남길 수 있다는 건 대단한 일이다. 그건 작가로서 글의 일가一家를 이루었음을 뜻한다. 이젠 작가作家란 명칭을 함부로 쓰면 안 된다고 본다. 그냥 대부분은 저자著者나 글쓴이 정도로 불리는 게 맞다.

문장이 지닌 빛깔과 아름다움

문채는 내 글이 지닌 매력이자 아름다움이다. 글의 매력은 가꾸고 다듬어야 만들어진다. 옷을 입을 때 톤을 맞추거나 강약을 조절하듯, 글도 매력적으로 보이려면 어떤 규칙과 방법을 따라야 한다. 부단한 글쓰기 연습과 상당한 성과물로 만들어지는 문체와 달리, 한 편의 글을 쓰더라도 갖출 수 있는 문채 개념을 처음 알게 된 건 리처드 토이의 책 《수사학》 덕분이었다. 이 책을 접하기 전 읽었던 아리스토텔레스의 《수사학》에선 "문체"라 했지, "문채"란 표현이 없었다. 그리스어 렉시스lexis를 많은 번역가가 그냥 "문체"라고 번역해 왔다. 아리스토텔레스는 렉시스를 말의 표현 방식으로 썼다. 어휘를 어떻게 선택할지, 말할 때는 어디에 배치할지, 어떻게 발음하고 강조할지를 렉시스로 보았다.[23] 이걸 그냥 말의 스타일style로 뭉뚱그려 표현하다 보니 "문체"라 명명한 듯하다. 그런데 번역가 노승영은 토이의 《수사학》을 번역하면서 이 용어를 "문채文彩"로 번역했다.[24] 문체를 문장의 체제, 즉 문장을 구성하는 방식으로 본 상허 이태준의 지적이 바로 문채와 가깝다.[25] 번역가 노승영의 세심함과 정확함에 고마움을 표한다.

글 고치기(퇴고)의 마지막 장이자, 이 글의 마지막 부분에 와서야 비로소 단어와 문장을 다룬다. 글쓰기 책이라면 으레 표현과 문장을 다룰 거라 기대한다. 나도 그러했다. 서점과 도서관에서 글쓰기 책을 찾아 읽을 때마다 어떻게 하면 좋은 표현과 멋진 문장을 쓸 수 있을까 궁금했다. 그런데 이상하게도 좋은 표현과 문장을 위한 수많은 지침과 덕목이 막상 내 글에는 잘 적용되지 않았다. 짧게 쓰면 좋다길래 단문 위주로 써 보려 했지만 글 쓰는 재미가 살지 않았고, 불필요한 부사와 조사를 줄이라 했지만 어떨 때 부사와 조사가 불필요한지 확신이 들지 않았다. 결국 글쓰기의 핵심, 본질은 표현이나 문장이 아니었다. 그런데 표현과 문장에 대한 강박이 글쓰기를 두렵게 만들고 있으니 어찌된 일인가?

대학에서 오랫동안 글쓰기 교육에 전념한 연세대 정희모 교수는 논리적 글쓰기란 지식, 구성력, 문장력으로 이루어진다면서 이 중 문장력을 논리적 글쓰기를 구성하는 한 요소로만 보았다.[26] 문장력은 생각을 문자로 표현하는 기술이지, 논리적 사고능력 자체가 아니라는 것이다. 한때 대학의 작문 교육은 문장의 수사학에 경도되어 있었다. 정희모 교수는 수사학 중심의 글쓰기 교육에 한계가 있음을 지적하면서, 과정 중심의 인지주의 글쓰기 교육을 강조했다. 작문 중심의 수사학적 글쓰기는 글쓰기 행위 자체에서 글쓰기 목적을 발견할 거라 믿는 낭만주의적 관점이다. 반면 텍스트를 구성

　　　　　　　　　　　　　　　　　　　　　　　　　　　5장 수정

하는 행위이자 과정으로서 글쓰기는 인지주의적 관점이다.[27] 20세기 후반 들어 대학 글쓰기 교육은 점차 낭만주의에서 인지주의 관점으로 전환되고 있다.

문장과 단락을 작성하는 법, 단문에서 시작해서 점차 장문을 써 가며 사고를 확장해 가는 것을 작문 교육의 중심으로 보던 때가 있었다. 그러다 1980년대 이후부터는 그런 식의 작문 교육에 한계가 나타났다. 인간의 사고와 언어 생성은 단순히 언어적 표현만이 아니라 수많은 사회적 자원이 관여한다는 사실이 밝혀졌기 때문이다. 특히 담화 공동체, 독자, 상호텍스트, 담화 소통 등이 부각하면서, 문장 학습만으로는 작문 교육이 제대로 이루어질 수 없음을 인지하게 되었다.[28] 사실 하나의 텍스트를 생산하는 글쓰기는 다양한 사회적 맥락으로 얽힌 결과다.* 그래서 글쓰기 교육에서 글을 쓰는 방식만 가르쳐서는 안 된다. 비판과 소통 능력, 읽기와 문해력까지 모두 포괄하는 교육이 필요하다.[29]

글쓰기 교육은 텍스트를 이해하고, 텍스트로 소통하는 법을 가르쳐야 한다. 표현과 문장을 연습하는 건 문체를 위해서가 아니라 문채를 갖추기 위함이다. 글을 고치고 수정하는 마지막 단계는 거

---

* 텍스트는 결속 구조, 결속성, 의도성, 용인성, 상황성, 상호텍스트성, 정보성이라는 일곱 가지 특성이 있다. 보그란데 · 드레슬러, 《텍스트 언어학 입문》, 김태옥 · 이현호 옮김, 한신문화사, 1995, 6~22쪽.

창한 문체가 아니라 당장 잘 읽히고, 의미를 정확히 전달하여 독자를 이해시키는 문채를 구사하기 위해서다.

먼저, 문채文彩란 용어를 살펴보자. 본래 이 단어의 중심적 의미는 '아름다운 광채'이다. 한자어 채彩는 고운 빛깔이나 무늬를 가리키는 말이다. 아름답고 매력적인 문장은 빛이 난다. 빛이 나려면 매끄러워야 한다. 스스로 빛을 발산하는 태양이 아닌 이상, 빛이 나는 건 표면에 구김이 없고 표면이 반듯해야 한다. 또한, 아름답고 매력적인 문장은 무늬가 있다. 무늬란 어떤 장식적 요소를 지닌 규칙적 모양이다. 그래서 어떤 의도가 없는 바람이나 물길의 흔적은 무늬라 할 수 없다. 무늬는 어떤 목적을 위해 인위적으로 만들어진 패턴이다. 한자어 채彩가 지닌 빛깔과 무늬는 단어와 문장으로 생각을 표현할 때 어떤 원칙들을 암시한다. 표현은 구김이 없고 반듯해야 하고, 표현을 꾸미려면 의도가 명확하고 규칙성이 있어야 한다는 것이다. 이 원칙들은 표현을 고칠 때 단어와 문장 모두에 적용된다. 미국 대학생들의 글쓰기 필독서로 유명한 스탠리 피시Stanley Eugene Fish의 《문장의 일》에서 좋은 문장은 종류가 따로 있는 게 아니라 글쓴이의 목적과 의도에 정확히 부합하고, 그것들을 효과적으로 보여 주는 문장이라고 했다.[30]

단어를 선택하고 배열하면 어쨌든 문장은 만들어진다. 주어와 서술어가 만나면 문장은 성립한다. 그런데 피시도 강조하듯, 목적과 의도 없는 문장은 좋은 문장이 아니다. 그런 문장은 표현을 고칠 때

걷어 내거나 목적과 의도를 갖게끔 바꿔야 한다. 문학적 글쓰기에서 간혹 사용되는 자동기술법, 의식의 흐름 기법은 논리적이고 학술적인 글쓰기에선 용인하기 어려운 표현 방식이다. 논리적 글쓰기 분야에서 무의도·무목적을 굳이 이해하려고 애쓸 독자를 아무도 없다. 그렇다면 목적과 의도가 분명하고 효율적인 문장이란 무엇인가?

적확한 단어 찾기

문장으로 묶인 단어들은 주체, 대상, 행위, 묘사 혹은 방식의 표현이 되어 세계에 대한 한 가지 진술로 결합된다. (중략) 19세기 프랑스 작가 귀스타브 플로베르는 '딱 맞는 단어'를 모색한 것으로 유명하다. 그가 찾는 것은 홀로 빛나는 단어가 아니다. 정확하게 자리를 잡아 다른 단어들과 결합하여, 잘 깎은 다이아몬드처럼 시공간 속에서 빛나는 단어야말로 플로베르가 모색한 '딱 맞는 단어'다. (중략) 작가는 단어라는 도구를 이용하여 가야 할 길을 판다. 길 끝에 다다르면 문장이 나타난다.[31]

인용한 스탠리 피시의 말처럼, 좋은 문장은 먼저 적확한 단어를 찾는 데서 시작한다. 어쩌면 단어 선택이 좋은 문장의 대부분을 차지하는 일인지 모른다. 단어 선택은 적확해야 한다. 적확한 단어란 중복적 의미가 없고, 가독성이 좋으며, 정확하게 표기된 단어다. 우리 중복적 의미를 지닌 단어들을 남발하는 버릇이 있다. "그 문제는 … 문제이다, 가장 최초의, 지나치게 과소평가하는, 70~80퍼센트 정도, 아직도 미해결된, 약 100여 명 정도, 과반수가 넘는 찬성으로" 등이 흔하게 나타나는 경우다. 예시로 든 표현에서 뭐가 중복인지 알아차리지 못했다면 중복적 표현을 평소에 남발하고 있다는 뜻이다. 중복적 표현은 읽기가 불편하고 지루함을 느끼게 한다. 같은 뜻의 단어가 겹치면 읽기 효율이 떨어지기 때문이다. 중복표현은 겹말, 단어, 구절, 의미 중복이 대표적이다.[32]

글은 말과 달리 중복을 피해야 한다. 말은 중복해도 화자와 청자끼리 적절하게 조절하고 간섭할 수 있다. 적당히 과장하고 강조하는 게 말의 특징이니 알아서 이해하고 넘어간다. 반면 글에서 중복은 치명적이다. 독자는 시간과 에너지를 들여 글을 읽는다. 읽는 건 노동이고, 의지고, 실천이다. 그런데 중복적 표현이 있다면, 더구나 그런 표현이 자주 나타난다면 읽는 데 시간과 에너지를 낭비한다는 느낌을 받게 된다. 중복적 표현을 습관적으로 쓰는 사람은 한자어, 외래어, 고유어끼리 중복되는 의미가 있는지 주의해야 한다. "지금이 몇 월 달이죠?"에서 "월月"과 "달"은 같은 의미다. "IT 기술"에서 IT는 Information Technology이고, 이미 기술을 뜻하는 테크놀로지가 쓰였으니, 의미 중복이다. 이러한 중복적 의미 외에 반복적 표현도 주의해야 한다. 각 단어와 문장은 새로운 역할을 맡아야 한다. 같은 단어라도 반복적으로 쓰여 새로운 역할을 한다면 괜찮다. 그런데 새 단어라도 이미 다른 단어의 역할을 반복한다면 쓰지 말아야 한다.[33] 표현만 바꾸었을 뿐 같은 의미를 계속 반복하여 전달한다면, 그것도 엄밀히 말해 중복적 표현에 해당한다. 단어와 문장이 제자리걸음을 하듯, 어떤 의미에 계속 머물러 있다면 독자는 거기서 읽기를 멈추거나 건너뛸 것이다.

가독성이 좋은 단어란 예상 독자를 고려하고, 문맥의 흐름을 깨지 않으면서, 의미가 분명한 경우를 가리킨다. 이 중에서 예상 독자를 고려하는 게 가장 중요하다. 가독성이 좋으면 막히지 않고 잘 읽힌다. 독자가 이해하기 어려운 단어를 자주 쓰거나, 낯선 단어를 쉬운 단어로 풀어 표현하지 않으면 가독성은 떨어지게 된다.

최근에는 어렵고 낯선 한자어보다 고유어 표현을 쓰고, 영어식 외래어 표현을 쓰는 걸 더 선호하는 추세다. 시대와 교육이 바뀌다 보니 거기에 맞춰 사용하는 단어 표현도 달라질 수밖에 없다. 그래서 문해력 문제로 제기되는 한자어나 잘 안 쓰는 우리말 표현을 두고 그걸 심각한 문제인 양 지적하는 게 과연 적절한 것인지 따져볼 일이다. '고지식하다'를 '지식이 많다'라고 해석하는 걸 비난하기 전에, '융통성이 없다', '답답하다'라고 표현해도 되지 않을까.

물론 어휘력이 풍부한 건 좋은 일이다. 그런데 시대와 교육이 바뀌면 쓰는 어휘도 달라질 수밖에 없다. 조선시대 선비가 지금 시대 지식인보다 한자어 지식은 더 풍부하겠지만, 영어식 외래어는 하나도 모를 것 아닌가. 사람마다 편차야 있겠지만 어휘력의 절대량은 오히려 과거보다 지금이 더 많을 것으로 추측된다. 문명이 발달할수록 사물과 개념을 표현하는 명사는 증가하는 법이다.

오랫동안 사전 출간을 담당했던 안상순 선생이 쓴 《우리말 어감 사전》[34]에는 형태와 의미가 유사하지만 일치하지 않고 각각 다르게 쓰이는 200개 정도의 단어들이 나온다. 이 책을 보면 우리가 그동안 얼마나 단어를 대충 써 왔는지 알 수 있다. 우리는 가치와 값어치, 국가와 나라, 군중과 대중과 민중, 불법과 위법과 범법, 세상과 세계, 운명과 숙명, 지식인과 지성인, 학력과 학벌의 차이를 정확히 알고 있는가?

다음으로 정확하게 표기된 단어란 오탈자 없고, 맞춤법에 맞는 경우를 가리킨다. 사실 오탈자는 어느 정도 주의만 기울이면 쉽게 찾을 수 있다. 문제는 맞춤법이다. 맞춤법 문제 해결법은 하나밖에 없다. 평소에 사전 찾기를 습관화하는 것이다. 사실, 한글맞춤법은 악명 높기로 유명하다. 국립국어원 홈페이지(korean.go.kr)나 네이버에서 검색하면 누구나 쉽게 찾아볼 수 있는 〈한글맞춤법과 표준어 규정〉은 대학을 나온 사람도 이해하기 어려운 원칙과 예외로 가득하다. 나처럼 국어국문학을 전공하고 박사학위까지 받은 사람도 맞춤법이 틀리고 표준어를 혼동한다. 한글맞춤법과 표준어의 현실화·실용화 문제는 관련 전문가들이 좀 더 숙고할 문제다.(틀리기 쉬운 맞춤법은 부록 참고)

좋은 문장의 기준, 문법

적확한 단어 선택 다음으로 주의하고 다듬어야 할 요소는 바로 자연스러운 문장이다. 그런데 자연스럽다는 말처럼 무책임한 게 없다. 도대체 자연스럽게 쓰는 문장이란 무엇인가? 앞서 인용했던 스탠리 피시는 세계 내의 항목들을 조직화하는 논리 관계의 구조가 문장이라고 정의했다.[35] 그의 말처럼 문장이 논리적 관계를 보여 주는 구조가 되려면, 문장을 이루는 모든 요소가 분명하고 명료한 방식으로 서로 관계를 맺어야 한다. 단어, 구, 절이 서로 분명한 목표로 관계를 맺지 못하고 무의미하게 연결되면 문장의 논리 구조가 약해진다. 자연스러운 문장은 문장을 구성하는 각각의 요소가 그 역할을 정확히 수행하고, 다른 요소들과 명확한 관계를 맺는다. 한 마디로, 주어는 주어 역할, 서술어는 서술어 역할을 분명히 수행하는 문장이 자연스러운 문장이다.

한국어 문장의 구성 요소는 서술어, 주어, 목적어, 보어, 관형어, 부사어, 독립어로 이루어져 있다. 한국어 문장구조는 서술어와 주어가 한 번씩만 존재하는 홑문장, 서술어와 주어가 두 번 이상 나오는 겹문장으로 크게 나뉜다. 겹문장은 다시 "~고, ~며, ~지만, ~는데"와 같은 연결어미로 묶이는 **이어진문장**과 명사절, 관형절, 부사절, 서술절, 인용절을 포괄하는 **안은문장**으로 나뉜다. 문장구조에 따른 문장 종류는 각각 특징이 있고 쓸모가 있다. 특별히 어떤 종류의 문장을 더 귀하게 여기지 않는다. 문장의 다양한 종류는 인간의 다양한 생각을 품는다. 생각의 다양성은 지식의 폭과 깊이를 늘린다. 문장의 다양성은 그걸 가능하게 하는 원천이다.

우리말 문장의 구성 요소와 구조를 정확히 이해하는 건 문법의 영역이지만, 글을 쓸 때는 이러한 문법 지식이 없어도 직관적으로 문장을 작성해 낸다. 기초적인 읽기와 쓰기 능력을 갖추었다면 누구나 입에서 맴도는 말을 글로 옮겨 쓸 수 있다. 글은 말을 문자로 포착하여 기록하는 행위다. 문제는 고칠 때다. 특히 문어체 문장을 구사할 때가 그렇다. 입말(구어)을 글말(문어)로 옮길 때는 문법이 적극적으로 작동한다. 말로 표현할 때는 어색하지 않은데, 글로 옮기면 어색하게 느껴지는 게 바로 문법이 문장을 감시하기 때문이다. 반면에 말할 때는 문법의 힘이 약해진다. 입말 구어체는 주어나 서술어가 명확하지 않을 때가 많다. 목적어나 보어 없이도 의미를 전달할 수 있다. 노래 가사가 대표적 예이다.

노래 가사를 눈으로 읽어 보면 무슨 뜻인지 이해하지 못할 때가 많다. 멜로디를 붙여 따라 부를 때는 자연스러운데 막상 눈으로 읽으면 어색한 게 노래 가사다. 가수 김광석의 노래 〈서른 즈음에〉를 들으면, "조금씩 잊혀져 간다. 머물러 있는 사랑인 줄 알았는데. 또 하루 멀어져 간다. 매일 이별하며 살고 있구나"란 가사가 나온다. 입말이라 듣기엔 어색하지 않은데, 이렇게 글말로 적으면 어색한 부분이 여럿 보인다. 사랑이 어디에 머무른다는 건지, 매일 누구와/무엇과 이별한다는 건지 의문이 든다. 귀로 들을 때는 그러한

　　　　　　　　　　　　　　　　　　　　　　5장 수정

의문 없이 마음을 울리지만, 눈으로 읽을 때는 주어, 목적어, 부사어를 따지게 된다.

글말 문어체는 문장 구성 요소와 구조가 불완전하면 의미가 어색해진다. 문법은 글말 문어체가 제대로 작동하도록 이끄는 규칙이다. 문법은 글의 의미를 만들지는 못하지만, 의미의 출현 가능성을 제공한다.[36] 다시 말해, 문법은 의미를 띤 문장이 가능하도록 환경을 조성한다. "나는 글을 쓴다"라는 간단한 문장만 보아도 주어, 목적어, 서술어라는 문장 구성 요소와 주어와 서술어가 하나씩만 존재하는 문장구조로 이루어졌음을 알 수 있다. 이러한 문법 지식을 알면, 주어 '나' 대신 '너', '그', '친구' 등을, 목적어 '글' 대신 '시', '소설', '수필' 등을 쓰면 다른 의미를 지닌 문장을 마음껏 만들어낼 수 있음을 안다. 문법을 이해하면 입말을 자유자재로 글말의 형태로 옮길 수 있다.

문채의 목표인 매력적이고 아름다운 문장 쓰기는 이러한 문법 지식을 통해 구김 없고 매끄러운 문장을 구사할 때 비로소 실현된다. 적확한 단어를 구사하는 건 문채의 목표를 이루기 위한 시작이고, 문법 지식을 습득해 글말을 매끄럽게 펼치는 건 문채의 목표를 달성해 가는 중간 단계에 해당한다. 결국 자연스러운 문장은 논리적 구조가 명확한 문장이고, 그런 문장은 문법에 맞는 문장이다.[37] 좋은 문장의 기준은 문법이다. 정교하고 완벽한 문법은 아니더라도 의미 전달을 방해하지 않는 수준에서 문법을 따르는 문장이다.

문장이 문장을 쓰게 하라

문법에 맞는 문장인지 확인할 때 유의할 점이 뭔가? 무엇보다 서술어와 주어 관계를 확인해야 한다. 서술어를 먼저 앞에 언급한 점에 주목해야 한다. 한국어 문장은 영어와 달리 사람 주어 생략이 빈번하다. 특히 일인칭 주어인 '나'를 자주 생략하곤 한다. 영어는 주어를 생략해도 'It'과 같은 가주어를 내세우지만, 한국어는 아예 사람 주어를 밀어낸 문장을 즐겨 쓴다. 한국어는 "책을 좋아한다"라고 써도 괜찮지만, 영어는 주어 없이 "like a book"이라고 표현하지 않는다. 주어 없는 이 표현은 '책처럼', '자세하게'란 의미로 읽힌다. 반면 한국어는 주어를 쉽게 생략할 수 있어서 글말을 쓸 때도 주어를 자주 생략한다. 그래서 서술어와 어울리는 주어를 정확히 밝히지 않거나 겹문장 중 이어진 문장을 쓸 때 서술어 각각에 어울리는 주어를 놓치곤 한다. 방금 쓴 문장도 주어가 생략되어 있다. 바로 "우리는", "한국인은" 같은 사람 주어가 생략되었다. "우리", "한국인", "나는"처럼 일반적인 존재를 주어로 삼을 때는 생략해도 무리가 없지만, 특정한 존재나 대상, 개념이 주어일 때는 함부로 생략하면 안 된다. 같은 주어 '나'도 "나는 집에 간다"라고 쓸 때는 생략해도 되지만, "나는 꼭 집에 간다"라고 쓸 때는 생략하면 안 된다. "꼭 가는" 게 누구인지가 중요하기 때문이다. 그런데 바로 이어지는 문장의 주어가 같을 때는 생략해도 괜찮다. "나는 꼭 집에 간다. 그리고 (나는) 가족과 함께할 것이다."

흔히 '비문非文'이라 하는 잘못된 문장의 90퍼센트 이상이 서술어와 주어의 어색한 관계, 중요한 주어 생략에서 나타난다. 한편, 서술어와 주어의 호응 문제에서 형식이 아닌 내용 측면도 주의할 점이 있다.

내가 사는 곳은 물론 내 가족과 나만 아는 이야기를 마치 보편적인 이야기를 하듯 쓰는 경우가 제법 많으니까요. 더구나 주워들은 이야기를 따로 검색해서 확인하는 작업조차 하지 않은 채 그냥 쓰는 경우도 많고요. 모두가 글을 쓰는 주체인 '나'와 글의 화자인 '나'의 입장이나 처지가 다르다는 걸 미처 받아들이지 못해서 생기는 불상사입니다.[38]

20년 넘게 출판사에서 교정 교열을 보아 온 김정선 선생은 글 쓰는 '나'와 글 속의 '나'를 구별해야 한다고 말한다. 글 쓰는 '나'는 현실을 살아가는 실존적인 존재다. 반면 글 속의 '나'는 서술어와 어울리는 문장 속 주어이자 독자에게 글을 읽어 주는 목소리 주인공 화자다. 그래서 실존적 '나'만 알고 있는 정보를 화자 '나'의 목소리로 정확히 독자에게 전달하지 못하면, 독자는 실존적 '나'가 말하고 싶은 게 뭔지 이해할 수 없게 된다. 예를 들어, 인공지능의 특징을 설명하는데 실존적 '나'가 자료를 통해 알게 된 어떤 지식을 화자 '나'의 목소리로 독자에게 전달하지 않으면 독자는 글에서 글쓴이의 의도를 이해하지 못한다.

글쓴이와 독자는 정보 비대칭 관계다. 독자는 글쓴이가 뭘 말하고 싶은지 알아 가는 중이고, 글을 쓰는 작가는 독자에게 자신이 알고 있는 정보를 쉽고 정확하게 알리는 중이다. 그러니 독자는 잘 모르고 작가는 잘 아는 정보 비대칭 상태다. 이 상태에서 글쓴이가 해야 할 최고의 미덕은 친절이다. 독자가 내용을 이해하고 글쓴이의 주장에 동의하도록 만드는 힘은 독자를 향한 작가의 한없는 친절이다. 그러한 친절함을 보여 주기 위해 글을 구체적이고 분석적으로 쓰는 것이다. 행간의 의미에서 오해를 일으키지 않으려고 집요할 정도로 의도한 메시지를 전달하려는 노력, 그게 바로 친절한 글쓰기다.

구체적이고 분석적인 글쓰기는 학술적 글쓰기의 미덕이자 본질이다. 논리는 거창하게 만들어지지 않는다. 글 속 화자가 자신이 확보하고 이해한 정보를 독자에게 구체적이고 분석적으로 전달하려고 노력하면 거기서 논리가 만들어진다. 그러한 노력 여부가 논리적 정도를 결정한다. 정보 비대칭을 극복하려는 노력을 글쓴이가 적극적으로 보여 줄 때, 독자는 글에 호감을 느끼고 설득당한다. 실존적 '나'가 아는 정보를 화자 '나'를 통해 적극적으로 독자에게 알리려 하지 않으면, 독자는 금세 냉담해진다. 읽고 쓰는 세계에서 작가는 늘 독자에게 먼저 구애하는 존재다. 독자가 먼저 구애하는 경우는 드물다. 독자의 구애를 먼저 받는 작가라면 정말 행복한 사람이다. 친절함은 작가의 미덕이다.

문장의 주인이 문장을 쓰는 내가 아니라 문장 안의 주어와 술어라는 사실이다. 문장의 주인이 나라고 생각하고 글을 쓰면 기본적인 정보를 제공하지 않고 넘어가게 되거나(왜냐하면 나는 이미 다 알고 있으니까), 문장의 기준점을 문장 안에 두지 않고 내가 위치한 지점에 두게 되어 자연스러운 문장을 쓰기가 어려워진다.[39]

문장이 문장을 쓰도록 해야 한다는 말이다. 문장 속 목소리 주인공 화자가 사물이나 대상, 관념이나 개념의 얼굴을 하고 문장을 이끌어 갈 수 있어야 한다. 지금 읽고 있는 문장들도 보면 화자 '나'가 생략되었거나 사물, 대상, 관념, 개념이 주어 화자를 대신하고 있다. 가끔은 화자 '나'를 과감히 노출해도 좋다. 글 속에 숨어 있는 나를 꺼내 독자에게 나의 민낯을 보여 줄 때 독자는 어떤 진정성을 느낀다.

20세기 중엽에 롤랑 바르트가 말한 '저자의 죽음'은 텍스트를 완전히 지배하고 절대적 권위를 갖는 저자의 죽음이지, 텍스트를 통해 세계와 소통하고자 하는 진실한 존재, 그런 글쓴이의 죽음을 뜻하지 않는다.[40] 최근 들어 생성형 인공지능의 등장으로 약해지고 해체되는 건 어떤 사회적 구성 장치들이 글쓰기에 권위를 부여하여 인위적으로 만들어진 저자일 뿐, 글쓰기 행위를 하고 그런 글을 읽는 독자에게 의미를 전달하는 저자가 아니다. 생성형 인공지능은 롤랑 바르트가 지적한 저자의 죽음을 더 현실화하면서, 탈구축적인 저자의 등장을 활성화하고 있다. 어쩌면 저자author란 말보다 '스

토리텔러storyteller'란 말이 더 자연스럽게 쓰이게 될 것이다.[*]

그런데 저자 대신 스토리텔러가 글쓴이의 정체성을 대변하게 된다면 글의 메시지와 내용에 신뢰성 문제가 제기될 수 있다. 스토리텔러란 명칭에서도 알 수 있듯, '이야기꾼'은 왠지 허구를 그럴듯하게 전달하는 존재처럼 느껴진다. 이러한 의심과 회의 때문에, 글의 진정성 문제는 앞으로 더욱 중요하게 강조될 것이다. 권위적 저자가 사라진 자리를 대신할 작가는 진정성을 최소한의 덕목으로 갖춰야 한다. 그런 점에서 화자 '나'는 단지 서술 방식의 기법 문제가 아니다. 인공지능이 대신하지 않은 사유와 글쓰기 영역을 보증하는 인간 작가의 정체성 표현이다. 다만, 너무 자주 '나'가 등장하면 진정성을 연출하는 것처럼 보일 수 있다. 그러니 독자의 신뢰를 얻으려면 필요할 때, 적절하게 '나'를 드러내야 한다.

조사, 어미, 접사의 쓰임

문법에 맞는 문장을 확인하는 두 번째 포인트는 조사, 어미, 접사의 쓰임이다. 문법적으로 조사, 어미, 접사를 형식형태소이

---

[*] 스토리텔러storyteller란 용어를 한국어로 옮기는 것도 간단한 문제가 아니다. 흔히 사용하는 '이야기꾼'은 전문성이 약하고 부정적 인상을 준다. '창작자'는 콘텐츠 생성에만 초점을 맞춰 전달력이 약하다. '서사 전략가'는 대중적이지 못하고 기획자다운 면모가 너무 강조된다.

자 의존형태소라 한다. 이 말은 조사, 어미, 접사는 의미가 따로 없고, 반드시 의미를 지닌 말과 함께 쓰인다는 뜻이다. 한국어는 알다시피 교착어이고 첨가어다. 교착어, 첨가어란 실질적 의미를 지닌 말에 문법적 기능을 지닌 말이 결합하면서 말이 만들어지는 언어다. 한국어, 일본어, 터키어, 핀란드이가 대표적인 예다. 실질직 의미를 지닌 말에 결합하는 문법적 기능을 지닌 게 바로 "조사, 어미, 접사"이다. 이러한 말을 **형식형태소**라 하는데, 한국어의 활용과 변형에 중요한 역할을 한다. 문장 하나만을 두고 문장의 완성도를 따질 때 조사, 어미 접사의 역할은 매우 중요하다. 방금 쓴 앞 문장에서도 "-만, -을, -고, -의, -은, -하다"와 같은 형식형태소가 여럿 쓰였다. 이 말들을 적재적소에 잘 쓰지 않으면 의미 전달이 어색해지고 문장의 완성도가 떨어진다.

한국어가 모국어인 화자들은 조사, 어미, 접사의 쓰임에 큰 불편을 못 느끼지만, 그렇지 않은 화자들이 한국어를 배울 때 가장 어려워하는 게 바로 이들 형식형태소다. '읽다'만 보아도, "읽고, 읽으며, 읽으니, 읽었다, 읽으셨다, 읽어요" 등 다양한 형태로 활용된다. 외국인 입장으로 본다면 이건 거의 재앙 수준이다. 우리가 영어의 불규칙동사를 외울 때 느낀 불편함은 이것에 비하면 아무것도 아니다. 그렇다면 한국어가 모국어인 화자가 글을 쓸 때 조사, 어미, 접사의 쓰임에서 어떤 점을 주의해야 할까?

의존명사 "것"은 실질형태소이자 자립형태소여서 나머지 말들과 문법적으로 차이가 있지만, 의존명사이다 보니 완전히 자유롭게 쓰이지 못하고 반드시 앞에 관형어의 수식을 받는다.* 관형어 수식을 받는 의존명사 '것'은 자립명사를 정확히 쓰지 못할 때 습관처럼 쓰게 된다. 정확한 자립명사는 그 의미가 분명할 테지만, 의존명사 '것'은 애매하고 모호하다. 오죽했으면 "거시기가 거시기해서 거시기하네"란 표현을 농담처럼 하곤 한다. 대명사 '거시기'는 의존명사 '것'의 파생어다. 그리고 '것'을 남용하게 되면 서술어가 불필요하게 길어진다. 서술어가 길어지면 문장의 뜻이 모호해진다. '것'은 정말 필요할 때만 적절하게 써야 한다. 문장의 완성도를 살필 때 '것'의 쓰임 여부만 봐도 알 수 있다.

접사 "-적的"은 일본식 조어법의 영향으로 현대 한국어에서 자주 쓰이게 된 말이다. 영어를 번역하면서 근대어를 만들어 낸 19세기 말 일본인들은 추상명사의 관형사형 끝에 무조건 접사 '-적'을 붙이다시피 해서 여러 말들을 만들었다. "문화적, 과학적, 개념적, 추상적, 미학적, 철학적, 이론적" 등 많은 말이 '-적'이 붙은 파생어로 만들어졌다. '-적'이 붙은 파생어는 글을 경직되게 만들고, 정작 중요한 주어와 서술어에 주목하지 못하게 방해한다.[41] '-적'이 붙은 파생어는 대부분 관형어나 부사어로 쓰이는데, 이들 문장성분은 대

---

* 의존명사 '것'은 '~ㄹ 것이다'와 같은 추측이나 미래시제 표현, 'ㄴ 것이다'처럼 단정하거나 강조할 때만 쓰는 게 좋다.

체로 중요한 문장성분을 수식하면서 의미 관계와 문장구조를 복잡하게 한다. 한 마디로, 남발했을 때 문장의 이해를 방해한다.

"문화적 현상을 미학적 차원과 철학적 차원에서 고찰하려면 개념적이고 이론적인 분석 방법을 써야 한다." 한 문장에 '-적'이 다섯 번 들어가 있다. 한자어 '-적' 대신에 순우리말 '-스럽다'나 '-롭다', '-답다'를 쓰는 게 더 자연스럽다. 위 문장에서도 "자연+스럽다"라고 표현하는 게 "자연+적이다"보다 자연스럽다. "평화적이다"보다 "평화롭다"가 더 나은 표현이다. 순우리말 뒤에는 '-적'을 붙이면 안 된다. '-적'은 오직 한자어 뒤에만 올 수 있다.

관형격 조사 "-의"는 명사, 대명사, 수사 같은 체언을 관형어로 만들 때 붙는 조사다. 관형어는 반드시 뒤에 체언을 수식한다. 그래서 체언 뒤에 '-의'를 쓰면 체언이 체언을 수식하는 문장 배열이 나타난다. "현대문명 발달 과정"처럼 명사를 나열할 때, 왠지 조사 '-의'를 붙여야 할 것만 같은 압박을 느낀다. 물론 "현대문명의 발달 과정"이라고 해도 괜찮다. 그런데 조사 '-의'가 없어도 읽는 데 어색함이 없다면 굳이 붙일 필요가 없다.

불필요한 조사 사용은 문장의 리듬을 깨뜨린다. 조사, 어미, 접사처럼 문법적 기능을 수행하는 말들은 적절하게 축약하여 다이어트를 할수록 의미가 더 잘 전달된다. '것을' 대신 '걸', '것이' 대신 '게', '문제이다' 대신 '문제다'라고 쓰는 게 더 낫다. 이런 축약은 문어체의 딱딱함을 구어체의 부드러움으로 바꾸어 준다. 글쓰기라고 해서 모든 표현을 문어체에 맞출 필요는 없다. 법적인 계약서나 정부 문서가 아니라면 적절한 축약 표현으로 글의 리듬을 살리는 게 좋다.

한편 조사, 어미, 접사 같은 형식형태소는 명사, 대명사, 수사, 관형사, 부사, 동사와 형용사의 어간처럼 실질적 의미를 수행하는 말들을 보조하는 데 초점을 맞춰야 한다. 특히 '-의'는 꼭 필요하지 않다면 안 쓰는 게 좋다. 관형격 조사 '-의'를 간단히 줄여 쓰는 방법이 있다. '-의'를 빼고 읽어도 무리가 없으면 주저하지 말고 그냥 빼면 된다. '-의'를 뺐을 때 뭔가 어색하다고 느껴질 때만 '-의'를 쓰면 된다. **복수형 접사 "-들"**도 마찬가지다. 한국어는 복수 의미를 이미 간직하고 있는 말이 많다. "대중, 무리, 관객, 모두"는 이미 복수 의미가 있다. "대중들, 무리들, 관객들, 모두들"이라고 표현할 필요가 없다. 또한 "많은 사람들", "여러 문제들", "모든 생각들"처럼 수식어가 복수 의미를 지닐 때는 특히 "-들"을 붙이면 안 된다. "많은 사람", "여러 문제", "모든 생각"으로 표현해야 한다.

어미語尾 문제는 훨씬 복잡하다. 어미는 크게 보면 종결어미, 연결어미, 전성어미, 선어말어미 등이 있다. 종결어미는 우리가 흔히 생각하는 서술어 끝에 붙는 어미다. 평서문, 의문문, 명령문, 청유문, 감탄문 등을 결정한다. 연결어미로는 문장을 대등하게 잇는 대등 연결어미, 순서를 중시하는 종속 연결어미, 본용언과 보조용언을 잇는 보조적 연결어미가 있다. 전성어미로는 명사형, 관형사형, 부사형 전성어미가 있다. 전성어미가 붙으면 실제로 품사가 바뀌지 않지만, 품사가 바뀌는 거 같은 효과를 준다. "꿈을 꿈"과 같은 경우처럼 앞의 "꿈"은 접사 '-ㅁ'이 붙은 파생명사고, 뒤의 "꿈"은 전성어미 '-ㅁ'이 붙어 명사처럼 보이지만 동사 '꾸다'의 줄임말이다. 선어말어미는 어간과 어말어미 사이에 오는 높임형 선어말어미 '-시'와 과거·현재·미래를 표시하는 시제 선어말어미 등이 있다.

이뿐이 아니다. 다시 어미를 바꾸는 활용에는 규칙활용과 불규칙활용이 있다. 규칙활용은 어간의 모양이 변하지 않고, 어간 끝소리에서 'ㄹ'과 'ㅡ'가 탈락하는 경우다. 불규칙활용은 활용할 때 어간 모양이 변하거나 어미에 '-아/어'와 결합이 안 되는 경우이다. 불규칙활용도 다시 구체적으로 들어가면 어간 불규칙, 어미 불규칙, 어간 어미 불규칙 이렇게 나뉘고, 종류마다 여러 경우가 있다. 문제는 이렇게 복잡한 어미의 종류와 활용을 우리가 문장을 쓸 때 어느 수준으로 자연스럽게 쓸 수 있냐다. 이 문제를 설명하기엔 너무 길어지니 다른 자료를 참고하거나 한국어 문법 관련 책을 일독해 보길 바란다. (헷갈리고 주의해야 할 어미 활용은 부록 참고)

서술어와 주어의 호응, 조사·어미·접사의 적절한 사용은 한국어 글말을 정확하게 구사할 때 갖춰야 할 기본 소양이다. 문법 개념이 복잡해 보이지만, 이 두 가지만 신경 써도 자연스러운 문어체를 구사할 수 있다. 글말 문어체는 문법에 맞는 문장, 논리적 구조가 명확한 문장이다. 입말 구어체는 문장의 언어가 아니라 생각의 언어다. 대화할 때 사람들은 문장을 억지로 만들어서 말하지 않는다. 그냥 생각나는 대로 말한다.[42] 물론 공식적 자리에서는 문장처럼 말하기도 한다. 그래서 그런 자리에서 하는 입말은 대부분 대본이 있다. 대통령이 국민을 대상으로 연설하는데 대본이 없다면 곤란하다. 공식적이고 구속력을 지닌 입말을 할 때는 글말의 힘을 빌려야 한다. 문장은 논리적 구조를 지향한다. 논리적 글쓰기를 하려면 무엇보다 글말 문어체로 정확한 문장을 쓸 줄 알아야 한다. 더 상세한 문법 개념은 문법 학습서를 참고하길.

문장은 짧게?

이제 매력적이고 아름다운 문채를 위한 마지막 점검이 남았다. 지금까지 단어와 문장을 점검했다면, 문장끼리의 연결과 흐름을 살필 때다. 이 문제가 문채를 완성하는 마지막 과정이자 가장 중요한 단계다.

글의 흐름이 끊어지지 않으려면 이어지는 다음 문장을 독자가 계속 기대하도록 만들어야 한다. 그래서 스탠리 피시는 첫 문장의 역할은 딱 두 번째 문장을 기대하도록 하는 데까지라고 했다.[43] 두 번째 문장을 어찌 쓸지 막막한 건 실은 첫 번째 문장이 그 역할을 제대로 못 해서다. 그런데 뭔가 이상하지 않나? 두 번째 문장을 기대하도록 하는 게 첫 번째 문장의 역할이라고? 그럼 두 번째 문장의 역할은? 실은, 글의 마지막 문장을 제외한 나머지 모든 문장이

스탠리 피시가 말한 첫 번째 문장이다. 끊어지지 않고 글을 쓰는 건 다음 문장을 계속 잉태하는 과정이다. 마지막 문장을 낳을 때까지 앞 문장은 산모 역할을 해야 한다. 여기서 산모 역할이란 비유가 중요하다. 아이를 낳을 때 산모는 고통과 쉼을 반복한다. 출산은 힘 조절이다. 계속 힘만 줘서는 안 된다. 문장을 이어 간다는 거, 한 편의 글을 완성해 간다는 거, 그건 힘을 조절하는 과정이다. 그 힘이란 무엇인가? 바로 긴장감이다.

긴장감은 어떤 자극에 대한 반응으로 심리적 평온이 흐트러진 상태다. 이런 긴장감은 스트레스 반응과 유사하다. 생물학적으로 스트레스 반응이란, 신체의 항상성을 깨뜨리는 외부 세계의 어떤 것에 대응하여 신체가 항상성을 재정립하기 위해 보이는 반응이다. 그리고 생물은 스트레스 반응으로서 어떤 예감을 한다. 예감은 방어 태세이자 자신을 보호하려는 심리 작용이다. 예감 없는 스트레스 반응은 신경증이나 편집증 같은 정신질환을 일으킨다.[44] 문장끼리의 연결과 흐름은 긴장감을 조절하는 일이다. 독자는 그러한 긴장감을 즐긴다. 너무 느슨하지도, 너무 팽팽하지도 않은 상태가 중요하다. 이 상태가 깨지면 독자의 시선은 문장에서 이탈한다. 독자의 시선을 계속 문장에 붙잡아 두려면 적절한 스트레스 상태를 독자가 느끼도록 해야 한다. 그런데 독자가 느끼는 긴장감이 신경증이나 편집증 같은 병적 증상이 되지 않으려면 독자가 어떤 예감을 하도록 해야 한다. 독자에게 어떤 예감을 주고 긴장감을 즐기도록 하는 게 문장 연결과 전개의 핵심이다. 그렇다면 그런 예감과 즐거운 긴장감을 어떻게 만들어 낼까?

많은 글쓰기 전문가가 거의 이구동성으로 강조하는 게 있다. "문장은 짧게 써라!" 이 말은 거의 글쓰기 제1원칙처럼 여겨진다. 간결한 문장은 청중이 기억하기 쉬운 문장이고 청중에게 단숨에 전달되어 청중의 마음을 사로잡는 문장이라고, 아리스토텔레스 선생은 2,500년 전에 이미 강조하셨다.[45] 대학 작문 교육의 권위자인 정희모 교수도 본인의 글쓰기 책에서 짧은 문장은 언제나 좋다는 다소 도발적인 소제목을 달아, 한국어는 어법상 조사와 어미가 문법 기능을 하고 수식어가 피수식어 앞에 오기 때문에 짧게 써야 문장이 자연스럽다고 주장했다.[46] 짧게 쓰는 걸 한국어의 숙명으로 본 것이다. 한국어 연구자로 이름을 날렸던 고종석 선생도 글쓰기 강연록을 묶은 책에서 복문은 많은 정보를 담을 수 있어 단문보다 더 화사하고 우아해 보일 수 있지만 복문을 정교하게 쓰지 않으면 의미가 불투명해져 오독 가능성이 높다면서, 단문과 단문 사이에는 어떤 긴장이 있고 단문은 문장을 투명하고 명징하게 만들어 준다고 강조했다.[47] 글쓰기 책 유행을 일으켰던 유시민 선생도 우선 단문으로 쓰는 게 좋다고 자신만의 문장론을 밝히면서, 단문은 단지 길이가 짧은 문장이 아니라 주어와 서술어가 하나씩만 있는 홑문장임을 강조했다. 더불어 무엇을 강조하고 싶을 때나 단문으로 뜻을 정확하게 표현하기 어려울 때는 복문을 쓸 수 있다고 했다.[48] 그의 설명 중 단문을 문장 길이가 아닌 주어·서술어 관계로 본 점이 좀 특이하다. 사실, 주어·서술어가 두 개 이상 있는 겹문장도 홑문장만큼 짧을 수 있다. "인공지능은 한계가 있다." 이 문장은 짧지만, 서술절을 안은 겹문장, 즉 복문複文이다.

신문사 기자들이 쓴 글쓰기 책에서도 짧은 문상 예찬은 이어진다. 중앙일보 기자 배상복은 30~50자 정도의 길이로 문장을 써야 읽기 편하고 이해하기 쉽다면서 군더더기를 없애고 수식어를 절제하면 짧게 쓸 수 있다고 했다.[49] 조선일보 기자인 박종인도 퇴고할 때 글에서 장식적 요소를 덜어 내고 부사어, 관형어 같은 수식어를 줄이고 연결어미를 끊어 단문으로 바꿀 것을 강조했다.[50] 이렇게 많은 글쓰기 책 저자들이 문장을 짧게 쓰라는 원칙을 정언명령처럼 강조하고 있다. 그런데 나는 생각이 좀 다르다.

문장을 짧게 쓰라는 대원칙의 이유를 아리스토텔레스는 청중의 기억과 호감 때문이라 했다. 독자가 글의 내용을 기억하기 쉽고, 글에 흥미를 느끼도록 하려면 짧은 게 효과적이니까. 그런데 아리스토텔레스의 이 생각에는 중요한 편견이 하나 숨어 있다. 대부분의 독자가 오랫동안 읽기에 집중하지 못하고 어려운 내용을 싫어한다는 편견이 바로 그것이다. 정말 그런가? 아리스토텔레스 시대에는 제대로 교육받지 못한 시민도 많았으니까 그럴 수 있다. 그렇다면 현재는 어떤가? 한국만 해도 2023년 기준 대학 진학률이 76퍼센트가 넘는다. 미국은 한국보다 낮지만 그래도 60퍼센트가 넘는다. OECD 국가 대부분이 평균 50퍼센트 이상이다.[51] 정말 독자들은 집중력이 낮고 어려운 내용을 싫어할까? 짧은 문장을 글쓰기의 대원칙으로 삼게 된 건 아리스토텔레스 이후 현재까지 이어져 온, 대중은 어리석다는 고정관념의 영향이다. 대중大衆은 말 그대로 '큰 무리'다. 그 무리에는 필부필부匹夫匹婦부터 재자가인才子佳人까지 다양한 사람이 존재한다. 공개적으로 발표하고 출간하는 글을 쓰는 작가들이 하나같이 단문에 경도되어 그러한 글쓰기 법만 가르친다면 그건 대중 속 어떤 사람들을 간과하는 일이다. 대중은 단순한 무리가 아니다. 대중은 여러 색깔과 모양을 지닌 꽃들이다.

지성인들은 일반 독자에게 다가가려 할 때, 때때로 그들을 과소평가하여 글을 지나치게 단순화하거나 쉽게 쓰거나 어느 정도 격을 떨어뜨려야 한다고 생각하는 경향이 있다. (중략) 진지한 책을 찾는 독자들이 많으며, 그들은 새로운 사상과 생각하고 토론할 무언가를 원한다. 독자들은 작가가 그들에게 혼란을 주려고 작정하지 않는 한, 사고를 확장할 준비가 되어 있다.[52]

짧은 문장 쓰기로는 담아낼 수 없는 지적 세계가 점점 더 대중에게서 멀어지고 있다. 적지 않은 독자들은 진지하고 지적인 문장을 기다리고 있다. 독자들이 숏폼 콘텐츠 같은 글만 좋아할 거라는 생각이 독자에 대한 편견을 낳고 다양한 글쓰기를 방해한다. 지식이 방대해진 만큼 어떤 특별한 지식을 기다리는 독자도 꽤 많다.

우리는 왜 모두를 위한 글쓰기라는 강박을 가져야 할까. 왜 누구를 위한 글쓰기를 두려워할까. 어쩌면 그 누군가가 큰 무리를 이룰지 모를 일이다. 그 누군가를 위한 문장도 쓸 수 있어야 한다. 생물의 진화가 다양성 덕분이듯, 글쓰기도 다양성을 통해 진화한다. 어떤 누군가를 위한 문장을 기다리는 사람들이 분명 존재한다. 그런 문장의 도래를 기다리는 사람들을 위해 누군가는 어떤 문장을 묵묵히 쓸 수 있어야 한다. 글쓰기의 힘은 틀에 글을 맞추는 게 아니라, 글이 계속 어떤 틀을 만들어 내는 데 있다.

잘 쓴 문장이란

좋은 문장은 짧은 문장, 단문이 아니라 잘 쓴 문장이다. 잘 쓴 문장은 독자를 긴장시키는 문장이다. 어떤 내용이 전개될지 궁금하게 하고 기대하도록 만드는 문장이다. 그러한 예감과 긴장을 일으키는 문장은 길 수도 짧을 수도 있다. 관형어나 부사어로 가득할 수 있고, 아닐 수도 있다. 쉼표와 연결어미로 계속 이어질 수도 있고, 아닐 수도 있다. 문제는 길이나 수식이 아니라 언어의 밀도다. 문장을 잇고 문장이 흘러갈 때 멈추지 않고 유장하게 전개되는 언어의 속도다. 언어의 밀도와 속도는 어떤 리듬을 만들어 낸다. 그 리듬은 독자들을 긴장시키고 어떤 예감을 갖도록 한다. 문채는 이런 긴장과 예감을 문장과 문장 사이에서 만들어 낸다. "그래서, 그리고, 그런데, 그러나"와 같은 접속부사도 무작정 빼거나 습관적으로 넣어선 안 된다. 리듬을 깨뜨리면 빼고, 일으키면 쓴다. 문장 쓰기의 대원칙은 이제 좀 바뀔 때가 됐다. 짧은 문장이 좋은 문장이 아니다. 긴장을 주는 문장, 리듬을 만드는 문장이 좋은 문장이다. 형식과 내용이 분열되지 않고, 서로 영향을 주고받으며 조화를 이루는 게 아름다운 문장이다.

나·랏:말ᄊᆞ·미 中듕國·귁·에 달·아 文문字·ᄍᆞ·와·로 서르 ᄉᆞᄆᆞᆺ·디 아·니ᄒᆞᆯ·ᄊᆡ·이런 젼·ᄎᆞ·로 어·린 百·ᄇᆡᆨ姓·셩·이 니르·고·져 ·홇·배 이·셔·도 ᄆᆞᄎᆞᆷ:내 제·ᄠᅳ·들 시·러 펴·디:몯ᄒᆞᇙ·노·미 하·니·라 ·내·이·ᄅᆞᆯ 爲·윙·ᄒᆞ·야:어엿·비 너·겨·새·로·스·믈여·듧 字·ᄍᆞ·ᄅᆞᆯ 밍·ᄀᆞ노·니:사ᄅᆞᆷ:마·다:ᄒᆡ·ᅇᅧ:수·ᄫᅵ 니·겨·날·로·ᄡᅮ·메 便뼌安한·킈 ᄒᆞ·고·져 ᄒᆞᇙ ᄯᆞᄅᆞ·미니·라

우리말을 우리글로 표기한 이 유명한 글을 다들 알 것이다. 세종이 직접 쓴 훈민정음 서문을 다시 우리글, 한글로 풀어서 적은 《훈민정음언해訓民正音諺解》의 서문이다. 그런데 혹시 이 글이 몇 개의 문장으로 이루어졌는지 아는가? 훈민정음 연구자인 이성구 박사의 현대어 풀이를 참고하여 밝히면 다음과 같다.

우리나라의 말이 중국과 달라서 중국의 한자와는 서로 통하지 않

으므로 글을 배우지 않은 백성들은 말하고자 하는 바가 있어도 마침내 제 뜻을 글로 나타내지 못하는 자가 많다. 내가 이것을 가엾게 여겨서 새로 스물여덟 글자를 만들었으니 사람들로 하여금 쉽게 익혀서 일상생활에서 사용하는 데에 편하게 하고자 할 따름이다.[53]

보다시피 두 문장이다. 문법적으로 보자면 앞 문장은 네 개 문장을 이었고, 뒤 문장도 네 개 문장을 이었다. 이어진 문장만 확인해도 모두 여덟 개다. 여기에 관형절과 부사절을 안은문장까지 포함하면 주어와 서술어로 연결되는 문장은 모두 열 개가 넘는다. 이렇게나 많은 문장을 잇고 안아 복문을 만들었고, 세종은 복문으로 이루어진 두 문장에 자기 생각을 담았다. 앞 문장은 우리말을 담을 우리글이 없음을 밝히고 있고, 뒤 문장은 그러한 문제를 해결한 이유와 방법을 제시하고 있다. 문장의 논리, 문장의 흐름이란 이런 것이다. 만약 이 글을 열 개 정도의 짧은 문장으로 쪼개어 썼다면, 세종의 생각이, 훈민정음을 만든 배경과 목적이 잘 드러났을까? 세종은 글을 모르는 백성을 위해 훈민정음을 만들었다고 했다. 그 백성들이 쉽게 익혀 쓸 수 있는 글이라고 했다. 그런 마음으로 세종은 이 문장들을 쓰셨다. 좋은 문장이란 무엇인가? 나는 훈민정음 서문에서 그 답을 찾는다.

AI시대 글쓰기

20세기 초, 현대예술과 디자인 형성에 막대한 영향을 미친 독일 바우하우스Bauhaus 운동은 "형태는 기능을 따른다"라는 기능주의 미학을 강조했다. 바우하우스의 미학론은 형식과 내용의 이분법을 극복하고자 한 시도였다. 19세기 말부터 구상미술이 점차 쇠퇴하고, 개념예술로서 추상미술이 현대예술의 주류가 되고 있을 때, 예술 향유자들과 비평가들은 물었다. "도대체 왜 현대예술은 이렇게 점점 난해해지는 거지?" 후기인상파에서 시작되어 표현주의와 입체파, 다다이즘, 초현실주의로 이어지던 현대예술은 "예술이란 무엇인가?"란 물음에 답변 중이었다.

각각의 답변은 다른 듯했지만, 20세기 예술가들은 탈현실과 무의식을 기반으로 추상화와 개념화를 지향하는 걸 현대예술이라 생각했다. 그리고 추상화, 개념화는 표현 대상이 아닌 질료에 천착하도록 했다. 화가들은 나무를 그럴듯하게 표현하기보다 나무처럼 보이는 어떤 질료를 가지고 예술적 영감을 표현했다. 유리, 흙, 금속 같은 온갖 재료들이 예술적 영감을 표현하는 도구이자 매개체가 되었다. 도구는 어떤 기능을 수행하는 물건이다. 도구가 대상보다 전면에 나서고 대상을 압도하자, 표현 대상의 존재감은 희미해지고, 도구가 예술가의 목소리를 대변하게 되었다. 예술 작품 형태는 질료의 표현이고, 기능은 그런 형태의 완성이었다. 모방과 묘사에 익숙했던 사람들이 현대예술에 느낀 당혹감은 이것 때문이었다. 그리고 형식과 내용의 이분법을 극복하고자 했던 바우하우스의 시도는 이러한 현대예술의 특징을 잘 보여 주었다.

바우하우스를 대표하는 예술가이자 이론가인 라즐로 모홀리나기Laszlo Moholy-Nagy는 어느 날 카메라 없는 사진을 찍었다. 감광 처리된 종이 위에 입체물을 놓고 빛을 쏘여 어떤 이미지를 만들었다. 빛과 종이가 만나 만들어 낸 그 이미지는 그 자체가 형식이자 내용이었다. 흔히 카메라로 어떤 피사체를 찍어 사진이라는 결과물을 만들어 내면, 카메라가 형식이 되고 결과물이 내용이 된다. 그런데 모홀리나기의 작업에서는 카메라가 없으므로 사진은 형식에 따른 결과물이 아니게 된다. 빛과 종이가 시간 속에서 서로 반응하여 만든 이미지는 과정이자 결과이고, 형식이자 내용이다. 그의 작업에서 무엇을 틀로 볼 것이며, 무엇이 내용물인지 분간하기 어렵다. 형식과 내용을 구분하지 않은 이 작업을 예술로 보는 건 작가 모홀리나

기의 의도가 어떤 형태로 드러나고, 그 형태가 어떤 기능을 수행했기 때문이다.[1]

그런데 바우하우스와 모홀리나기의 이러한 기능주의 미학과 현대예술론이 21세기 와서 드디어 글쓰기 영역에서 실현되고 있다. 실은 20세기 초에도 시도가 있었지만, 그 결과가 형식과 내용의 이분법을 극복하지는 못했다. 20세기 중후반 인공지능 챗봇을 주요 기관들이 만들었지만, 대화를 통해서 이용자가 원하는 내용을 제대로 확보할 수 없었다. 튜링 테스트를 통과하는 인공지능 프로그램이 없었다.* 하지만 챗GPT와 같은 생성형 인공지능이 등장하면서 글쓰기에서 형식만으로 내용을 채울 수 있게 되었고, 내용에서 형식을 찾아낼 수 있게 되었다. 생성형 인공지능과의 대화 과정만으로 원하는 어떤 결과물을 만들어 낸다면 인간의 의도가 곧 형태를 갖추고 기능을 수행할 수 있게 되는 것이다. 그리고 내용과 형식의 이원화를 대화로 극복한다면 인류는 튜링 테스트를 완전히 통과한 인공지능과 만나게 된 것이다.

그렇다면 생성형 인공지능이 글쓰기 작성 방식을 어떻게 바꿀 수 있다는 것인가? 글쓰기에서 내용과 형식의 구분이 의미 없어진

---

* 튜링 테스트는 영국의 수학자이자 컴퓨터과학자인 앨런 튜링이 제안한 개념으로, 기계가 인간과 비슷하게 대화할 수 있는 정도를 따져 기계에 지능이 있는지를 판단하는 시험이다. 알 수 없는 상대 두 명과 대화하면서 누가 컴퓨터이고 인간인지 구분하지 못한다면, 기계가 이 테스트를 통과하여 지능을 갖춘 존재인 것으로 간주한다.

다는 게 무엇을 의미하는가? 과정과 결과가 하나의 연속적 사건이 되는다는 게 어떤 의미인가?

　일반적으로 글쓰기는 나 자신과의 대화로 전개된다. 기본적으로 구상을 끝낸 뒤 첫 문장을 쓰면, 이어서 구상에 따라 두 번째 문장을 쓰고, 다시 이어서 그다음 문장을 써 내려간다. 이 과정에서 그동안 읽고 메모한 수많은 자료를 나의 언어로 바꾸거나 정리한 것과, 쓰면서 떠오르는 생각을 바로 언어로 표현한 것들이 서로 적절한 조화를 이루며 한 편의 글로 만들어진다. 물론 각자 작성 방식은 조금씩 다를 수 있다. 그래도 이러한 일반적 과정에서 크게 벗어나지 않는다. 지금까지 우리 인간이 글을 작성하는 일은 생각의 꼬리를 이어 가며 스스로 묻고 답하는 일이었다. 즉, 글쓰기는 나 자신과의 대화였다. 그런데 이 일에 변화가 생겼다. 묻고 답하는 것을 혼자서 하지 않아도 되는 일이 벌어졌다. 챗GPT, 코파일럿Copilot, 제미나이Gemini, 클로드Claude 등 2023년부터 본격적으로 등장한 생성형 인공지능이 인간의 파트너이자 협력자 역할을 하기 시작한 것이다.

　생성형 인공지능은 구글이나 네이버 같은 기존의 검색 도구보다 편리해진 단순한 대화형 챗봇이 아니다. 어떤 문제를 해결하고 함께 답을 모색하는 '생각 기계'다. 생각 기계와 생각을 돕는 기계는 다르다. 생각을 돕는 기계는 튜링 테스트를 통과하지 못한다. 반면 생각 기계는 인간과 대등하게 소통하고 상호작용한다. 이 차이로 인해 정보 수집 방식에서도 큰 변화가 나타나고 있다.

구글 검색창에 키워드를 입력하면 적게는 수십 개, 많게는 수만 개 이상의 검색 결과가 나온다. 그중에서 처음 몇 페이지 정도를 옮겨 가며 검색 결과 목록을 대충 눈으로 더듬듯 확인한다. 우연히 눈에 띄는 목록을 클릭해 본다. 새 창에 열린 웹페이지를 다시 대략 스크롤 하며 살핀다. 마음에 들면 열어 두거나 페이지를 저장하고, 그렇지 않으면 창을 닫는다. 이런 식의 동작을 수십 번 반복한다. 그러다 어느 순간 시계를 보고 속으로 이렇게 말한다. "그래 이 정도 했으면 돼. 어떻게 저걸 다 확인해." 그렇게 해서 검색하여 확보한 자료를 읽고 메모한 뒤, 앞서 말했던 과정대로 작성한다. 이렇게 우린 그동안 '우연히', '적당히', '나름대로' 정보를 수집한 뒤 '알아서', '잘' 작성해 왔다. 그런데 조금 부끄럽지 않은가? 그저 운에 기대어 자료를 확보하고, 그저 기분에 따라 써 왔다니. 검색 결과 탭 몇 개 클릭하고, 어쩌다 걸려든 검색 결과에 만족해 왔다니.

생성형 인공지능은 운이 아니라, 빅데이터를 기반으로 인공신경망과 데이터 마이닝으로 딥러닝을 하여 정보 습득을 훈련한 상태에서 우리가 요구하는 답을 준다. 기존의 인터넷 검색과는 비교할 수 없는 막대한 검색 결과를 우리에게 제공한다. 챗GPT에 어떻게 정보를 습득하길래 짧은 시간에 인간이 요구하는 정보를 그렇게 빨리 알려 주냐고 물었더니 이렇게 답했다.

챗GPT:

내가 정보를 빠르게 제공할 수 있는 이유는 여러 단계의 학습 과정과 데이터를 처리하기 때문이야. 다음은 그 과정의 개요야.

◎ **사전 학습**Pretraining 나는 대규모의 텍스트 데이터를 학습했어. 이 데이터에는 책, 웹사이트, 연구 논문 등 다양한 출처의 정보가 포함되어 있어. 이 과정에서 언어의 구조와 의미, 패턴을 이해하도록 학습되었지.

◎ **패턴 인식**Pattern Recognition 내가 받은 데이터는 단순한 텍스트의 집합이 아니라, 그 안에 있는 패턴과 관계를 통해 정보를 파악해. 이 패턴을 통해서 사람들이 질문하는 방식이나 요구하는 정보의 맥락을 빠르게 이해할 수 있어.

◎ **지식 기반 확장**Knowledge Base 학습된 지식을 바탕으로 다양한 주제에 대한 정보를 갖고 있어. 예를 들어, 역사, 과학, 기술, 문화 등 여러 분야에서 폭넓은 정보를 제공할 수 있는 이유는 이런 학습 과정을 거쳤기 때문이야.

◎ **추론 및 응답 생성**Inference and Response Generation 내가 질문을 받으면, 그 질문의 맥락을 빠르게 파악하고 학습된 정보를 바탕으로 가장 적합한 답변을 생성해. 이 과정에서 정해진 답만을 내놓는 게 아니라, 내가 학습한 패턴을 활용해서 새로운 맥락에 맞춰 답을 만들어 낼 수 있어.

◎ **실시간 연산 능력**Real-time Processing 내가 데이터를 처리하고 답을

생성하는 능력은 매우 빠르게 이루어져. 이는 내가 수많은 계산을 동시에 처리할 수 있도록 설계된 인공신경망을 기반으로 하기 때문이야. 그 덕분에 짧은 시간 안에 적절한 답변을 줄 수 있지.

요약하자면, 나는 사전 학습된 데이터를 바탕으로 패턴을 인식하고, 실시간으로 정보를 처리해 질문에 답할 수 있어. 그래서 인간이 요구하는 다양한 정보를 빠르게 제공할 수 있는 거야!

그동안 운과 기분에 따라 검색하고, 작성한 뒤, 완성된 글을 보고 뿌듯해하던 모습이 왠지 원시인처럼 느껴지지 않는가? 생성형 인공지능은 자료 수집과 분석, 개요 구상과 본문 작성에 이르는 글쓰기 전 영역에 관여하고 협업할 수 있는 '생각 기계'다. 물론 생각 기계가 인간의 생각을 완전히 대체할 수는 없다. 글쓰기는 기본적으로 인간이 주도한다. 엄밀하게 말하면, 챗GPT의 답변은 글쓰기가 아니라 글쓰기를 돕는 메타 텍스트다. 메타 텍스트는 텍스트에 대한 정보를 보여 주는 텍스트다. 챗GPT는 글쓰기에 필요한 텍스트 지도를 안내하는 데 도움이 되는 텍스트를 제공한다. 챗GPT가 제공하는 스크립트를 바로 글쓰기로 여겨선 곤란하다. 관광 지도는 관광을 대신할 수 없다. 수많은 텍스트를 학습한 결과를 챗GPT가 스크립트로 제시한 것이지, 인간 대신 글을 써 주는 건 아니다. 챗GPT의 답변도 결국 인간이 참고할 텍스트에 불과하다. 그런데 이 텍스트는 기존의 구글링으로 확보한 텍스트와는 비교할 수 없

　　　　　　　　　　　　　　　　에필로그 AI시대 글쓰기

을 정도로 신뢰할 만하다. 구글링은 코끼리 한쪽 발의 새끼발톱보다 못한 수준의 텍스트를 확보해 준다면, 챗GPT는 코끼리 모습 전체 수준에서 확보한 텍스트를 압축해서 보여 준다. 그리고 단계적으로 대화 맥락에 따라 코끼리 각 부위를 더 세밀하게 보여 주기도 한다. 가끔 코끼리가 아닌 코뿔소를 코끼리라고 시치미 떼고 보여 주기도 하지만 그건 훈련받은 지능의 소유자라면 금세 알아차릴 수 있다.[*]

생성형 인공지능은 본격적으로 글쓰기 본문을 작성할 때, 생각의 흐름에서 채워야 할 빈칸의 문지기다. 빈칸에 들어갈 텍스트를 생성형 인공지능에 요구하면 최적의 텍스트를 제공하고, 우린 그것이 빈칸에 어울리는지 확인하면 된다. 빈칸 채우기는 생성형 인공지능에 맡기고, 우린 빈칸들을 잇는 생각의 흐름에 좀 더 집중하면 된다. 앞 장에서 말했듯, 과학기술은 인간이 굳이 하지 않아도 되는 것을 대신하는 쪽으로 발달해 왔다. 단순 암기나 연산은 컴퓨터나 핸드폰이 인간의 뇌보다 훨씬 뛰어나다. 우리 뇌는 그런 단순

---

[*] 인공지능의 환각hallucination을 파악하려면 정보를 검증하는 법을 습득해야 한다. 고등교육 심화 과정(대학원)이 그러한 방법을 배울 수 있는 가장 효과적인 곳이다. 그런데 대학원 교육을 받지 않더라도 이와 유사한 교육을 받을 수 있다. 그게 바로 학술적 글쓰기를 읽고 학습하는 것이다. 학술논문을 읽다 보면 정보를 어떤 식으로 검증하는지 그 방법과 규칙을 자연스럽게 습득하게 된다. 정보 검증 능력을 갖춘 사람이 이젠 인공지능 활용에서도 유리하다.

암기나 연산이 아닌 다른 일에 더 집중하면 된다. 지금까지 구글링으로 빈칸 채우기를 우리가 직접 해 왔다면, 이제 그 일을 생성형 인공지능에 맡겨도 될 때가 온 것이다. 그런데 문제는 빈칸 채우기가 아니다. 빈칸을 채울 때 생성형 인공지능은 물론이고 여러 자료를 활용할 수 있다. 검색은 빈칸을 채우기 위한 행위다. 그건 시간과 단순 노력의 영역이다. 문제는 빈칸들을 어떻게 연결하고 배치할지, 그걸 결정하는 생각의 흐름에 있다. 생각의 흐름은 지성의 영역이다. 인간의 지성이 빛나는 건 암기나 연산이 아니라, 상상하고 추론하고 성찰하는 힘에 있다. 그 힘은 진리를 사랑하는 마음에서 나온다.

 "진리가 너희를 자유롭게 하리라." 요한복음에 나오는 유명한 구절이다. 이 책을 탈고하기 전까지 나는 이 말을 제대로 이해하지 못했다. 성경 말씀이라는 무게에 눌려, 그저 진리를 하나님의 말씀으로만 여겼다. 우린 영원히 채울 수 없는 어떤 결핍에 사로잡혀 있다. 그걸 누구는 욕망이라 하고, 누구는 이상理想이라 한다. 때론 그리스 신화 속 에리직톤Erysichton처럼 그 결핍을 채우려고 자기 몸까지 뜯어 먹는다. "진리가 너희를 자유롭게 하리라." 다시 이 구절을 천천히 읊어 본다. 이번엔 "자유롭게"를 힘주어 읽는다. 관조와 상상으로 생각하기를 멈추지 않을 때, 그 무엇도 나를 구속할 수 없다. 계속 생각하는 동안 나는 더 깊고, 멀리 본다. 그리고 "나" 자신을 더 많이 알게 된다. 나는 조금 더 자유로워질 테다.

부록

생성형 인공지능 챗봇의 등장은 학술적 글쓰기Academic Writing의 지형을 근본적으로 변화시키고 있다. 그런데 챗봇을 '만능 작성기'나 '답안 자판기'로 접근하는 태도는 지양해야 한다. 그 대신 챗봇을 인간의 사고를 자극하고 확장하며, 복잡한 아이디어를 정교하게 다듬는 '고급 사고 파트너'로 재정의하고자 한다. 기술이 정보를 효과적으로 '재구성'하고 '요약'하는 데 탁월한 역량을 보이는 현시점에서, 역설적으로 인간 고유의 역량이 그 어느 때보다 중요해졌다. AI가 생성한 결과물은 종종 '획일적'이며 '창의성이 부족'할 수 있다. 따라서 비판적 사고, 창의적 종합, 그리고 무엇보다 '윤리적 판단'은 오롯이 인간 연구자의 영역으로 남는다. 그래서 우리는 챗봇을 이용해 '글을 쓰지 않는 법'이 아니라, 챗봇을 지렛대로 삼아 '글을 더 쉽게 잘 쓰는 법'을 깊이 고민하게 되었다. 이는 단순한 기술 활용법을 넘어, 기술을 대하는 태도의 문제이기도 하다. 이러한 배경과 목적을 바탕으로, 학술적 글쓰기의 주요 단계인 아이디어 발상, 자료 수집과 분석, 개요와 목차 구성, 작성과 수정이라는 핵심 4단계 과정에서 챗봇을 효과적이고 윤리적으로 통합하는 전략을 단계별로 살펴보겠다. 아래 표는 이러한 논의를 요약한 로드맵이다.

| 표 1 | 학술적 글쓰기 챗봇 활용 핵심 전략 4단계

단계	챗봇의 핵심 역할	주요 프롬프트 기법	주의할 점
① 아이디어 발상	창의적 촉매자	· 창의적 프롬프팅(비전통적 시나리오 제시) · 마이유틱 프롬프팅(소크라테스식 질문 유도) · 주제 브레인스토밍(연구 격차 식별)	아이디어의 획일성 기존 편향의 강화
② 자료 수집·분석	비판적 분석가	· 비판적 검토(논리적 비약 분석) · 데이터 분석(패턴·상관관계 식별) · 파급효과 분석(2차·3차 결과 예측)	환각 표절 출처 없는 정보 생성
③ 개요·목차 구성	논리적 설계자	· 역할 부여(논문지도 교수 역할) · 템플릿 기반 작성(정해진 구조에 내용 채우기) · 논문 명제 정제(명확성·논쟁성 강화)	논리적 연결성 부족 주장의 피상성
④ 작성과 수정	스타일 편집자	· 세분화 수정(400~500자 단위로 수정) · 구체적 피드백(왜·무엇을·어떻게) · 질문 다각화(다양한 청중·관점 적용)	원본 의미의 왜곡·축소 문체의 비일관성

1. 아이디어 발상 — "빈 페이지"의 공포를 "탐험"으로 바꾸기

학술적 글쓰기의 첫 단계는 종종 빈 페이지의 공포로 시작된다. 챗봇은 이 단계에서 인간의 사고를 자극하는 창의적 촉매제 역할을 할 수 있다. 핵심은 챗봇에 정답을 요구하는 것이 아니라, 발산적 사고를 유도하는 것이다.

1-① 탐색적 브레인스토밍(무한한 가능성 열기)

생성형 인공지능 챗봇을 사용하여 기존의 사고방식에서 벗어나는 발산적 사고를 훈련할 수 있다. 이때 창의적 프롬프팅Creative Prompting 기법이 유용하다.

◎ **핵심 기법: 창의적 프롬프팅** 이 기법은 AI에 의도적으로 넓고 개방적인 틀 잡기 frame work를 제공하여, 비정상적이거나 가상의 시나리오를 탐색하도록 유도하는 전략이다. 핵심은 AI가 생성한 초반 아이디어에 대해 즉각적인 평가나 판단을 보류하는 것이다.

◎ **고급 활용: 아이디어 평가자로 활용하기** 챗봇은 단순히 아이디어를 나열하는 것을 넘어, 각 아이디어의 잠재력을 스스로 평가하도록 요청받을 수 있다. 예를 들어, 특정 주제에 대해 여러 가상 시나리오를 제시한 후, 각 아이디어의 학문적 기여도나 독창성을 분석하게 할 수 있다.

◎ **프롬프트 전략: 역할 부여 + 창의적 + 평가 결합**

> **예** "당신은 사회학 분야의 연구 고문입니다. 이 분야의 현재 동향, 연구 격차, 그리고 새로운 질문들을 식별하십시오. 이 분야의 오래된 핵심 이론을 뒤집을 수 있는, 비전통적이고 독창적인 연구 주제 다섯 가지를 브레인스토밍해 주십시오. 그리고 각 주제가 학계에 미칠 잠재적 영향력과 연구 실현 가능성을 기준으로 순위를 매겨 주십시오."

1-② 마이유틱 프롬프팅Maieutic Prompting(소크라테스식 질문으로 아이디어 심화)

아이디어를 발산했다면 이제 심화할 차례다. '마이유틱 프롬프팅', 즉 '소크라테스식 프롬프팅'은 챗봇에 즉각적인 답을 구하는 대신 챗봇의 질문을 받음으로써, 스스로 자기 생각을 심화시키는 성찰적 사고를 훈련한다.

◎ 핵심 기법: **소크라테스식 대화법** 이 전략은 사용자와 챗봇 간의 질문과 응답의 상호 교환을 기반으로 한다. 챗봇은 직접적인 답변을 제공하는 대신, 사용자가 독립적으로 추론하고 답변을 발견하도록 유도하는 일련의 개방형 질문을 한다.

◎ **불확실한 회색 지대 탐색** 모든 학술 연구는 명확한 정답이 없는 회색 지대(논쟁 영역)를 탐색하는 과정이다. 마이유틱 프롬프팅은 챗봇을 사고 파트너로 활용하여 정답이 명확하지 않은 복잡한 문제나 상충하는 관점들을 탐색하는 데 최적화된 도구다.

◎ 프롬프트 전략: **역할 부여 + 마이유틱**

> **예** "저는 (연구 주제)에 대해 연구를 시작하려 합니다. 당신은 저의 지도 교수 역할을 맡아주십시오. 저는 이 주제에 대해 제가 미처 생각하지 못했거나 간과하고 있을 수 있는 숨겨진 가정, 윤리적 딜레마, 또는 잠재적 편향을 파악하고 싶습니다. 저의 사고를 자극할 수 있도록, 소크라테스 방식으로 날카로운 질문 다섯 가지를 해 주십시오. 절대로 답을 주지 말고, 오직 질문만 하십시오."

1-③ 연구 주제 및 질문의 구체화

광범위한 주제는 실행 가능하고 논쟁적인 연구 질문으로 좁히는 수렴적 사고 과정이 필요하다. 챗봇의 출력 품질은 프롬프트의 품질에 정비례하며, 좋은 프롬프트는 구체성과 맥락을 제공한다.

◎ 핵심 기법: **구체화 및 맥락 제공** "프랑스 역사에 대해 알려줘"와 같은 일반적인 프롬프트는 방대하지만, 피상적인 정보만 제공할 뿐이다. 반면 "프랑스대혁명의 원인과 결과에 초점을 맞추어~"라고 맥락을 제공하면, 챗봇은 특정 시기와 사건에 집중하여 훨씬 유용한 답변을 생성한다.

◎ **C.R.A.F.T 프롬프트** 원칙 효과적인 학술적 프롬프트는 다음 다섯 가지 요소를 포함하는 것이 좋다.

맥락Context "프랑스대혁명의 원인과 결과에 초점을 맞추어"

역할Role "당신은 연구 컨설턴트입니다"

행동Action "분석하라", "개발하라", "비교하라"

형식Format "세 가지로 나누어, 각각 과학적 근거를 포함해"

어조Tone "학술적 문체로", "객관적 어조로", "문어체로"

◎ **프롬프트 전략**

> 예 "당신은 역사학 연구 컨설턴트입니다(Role). 프랑스대혁명의 원인과 결과에 초점을 맞추어(Context), 주요 사회경제적 요인 세 가지를 구분하고(Action/Format), 각 요인이 혁명 발발에 미친 영향을 분석하는 핵심 연구 질문을 하나씩 제기하여, 모두 합해 세 개를 제기해 주십시오(Action/Format). 어조는 학술적인 문어체를 유지해 주십시오(Tone)."

2. 자료 수집과 분석 — 정보의 "소비자"에서 "비평가"로

아이디어 발상 단계를 지나 자료 수집 및 분석 단계에 들어서면, 챗봇의 역할은 '촉매제'에서 '분석가'로 전환된다. 하지만 이 단계는 챗봇 활용에 있어 가장 치명적인 함정을 내포하고 있다. 바로 환각과 표절 윤리 문제다.

2-① 자료 수집의 치명적 함정(환각과 검증 의무)

챗봇을 자료 수집 단계에서 활용할 때, 환각Hallucination 현상의 위험성을 인지하고 모든 정보를 검증 대상으로 삼는 학문적 태도를 확립하는 것이 무엇보다 중요하다.

◎ **핵심 위험: 챗봇은 그럴듯하게 지어냄** 챗봇은 통계적 패턴을 기반으로 텍스트를 생성하는 모델이지, 사실을 검색하는 데이터베이스가 아니다. 따라서 챗봇은 그냥 막 지어내는 경향이 있고, 방금 말한 게 진짜인지 아닌지 확인할 방법이 없다. 이는 존재하지 않는 논문, 가상의 인용, 왜곡된 데이터를 매우 그럴듯하게 생성할 수 있음을 의미하며, 이는 학술적 글쓰기에서 매우 치명적인 결함이다.

◎ **학술적 글쓰기 1단계와 2단계의 모순 인식** 챗봇을 활용한 논리적인 글쓰기를 할 때, 1단계와 2단계에서 모순이 나타날 수 있음을 인지하고 있어야 한다. 1단계(아이디어 발상)에서 창의성을 위해 유용하게 활용했던 바로 그 생성 기능이, 2단계

(자료 수집)에서는 환각이라는 독으로 작용한다. 이 도구의 양면성을 이해하는 것이 비판적 활용의 첫걸음이다.

◎ 윤리적 지침: **검증과 학습의 본질** AI가 생성한 출처, 인용, 데이터를 검증 없이 그대로 사용하는 것은 학술적 부정행위(표절)이자, 학습의 본질을 훼손하는 행위이다. WebChatGPT와 같은 플러그인을 활용하여 출처 인용을 시도할 수 있으나, 이 역시 링크가 깨져 있거나 원문 내용을 잘못 요약할 수 있으므로, 연구자(학생)는 반드시 원문을 직접 확인하고 검증해야 한다.

◎ 올바른 활용법 챗봇에 사실 자체를 묻는 대신, 사실을 찾기 위한 도구를 요청해야 한다.

> 예 Bad Prompt (환각 위험 높음): "기후 변화가 북극곰에 미치는 영향에 대한 논문 5편을 APA 양식으로 인용해 줘."
>
> 예 Good Prompt (검증 가능한 도구 요청): "나는 기후 변화가 북극곰 개체 수에 미치는 영향에 관해 연구 중이야. RISS, DBpia, Google Scholar에서 관련 선행 연구를 검색할 때 유용한 핵심 키워드(동의어/상위어/하위어 포함) 10가지를 생성해 줘. 그리고 이 분야에서 가장 많이 인용되는 핵심 저자 세 명을 알려줘." (→ 생성된 키워드와 저자명은 직접 학술 데이터베이스에서 검증해야 함.)

2-② 챗봇을 비판적 분석 도구로 활용하기

챗봇의 진정한 가치는 '정보 검색기'가 아니라 '논리 분석기'로 활용할 때 발현된다. 챗봇을 활용하여 자신의 주장이나 수집한 자료의 논리적 약점을 파악하는 훈련을 할 수 있다.

◎ 핵심 기법: **논리적 비약 및 편향 분석** 챗봇은 정보 탐색 외에도 주장의 논리적 비약, 비현실성 등을 분석하는 데도 유용하다. 챗봇의 객관적 분석 기능을 활용하여 자신의 논리를 테스트할 수 있다.

◎ 프롬프트 전략

> 예 **주장 비판**: "다음은 내가 논문의 본론에 쓰려는 초안의 일부야. (주장 및 근거 삽입) 이 주장의 논리적 구조를 분석해 줘. 근거가 주장을 뒷받침하기에 불충분하거나 논리적 비약

이 있는 부분을 구체적으로 지적해 줘. 또한 이 주장에 숨겨진 가정이 있다면 무엇인지 알려줘."

예 **악마의 변호인** : "내 논문의 핵심 주장은 (핵심 주장)이야. 네가 내 주장에 대해 가장 비판적인 동료 평가자 역할을 맡아 줘. 이 주장을 반박할 수 있는 가장 강력한 반론 세 가지를 제시하고, 각 반론을 뒷받침하는 (가상의) 근거를 논리적으로 설명해 줘."

2-③ 데이터 및 결과의 심층 해석

고급 학술 작문은 데이터를 나열하는 것을 넘어, 그 데이터가 갖는 의미Meaning와 함의Implication를 도출하는 것을 목표로 한다.

◎ **핵심 기법: 역할 부여 및 파급효과 분석** 챗봇에 데이터 분석가 역할을 부여하여, 제공된 데이터 내의 패턴, 상관관계 또는 이상 현상abnormalities을 식별하도록 요청할 수 있다.

◎ **그래서 뭐So What?에 답하기** 학술적 글쓰기의 핵심 질문인 "So What?"(이 연구가 왜 중요한가?)에 답하는 것은 어려운 일이다. 챗봇의 파급효과 분석 능력은 이 "So What?"을 탐색하는 강력한 도구가 될 수 있다. 이는 연구 결과의 1차원적 해석을 넘어, 예상치 못한 2차, 3차 결과를 예측하게 함으로써 논의할 챕터를 심화시킨다.

◎ **프롬프트 전략**

예 **데이터 분석**: "당신은 학술 작문 맥락의 데이터 분석가입니다. 다음은 내 설문조사 결과 요약입니다. (데이터 요약 삽입) 이 데이터에서 나타나는 주요 패턴, 변수 간의 상관관계, 또는 내 가설과 일치하지 않는 예상치 못한 이상 현상을 식별해 주십시오. 이 결과가 내 연구 가설인 (가설)을 어떻게 옹호하거나 공격하는지 논의해 주십시오."

예 **파급효과 분석**: "내 연구의 핵심 결과는 (연구 결과 요약)입니다. 이 결과가 현실 정책(또는 특정 산업)에 즉시 적용된다고 가정할 때, 명백하게 예상되는 1차 효과 외에, 우리가 미처 고려하지 못했을 수도 있는 예상치 못한 2차 및 3차 파급효과는 무엇일까요? 긍정적인 측면과 부정적인 측면을 모두 분석해 주십시오."

견고한 아이디어와 분석된 자료가 준비되었다면, 이제는 글의 청사진, 즉 개요Outline를 설계할 차례다. 이 단계에서 챗봇은 논리적 설계자 역할을 하며, 생각의 파편들을 체계적인 구조로 조직화하는 데에 도움을 준다.

3-① 기본 구조 확립(서론-본론-결론)

논리적 글쓰기의 가장 기본이 되는 3단 구성(서론-본론-결론)을 확립하는 것은 모든 글쓰기의 시작이다. 챗봇을 활용하면 이 기본 구조를 신속하게 생성할 수 있다.

◎ 핵심 기법: **구체적인 요청** 단순히 "~글을 써 줘"라고 요청하는 것이 아니라, 구체적으로 질문하는 것이 효과가 좋다. 특히 각 부분(서론/본론/결론)이 수행해야 할 기능을 명시적으로 요청해야 한다.

◎ **프롬프트 전략**

> 예 Bad Prompt: "타깃 마케팅에 대해서 설명해 줘." (→ 단순한 정보 나열로 이어짐)

> 예 Good Prompt : "저의 연구 주제는 소셜 미디어 타깃 마케팅의 윤리적 문제입니다. 이 주제로 A4 한 장 분량의 짧은 에세이를 작성할 계획입니다. 다음의 논리적 구조를 가진 상세한 개요를 구성해 주십시오. 서론은 독자의 흥미를 유발하고 문제의 중요성을 제기하는 예시를 들 것. 본론은 ① 개인정보 침해, ② 알고리즘 편향, ③ 소비자 조작 가능성이라는 세 가지 핵심 윤리적 딜레마를 다루는 세 개의 문단일 것. 결론은 본론의 내용을 요약하고, 기술적·정책적 해결책을 제안하는 것으로 마무리할 것."

3-② 강력한 논문 명제 개발 및 정제refinement

논문 명제Thesis Statement는 학술적 글쓰기의 심장이자 나침반이다. 챗봇과의 비판적 대화는 이 논문 명제를 더 명확하고, 구체적이며, 논쟁이 가능하게 다듬는 데에 매우 효과적이다.

◎ 핵심 기법: **논문 지도교수 역할 부여** 챗봇에 '논문 지도교수' 또는 '학술 작문 전문가'라는 매우 구체적인 역할을 부여함으로써, 일반적인 조언이 아닌 학문적 엄

격성을 갖춘 전문적인 피드백을 유도할 수 있다.

◎ 프롬프트 전략

> **예** **논문 명제 정제** : "당신은 학술 작문에 특화된 논문 지도교수입니다. 제가 작성한 초기 논문 명제는 다음과 같습니다. (초기 논문 명제 삽입) 명확성, 구체성, 그리고 학문적 엄격성을 기준으로 이 명제를 비판해 주십시오. 이 명제가 너무 광범위하거나, 단순히 사실을 기술하는 데에 그치지는 않습니까? 이 명제를 더 간결하고, 집중적이며, 논쟁적인 주장으로 만들기 위한 세 가지 구체적인 개선안을 제시하고, 각 개선안의 장단점을 설명해 주십시오."

3-③ 템플릿 기반의 체계적 개요 작성

특정 학문 분야(예: 자연과학의 IMRaD 구조, 즉 소개/방법/결과토론)나 보고서 양식처럼 정해진 포맷을 따라야 할 때, 챗봇은 매우 유용한 도구가 된다. 이 방법은 일관된 응답과 원고의 일관성을 유지하고 작업 효율성을 높여 준다.

◎ 핵심 기법: **템플릿 제공** 이 전략의 핵심은 챗봇이 구조를 만들게 하는 것이 아니라, 연구자(학생)가 먼저 명확한 템플릿(논리적 구조)을 제공하고, 챗봇에 그 빈칸을 채우도록 요청하기만 하면 된다.

◎ 프롬프트 전략

> **예** **템플릿 기반 개요**: "저의 연구 주제는 (주제)입니다. 저는 이 연구를 위해 표준적인 IMRaD 형식을 따르고자 합니다. 다음 템플릿의 각 항목에 들어가야 할 핵심 내용들을 상세한 목차 형식으로 작성해 주십시오. 서론은 연구 배경, 선행 연구의 한계(연구 격차), 본 연구의 명확한 질문과 목적. 연구 방법은 연구 대상 및 샘플링, 데이터 수집 절차, 주요 변수 측정, 데이터 분석 방법. 결과는 주요 분석 결과 제시(가설 검증 결과 포함), 표 또는 그림으로 제시할 핵심 데이터. 논의는 결과의 해석, 선행 연구와의 비교, 본 연구의 학문적 함의, 연구의 한계점, 향후 연구 제안. 결론은 핵심 발견 요약 및 제언."

4. 작성과 수정 — 초안을 논문으로 정제하는 과정

마지막 단계는 작성된 초안을 정제하여 완성도 높은 학술논문으로 만드는 과정이다. 이 단계에서 챗봇은 스타일 편집자로서, 문장의 명료성을 높이고 논리적 흐름을 다듬는 파트너가 될 수 있다.

4-① 학술적 문체 및 톤 적용

보통 초안은 주관적이거나 감정적인 표현, 또는 불필요하게 장황한 문장으로 채워지곤 한다. 챗봇은 이러한 초안을 객관적이고, 명료하며, 간결한 학술적 문체로 변환하는 데에 도움을 줄 수 있다.

◎ 핵심 기법: **명료성에 집중** 준수한 학술적 문체는 불필요한 수식어(아주, 많이, 매우, 무척 등)를 피하고 명료성에 집중한다. 챗봇에 이러한 원칙을 따라 문장을 수정하도록 명확히 지시한다.

◎ 프롬프트 전략

> 예 **문체 변환:** "다음 문단은 저의 아이디어 스케치인데, 너무 감정적이고 주관적인 표현이 많습니다. 이 문단을 심리학의 전문적이고 객관적인 학술적 문체로 다시 작성해 주십시오. '매우', '정말과 같은 불필요한 수식어와 '나는 생각한다'와 같은 일인칭 주관적 표현을 모두 제거하고, 명료성과 간결성에 집중해 주십시오. (초안 문단 삽입)"

4-② 챗봇을 활용한 다단계 수정 전략

챗봇을 수정 작업에 활용할 때 가장 주의해야 할 점은, 챗봇이 수정하는 과정에서 원본 내용이 축소되거나 변형될 위험이 크다는 것이다. 이러한 위험을 최소화하고 정교한 교정을 수행하기 위한 두 가지 핵심 전략이 있다.

◎ **핵심 기법 1: 세분화 수정** 방대한 양의 원고(예: 논문 한 챕터)를 한 번에 입력하고 "다듬어 줘"라고 요청하는 건 최악의 방식이다. 이 경우 AI가 원본의 핵심 논지를 임의로 축소하거나 왜곡할 위험이 매우 크다. 따라서 단락 두 개나 400~500자 정도의 분량으로 텍스트를 잘게 나누어chunking 요청하는 것이 훨

씬 효율적이고 안전하다.

◎ 핵심 기법 2: **수정 메뉴 활용** 단순히 "다듬어 줘"라고 포괄적으로 요청하는 대신, 자신의 수정 의도에 맞는 구체적인 수정 동사를 사용해야 한다. 다음 표는 다양한 수정 프롬프트를 목적별로 재분류한 수정 프롬프트 메뉴로서 참고할 만하다.

| 표 2 | 수정 작업을 위한 챗봇 프롬프트 메뉴

수정 목표	프롬프트 예시	핵심 기능
최소한의 수정 (가독성 향상)	"이 글의 원고 내용 변경을 최소로 해서, 문장을 더 자연스럽고 명확하게 다듬어 줘."	원본의 뉘앙스 유지, 문맥 다듬기
논리 보강 제안 (근거 강화)	"(위 프롬프트) 만약 특정 부분에 추가적인 설명이나 근거가 필요하다고 생각되면, 구체적인 제안을 해 줘."	논리적 약점 식별 및 보완 제안
문장 구조 개선 (문체 변경)	"이 글의 핵심 내용과 주장을 유지하되, 수동형 문장은 능동형 문장으로 바꾸고, 전문 용어는 좀 더 쉬운 일반적인 표현으로 설명해 줘."	능동형 변환, 가독성 및 명료성 향상
형식 변경 (재구성·요약)	"제공된 내용을 발표용 슬라이드 텍스트로 작성해 줘. 주요 포인트를 강조하고, 내용을 간결하게 분류해 정리해 줘."	요약 및 핵심 추출, 재포맷

4-③ 피드백 루프를 통한 심층 개선

가장 고급스러운 챗봇 활용법은 챗봇의 1차 수정본을 그대로 수용하는 것이 아니라, 챗봇의 결과물에 대해 다시 질문과 피드백을 제공함으로써 결과물의 질을 점진적으로 높여 가는refine 상호작용을 만족스러울 때까지 하는 것이다.

◎ 핵심 기법 1: **왜Why, 무엇What, 어떻게How 질문하기** 프롬프트 개선의 핵심은 AI의 생성물에 대해 구체적인 피드백을 제공하는 것이다. AI가 생성한 문장에 대해 "이 문장이 명확한가?", "이 주장을 뒷받침할 더 나은 예시가 있는가?", 또는 "왜 이 문단이 나의 전체 논문 명제에 중요한가?"와 같은 질문을 다시 던짐으로써, AI가 스스로 결과물을 다시 분석하고 개선하게 만들 수 있다.

◎ 핵심 기법 2: **프롬프트 다각화** 글의 완성도를 높이는 궁극적인 전략은 관점을 바

꾸어 보는 것이다. 예를 들어, AI에 "이 전문적인 문단(V3)을 이 분야를 전혀 모르는 초등학생의 눈높이에 맞추어 설명해 줘"라고 요청할 수 있다. 만약 AI가 이걸 명료하게 설명해 내지 못한다면, 그것은 원본(V3) 자체의 논리가 아직 불명확하다는 강력한 신호다. 또한 "이 주장을 기술적인 측면에서 설명해 줘" 또는 "이 주장을 윤리적인 측면에서 설명해 줘"와 같이 관점을 다각화하면 글의 명료성과 깊이를 동시에 강화할 수 있다.

◎ **피드백 루프 실습**

학생(V1) : (초안 문단) + "이 문단의 주장을 더 명확하게 다듬어 줘."

챗봇(V2) : (1차 수정안 제공)

학생(피드백) : "수정본(V2)은 더 명확해졌지만, 근거가 부족해. 이 주장을 뒷받침할 더 좋은 예시를 찾아 줘. 그리고 왜 이 주장이 내 전체 논문 명제에 중요한지, 그 내용을 보강해서 V3를 만들어 줘."

챗봇(V3) : (예시와 중요성이 보강된 2차 수정안)

학생(개선안): "좋아. 이제 V3의 내용을 이 분야에 매우 비판적인 동료 평가자의 관점에서 검토하고, 이 주장이 가진 잠재적인 반박 논리를 세 가지로 지적해 줘."

결론

인간 고유의 창의성과 AI의 효율성이 조화를 이루는 학술적 글쓰기의 미래

지금까지 챗봇을 활용한 학술적 글쓰기의 4단계를 살펴보았다. 우리는 챗봇이 아이디어의 촉매자(1단계), 분석의 비판적 조력자(2단계), 논리 구조의 설계자(3단계), 그리고 문장의 정교한 편집자(4단계)가 될 수 있음을 살펴보았다. 그러나 이 모든 과정에서 글에 관한 궁극적인 책임은 인간 저자에게 있음을 다시 한 번 더 명심해야 한다. 챗봇은 강력한 도구이지만, 생성된 모든 결과물의 학문적 무결성, 독창성, 그리고 윤리적 책임은 전적으로 그 도구를 사용하는 연구자(학생)에게 있다. AI가 만들어 낸 콘텐츠를 비판적 검증 없이 그대로 자기가 쓴 글처럼 발표하거나 제출하는 건 대학 교육과 학문의 본질을 훼손하는 행위다. 기술의 발전 속도보다 중요한 건 그 기술을 어떻게 대할 것인지에 대한 우리의 태도다. AI는 학문적 질문을 더 깊이, 더 날카롭게 고민하게 만드는 사고의 '스파링 파트너'로 사용되어야 한다. 기술은 도구일 뿐 주체가 될 수 없다. 챗봇은 글쓰기 도구지 작가가 아니다. 카메라는 시각적 즐거움을 포착할 뿐, 그 즐거움을 느끼지 못한다. 챗봇을 통해 글쓰기의 고통을 벗고 즐거움을 느끼자. 끝으로 이 글은 Gemini 3.0 pro 버전을 활용해 작성하였음을 밝힌다.

인용 출처를 밝힐 때는 자료 종류에 따라 다음과 같은 순서로 표기한다.

단행본 저자명, 제목, 출판사명, 출판연도, 게재면.

학술논문 저자명, 제목, 학술지명, 권호수, 학술단체명, 출판연도, 게재면.

학위논문 저자명, 제목, 대학교명, 학위명, 출판연도, 게재면.

인터넷자료 해당 자료 출처명만 밝히고 뒤에 주소창 주소 전체를 소괄호로 처리함, 검색일.

정기간행물 기자명, 기사 제목, 매체명, 수록일, 사이트 주소, 검색일.

출처를 표기할 때는 다음과 같은 인용 기호에 주의한다.

- 쪽수를 로마자 'p'로 표기할 때는 소문자로 쓰고, 두 페이지 이상일 때는 'pp.'로 표기, 그냥 한글로 '~쪽' 표기도 가능하다.
- 인터넷 자료와 뉴스 기사는 검색일이 쪽수 표기 역할을 대신한다.
- 전자책의 쪽수 표기는 전자책을 기준으로 하되, 끝에 '전자책'임을 밝힌다.
- 한국어로 된 단행본이나 학위논문, 신문이나 잡지는 『　』(겹낫표), 혹은 《　》(겹화살괄호)에 서명을 넣고, 로마자로 된 서명은 이탤릭체로 표기한다.
- 한국어로 된 학술지 논문이나 신문이나 잡지의 기사는 「　」(홑낫표), 혹은 〈　〉(홑화살괄호) 속에 논문이나 기사 제목을 넣고, 로마자로 된 논문(서양어로 쓰인 논문) 제목은 홑낫표 표시 없이 그냥 표기하는 것이 일반적이다.
- 인터넷 웹진이나 블로그는 인터넷으로 발행하는 잡지로 보기 때문에 웹진 이름과 블로그 이름은 겹낫표 혹은 겹화살괄호로 표기하고, 웹진의 기사와 블로그의 게시물은 그냥 홑낫표나 홑화살괄호로만 표기한다.

실제 사례

- 김완진 외 2인, 〈국어학 연구의 방향정립을 위한 기초적 연구〉, 《관악어문연

구》4, 관악어문학회, 1979, p. 397.

• 류은영, 「담화의 논리: 구술에서 디지털스토리텔링까지」, 『외국문학연구』 제39호, 한국외국어대학교 외국문학연구소, 2010, 79쪽.

• 레프 마노비치, 서정신 역, 『뉴미디어 언어』, 생각나무, 2008, 156~157쪽.

• Rudolph h. Weingartner, Historical Explanation, *The Encyclopedia of Philosophy*, Vol. 4, ed. by P. Edwards, New York: Macmillan Publishing Co., 1967, pp. 7-8.

• 한국연구재단 웹진, 2019년 7월, https://webzine.nrf.re.kr/nwebzine/sub2_3.php (검색일 : 2024년 3월 13일)

• 「엔씨소프트 "리니지W 표절" 카카오게임즈에 저작권 소송」, 『한국경제』, 2024년 2월 22일, https://www.hankyung.com/article/202402222607Y (검색일 : 2024년 3월 13일)

• 〈표절과 저작권 침해의 차이〉, 《메타버스협력지원센터》, 네이버 블로그, https://blog.naver.com/contentstand/221335 (검색일 : 2024년 3월 13일)

• 데이비드 실즈, 김명남 역, 『문학은 어떻게 내 삶을 구했는가』, 책세상, 2015, pp. 14~15. 전자책

• 이기문, 『국어사개설』, 민중서관, 1972.

• 한상복 · 권태환, 《중국 연변의 조선족》, 서울대학교출판부, 1993.

• 김우필, 『한국 대중문화의 기원과 성격 연구』, 경희대, 박사학위논문, 2014.

• 김우필, 「놀이하는 도서관」, 『머니투데이』, 2015년 12월 4일.

• 〈신진 연구자 인터뷰〉, 《한국연구재단 웹진》, 2019년 7월.

• *Chomsky Noam, Cartesian Linguistics*, New York : Harper Row, 1966.

• 이숭녕, 〈조선어 이화작용에 대하여〉, 《진단학보》 17권, 진단학회, 1939.

• 김우필, 「식민지 조선의 과학기술 담론에 나타난 근대성」, 『문화연구』 34권, 한민족문화학회, 2010.

◎ 모음이나 ㄴ 받침 뒤에 이어지는 "렬, 률"은 "열, 율"로 적는다.

> **예** 출생률, 백분율, 분배율, 탈락률, 실패율, 수신율, 분열, 강렬

◎ 한자어, "란欄, 량量"은 외래어나 순우리말 뒤에 쓰일 때는 "난, 양"으로 적는다.

> **예** 광고란, 독자란, 투고란, 노동량, 작업량, 운동량, 어린이난, 가십난, 스포츠난, 구름양, 알칼리양, 소비량

◎ 사이시옷은 합성어고, 순우리말이 하나 이상 포함되고, 사잇소리 발음 현상이 나타날 때만 표기한다. 사잇소리 발음은 뒷말의 첫소리가 된소리(ㄲ, ㄸ, ㅃ, ㅆ, ㅉ)로 발음이 나거나, 앞말 받침이나 뒷말 첫소리에 'ㄴ' 소리가 덧나는 경우다.

> **예** 전셋집/전세방, 해님, 나무꾼, 예삿일, 훗일, 구레나룻, 순댓국, 시쳇말, 머리말, 반대말, 존댓말, 먹잇감, 상갓집, 혼잣말, 노랫말, 뒷일, 초가집, 초점, 대가, 개수, 농지거리, 코웃음 (단, "셋방, 숫자, 횟수, 곳간, 찻간, 툇간"만 예외적으로 모두 한자어임에도 사이시옷을 표기한다. "찻잔"은 "차"를 우리말로 보기 때문에 사이시옷을 표기한다.)

◎ 길이와 관련된 의미일 때만 "늘이다", 그 외 뜻은 "늘리다"로 표기한다.

> **예** 고무줄을 늘이다, 바짓단을 늘이다, 생산량을 늘리다, 규모를 늘리다, 수를 늘리다, 실력을 늘리다.

◎ 조사 "~로서"는 자격, 조건, "~로써"는 수단, 방법의 의미일 때 표기한다.

> **예** 학생으로서 학업에 충실해야 한다, 그 기술을 사용함으로써 성공하였다.

◎ 날짜를 세는 순우리말 표현은 다음과 같다.

> **예** 하루, 이틀, 사흘, 나흘, 닷새, 엿새, 이레, 여드레, 아흐레, 열흘

◎ "일절"은 부정이나 금지 의미일 때, "일체"는 모두, 전부 의미일 때 표기한다.

> **예** 소식을 일절 끊었다. 일절 참견하지 말라. 너에게 책임을 일체 맡기다. 슬픔을 일체 잊어라.

◎ "~이/히"가 붙는 부사 표현에 주의한다. "~하다"가 붙을 수 있는 말은 "~히"를 쓴다. 단, ㅅ 받침으로 끝나는 말 다음에는 "~이"를 쓴다. 이 경우를 제외한 나머지는 모두 "~이"를 쓴다.

◎ 솔직히(솔직하다), 간편히(간편하다), 꼼꼼히(꼼꼼하다), 고요히(고요하다), 깨끗이(깨끗하다 → ㅅ 받침으로 끝남), 번듯이(번듯하다 → ㅅ 받침으로 끝남), 가벼이, 깊이, 헛되이, 더욱이, 일찍이, 곰곰이, 겹겹이, 다달이

◎ 자주 틀리는 맞춤법

삼가하다 × 삼가다○	서슴치 × 서슴지○	설레임 × 설렘○
희노애락 × 희로애락○	승락 × 승낙○	대노 × 대로○
덮히다 × 덮이다○	넌즈시 × 넌지시○	닥달 × 닦달○
부비다 × 비비다○	파랑색 × 파란색○	검정색 × 검은색○
알맞는 × 알맞은○	몇일 × 며칠○	멋적다 × 멋쩍다○
아에 × 아예○	이제서야 × 이제야○	바램 × 바람○(원하다)
윗돈 × 웃돈○	놀래키다 × 놀라다○ 놀래다○	

뒷걸음질치다 × 뒷걸음질하다○ 뒷걸음치다○

웬지 × 왠지○ → "왠지"는 "왜인지"의 준말, 이 단어를 제외한 나머지는 모두 "웬~"으로 표기함

◎ "ㅡ"가 탈락하여 활용할 때 어간은 "어"나 "아"와 결합한다.

◎ 치르다 → 치러, 담그다 → 담가, 잠그다 → 잠가

◎ "ㄹ" 받침으로 끝나는 동사의 명사형 표기는 ㄹ과 ㅁ을 한꺼번에 적는다. 그 외는 "ㅁ"이나 "~기"로 적는다.

◎ 울다 → 욺, 들다 → 듦, 만들다 → 만듦, 이끌다 → 이끎

◎ 모음 "ㅚ" 뒤에 "어"가 올 때 줄인 표현은 "ㅙ"이다.

◎ 되어요 → 돼요, 뵈어요 → 봬요, 쇠어 → 쇄, 꾀어 → 꽤

◎ 어간에 "하"가 들어간 단어를 줄일 때, "하" 바로 앞말 끝소리가 울림소리면 거센소리로, 안울림소리면 예사소리로 표기한다.

◎ 간편하게 → 간편케, 연구하도록 → 연구토록, 생각하건대 → 생각건대, 섭섭하지 → 섭섭지 (울림소리는 모든 모음과 자음 중에서 "ㄴ, ㄹ, ㅇ, ㅁ"이다.)

◎ 서술어에서 "~거나, 걸, 게, 세, 수록"은 발음은 된소리로 나더라도 본음대로 표기한다.

◎ 노력할께 → 노력할게, 노력할쑤록 → 노력할수록

◎ "~던(지)"은 과거 행위나 사건, "~든(지)"은 열거나 선택의 의미일 때 표기한다.

> **예** 작년에 했던 일, 얼마나 놀랐던지, 밥을 먹든지 말든지

◎ "~이에요/이어요"는 앞말에 받침이 없을 때만 "~예요/여요"라고 줄여서 표기할 수 있다.

> **예** ~거예요, 학생이에요, 아니에요/아녜요(←아니다)

◎ "~므로"는 "그러므로"를 줄인 표현일 때, "~음으로써"는 "그렇게 함으로써"를 줄인 표현일 때 표기한다.

> **예** 그가 나를 믿으므로 나도 그를 믿는다, 그는 믿음으로써 행복감을 느꼈다.

◎ 어간에 "ㅂ"이 있는 단어가 관형어로 활용될 때는 "~운"이라고 표기한다.

> **예** 자연스런(자연스럽다) → 자연스러운, 자랑스런(자랑스럽다) → 자랑스러운,
>
> 사랑스런(사랑스럽다) → 사랑스러운

◎ 이중 피동 표현은 쓰지 않는다. 피동 의미를 중복하기 때문에 문법적으로 틀린 표현이다.

> **예** 나뉘어지다 → 나뉘다, 보이어지다 → 보이다, 불리우다 → 불리다,
>
> 되어지다 → 되다, 씌어지다/쓰여지다 → 쓰이다/써지다, 잊혀진 → 잊힌,
>
> 짜여진 → 짜인, 길들여지다 → 길들이다

◎ 어색한 사동 표현은 쓰지 않는다. 주체의 행동을 객체의 행동처럼 표현하기 때문에 비문법적이다.

> **예** 사람을 소개시켜 주다. → ~소개해 주다.
>
> 신뢰 관계를 훼손시켜서는 안 된다. → ~훼손해서는 안 된다.
>
> 그의 이론은 공식을 완성시켰다. → ~완성하였다.
>
> 연료 전지는 화학에너지를 전기에너지로 변환시킨다. → ~ 변환한다.
>
> 사람을 놀래키지 마라. → 놀래지 마라.

머리말

[1] 제나 히츠, 《찬란하고 무용한 공부》, 박다솜 옮김, 에트르, 2025, 59~61쪽.

[2] 《불설전법륜경佛說轉法輪經》, 불교기록문화유산아카이브, https://kabc.dongguk.edu/m/content/view?dataId=ABC_IT_K0741

[3] 정희모 외, 《대학 글쓰기 연구와 텍스트 해석》, 보고사, 2015, 127~128쪽.

[4] 손동현 외 4인, 《학술적 글쓰기》, 성균관대학교출판부, 2006, 32~33쪽.

[5] 보그란데·드레슬러, 《텍스트 언어학 입문》, 김태옥·이현호 옮김, 한신문화사, 1995, 6~22쪽.

[6] 백선희 엮어옮김, 《폴 발레리의 문장들》, 마음산책, 2023, 140쪽.

[7] 이탈로 칼비노, 《이탈로 칼비노의 문학 강의》, 이현경 옮김, 에디토리얼, 2022, 160~161쪽.

프롤로그: 글쓰기의 윤리

[1] 앤드류 포터, 《진정성이라는 거짓말》, 노시내 옮김, 마티, 2016, 231~232쪽.

[2] 리처드 앨런 포스너, 《표절의 문화와 글쓰기의 윤리》, 정해룡 옮김, 산지니, 2009, 41~43쪽.

[3] 리처드 앨런 포스너, 같은 책, 135~138쪽.

[4] 김현양 외 4인, 《사고와 표현 글쓰기》, 명지대학교출판부, 2021, 18~19쪽.

[5] 김기란, 《논문의 힘》, 현실문화, 2022, 55~57쪽.

[6] 리처드 앨런 포스너, 같은 책, 70~71쪽.

[7] 이승훈 외 3인, 《창작자와 편집자를 위한 저작권 매뉴얼》, 한국출판인회의, 2020, 24~26쪽.

[8] 이승훈 외 3인, 같은 책, 29~31쪽.

[9] 이승훈 외 3인, 같은 책, 71~73쪽.

[10] 이승훈 외 3인, 같은 책, 79~81쪽.

[11] 윌리엄 진서, 《글쓰기 생각쓰기》, 이한중 옮김, 돌베개, 2022, 26~27쪽.

[12] 리처드 로티, 《우연성 아이러니 연대성》, 김동식 옮김, 민음사, 1996, 150~151쪽.

[13] 리처드 로티, 같은 책, 348~350쪽.

[14] 위르겐 하버마스, 《공론장의 구조변동》, 한승완 옮김, 나남출판, 2013, 52~56쪽.

[15] 김철수, 《챗GPT와 글쓰기》, 위키북스, 2023, 156~157쪽.

[16] 백상현, 《속지 않는 자들이 방황한다》, 위고, 2017, 25쪽.

1장 발상

[1] 캐롤라인 레빈, 《형식들》, 백준걸·황수경 옮김, 앨피, 2021, 27~73쪽.

[2] 김성연, 《사실은 이것도 디자인입니다》, 한빛미디어, 2023, 106~107쪽.

3   김성연, 같은 책, 22~24쪽.

4   질 들뢰즈, 《주름 라이프니츠와 바로크》, 이찬웅 옮김, 문학과지성사, 2023, 56~70쪽.

5   리디어 데이비스, 《형식과 영향력》, 서제인 옮김, 에트로, 2024, 231~232쪽.

6   롤랑 바르트, 《롤랑 바르트 마지막 강의》, 변광배 옮김, 민음사, 2015, 228~229쪽.

7   신이인 시 창작교실, 〈인간적인 시 쓰기〉, 말과활아카데미, 2024년 7~8월.

8   오르테가 이 가세트, 《대중의 반역》, 황보영조 옮김, 역사비평사, 2009, 87~88쪽.

9   이매뉴얼 월러스틴, 《역사적 자본주의/자본주의 문명》, 나종일·백영경 옮김, 창비, 2021, 44~47쪽.

10   김용찬, 《논문 쓰다》, 컬처룩, 2020, 89~99쪽.

2장 자료

1   유광수 외, 《비판적 읽기와 소통의 글쓰기》, 박이정, 2013, 106~108쪽.

2   도서관여행자, 《도서관은 살아 있다》, 마티, 2022, 49~54쪽.

3   로제 샤르티에 엮음, 《읽는다는 것의 역사》, 이종삼 옮김, 한국출판마케팅연구소, 2006, 566~567쪽.

4   로제 샤르티에 엮음, 같은 책, 581~582쪽.

5   나오미 배런, 《다시 어떻게 읽을 것인가》, 전병근 옮김, 어크로스, 2023, 54쪽.

6   이나다 도요시, 《영화를 빨리 감기로 보는 사람들》, 황미숙 옮김, 현대지성, 2022, 198~200쪽.

7   매리언 울프, 《다시 책으로》, 전병근 옮김, 어크로스, 2019, 76~82쪽.

8   숀케 아렌스, 《제텔카스텐》, 김수진 옮김, 인간희극, 2023, 133~136쪽.

9   피에르 바야르, 《읽지 않은 책에 대해 말하는 법》, 김병욱 옮김, 여름언덕, 2008, 77쪽.

10   나오미 배런, 같은 책, 41~42쪽.

11   나오미 배런, 같은 책, 42쪽.

12   나오미 배런, 같은 책, 72~75쪽.

13   피에르 바야르, 같은 책, 55~57쪽.

14   피에르 바야르, 같은 책, 229쪽.

15   매리언 울프, 같은 책, 99쪽.

16   리사 펠드먼 배럿, 《감정은 어떻게 만들어지는가?》, 최호영 옮김, 생각연구소, 2019, 224~228쪽.

17   매리언 울프, 같은 책, 162~224쪽.

18   에밀 파게, 《단단한 독서》, 최성웅 옮김, 유유, 2014, 241~242쪽.

19   모티머 J 애들러, 《독서의 기술》, 민병덕 옮김, 범우사, 2023, 40~43쪽.

20   모티머 J 애들러, 같은 책, 30~32쪽.

21   브뤼노 블라셀, 《책의 역사》, 권명희 옮김, 시공사, 2004, 16~17쪽.

22   알베르토 망구엘, 《독서의 역사》, 정명진 옮김, 세종, 2020, 188~190쪽.

23   알베르토 망구엘, 같은 책, 192~193쪽.

24   브뤼노 블라셀, 같은 책, 19쪽.

25   엘리자베스 L. 아이젠슈타인, 《인쇄 미디어 혁명》, 전영표 옮김, 커뮤니케이션북스, 2008, 15~16쪽.

26 엘리자베스 L. 아이젠슈타인, 같은 책, 33~34쪽.

27 프리드리히 카프, 《독일의 서적인쇄와 서적거래의 역사》, 최경은 옮김, 한국문화사, 2020, 72~73쪽.

28 엘리자베스 L. 아이젠슈타인, 같은 책, 185~186쪽.

29 롤란트 로이스, 강민경 옮김, 《완벽한 읽기 기계》, 정제소, 2023, 27.

30 로제 샤르티에, 이종삼 옮김, 《읽는다는 것의 역사》, 한국출판마케팅연구소, 2006, 122~ 123쪽.

31 로제 샤르티에, 같은 책, 142~150쪽.

32 엘리자베스 L. 아이젠슈타인, 같은 책, 65~73쪽.

33 L Altamura & C Vargas & L Salmeron, Do New Forms of Reading Pay Off? A Meta-Analysis on the Relationship Between Leisure Digital Reading Habits and Text Comprehension, Review of Educational Research, Month 202X Vol. XX, No. X, AERA, 2023, pp. 26~28.

34 나오미 배런, 같은 책, 223~225쪽.

35 조르조 아감벤, 《불과 글》, 윤병언 옮김, 책세상, 2016, 168~174쪽.

36 발터 벤야민, 《발터 벤야민 선집 2: 기술복제시대의 예술 작품 외》, 최성만 옮김, 길, 2007, 58~62쪽.

37 롤란트 로이스, 같은 책, 28.

38 매리언 울프, 《다시 책으로》, 124~132쪽.

39 나오미 배런, 같은 책, 54~55쪽.

40 나오미 배런, 같은 책, 55~58쪽.

41 나오미 배런, 같은 책, 396~400쪽.

42 모리스 블랑쇼, 《문학의 공간》, 박혜영 옮김, 책세상, 1998, 294~297쪽.

43 모리스 블랑쇼, 《도래할 책》, 심세광 옮김, 그린비, 2024, 464~465쪽.

44 숀케 아렌스, 《제텔카스텐》, 김수진 옮김, 인간희극, 2023, 30~31쪽.

45 숀케 아렌스, 같은 책, 14~15쪽.

46 숀케 아렌스, 같은 책, 24~25쪽.

47 숀케 아렌스, 같은 책, 49~54쪽.

48 존 윌슨, 《옥스퍼드식 개념 사고법》, 최일만 옮김, 필로소픽, 2017, 75~79쪽.

49 리사 펠드먼 배럿, 같은 책, 510~518쪽.

50 리사 제노바, 《기억의 뇌과학》, 윤승희 옮김, 웅진, 2022, 28~37쪽.

51 숀케 아렌스, 같은 책, 183쪽.

52 마르쿠스 가브리엘, 《생각이란 무엇인가》, 전대호 옮김, 열린책들, 2023, 319~326쪽.

3장 구상

1 김우필 외, 《토털 스노브》, 박문사, 2010, 365~370쪽.

2 김용찬, 《논문 쓰다》, 컬처룩, 2020, 86~89쪽.

3 김기란, 《논문의 힘》, 현실문화, 2022, 104쪽.

4 김기란, 같은 책, 105~107쪽.

5 존 설, 《정신 언어 사회》, 심철호 옮김, 해냄, 2000, 90~91쪽.

6 존 설, 같은 책, 193~195쪽.

7 김희정·박은진, 《비판적 사고를 위한 논리》, 아카넷, 2020, 92~94쪽.

8 토머스 쿤, 《과학 혁명의 구조》, 김명자·홍성욱 옮김, 까치, 2010, 77~79쪽.

9 피터 싱어, 《헤겔》, 노승영 옮김, 교유서가, 2019, 164~169쪽.

10 유광수 외, 《비판적 읽기와 소통의 글쓰기》, 박이정, 2013, 130~131쪽.

11 김우필, 《한국 대중문화의 기원과 성격 연구》, 경희대학교 박사학위논문, 2014, 72~76쪽.

12 아리스토텔레스, 《수사학》, 박문재 옮김, 현대지성, 2022, 278~285쪽.

13 폴 오스터, 《4321》, 김현우 옮김, 열린책들, 2023.

14 정찬일, 《삼순이》, 책과함께, 2019.

15 다치바나 다카시, 《피가 되고 살이 되는 500권 피도 살도 안 되는 100권》, 박성관 옮김, 청어람미디어, 2008.

4장 작성

1 레이 커즈와일, 《마음의 탄생》, 윤영삼 옮김, 크레센도, 2016, 114쪽.

2 마르쿠스 가브리엘, 《생각이란 무엇인가》, 전대호 옮김, 열린책들, 2023, 53~56쪽.

3 리사 제노바, 《기억의 뇌과학》, 윤승희 옮김, 웅진지식하우스, 2022, 28~34쪽.

4 레이 커즈와일, 같은 책, 54~55쪽.

5 데이먼 크루코프스키, 《다른 방식으로 듣기》, 정은주 옮김, 마티, 2023, 116~118쪽.

6 제럴드 에델만, 《신경과학과 마음의 세계》, 황희숙 옮김, 범양사, 2006, 296~298쪽.

7 새러 하트, 《수학의 아름다움이 서사가 된다면》, 고유경 옮김, 미래의창, 2024, 77~78쪽.

8 김희정·박은진, 《비판적 사고를 위한 논리》, 2020, 아카넷, 138~139쪽.

9 이경원, 《파농》, 한길사, 2015, 78~79쪽.

10 룰루 밀러, 《물고기는 존재하지 않는다》, 정지인 옮김, 곰출판, 2022, 181~189쪽.

11 서울대학교 글쓰기의 기초 편찬위원회, 《글쓰기의 기초》, 서울대학교출판문화원, 2015, 96~98쪽.

12 로버트 라이트, 《불교는 왜 진실인가》, 이재석·김철호 옮김, 마음친구, 2019, 145~149쪽.

13 서울대학교 글쓰기의 기초 편찬위원회, 같은 책, 121~122쪽.

14 더글러스 호프스태터, 《괴델 에서 바흐》(상), 박여성 옮김, 까치, 1999, 164~169쪽.

15 울프 다니엘손, 《세계 그 자체》, 노승영 옮김, 동아시아, 2023, 233~235쪽.

16 더글러스 호프스태터, 《괴델 에서 바흐》(하), 박여성 옮김, 까치, 1999, 796~797쪽.

17 서울대학교 글쓰기의 기초 편찬위원회, 같은 책, 22쪽.

18 더글러스 호프스태터, 같은 책, 792~793쪽.

19 사이토 다카시, 《글쓰기의 힘》, 장은주 옮김, 데이원, 2024, 134~136쪽.

20 조지 레이코프·마크 존슨, 《삶으로서의 은유》, 노양진·나익주 옮김, 서광사, 1995, 23쪽.

21 조지 레이코프·마크 존슨, 같은 책, 21쪽.

22 조지 레이코프·마크 존슨, 같은 책, 34~35쪽.

23 아리스토텔레스, 《수사학》, 박문재 옮김, 현대지성, 2022, 267쪽.

24   조지 레이코프 · 마크 존슨, 같은 책, 158~160쪽.

25   김용규 · 김유림, 《은유란 무엇인가》, 천년의상상, 2023, 74~75쪽.

26   김용규 · 김유림, 같은 책, 86~88쪽.

27   아리스토텔레스, 같은 책, 2022, 260쪽.

28   김용규 · 김유림, 같은 책, 98~99쪽.

29   더글러스 호프스태터 · 에마뉘엘 상데, 《사고의 본질》, 김태훈 옮김, 아르테, 2017, 191쪽.

30   개역 개정 성경, 〈마태복음〉 13:13.

31   질 포코니에·마크터너, 《우리는 어떻게 생각하는가》, 김동환 · 최영호 옮김, 지호, 2009, 73~80쪽.

32   질 포코니에 · 마크 터너, 같은 책, 472~473쪽.

33   매슈 배틀스, 《흔적을 남기는 글쓰기》, 송섬별 옮김, 반비, 2020, 90~92쪽.

34   매슈 배틀스, 같은 책, 238쪽.

35   로버트 루트번스타인 · 미셸 루트번스타인, 《생각의 탄생》, 박종성 옮김, 에코의서재, 2007,
     117~121쪽.

36   월터 아이작슨, 《스티브 잡스》, 안진환 옮김, 민음사, 2011, 213쪽.

37   Walter Isaacson, *Steve Jobs*, Simon & Schuster, 2011, p.127.

38   조셉 윌리엄스 · 그레고리 콜럼, 《논증의 탄생》, 윤영삼 옮김, 홍문관, 2012, 38~42쪽.

39   서울대학교 글쓰기의 기초 편찬위원회, 같은 책, 서울대학교출판문화원, 171~173쪽.

40   김희정 · 박은진, 같은 책, 66쪽.

41   정대현, 《솔 크립키》, 커뮤니케이션북스, 2024, 44~47쪽.

42   솔 크립키, 《이름과 필연》, 정대현 · 김영주 옮김, 필로소픽, 2022, 61~69쪽.

43   김희정 · 박은진, 같은 책, 138~139쪽.

44   솔 크립키, 같은 책, 56~58쪽.

45   솔 크립키, 같은 책, 29~33쪽.

46   김혜영 외, 〈논증적 글쓰기 평가의 텍스트 영역 고찰〉, 《작문연구》 62, 한국작문학회, 2024,
     214~216쪽.

47   솔 크립키, 《비트겐슈타인 규칙과 사적 언어》, 남기창 옮김, 필로소픽, 2018, 101~103쪽.

48   김희정 · 박은진, 같은 책, 72~76쪽.

49   김성우 · 엄기호, 《유튜브는 책을 집어삼킬 것인가》, 따비, 2021, 70~73쪽.

50   김희정 · 박은진, 같은 책, 77~79쪽.

51   리처드 세넷, 《투게더》, 김병화 옮김, 현암사, 2013, 46~49쪽.

52   김희정 · 박은진, 같은 책, 95~101쪽.

53   조셉 윌리엄스 · 그레고리 콜럼, 같은 책, 375~377쪽.

54   알베르토 카이로, 《숫자는 거짓말을 한다》, 박슬라 옮김, 웅진, 2020, 219쪽.

55   대니얼 카너먼, 《생각에 관한 생각》, 이창신 옮김, 김영사, 2018, 264쪽.

56   대니얼 카너먼, 같은 책, 303~306쪽.

57   개역 개정 성경, 〈창세기〉 3:11~13.

58   Judea Pearl, *The Book of Why*, Penguin Books Ltd(UK), 2019, 23~24쪽.

59 제프리 포머란츠,《메타데이터》, 전주범 옮김, 한울, 2019, 28~31쪽.

60 장피에르 뒤피,《마음은 어떻게 기계가 되었나》, 배문정 옮김, 지식공작소, 2023, 39쪽.

61 존 윌슨,《옥스퍼드식 개념 사고법》, 최일만 옮김, 필로소픽, 2017, 152~155쪽.

62 존 윌슨, 같은 책, 72~79쪽.

63 제프리 포머란츠, 같은 책, 35~36쪽.

64 르 코르뷔지에,《모듈러1》, 손세욱 · 김경완 옮김, 씨아이알, 2016, 51~59쪽.

65 스피노자,《에티카》, 강영계 옮김, 서광사, 1990, 60쪽.

66 조셉 윌리엄스 · 그레고리 콜럼, 같은 책, 383~384쪽.

67 조셉 윌리엄스 · 그레고리 콜럼, 같은 책, 261~262쪽.

68 이희영,〈대학생들의 논증 양상 비교 분석〉,《어문학》147, 한국어문학회, 2020, 284쪽.

69 김희정 · 박은진, 같은 책, 113~115쪽.

70 솔 크립키, 같은 책, 144~145쪽.

71 장피에르 뒤피, 같은 책, 401쪽.

72 알베르토 카이로, 같은 책, 255쪽.

73 장피에르 뒤피, 같은 책, 379쪽.

74 제임스 글릭,《인포메이션》, 박래선 · 김태훈 옮김, 동아시아, 2017, 378~380쪽.

5장 수정

1 대니 샤피로,《계속 쓰기: 나의 단어로》, 한유주 옮김, 마티, 2022, 201쪽.

2 김학원,《편집자란 무엇인가》, 휴머니스트, 2020, 178~182쪽.

3 김용찬,《논문 쓰다》, 컬처룩, 124쪽.

4 아리스토텔레스,《수사학》, 박문재 옮김, 현대지성, 2022, 278~285쪽.

5 아리스토텔레스, 같은 책, 308쪽.

6 김정선,《열 문장 쓰는 법》, 유유, 2020, 79~83쪽.

7 제럴드 그로스 엮음,《편집의 정석》, 이은경 옮김, 메멘토, 2016, 33쪽.

8 윌리엄 진서, ‘《글쓰기 생각쓰기》, 이한중 옮김, 돌베개, 2022, 50~53쪽.

9 사르트르,《지식인을 위한 변명》, 박정태 옮김, 이학사, 2018, 70.

10 김희정 · 박은진,《비판적 사고를 위한 논리》, 66~67쪽.

11 플라톤,《플라톤 국가》, 박문재 옮김, 현대지성, 2024, 274~283쪽.

12 김용규,《생각의 시대》, 김영사, 2021, 288~294쪽.

13 리처드 토이,《수사학》, 노승영 옮김, 교유서가, 2015, 28~29쪽.

14 아리스토텔레스, 같은 책, 27쪽.

15 윌리엄 진서, 같은 책, 49쪽.

16 윌리엄 진서, 같은 책, 235쪽.

17 모리스 블랑쇼, 도래할 책》, 심세광 옮김, 그린비, 2024, 443쪽.

18 카르 마르크스 · 프리드리히 엥겔스,《공산당선언》, 이진우 옮김, 책세상, 2020, 65쪽.

19 유시민,《유시민의 글쓰기 특강》, 생각의길, 2015, 37쪽.

20 미셸 푸코, 허경 옮김, 《상당한 위험 : 글쓰기에 대하여》, 그린비, 2021, 59~62쪽.

21 리처드 토이, 같은 책, 114쪽.

22 이태준, 《문장강화》, 창비, 2005, 320쪽.

23 아리스토텔레스, 같은 책, 223~224쪽.

24 리처드 토이, 같은 책, 31쪽.

25 이태준, 같은 책, 291~292쪽.

26 정희모 · 이재성, 《글쓰기의 전략》, 들녘, 2005, 26~29쪽.

27 정희모, 《쓰기 이론 : 인지주의 관점과 텍스트 관점》, 경진출판, 2024, 125~141쪽.

28 정희모, 같은 책, 147~154쪽.

29 정희모 외, 《대학 글쓰기 연구와 텍스트 해석》, 보고사, 2015, 23~28쪽.

30 스탠리 피시, 《문장의 일》, 오수원 옮김, 윌북, 2020, 65~66쪽.

31 스탠리 피시, 같은 책, 11~12쪽.

32 배상복, 《문장기술》, 씨앤아이북스, 2013, 38~39쪽.

33 윌리엄 진서, 같은 책, 29~30쪽.

34 안상순, 《우리말 어감 사전》, 유유, 2021.

35 스탠리 피시, 같은 책, 30쪽.

36 스탠리 피시, 같은 책, 48쪽.

37 정희모 · 이재성, 같은 책, 308~326쪽.

38 김정선, 같은 책, 39~40쪽.

39 김정선, 《내 문장이 그렇게 이상한가요》, 유유, 2016, 201쪽.

40 롤랑 바르트, 《텍스트의 즐거움》, 김희영 옮김, 동문선, 1999, 27~35쪽.

41 이희재, 《번역의 탄생》, 교양인, 2009, 137~138쪽.

42 정희모, 《문장의 비결》, 들녘, 2023, 25~26쪽.

43 스탠리 피시, 같은 책, 167쪽.

44 로버트 새폴스키, 《스트레스》, 이재담 · 이지윤 옮김, 사이언스북스, 2023, 26~28쪽.

45 아리스토텔레스, 같은 책, 254~255쪽.

46 정희모, 같은 책, 54~56쪽.

47 고종석, 《고종석의 문장 1》, 알마, 2014, 375쪽.

48 유시민, 같은 책, 199쪽.

49 배상복, 같은 책, 21~22쪽.

50 박종인, 《기자의 글쓰기》, 와이즈맵, 2023, 182~183쪽.

51 보건복지부, 《2023 자립지원 실태조사》, 2023.

52 제럴드 그로스 엮음, 《편집의 정석》, 이은경 옮김, 메멘토, 2016, 468~469쪽.

53 이성구, 《훈민정음연구》, 동문사, 1985, 137쪽.

에필로그

1 라즐로 모홀리나기, 《회화 사진 영화》, 편집부 옮김, 도서출판과학기술, 1995, 29쪽.

강성용, 〈생각에 대해 생각하다〉, 《낮은 인문학》, 21세기북스, 2019.

강원국, 《나는 말하듯이 쓴다》, 위즈덤하우스, 2020.

대한성서공회 엮음, 〈창세기〉·〈마태복음〉·〈요한복음〉, 개역 개정판 《성경》.

고병권, 《자본 강의》, 천년의상상, 2022.

고종석, 《고종석의 문장 1》, 알마, 2014.

귀스타브 르 봉, 《군중심리》, 이재형 옮김, 문예출판사, 2014.

김규훈, 〈생성형 AI 시대의 대학 글쓰기 교육 방향〉, 《우리말글》 101, 우리말글학회, 2024.

김기란, 《논문의 힘》, 현실문화, 2022.

김병구, 〈논증적 글쓰기 교육에 대한 비판적 고찰〉, 《반교어문연구》 27, 반교어문학회, 2009.

김성연, 《사실은 이것도 디자인입니다》, 한빛미디어, 2023.

김용규, 《생각의 시대》, 김영사, 2021.

김용규, 《설득의 논리학》, 웅진지식하우스, 2020.

김용규·김유림, 《은유란 무엇인가》, 천년의상상, 2023.

김용찬, 《논문 쓰다》, 컬처룩, 2020.

김우필 외 공저, 《토털 스노브》, 박문사, 2010.

김우필, 〈종이책과 스크린 읽기 논쟁 고찰〉, 《리터러시연구》15(6), 한국리터러시학회, 2024.

김우필, 《한국 대중문화의 기원과 성격 연구》, 경희대학교 박사학위논문, 2014.

김정선, 《내 문장이 그렇게 이상한가요》, 유유, 2016.

김정선, 《열 문장 쓰는 법》, 유유, 2020.

김정인, 〈논증적 글쓰기의 주요 평가 요소 연구〉, 《한민족문화연구》 86, 한민족문화학회, 2024.

김철수, 《챗GPT와 글쓰기》, 위키북스, 2023.

김태호, 《한글과 타자기》, 역사비평사, 2023.

김학원, 《편집자란 무엇인가》, 휴머니스트, 2020.

김현양 외 4인, 《사고와 표현 글쓰기》, 명지대학교출판부, 2021.

김혜영 외, 〈논증적 글쓰기 평가의 텍스트 영역 고찰〉, 《작문연구》 62, 한국작문학회, 2024.

김호경, 《인간의 옷을 입은 성서》, 책세상, 2020.

김희정·박은진, 《비판적 사고를 위한 논리》, 아카넷, 2020.

나오미 배런, 《다시 어떻게 읽을 것인가》, 전병근 옮김, 어크로스, 2023.

노자, 《도덕경》, 소준섭 옮김, 현대지성, 2023.

다치바나 다카시, 《피가 되고 살이 되는 500권 피도 살도 안 되는 100권》, 박성관 옮김, 청어람미디어, 2008.

대니 샤피로, 《계속 쓰기: 나의 단어로》, 한유주 옮김, 마티, 2022.

대니얼 카너먼, 《생각에 관한 생각》, 이창신 옮김, 김영사, 2018.

더글러스 호프스태터, 《괴델 에셔 바흐》(상)·(하), 박여성 옮김, 까치, 1999.

더글러스 호프스태터·에마뉘엘 상데, 《사고의 본질》, 김태훈 옮김, 아르테, 2017.

대법원 2004. 7. 9. 선고, 2003다36862 판결.

데이먼 크루코프스키, 《다른 방식으로 듣기》, 정은주 옮김, 마티, 2023.

도서관여행자, 《도서관은 살아 있다》, 마티, 2022.

라즐로 모홀리나기, 《회화 사진 영화》, 편집부 옮김, 도서출판과학기술, 1995.

레이 커즈와일, 《마음의 탄생》, 윤영삼 옮김, 크레센도, 2016.

레프 비고츠키, 《사고와 언어》, 이병훈 외 옮김, 연암서가, 2021.

레프 비고츠키, 《마인드 인 소사이어티》, 정회욱 옮김, 학이시습, 2010.

로만 야콥슨·모리스 할레, 《언어의 토대》, 박여성 옮김, 문학과지성사, 2009.

로버트 라이트, 《불교는 왜 진실인가》, 이재석·김철호 옮김, 마음친구, 2019.

로버트·미셸 루트번스타인, 《생각의 탄생》, 박종성 옮김, 에코의서재, 2007.

로버트 새폴스키, 《스트레스》, 이재담·이지윤 옮김, 사이언스북스, 2023.

로제 샤르티에 엮음, 《읽는다는 것의 역사》, 이종삼 옮김, 한국출판마케팅연구소, 2006.

롤란트 로이스, 《완벽한 읽기 기계》, 강민경 옮김, 정제소, 2023.

롤랑 바르트, 《텍스트의 즐거움》, 김희영 옮김, 동문선, 1999.

롤랑 바르트, 《롤랑 바르트 마지막 강의》, 변광배 옮김, 민음사, 2015.

룰루 밀러, 《물고기는 존재하지 않는다》, 정지인 옮김, 곰출판, 2022.

르 코르뷔지에, 《모듈러1》, 손세욱·김경완 옮김, 씨아이알, 2016.

리디어 데이비스, 《형식과 영향력》, 서제인 옮김, 에트로, 2024.

리사 제노바, 《기억의 뇌과학》, 윤승희 옮김, 웅진지식하우스, 2022.

리사 펠드먼 배럿, 《감정은 어떻게 만들어지는가?》, 최호영 옮김, 생각연구소, 2019.

리처드 로티, 《우연성 아이러니 연대성》, 김동식 옮김, 민음사, 1996.

리처드 세넷, 《투게더》, 김병화 옮김, 현암사, 2013.

리처드 앨런 포스너, 《표절의 문화와 글쓰기의 윤리》, 정해룡 옮김, 산지니, 2009.

리처드 토이, 《수사학》, 노승영 옮김, 교유서가, 2015.

린 마굴리스·도리언 세이건, 《생명이란 무엇인가》, 김영 옮김, 리수, 2021.

마르쿠스 가브리엘, 《생각이란 무엇인가》, 전대호 옮김, 열린책들, 2023.

매리언 울프, 《책 읽는 뇌》, 이희수 옮김, 살림, 2021.

매리언 울프, 《다시 책으로》, 전병근 옮김, 어크로스, 2019.

매슈 배틀스, 《흔적을 남기는 글쓰기》, 송섬별 옮김, 반비, 2020.

모리스 블랑쇼, 《문학의 공간》, 박혜영 옮김, 책세상, 1998.

모리스 블랑쇼, 《도래할 책》, 심세광 옮김, 그린비, 2024,

모티머 J 애들러, 《독서의 기술》, 민병덕 옮김, 범우사, 2023.

문화체육관광부, 《2023년 국민독서실태조사》, 2023.

박정길, 〈한국인의 독서 부진 요인분석에 관한 연구〉, 《한국도서관정보학회지》 34권 2
　　호, 한국도서관정보학회, 2003.

박종인, 《기자의 글쓰기》, 와이즈맵, 2023.

발터 벤야민, 《발터 벤야민 선집2: 기술복제시대의 예술작품 외》, 최성만 옮김, 길, 2007.

배상복, 《문장기술》, 씨앤아이북스, 2013.

백상현, 《속지 않는 자들이 방황한다》, 위고, 2017.

백선희 엮어옮김, 《폴 발레리의 문장들》, 마음산책, 2023.

보건복지부, 《2023 자립지원 실태조사》, 2023.

보그란데·드레슬러, 《텍스트 언어학 입문》, 김태옥·이현호 옮김, 한신문화사, 1995.

브뤼노 블라셀, 《책의 역사》, 권명희 옮김, 시공사, 2004.

사르트르, 《지식인을 위한 변명》, 박정태 옮김, 이학사, 2018.

사이토 다카시, 《글쓰기의 힘》, 장은주 옮김, 데이원, 2024.

새러 하트, 《수학의 아름다움이 서사가 된다면》, 고유경 옮김, 미래의창, 2024.

서울대학교 글쓰기의 기초 편찬위원회, 《글쓰기의 기초》, 서울대학교출판문화원, 2015.

손동현 외 4인, 《학술적 글쓰기》, 성균관대학교출판부, 2006.

솔 크립키, 《이름과 필연》, 정대현·김영주 옮김, 필로소픽, 2022.

숀케 아렌스, 《제텔카스텐》, 김수진 옮김, 인간희극, 2023.

스탠리 피시, 《문장의 일》, 오수원 옮김, 윌북, 2020.

스티븐 로저 피셔, 《문자의 역사》, 강주헌 옮김, 퍼블리온, 2024.

스피노자, 《에티카》, 강영계 옮김, 서광사, 1990.

신이인 시 창작교실, 〈인간적인 시 쓰기〉, 말과활아카데미, 2024년 7-8월.

아리스토텔레스, 《수사학》, 박문재 옮김, 현대지성, 2022.

안상순, 《우리말 어감 사전》, 유유, 2021.

알베르토 망구엘, 《독서의 역사》, 정명진 옮김, 세종, 2020.

알베르토 카이로, 《숫자는 거짓말을 한다》, 박슬라 옮김, 웅진, 2020.

애머런스 보서크, 《책이었고 책이며 책이 될 무엇에 관한, 책》, 노승영 옮김, 마티, 2019.

앤드류 포터, 《진정성이라는 거짓말》, 노시내 옮김, 마티, 2016.

에밀 파게, 《단단한 독서》, 최성웅 옮김, 유유, 2014.

엘렌 식수, 《글쓰기 사다리의 세 칸》, 신해경 옮김, 밤의책, 2022.

엘리자베스 아이젠슈타인, 《인쇄 미디어 혁명》, 전영표 옮김, 커뮤니케이션북스, 2008.

오르테가 이 가세트, 《대중의 반역》, 황보영조 옮김, 역사비평사, 2009.

울프 다니엘손, 《세계 그 자체》, 노승영 옮김, 동아시아, 2023.

월터 아이작슨, 《스티브 잡스》, 안진환 옮김, 민음사, 2011.

위르겐 하버마스, 《공론장의 구조변동》, 한승완 옮김, 나남출판, 2013.

윌리엄 진서, 《글쓰기 생각쓰기》, 이한중 옮김, 돌베개, 2022.

유광수 외, 《비판적 읽기와 소통의 글쓰기》, 박이정, 2013.

유시민, 《유시민의 글쓰기 특강》, 생각의길, 2015.

이경원, 《파농》, 한길사, 2015.

이나다 도요시, 《영화를 빨리 감기로 보는 사람들》, 황미숙 옮김, 현대지성, 2022.

이매뉴얼 월러스틴, 《역사적 자본주의/자본주의 문명》, 나종일·백영경 옮김, 창비, 2021.

이성구, 《훈민정음연구》, 동문사, 1985.

이승훈 외 3인, 《창작자와 편집자를 위한 저작권 매뉴얼》, 한국출판인회의, 2020.

이승훈, 《한자의 풍경, 사계절》, 2023.

이탈로 칼비노, 《이탈로 칼비노의 문학 강의》, 이현경 옮김, 에디토리얼, 2022.

이태준, 《문장강화》, 창비, 2005.

이희영, 〈대학생들의 논증 양상 비교 분석〉, 《어문학》 147, 한국어문학회, 2020.

이희재, 《번역의 탄생》, 교양인, 2009.

자크 데리다, 《조건 없는 대학》, 조재룡 옮김, 문학동네, 2021.

장재성, 〈우리가 추구할 가치는 무엇인가〉, 《낮은 인문학》, 21세기북스, 2019.

장지연, 《한문이 말하지 못한 한국사》, 푸른역사, 2023.

장피에르 뒤피, 《마음은 어떻게 기계가 되었나》, 배문정 옮김, 지식공작소, 2023.

정대현, 《솔 크립키》, 커뮤니케이션북스, 2024.

정의길, 《유대인 발명된 신화》, 한겨레출판, 2022.

정찬일, 《삼순이》, 책과함께, 2019.

정희모 외, 《대학 글쓰기 연구와 텍스트 해석》, 보고사, 2015.

정희모, 《문장의 비결》, 들녘, 2023.

정희모, 《쓰기 이론: 인지주의 관점과 텍스트 관점》, 경진출판, 2024.

정희모·이재성, 《글쓰기의 전략》, 들녘, 2005.

제나 히츠, 《찬란하고 무용한 공부》, 박다솜 옮김, 에트르, 2025.

제럴드 그로스 엮음, 《편집의 정석》, 이은경 옮김, 메멘토, 2016.

제럴드 에델만, 《신경과학과 마음의 세계》, 황희숙 옮김, 범양사, 2006.

제임스 글릭, 《인포메이션》, 박래선·김태훈, 동아시아, 2017.

제임스 폴 지, 《게임에서 배우는 학습 원리》, 조병영 옮김, 사회평론아카데미, 2024.

제프리 포머란츠, 《메타데이터》, 전주범 옮김, 한울, 2019.
조너선 하이트, 《불안 세대》, 이충호 옮김, 웅진지식하우스, 2024.
조르조 아감벤, 《불과 글》, 윤병언 옮김, 책세상, 2016.
조르주 장, 《문자의 역사》, 이종인 옮김, 시공사, 2011.
조셉 윌리엄스·그레고리 콜럼, 《논증의 탄생》, 윤영삼 옮김, 홍문관, 2012.
조지 레이코프·마크 존슨, 《삶으로서의 은유》, 노양진·나익주 옮김, 서광사, 1995.
존 버거, 《우리가 아는 모든 언어》, 김현우 옮김, 열화당, 2017.
존 설, 《정신 언어 사회》, 심철호 옮김, 해냄, 2000.
존 윌슨, 《옥스퍼드식 개념 사고법》, 최일만 옮김, 필로소픽, 2017.
질 들뢰즈, 《주름 라이프니츠와 바로크》, 이찬웅 옮김, 문학과지성사, 2023.
질 포코니에·마크 터너, 《우리는 어떻게 생각하는가》, 김동환·최영호 옮김, 지호, 2009.
카렌 암스트롱, 축의 시대》, 정영목 옮김, 《교양인, 2010.
카르 마르크스·프리드리히 엥겔스, 《공산당선언》, 이진우 옮김, 책세상, 2020.
캐롤라인 레빈, 《형식들》, 백준걸·황수경 옮김, 앨피, 2021.
토머스 쿤, 《과학 혁명의 구조》, 김명자·홍성욱 옮김, 까치, 2010.
폴 오스터, 《4321》, 김현우 옮김, 열린책들, 2023.
폴 오스터, 《글쓰기를 말하다》, 심혜경 옮김, 인간사랑, 2014.
프리드리히 카프, 《독일의 서적인쇄와 서적거래의 역사》, 최경은 옮김, 한국문화사, 2020.
플라톤, 《플라톤 국가》, 박문재 옮김, 현대지성, 2024.
피에르 바야르, 《읽지 않은 책에 대해 말하는 법》, 김병욱 옮김, 여름언덕, 2008.
피에르 바야르, 《예상 표절》, 백선희 옮김, 여름언덕, 2010.
피터 싱어, 《헤겔》, 노승영 옮김, 교유서가, 2019.
한국갤럽, 〈스마트폰 관련 조사 2012-2024〉, 한국갤럽조사연구소, 2024.
한국교육학술정보원, 〈학술연구정보서비스 활용 실태 효과 분석〉, 2015.
한국언론진흥재단, 《2023 언론수용자 조사》, 2023.
한스 요아힘, 《읽기와 지식의 감추어진 역사》, 노선정 옮김, 이른아침, 2006.

김민기 인터뷰, 《한겨레》, 2024년 5월 22일.
〈한국 상위 1% 부자는 순자산 29억 원 가진 21만 가구〉, 《한겨레》, 2023년 5월 20일.

Judea Pearl, *The Book of Why*, Penguin Books Ltd(UK), 2019.
L Altamura & C Vargas & L Salmeron, Do New Forms of Reading Pay Off? A Meta-Analysis on the Relationship Between Leisure Digital Reading Habits and Text Comprehension, Review of Educational Research, Month 202X Vol. XX, No. X, AERA, 2023.

Walter Isaacson, *Steve Jobs*, Simon & Schuster, 2011.

https://www.sjc.edu/academic-programs/undergraduate/great-books-reading-list

https://www.sjc.edu/career-success

생각을 조립하는 글쓰기 수업

2026년 1월 30일   초판 1쇄 발행

지은이 | 김우필
펴낸이 | 노경인 · 김주영

펴낸곳 | 도서출판 앨피   출판등록 | 2004년 11월 23일
주소 | (01545) 경기도 고양시 덕양구 향동로 218(향동동, 현대테라타워DMC) B동 942호
전화 | 02-710-5526   팩스 | 0505-115-0525   블로그 | blog.naver.com/lpbook12
전자우편 | lpbook12@naver.com

ISBN 979-11-92647-85-2